蒋涌

/著

荒墟与虹

重慶出版集团 重慶出版社

图书在版编目(CIP)数据

荒墟与虹 / 蒋涌著. —重庆：重庆出版社,2022.5
ISBN 978-7-229-16645-8

Ⅰ.①荒… Ⅱ.①蒋… Ⅲ.①长篇小说—中国—当代
Ⅳ.①I247.5

中国版本图书馆CIP数据核字(2022)第029809号

荒墟与虹
HUANGXU YU HONG
蒋 涌 著

责任编辑：杨希之　周北川
责任校对：杨　婧
装帧设计：百虫广告

重庆出版集团 出版
重庆出版社

重庆市南岸区南滨路162号1幢　邮编：400061　http://www.cqph.com
重庆豪森印务有限公司印刷
重庆出版集团图书发行有限公司发行
E-MAIL:fxchu@cqph.com　邮购电话:023-61520646
全国新华书店经销

开本:787mm×1092mm　1/16　印张:24　字数:320千
2022年5月第1版　2022年5月第1次印刷
ISBN 978-7-229-16645-8

定价:46.00元

如有印装质量问题,请向本集团图书发行有限公司调换:023-61520678

版权所有　侵权必究

献给一个不平凡的年代

——二十世纪八十年代

感谢在兹念兹的乡土

感谢魂牵梦萦的故人

感谢生活，感谢命运

序

杨希之

  大概在十年前（2011年），我有幸读到了家乡作家蒋涌的第一部长篇小说文稿《穿云鸟》。我与蒋涌从小相识，知道他读过不少中外名著，具有比较深厚的文学功底；后来又读过他发表的十几篇文化散文，得知他文笔不错，是一位有发展后劲的散文作家。但没想到他又开始创作起小说来了，而且一写就是几十万字的长篇小说。

  于是，我用一种试读的方式随手翻阅了几页《穿云鸟》的文稿，很快就被小说中精彩的故事情节、浓郁的川南地方色彩，以及主人公张良在艰难的环境中奋发进取的精神所吸引，所感动。我读完以后，立即向出版社的编辑推荐，并认为《穿云鸟》是一部催人奋进的力作，是一部思想性和艺术性俱佳的现实主义的文学精品，具有获取文学奖项的潜质。

  《穿云鸟》出版以后果然获得了很大的反响，报刊或网上好评甚多，凤凰网知青频道也予以长篇连载，此书还于2017年再版，2019年获"中国知青作家杯"全球征文一等奖。

  十年过去了，蒋涌继续秉承深入生活、反映时代、打造精品的创作态度，十年磨一剑，又创作出了长篇小说《穿云鸟》的姊妹篇《荒墟与虹》。

  我收到《荒墟与虹》的文稿后，花了四五天的时间，认真品读了一遍作品，觉得这部长篇小说仍然具有《穿云鸟》的艺术水准，是一部思想性和艺术性俱佳的现实主义的文学佳作。

《荒墟与虹》的最大成功就是塑造了几个个性鲜明的人物形象。比如，书生意气十足而又不断进取的匡望平，保守霸道的公社党委书记彭大贵，深谋远虑的公社党委副书记郭同力，思想敏锐、一身正气的新四军老战士蔡华，隐名埋姓几十年的远征军老兵寸草，以及匡望平的性格各异的女友傅旦、姜小白等等。这些人物形象都给人留下了比较深刻的印象。

《荒墟与虹》的第二个成功之处是通过主人公匡望平的坎坷经历真实地反映了20世纪80年代的改革开放进程。虽然作品所反映的川南地区的改革开放进程与沿海地区的巨大改革浪潮相比不可同日而语，但80年代那场深刻的改革开放运动还是触及了川南农村的每一个角落，触及了每一个人的心灵。就拿主人公匡望平个人的心路历程来说，就经历了从怨恨曾参加远征军的父亲影响了他的前途，到理解父亲为国抗日参军行为的转变。同时，通过匡望平到偏僻的青岩公社任职的经历，叙述了为画家李国英的冤假错案平反昭雪的故事，展现了农村由集体所有制到实行联产承包责任制的改革；同样也是通过匡望平到县委宣传部任职的经历，展现了乡镇企业的兴起和正确对待私营企业发展的问题。这些都是时代的产物，改革开放的结果。

《荒墟与虹》的第三个特点是善于思索。这种思索主要是通过人物对话和心理活动予以隐喻与呈现。这部作品中，既有对人生的思索，又有对改革开放的思索。

对人生的思索，匡望平说："其实，这种并非一览无余的未来前景，一种充满不确定性因素的未知和未达，才是真正值得我们期待和尝试的人生运程。""我觉得一个人和一个国家一样都存在机遇期，没有到机遇期，苦等苦盼和瞎折腾全都无济于事。而到了机遇期，不懂得珍惜，不懂得奋发有为，则是最大的不智。"

对联产承包责任制，郭同力是大力支持的，但他又看到："随着公社全面推行联产承包责任制，很快暴露出一些严重问题，有社会转型期带来的连锁反应，有人性的弱点显现，有我们事先没预料到的工作上存在的漏洞，集体的架子散了，公共设施无人管了，干部素质滑坡了，贫困户、弱劳户没人去帮助了，这是农村基层政权建设面临的新挑战。"

对改革开放，蔡华是坚决拥护的，但她却想得更深更远，她说："不过，放在更长的时间，更大的范围来看，我免不了一些担忧，或许该称之为杞人忧天吧。比如，深圳特区提出了个口号'时间就是金钱，速度就是效益'，从经济学的角度来讲，不误时机，加快发展，挺不错；从社会学的角度来看，谁可以断言它没有负面影响？深圳如今是'杀出一条血路'，多少有些'饥不择食，慌不择路'的不得已。""尤其是我们国家刚刚经过一场十年浩劫的折腾，人们思想、道德的重建的使命还处于进行式，远远还没有完成，而改革开放已经时不我待，以后会不会变得过于现实、过于功利。当利益的洪水咆哮而来，损人利己的极端个人主义得不到抑制，我们先辈所具有的理想主义、集体主义精神得不到守护和发扬，整个社会都信奉'金钱至上'的拜物主义，那该是一笔多么昂贵的代价呀！"

像这样的思索和反思，在书中还有不少，这种思索和反思成为了此书一个明显的特点。这个特点往往是以21世纪的视角来论述二三十年前的事情，可以给人启迪，但这种超前的思索和当时的人的观念还是有少许的距离的。

最后谈一谈书名的问题。"荒墟"与"虹"是两个很富诗意的词语，过去经常出现在中外的诗歌中。但"荒墟"与"虹"又是两个意向相反的词语，荒墟往往代表衰败和颓废，而虹则大多象征美丽和希望。然而这两个词恰恰与20世纪80年代密切相关。大家都知道，80年代是除旧布新的变革年代。那时的中国刚经历了十年浩劫，国民经济处于崩溃的边缘，人们的思想受到极"左"思潮的影响还比较混乱，文化领域更是一片荒芜，因此，当时无论精神和物质都好像处在荒墟之中，亟待拨乱反正，除旧布新。随着十一届三中全会的召开，解放思想，以经济建设为中心，改革开放成为时代的主潮。这一切变化让中国充满了活力，让人们看到了未来的希望，就像看到了五彩缤纷的虹，使人们心情振奋而舒畅。《荒墟与虹》反映的正是80年代那种荒墟与希望并存的生活现实，因此以"荒墟与虹"作为书名也是恰当的。

总之，《荒墟与虹》真实地描述了川南地区基层民众的生活，客观地反映了20世纪80年代内地的改革开放进程，较好地塑造出了性格鲜明的人物形象，既具有较强的现场感和可读性，又具有一定的知识含量和哲理思考，是一部值得一读的文学佳作。

（本文作者曾任重庆出版集团副总编辑、编审，重庆市出版工作者协会副主席，先后参与编辑《中国抗日战争时期大后方文学》书系、《中国解放区文学》书系、《世界反法西斯文学》书系等重大出版工程，多次获得中国图书奖、国家图书奖、中华优秀出版物奖等奖励，获得四川省首届十佳中青年图书编辑奖和首届全国优秀中青年图书编辑奖等荣誉称号，著有《鲁迅思想面面观》《书林拾萃》《现代作家见闻录》等个人专著，众多作品发表在当代报刊上，并多次获得省市级优秀成果奖。）

目　录

序 …………………………………………… 杨希之

第一章　父亲留下的谜团 ………………………001
第二章　陈年旧事 ………………………………015
第三章　战马嘶鸣声 ……………………………025
第四章　惜别在即 ………………………………041
第五章　骤雨打芭蕉 ……………………………051
第六章　一次被动选择 …………………………067
第七章　戏剧性的饭局 …………………………081
第八章　一枚过河卒 ……………………………098
第九章　难忘的一课 ……………………………111
第十章　让咸鱼翻身 ……………………………129
第十一章　刻入记忆的名字 ……………………143
第十二章　庸常的日子 …………………………160
第十三章　一场拉郎配 …………………………174
第十四章　所去茫茫 ……………………………188
第十五章　长江航船 ……………………………202
第十六章　机会一闪 ……………………………218
第十七章　劳心者与劳力者 ……………………236
第十八章　九级浪 ………………………………248
第十九章　到嘉陵江听涛 ………………………262

第二十章　大开大阖 ·· 275
第二十一章　时　代 ·· 291
第二十二章　再下基层 ·· 305
第二十三章　偶　然 ·· 319
第二十四章　跨过一道坎 ·· 331
第二十五章　来日方长 ·· 345
尾　声 ·· 360

后　记 ·· 369

第一章　父亲留下的谜团

这天，起伏崎岖的滇西公路上，长途客车爬坡如鼻喷粗气的老牛，下坡如颤巍巍拄杖的跛子，车屁股腾起一尾翻卷乱扑的尘龙，车身排出一股吞噬柴油消化不良的漆黑浓烟，车厢早成闷热的蒸笼，一车旅客不胜烦躁。

烈日炎炎。

望平坐在客车内，裸木制成的双座椅与背脊骨不时硬碰硬，欠缺丰满的臀部早已经不起骤上骤下的颠簸，他觉得一身骨架快要抖散了。加之，同车旅客不时倒胃呕吐，甚至久憋失禁的尿裤，那些闻不得秽气的乘客抑制不住腹中怒火，破口大骂，泄愤扬拳，耍横踢脚，人与人的不和谐制造出一阵噪声发飙的闹哄哄，弄得他心绪如乱麻。兀然，车轮碾过一连串烂路深坑，头裹白帕的邻座汉子酒气、汗味夹杂狐臭的肉身趁势猛砸过来，防不胜防，躲不及躲，望平头额碰上前排的椅背，疼得倒抽一口寒气。他伸手一摸，额上已立刻见效，冒出一个大疙瘩。他窝着一肚子无名火，与归位正身的邻座汉子四目对视，一时语塞，十分尴尬。

前天，望平到昆明，先赴西山拜谒聂耳墓，紧接着便掉头去昆明师范学院寻找西南联大旧址，不知是迷失了路径，还是已经被拆除，他没有看到父亲当年就读时的土垒墙、铁皮顶的教室，不过，父亲讲述过那种暑天烈日烤得室内像蒸笼、雨点砸击房顶犹如密锣急鼓的就读场景，已是抹不去的深刻记忆。望平在昆明师范学院校园的东北侧找到西南联大纪念碑，它素有"三绝碑"的声誉，由冯友兰撰文，闻一多篆刻，罗庸手书。他细读了镌刻黑色大理石上的1178字的厚重碑文，仿佛有一道电光射入心灵，尤其是他在碑后附的834位从军同学的名单中发现了父亲的名字，凝神注视了好久，忍不住伸出指头去顺着笔画久久摩挲。

"先后毕业生二千余人，从军旅者八百余人"，冯友兰笔撰这句话，好比一枚钢针深扎心窝，使他苏醒，惊愕。在校学生中，从军比例是三取一，或三占一，这所大学算得上是名副其实的战时学校，生源就是候补兵源，跨进校门如同服预备役，读书与上战场只是一念之差，不过是时序与事序的先后而已。其时，国势危若累卵，据此可知。

这时，出现一个颇有学者风度的满头飞雪的老人，他拄着一根老藤手杖，胸前挂着一台照相机，旁若无人地仰视面前的纪念碑阙，带着浓厚的江浙口音朗声吟诵：

万里长征，辞却了五朝宫阙。暂驻足衡山湘水，又成离别。绝徼移栽桢干质，九州遍洒黎元血。尽笳吹，弦诵在山城，情弥切。

千秋耻，终当雪；中兴业，须人杰。便一成三户，壮怀难折。多难殷忧新国运，动心忍性希前哲。待驱除仇寇，复神京，还燕碣。

望平猛然意识到，这就是罗庸所撰写的《西南联合大学校歌》的歌词，使用仄韵《满江红》的词牌。他的父亲生前每逢中秋之夜，总是怅惘莫名地久久徘徊在门外屋檐下，不时眺望月色朦胧的迷漫远方，嗓音低细压抑地唱起这支青春飞扬的热血歌曲。

历史，会不会拿一个人的命运和福祉来开玩笑？他觉得自己注定是一个大时代的小人物，扮演着喜剧中的悲剧角色。设若赶上父亲所生活过的那个久远的年代，面临一场民族存亡续绝的大危机，也许自己会经过一番痛苦思索，做出一个同样选择，踏上一条同样道路，哪怕隔代人会认定它是不可理喻与饶恕的大错特错，真是一种谁也逃不掉躲不开的青春宿命。

这一次，望平子身出门，揣上了参加工作近一年积蓄的工资和从牙缝里省下的粮票，往帆布挎包扔了几件皱巴巴的换洗夏装，塞进几个馒头和一堆饼子之类的干粮，搪瓷盅不便装水就填入洗脸帕、牙膏、牙刷，脚上套一双烟色的塑料凉鞋，心里则填满郁闷与惆怅。他的父亲匡时剑，虽然名字豪气万丈，观其一生却十足的窝窝囊囊，连与世无争的大耳朵老百姓也比不上，充其量是一个逆来顺受的受气筒。半个月前，匡时剑仰躺在床上，颧骨凸出，面颊下凹，一度圆鼓的眼睛来不及间或根本没打算闭上，眼角挂着几滴浑浊的泪珠，半吞半吐地对儿子抛了几句：

"真理标准大讨论的文章，我读了不少，社会有一场巨变是肯定了……等平反，老天爷不给我留时间了……我知道，你怨我，恨我，我误了你一生的前程……等我一去，你到云南走走……我的青春，志向，奋斗，都耗光了……热血，热泪，热汗，都流尽了……我的同学，我的战友，好多，好多，好年轻，好出息，壮士一去兮不复还，比我更亏……"

父亲的话，断断续续，越说越低，没说完，在床边垂悬一条枯瘦手臂已僵直，那阎王派来的刻不容缓的黑白无常，把他匆匆地带走了。六十六岁，是他生命史的终点，天上人间有不可跨越的界线，一个青云直上的灵魂从此高不可攀。

那一场长达十年的亘古未见的动荡岁月结束后，望平毅然参加了首轮高考，谁知分数上了线却在政审中被刷下，最终是灰溜溜的名落孙山，遭逢一个撕掉脸面的冷幽默。他愤愤不平地赶到县教育局招生办，打算讨个公道，接待他的人虽长得五大三粗，却练就一副伶牙俐齿，回答简明扼要：解放前，他父亲扛过民国的枪，历史定性为"反动军人"；解放后，老头子再由党组织排队，是政治划线偏右那派。接待他的人还特别提醒，他参加高考的报名地点和政审工作人员都是县辖区或者乡镇

直接安排，具体办理，基层干部某个环节操作有没有偏差，县里也不清楚。他被一阵搪塞堵得无理可讲，无言可辩，垂头丧气地跨出大门时，下脚冷不防，差点儿被一道刷了红油漆的高门槛绊了一个跟斗。

后来的后来，不知是哪位掌权者动了恻隐之心，把他降格录取到一个原本没填过志愿的毗邻地区的名字叫不响的学校，允许他到一个高不着低不就的学校去插班读自己做梦也没打算过要报考的政治经济学专业。所幸，他比别人少上三个月的课程，照旧得到了一本一视同仁的毕业证。

望平求学之路真是一波三折，在一来一去转移户籍的过程中，他恨透了那个限制自己出路的"匡"姓，决心一生省略它，居然蒙混过关。从此，他对父亲给自己取的一个名字，有所选择地保留，称呼更简单的姓"望"——希望的望，字"平"——太平的平。不管老师、同学，还是同事、路人，问到他"望"姓的来历，他故作高深，每每师法元人刘秉忠处世之道"若智若痴人总笑"的三缄其口，或报之以苏轼那类"此事古难全"的一味装傻，以此充当遮遮掩掩的盾牌。

车到那座县城，望平找了家收费便宜的客栈住下来，向当地人打听一番，直奔坐落在河畔山麓下的国殇公墓。到达目的地，他先围绕忠烈祠转了一圈，才沿着石阶上攀去拜谒公墓。

他震撼了，根据一块竖立的石碑上的记载，这座大山埋葬着中国远征军第二十集团军8000多名将士、地方武装1000余名人员和美国盟军19名官兵的遗骸，可叹，伴随近年前才结束的那场平地起波澜的大运动轮番出现拉锯式的打砸和阻止的对垒，墓地到处可见局部损毁和修缮过的痕迹，比如地面有没冲洗干净的排笔书写的斗大黑字："掘土深挖三尺，故乡红土不容反动军人的黑骨！"旁边添写字迹工整清晰的驳词："保家卫国无罪，百姓心中铭刻抗日英烈的战功！"逝者无言，他们的功与罪如何评判？此刻，松林间一股凉风吹来，令他打了一个寒战。他继续上行，山坡上横竖成排地插立着密集小石碑，碑面刻着阵亡将士的官衔和姓名，有的已刨起，有的已断裂，也有的属掀翻后再竖立。他想逐个细数，偏偏总是忙中出错，于是作罢。最后，他登上山顶，仰视一番侵覆苔藓的中国远征军第二十集团军光复县城阵亡将士纪念塔，双目良久注视碑体上被凿损得不易辨识的"民族英雄"四个大字，以及碑座上残留的祭拜滴蜡和干瘪供果，顿时悲从中来，搂抱着纪念碑旁的一棵松树顿足碰额地放声痛哭。能怪罪长眠青山为国家捐躯的阵亡将士吗？他们不少是目不识丁的农民，按现今流行的说法都是属于根正苗红的"红五类"，即令是来自像父亲一样家庭成分偏高、出身血统不纯正的家庭，可这些人弃笔从戎，不惜为保卫国家血溅沙场，没有功勋、鲜花和掌声，有的连姓名都没留下，鲜活生命就此画上一个鲜红或暗黑的句号，还背身后骂名？能怪罪一度连累过亲人的父亲吗？如果他不为国难而心动，不去参加后来百口莫辩的"救国"，安心伏在书桌前学习，纵不能飞黄腾达，至少也是备受礼遇的民主人士，哪还会下半辈子如此惶恐不安地苦熬时光，不时被人眦目怒斥：

"你是救国民党的国，不是救共产党的国，可耻，可恶，可恨……"

哎，望平暗自叫苦，他认定父亲上错一条多风多浪的又根本无法靠岸的"船"，平安和吉祥都迢遥无期，尊重和笑脸两相缺失，以致后半生被人当成"贼"，战战兢兢走到生命尽头，也未曾堂堂正正地抬起头来。若不怪父亲，怪自己吗？选择人生，选择家庭，那是由造物主一手掌管，能任凭自己做主？投错了家庭，撞错了时代，走错了道路，便一发不可收地一错再错步步错，只有饱尝生命的灰暗，灰心，灰垢。望平百感交集地寻思了一阵，便踩着不止一年积累的重重叠叠的厚厚枯叶，默默无语地走出公墓，除却脚步声嚓、嚓、嚓，鸟叫声喳、喳、喳，唯有饥肠声咕、咕、咕。尽管四周空空无人，他却觉得似乎有一双隐形的眼睛盯住自己，并且有一张异常扭曲的嘴唇发出尖刻的冷笑，恶意嘲弄他此身此行所象征着的一个家庭的宿命际遇的失落与徒劳。

重返街头，艳红落霞把道路映染得一片凄清迷茫，望平泪水蒙住了眼眶，他脑海里不停飘浮着若隐若现的电影特写镜头似的凌乱意象：一张鲜活的脸庞，一条迷漫的道路，一团升腾的烽烟，一支锃亮的钢枪，一面猎猎的军旗，一摊殷红的鲜血，一堆惨白的骨骸，一拱巨大的公墓，一片落叶或云朵般飘零的灵魂，一串留在身后的毁誉……

次日一早，天光初现微明，望平就走出了客栈屋门，沿着一条露水未干的碎石铺成的马路往县城西南近郊的古镇赶路。望平所有的行囊就是挂在肩头的轻飘飘的挎包，他下乡当知青时便习惯了徒步征服往返上百里的山路，几里长的平坦大路对于他简直不足挂齿。

进入古镇，望平足踏色调质朴的火山石铺砌的街道，他惊讶沿途风光远比他先前想象的景象更清秀，即刻唤起回家般的熟悉又亲近的感觉，一怀平和温馨。出现眼际的县二中，坐落在一个曾经是祠堂或寺庙的大院里，琅琅书声穿过茂密古树枝叶扩散远近，他有些迷惑地驻足聆听，这时不是暑假吗？望平猛然记起，他就是一个讲坛执鞭的教师，但是，即便获得了"为人之师"的资格，却依然保存对一段已成过去式的学生时代的断断续续、粗粗细细的回忆，甚至还残留着几分挥拂不去的遗憾，以及一缕藕断丝连的牵念。他掉过头来，望着街道石坎下淌过的清澈河流怔怔发呆。

"小伙子，你是外乡人？"

一个挑着菜担的两鬓夹杂白发的农民，一边换肩一边问他。

"老伯，是，我刚到。"

"要找什么人？"

望平迎向他的恳切眼光，一下就消除了戒防心理，不假思索地应声答话：

"什么人也不找，只想找一个答案。"

"你要什么答案，可不可以说给我听听？"说话间，老农卸下担子，扯下系在腰间的围帕，拭去额上的渗汗。

三连问，三个问号，没有半点儿恶意，不带半点儿心机，望平不禁对面前这个素昧平生的异乡人平添几许知遇感，自己远道而来不就是打算访问一番吗，还有什么理由拒绝这位老人的善意呢？他片刻沉吟，反过来开始发问：

"老伯，昨天我到过国殇公墓，人走出来，心头一直有种说不出的滋味，干脆说吧，五味俱全，百感交加。老伯，我说假使，如果你当年参加过远征军，你觉得自己到底是做对了，还是做错了？是有功，还是有罪？你的后代，是引以为荣，还是引以为耻？"

"哈、哈、哈，"老伯仰天大笑，笑得右腿直跺，双臂不住颤抖。稍过片刻，他掏出一支自裹的烟卷叼在嘴上，连划几根火柴点燃，才以平静的口气说下去：

"你不是本地人，才会提这个问题。几个问，说穿了是一个问。在这里，当过远征军的人，不管他走鸿运，还是走霉运，保证没人看不起他。清明节，我们这里组织上坟，自发上坟，不管是共产党队伍的烈士，还是国民党队伍的烈士，都一样上，两头公墓都上，不管他参加的哪支队伍，只要为国家效过力，对得起老百姓，我们就要纪念他。至于功和过，对和错，还有你提到的荣耀还是耻辱，自有后人评说。我们不需要挂在嘴边，大家心头都有一杆秤，不必要去争个输赢，论个短长。"

说着，他往菜担上套扁担，转身准备走。

"老伯，这里哪些地方可以看一看？"望平追问一句。

老农回头一瞅，补一句：

"看头多，你随便转转吧。有兴趣你到河对岸上村，到我家中，我们喝着茶慢慢说。我叫寸草，家门口有一棵大榕树，好找。"

望平听罢暗地一惊，注视着已钻进前方巷陌的背影，心暗想：一个农民为何取名寸草？此人有些来历，他的姓名象征着什么呢？哎，生存的百般艰难，对世界不抱奢望，对未来既不算乐观，又不算悲观，也有听天由命的达观，名如其人，看来他必定有一番不寻常的人生经历，应该去访一访。

这个小镇也有图书馆?

望平看见坡上古庙门前标出镇图书馆的大字，纳闷了片刻，兴趣盎然地拾阶而上。跨进门槛，图书馆配置的阅览桌前，早已坐着几个阅读者，他们大多是上了一把年纪的老人。望平瞧见管理员背后书架上挤密的堆书，陈列出的藏书量显然超过了故乡的县城图书馆，这与自己出门的预想来了个位置对换，这里是大世界，故乡成了小地方。望平靠近借阅窗口向管理员打听，现场阅读需不需要证件。管理员没有多说，回头取出一本崭新的蓝皮书递来，望平一瞅是人民文学出版社的新书《围城》，作者是名字陌生的钱钟书。

望平捏着散发墨香的新书，找了个靠窗口光线好的座位坐下。开篇的第一段就紧紧吸引了他的注意力，他整个的身心一瞬间便沉浸入阅读快感带来的亢奋中。这一刻，屁股落在图书馆的椅子上的他，再也不敢小瞧这一座边陲小镇。

"同志，你不回家吃饭?"

望平抬起头来，那个穿蓝制服的年轻管理员正笑吟吟地望着他，先前坐在身旁的读者们不知不觉已走光了。

"哦，对不起，我不懂这里的规矩，请你原谅。我很喜欢这本书，可以让我再看一会儿吗?"

"可以。你肚子不饿吗?"

"我想看这本书，好多年来，碰到一本好书真是不容易，精神饥饿比肠胃饥饿感更需要解决，能允许我多坐一会儿吗?"

望平说完，又觉得有所不妥，默默把借阅的书还给了管理员，决定以后一定到新华书店买一本，他认定它是自己无从言表又默默期盼着的那类可遇而不可求的好书。

望平钻进一条小巷，挑了一家小店要了一碗过桥米线，连汤带水一扫而光。放下空碗，拭去嘴角汤渍，他没有急于找落脚点，碎步沿着清爽又神秘的街道去逛荡。这会儿，有个老太婆坐在一棵覆盖数丈的大榕树下,她悠闲自在地搂着一个大烟筒吞云吐雾,那双眯成一线的眼睛则盯着歇在十余步开外的一棵长满异状树瘤的古柳枝头尖叫不休的几只知了,如同它们的鸣唱为慰劳她而专场献技。在她面前,一个磨盘大的黑石磴上垒着一捆色泽金黄的新草鞋。

望平见老太婆出售的草鞋工艺精良,走上前取下一双来翻来覆去地考究。他捏了捏编扎得硬邦邦的紧实鞋掌,凑上鼻尖嗅了下干稻草的芳香味,继而有心无心地问一句:

"婆婆,多少钱一双?"

老太婆吐喷出一口烟雾,屏气上下扫了他几眼,没张口,举着直竖三个指头的手掌一晃。

"三毛?"

老婆婆微微一笑,默认。

望平掏出钱来递过去,老太婆睃一眼他套着塑料凉鞋的双脚,取下一双交给他,低声一句:

"不用试,合脚。你是城里人,买去,留个到这里的念想吧?"

"不仅是喜欢,还可以换着穿。"

重新走到太阳光下,望平才猛然明白了自己去买了一双穿上脚概率很小的草鞋。一段时间来,他无聊至极地自寻烦恼,莫非是被某种魔鬼般附身的潜意识所支配?望平轻声哼唱起一支新近从海峡那头流传到大陆的台湾校园歌曲《爸爸的草鞋》,它以悲慨苍凉的音符去诠注国运起落与宿命无常,加之游历小镇的歌者带着无可痊愈的心灵痛楚,宛如是一次抚慰隐痛、自我解嘲的孤凄吟叹:

> 草鞋是船,爸爸是帆,
> 奶奶的叮咛载满舱,
> 满怀少年时期的梦想,
> 充满希望的启航,启航。

船儿行到黄河岸，
　　厚厚的黄土堆上船，
　　夜来停泊青纱帐，
　　天明遥望山海关。
　　……
　　草鞋是船，爸爸是帆，
　　故国的叮咛不敢忘，
　　强忍无奈小别的悲怆，
　　信誓旦旦又将启航，启航。
　　……

　　父辈仗着一腔热血走出乡关，经历了坎壈际遇，体验了死生契阔，这一生真是过来得不容易。后辈呢？他不请自来地闯入异乡古镇，踟躇于多巷陌多岔口的静谧街头，再次坠入"天不怜人，时不济我"的歧路迷惘，他悲叹自己无药可医的过于渺小，捉摸不透的历史迷阵偏偏是远远超过幼稚想象力的过于复杂，过于庞大。

　　傍晚，望平身披暮色跨进隶属供销社的客栈，一个年龄二十岁左右的服务员冲着他一笑，客气地说：

　　"我想看看你的证件，可以吗？"

　　"当然可以，这也是国家定的规矩，理解。"望平掏出母校并没回收的学生证递入登记窗口，新入职的单位还没发工作证，他也嫌麻烦没去开身份证明，所以使用过期未作废的个人证件。

　　"哦，是大学生？"

　　"大专生。"

　　"大专生也了不起。喂，你上午是不是碰到一个挑菜到集市卖的农民？"

　　"是啊！"

"他是我叔叔，叫寸草，对不对？我是他侄女，叫寸香。"

"他告诉过你？"

"对啊，他还对我交代过，如果你愿意，今晚就不住客栈，要我把你带到他院子里去。只要你信得过，出门人，能节约就节约，好吗？我叔叔不是随便哪个都要请上门的，他说你是四川人，半个老乡。今晚，看你愿不愿意，他叫我不勉强你，就这样。"

寸香瞪大一对纯真眼睛，他羞红了脸，赶忙有些拘谨地答话：

"要去，要去。他不打这个招呼，我明天也想去拜访他，我有好多事情想向他了解，太有缘了。"

于是，望平尾随着寸香穿过一道火山石修筑的河堰堤坎，直奔对岸的村庄。他站在她身后，眼睛可以毫不拘束地注视她那身材适中、体形匀称的背影，她一袭披发直垂腰际，着装一松一紧：上装是一件紧绷绷的白衬衣，下装是一件裤腿肥大的黑色绉纱裤。一旦迈开脚步或随风之轻撩，她的着装很快呈现出身体部位凸凹反差照应、刚柔兼济的天然风韵，恰到好处地点缀出勃发青春的婀娜多姿。

寸香带着望平，绕过一棵根须乱窜的大榕树，推开嵌在火山石垒砌的近一丈高的围墙中的双扇木门，只见寸草握着一卷线装书坐在占据院坝面积约一半的池塘边的一条高靠背竹椅上，似在玩味他刚才读过的书句，又像在欣赏池塘中种植的荷花。晚霞为他线条粗粝的面颊轮廓镀上一层光晕，活脱脱如古代水墨画境中淡泊遁世的名士，如此舒适的居家环境着实让远途而来的望平暗暗艳羡。

"叔叔，客人来了。"

荷塘边，寸香语气恭恭敬敬，姿态亭亭玉立。

"闺女，客人送到了，你回去吧！"

寸草站起来，轻轻一拍她浑圆的肩头。

等她转身离去，寸草关闭好院门，带望平进屋。光线转暗，寸草划根火柴，点亮了一盏黄铜精制的套玻璃罩的煤油灯，引导望平放好行李，又进厨房盛来热水，叮嘱望平先洗脸、洗脚，等洗漱完毕再到正屋饮茶叙话。

薄暮中，天边最后一抹残红逐渐被雾霭吞没。望平打量一眼窗外那一丛风间摇晃的绿竹，顿时唤起一种亲切又熟悉的感觉，宛如此身不在异地，而在故乡。

夜空泻下银色月辉，空气中散发一味来自荷塘的幽幽清香。望平吹灭了正屋里点着的灯盏，踱步到寸草身旁空着的靠椅上坐下。两椅之间的茶几，摆放着盛满待客水果的大瓷盘，茶几下搁着一个续茶水的铜壶。

望平初来乍到，被如此招待，十分感激：

"老伯，你对我如此照顾，真还有些不敢担当，不知如何报答你这一番盛情？"

寸草递给望平一把蒲扇，作退暑驱蚊之用，嘴上说道：

"客气了，多礼了。"

望平诚恳地继续诉说：

"我父亲弥留之际，吩咐我到他读过书、从过军的地方走一走，希望化解父子之间某种他生前还没消除掉的芥蒂。这一路，我做好了体验流浪汉生活的思想准备，像艾芜《南行记》的主人翁那样去吃尽苦中苦，老伯如此关照，真是做梦也不敢奢望。托你的福，我太幸运了！"

寸草端起茶盏，用茶盖轻轻拨去少许的浮渣，呷了一口，接上话头：

"我也是四川来的人，你就算是'他乡遇故人'吧。喂，你刚才提到艾芜的《南行记》，你喜欢这部书吗？"

"很喜欢，当知青时读到的，觉得云南的亚热带风景很美丽，少数民族风俗很迷人，主角的坎坷遭遇很刺激，作家有一番不比寻常的生存体验，让人胆怯又向往，真是一本题材特殊、情节有趣、人物生动的好书。这次，我按照父亲的临终遗言到了云南一走，相对于艾芜描述过那类流浪汉生活，一路算是幸运得多，至少不愁生计。"

"哦，原来如此。不过，你对云南的了解还留在表层，大概受了民间流传的云南'十八怪'的影响吧，以为这片土地是一片蛮荒野地，甚至念顺口溜嘲笑云南人，什么'四个竹鼠一麻袋，蚕豆花生数着卖'，什么'摘下草帽当锅盖，三个蚊子一盘菜'，什么'蚂蚱当作下酒菜，竹筒当作水烟袋'，等等，这些恐怕你都听过了。要是我今天告诉你，严格说来，艾芜的这本小说是追求小说，或者追梦小说，不是那类带仓皇出走含义的流浪小说，大概你不一定赞同，是不是？艾芜当年到云南，不是找饭碗，是找出路，他是受过'五四'思潮影响的新青年，他一直往南是想找一个可以半工半读的学校接受现代文明的教育，在他的眼睛里，远方有一道彩虹悬在天边。严格地说，《南行记》和巴金的激流三部曲《家》《春》《秋》一样，是反叛命运的抗争小说。当然，艾芜小说的主题与巴金小说主题有所差异，它不仅仅是控诉旧社会的封闭与窒息，它的着力点是突出一个打碎封建桎梏逃出来的人，如何不辞千辛万苦去寻找一条通向人生理想的新道路，如何去迎接一个又陌生又盼望的新世界，他期待自己的青春能够沐浴现代文明的新曙光，你信吗？"

"老伯，你谈吐不凡，是读过不少书的人，我想听你多说一些，把这个话题深下去吧，好不好？"

寸草侧身拿起一个玉石嘴的细长烟杆，塞上一截自裹的土烟卷，划燃火柴接上火，闷抽了一阵，缓缓地开口：

"清末民初，四川人以为大凉山以外的云南是没有开化的蛮荒土地，愚昧，落后，不惜用尖酸刻薄的话来嘲讽云南人，岂知相对于自身封闭又自以为是的四川人，云南人，尤其是生活在云南边疆的人，处于封建文化的末端和西风东渐的前哨，对不对？我不知道，你去过镇图书馆没有，它是祖籍在这里的旅缅华侨捐钱买书创建的图书馆，若论资排辈，堪称中国'乡镇第一'。早在1905年，从这里走出去的爱国华侨组建社团咸新社，它一成立就开始筹办读书会，购买公益书籍供家乡有志青年阅读。1928年，旅缅爱国华侨组织崇新会正式创建了这个图书馆。开馆初期，买书买报运到这里还真不容易呢，从上海购买的书报按批次搭轮船运到缅甸八莫，再从那里沿西南丝绸古道由马帮从缅甸运过来，路上辗转的时间二三十天，这些书报都来之不易，珍贵无比。当时，图书馆门前有副对联：'书自云边通契阔，报来海外起群黎。'镇上人爱读书全国有名，民国时期有三个大学的校长为图书馆题写过匾，分别是北京大学校长胡适，民国元老、中法大学校长李煜瀛，云南大学校长熊庆来。这个地方的人，懂得知恩记情，不管对方是什么人，甚至不管对方加入的是国民党还是共产党，只要为地方做过有益的事情的人，他们都心存感念。那时，四川人可以讥讽云南'火车没有汽车快'，可是，云南人可以反驳四川人：'你们连慢吞吞的火车都没有。'谁先进谁落后，谁更接近现代文明？那时，与中国接壤的缅甸、印度是英国的殖民地，越南是法国的殖民地，假若谁偏要说完全处于封建时代的农耕文明状态的四川盆地，要比已经受到西方文明开化的云南边陲更现代，那样的判断太简单，太武断，拿不出站得住脚的客观依据。哦，夜深了，你远道而来，该早点休息，我们改日再聊吧。"

　　寸草中断了谈话，起身进屋把桌上的煤油灯点亮，递给望平，告诫他睡觉时不必吹灭，只须捻小火苗。望平虽意犹未尽，但属于客人，又初来乍到，连声说自己眼睛好使，很少起夜，一觉就睡到天亮，便辞谢了主人手中的灯盏，借助微光径直向卧室走去。

　　此刻，雕花木窗外，划过一枚子夜流星。

第二章　陈年旧事

喳喳鸟语，吵醒了梦中人。

望平翻身坐起来，揉揉眼睛盯着户外，竹丛间露出一棵孤伶挺拔的冷杉。呵，命运真是神奇，两个前些天还素不相识的陌路人，自己居然成了对方的上门客人，而且毫无戒防地酣睡一宵。他一搔脑勺，轻声吟诵柳永《雨霖铃》中的名句："今宵酒醒何处？杨柳岸晓风残月。"

窗外，清风轻摇树枝，星月隐没无踪，一轮旭日冉冉上升。

听到轻叩门扇的声音，他打开了房间门。寸草端来了一个盛有温热洗脸水的铜盆，面颊堆满温和的笑容，望平赶忙迎上去接过来。寸草又拿他的口杯去打来漱口水，示意他蹲在门外屋檐下的石阶边去漱口。这一刻，望平觉得此地比故乡更像故乡，比家更像家。早餐，碗中盛满加了蚕豆的稀饭，搪瓷钵里装着六七个煮苞谷，菜碟里是切成细颗的泡红萝卜和撒了辣椒面的豆腐乳，地地道道的四川口味饮食，使他喜出望外，胃口大开。

用过早餐，寸草收拾好桌上的碗筷，对望平说：

"今天我不出工，也不上街卖菜，陪着你玩一天吧。我带你去泡泡温泉，那是大城市里的有钱人家也很不容易享受的保健理疗。这里离沉睡的火山口近，温泉池到处都是，来者不拒，谁都免费，只是山路不太好走，十几里，你不介意吧？"

于是，他们各自戴上一顶麦秸秆草帽，准备出门。寸草见望平，捏着自己的洗脸帕和备换的裤衩，就说："洗脸帕可带一条，裤衩不必，那是无人之境，不避眼睛。"

寸草走在前面，步履敏捷，腰板挺得比年轻人还直，若不是头顶已现零星白发，乍一看只有四五十岁的年纪。

"老伯，你当过兵？"

"当过。"

"打过仗？"

"打过。"

寸草回答得干干脆脆。

"老伯，你的名字叫寸草，是小名还是大名？真有姓寸的？"

"寸是这里的大姓，是明清年代从重庆巴县移民过来的。寸家祖先在这里落地生根，繁衍兴盛，成了望族。县域有八大姓，洞库和董官村的东董、西董，北海和绮罗的南刘北邓，和本镇的李、王、寸、尹，加起来合称八大姓氏。镇上的街巷，按李、王、寸、尹等几个家族的居家地址分布来划分，人称李家巷、王家巷、寸家巷、尹家巷，天长地久便成为了地名。我呢，原来姓何，叫何家富，重庆北碚人，初中还没毕业就参加远征军，现在改姓寸。"

"你的名字，是取寸草的微不足道，暗指生命的脆弱，世事无常，还是带有'离离原上草'蓬发生机的积极含义，象征一种不屈于命运的生命力？"

寸草掉过头来，冲着望平笑笑：

"哈哈，都不是。我参加的那支远征军部队，既不是戴安澜的200师，也不是孙立人的38师，是张轸统率的新编28师。我入缅参战打的几乎都是败仗。我那些殉国的弟兄大部分不是倒在战场上，就是倒在穿过野人山返国的路途中。我是为数不多的幸存者之一。但是，等我回国打听到的第一个消息，就是我的父母躲过了日军的大轰炸，却没躲过处于大后方的国统区贫困交加，没熬过苦日子，已经双双过世，连坟墓在哪里都不知道，真是乱世人不如太平犬啊。我成了一个断绝户留下的唯一血脉，我自己弃笔投戎连打败仗辜负了国家，离家远去辜负了父母，便借用唐人孟郊'谁言寸草心，报得三春晖'的现成诗句中的三个字，改名寸草心，意思是我辜负了国家和父母的大恩，一生一世无以回报，只有愧疚至死。后来落户到这里，发现姓寸的是大姓，也算是天缘，我就扎根在这里了。不过这'寸草心'不太像人名，省一个'心'字，叫着更顺口，久而久之人人都知道有个寸草，谁都忘记了有个叫'何家富'的重庆人，把我当本地人看了。至于我，是怎样看自己今天顶着的姓名的呢？说实话，我每次签名'寸草'，都会想起文天祥《过零丁洋》中那句戳心的诗句：'惶恐滩头说惶恐，零丁洋里叹零丁'。"

在草木稀疏的山脊上，他们不再吭声，默默无语地行进在赤褐色的山脊上。漫长的岁月中，一场场天崩地裂的突发灾难，地幔深处的炽热岩浆喷出地面又冷却为坚硬的岩石，凸起为山峰，凹陷为湖泊，天长地久裸露的岩石逐渐风蚀为碎砾、沙土和尘埃。大自然戏剧般的演绎，伴随偶然出现的颠覆衍生的洗牌和排序，有不堪入目的狰狞，也有风景如画的灵秀。

顺着一条人迹罕至的斜坡下行，望平不小心脚踏着一块松动的石头身子往前一扑，寸草手臂快疾如闪电地往后一伸捏住背后人的手腕，他没转身，已稳住望平。那块松动石头，擦着寸草的裤腿急速滚下，砸入温泉，激起一柱散开的水花。望平一场虚惊，继而又一阵震惊，一位老人身手比野豹更敏捷，更凶悍，反手捏得自己手腕红肿，当年他在战场上必定是身手不凡的猛士。他们来到毫不招眼、招风的谷底，站立在长约七八丈、宽约三五丈的不规则温泉前，一股浓淡适中的硫黄味直扑鼻孔，泉口像一个由锈铁般的火山石紧箍的大澡盆，略显浑浊的温水底下淤积着厚厚的泥灰层，似乎它不仅沉淀着一份悠长岁月淤积的灰垢，还隐藏着一份无人问津的落寞。

寸草笑吟吟地脱下裤衩，彻底暴露一身让人联想到野蛮猛兽的肌肉疙瘩，以及经年遮掩在衣衫内的白皙得酷似少壮处子的光滑皮肤，他一丝不挂地涉入温泉，把泉水浇上胸脯摩挲着，嘴里无特指地念叨：

"这里野兔都不来，何况人影？就是有人影，全是男人，不需要讲究，一场人生赤条条来，赤条条去，害啥羞，讲啥究，水温一般在四十度左右，早晚低些。它若是在昆明、重庆、成都这样的大都市附近，早就商业化了，经营者已饱尝人满为患的甜头。它被闹市疏远，被世人遗忘，至少对于你我这样的人，皆因不遇之亏，获福泽之偿。"

寸草在泉水中蹲下去又站起来搓洗了一阵，然后，他抽身回来在泉边浅水处仰面躺下，两手不停地在身旁挖来稀泥，浑身上下糊得只剩出气窍孔。他大声招呼望平：

"你别嫌这火山泥脏，它含有稀有元素，能治好多身体疾病，远途而来，千万不要放过善待自己的好机会，你试一试吧。"

望平蹚着水，走到离寸草约一丈远的位置效仿着，以做游戏玩家的心情去做泥疗，他按捺不住提出一个憋在心间的疑问：

"老伯，怎么不见你的家人呢？他们去哪里了？"

"我是一个人不饿全家饱。有个儿子叫寸金，生于1950年末，他活在世上的日子太短了……"寸草浑浊不清的话语，带着不加掩饰的伤感。

接着，寸草平淡地简略地提及往事，仿佛不是自己的家事，是他年他人的故事。他的儿子寸金，是县二中初1966届学生，学习成绩一直是班级的领跑者。后来，那一场呼啸而来的风暴刮到这里，寸金闻风而动，不料天降不测，已随风而逝。更加要命的是祸不单行，寸草还没满四十岁的妻子李芳兰，长期营养不良体质孱弱，听到儿子已青春夭折，永不还家，喷血一口，扑倒桌上，从此不再醒来。

望平目不转睛地盯住寸草，见他如同闲聊街谈巷议，一脸漠然，平静至极，感到惊愕又惊恐。一个人该要经历多少次命运施加的沉重打击，才能练出如此"金刚不坏之身"的神功，将不堪回首的往事简化为轻描淡写，弄不清他是定力超凡，还是麻木不仁。片刻，望平陡然出现直觉，躺在身旁哑口无声的老人，心灵中有一道深不见底的沟壑，它那无底渊谷一层叠一层地装满了日积月累的绝望。

回到家院，寸草扛着锄头到庄稼地里忙活一阵，黄昏时他再回家时，看见望平把他挂在堂屋墙壁上的一把三弦琴取下抱出来，坐在院内池塘边不依章法地拨弄着。寸草站在一旁，解下围帕擦拭着脸颊的渗汗，带笑一句：

"你不是抚琴，是乱弹，你用力过猛，琴弦会弄断……"

望平立起身子，说出一句扫兴话："哎，不好意思！"

望平撒开手，又添上一句："老伯，没想到你还会这一手，抽空教教我吧。"

"我也是半壶水，半懂不懂，弹起耍。"寸草啪啪地扳过一轮指节，一摊手掌："瞧我这一双手，结了一层厚茧，骨节已僵硬，粗糙得像啃木头的钢锯齿。我生成磨难命，指头捉过知了，握过笔杆，扳过枪机，捏过锄头，弹琴就是混时间，成不了行家。"

说着，寸草接过三弦琴，挨着望平坐下，调调弦，试试音，轻轻撩动琴弦，以极富沧桑感的男中音低声唱起：

你知道你是谁？

你知道华年如水？

你知道秋声添得几分憔悴？

垂！垂！垂！垂！

你知道今日的江山有多少凄惶的泪？

你想想呵，

对！对！对！

望平有些惊奇，一个老农民居然有一副音色圆浑雄劲的男中音，至今记得一支二三十年代北平流行的校园歌曲，唱得声情并茂，沉郁动人，苍凉入腑。待歌声停顿，望平轻声感叹：

"老伯，你唱得真好，在学校的图书馆我翻过几本过去年代的歌曲集，其中一本，北大教授萧友梅的第一本歌曲集《今乐初集》，里面有这一支歌，作词的人是谁，记不清楚了。"

"易韦斋。"寸草猛一抬头，凝望着墙外的西天密布的血红晚霞，双眸泪水波动。他嗓音发颤，接着唱：

你知道你是谁？
你知道人生如蕊？
你知道秋花开得为何沉醉？
吹！吹！吹！吹！
你知道尘世的波澜有几种温良的类？
你讲讲呵，
脆！脆！脆！

寸草一曲歌罢，望平恳挚称赞：
"你弹得真好，唱得真好，弹唱双绝，超出了我的想象。"
"你也有些出乎我的意料，没想到你知道这支歌，你懂得这支歌吗？"
"你说一说，我听！"
寸草缓步踱来踱去，立定在墙边的一丛香蕉下，目光射向望平，语气肃然：

"我随部队从缅甸回国后，经常像做贼一样靠近这里的益群中学，也就是今天的县二中的教室窗户，去旁听，不，去偷听过陈茂耘老师上的音乐课。她是校长寸树声的夫人，听说还留过洋，她是多好的老师啊。"

寸草告诉望平，这支歌的歌名叫《问》，它诞生的时代背景是日本策动"九一八事变"前夕，虎豹成群扑来，外患异常严峻，可是各路军阀依旧忙于抢地盘争势力的厮杀。那时，华北局势动荡不安，国运已朝不保夕的衰微，不祥之兆笼罩人心。这支歌，它反映出当时人们心中的焦灼和痛苦，以及面对歧路岔口茫然不知所措的彷徨。它借助一串有问无答的追问，启迪人们去关注个人出路、社会问题和国家前途，告诫大家不要忘了自己是中国人，不要失去自己的血性，不要浑浑噩噩地蹉跎岁月，不要漠视山河破碎、国难深重的危险，应该义无反顾地挺身而出，勇敢地充当社会栋梁挑起救亡图存的责任，尤其是歌曲结尾余韵缠绵的吟唱，深沉含蓄而寄寓深长，真是噙泪一曲兴亡调，唤醒万颗忧患心！

一阵良久的沉默过后，望平再度发问：

"你飘零一身，家破人亡，为什么不回重庆，还留在这里？"

"走吧，你到厨房帮我烧柴灶，我们一边做饭一边谈，好不好？"

寸草把三弦琴挂上墙壁，带着望平走进厨房，相互配合忙乎晚餐。望平坐在灶膛前搁了一块草垫的石凳上，拿起火钳夹柴火引火，寸草则忙着刷锅、舀水、淘米、淘菜，取刀切菜。寸草瞟了一眼望平被灶膛火光映照的面孔，接起先前的话题：

"回重庆老家，说起简单的事情，做起来不简单。你看，我没有光宗耀祖的本钱，连住房、亲人、户籍等都一无所有。久经战乱事情早就反过来了，家乡的人对我陌生，异乡的人对我熟悉。何况这里的人能善待我，知道我虽然对国家无寸功可表，却没有罪不可赦的劣迹，孤单点就孤单点。"

寸草拿筲箕沥过米，倒进饭甑子蒸熟，转背又去撕扯包心菜叶，手不停，嘴也不停：

"这地方多好啊，非但不是一般四川人想象中的蛮夷野地，而且它还是连接南丝绸之路的一个边陲重镇，不仅是交通要冲，也是兵家要冲，商贸要冲，文化要冲，教育要冲。一年四季，这里人流、财富流，乃至文化交流，都络绎不绝。你大概不熟悉这里的学校吧，教育质量比很多地方高，办校路子正，校风树得好，基础打得牢。"

望平按寸草的吩咐，从锅里拔起饭甑子，抓来刷把刷洗垢迹，倒掉脏沸水，再坐下来添柴催锅，耳朵仔细听着炒菜的寸草叙话：

"这里的县二中，过去叫益群中学，听说县政协已有民主人士建议恢"

复旧名，改回益群中学。这所学校是谁创办的呢？寸树声。他是一个什么人？他是归国留学生博士，曾任随西南联大南迁云南的北京大学法商学院院长。"

　　寸草告诉望平，当年在缅甸华侨组织"崇新会"的资助下，在辛亥元老李根源的推动下，这里成立了一所华侨中学——益群中学的筹委会，得知寸树声将回云南的消息，便竭诚邀请他担任益群中学校长，并兼任镇中心小学校长、镇图书馆的馆长。益群中学校门，有一副对联"高必自卑，合德智体而并育；小能见大，通天地人者为儒"，撰写的人叫赵藩。赵藩是什么样的人呢？昆明滇池大观楼的那副长联是他撰写的，还有成都武侯祠那副名联"能攻心则反侧自消，从古知兵非好战；不审势即宽严皆误，后来治蜀要深思"，也是他的手笔。听说，头几年毛主席还特意叮嘱新任四川省委书记，要他到成都武侯祠去看过这一副"攻心联"。

　　望平用火钳拨着灶膛里的柴火，听罢寸草介绍，感慨一句：

　　"这学校真是来历不凡，起点高。"

　　"是啊，当年西南联大的历史教授吴晗、翻译家曹靖华，都出面为这座学校推荐教师，购买教材、仪器。益群中学的校服是灰色的，冬装衣裤都是长装，夏下装是男裤、女裙，男女学生都穿草鞋。那时，社会风气不太开化，封建势力对男女同校很抵触，寸树声便亲自出马上门招生，挨家挨户地说服各个家长不让女孩再缠脚，允许她们去念书。在学校，寸树声还让他的夫人陈茂耘教授国文、体育、音乐课，组织女学生篮球队，让和顺女孩参加包括游泳在内的各种体育锻炼，自由大胆地在众目睽睽之下参加体育比赛。当时，这不单是开创风气，简直是惊世骇俗，教育工作者需要热忱，需要勇气。我在县城电影院看过一场电影，叫《早春二月》，寸树声和陈茂耘夫妇，真像影片中的男女主角，就是萧涧秋和陶岚。下课之后，寸校长经常亲自带领学生挖坑，挑土，填水凼，平地基，准备为扩招学生建设新校舍，筚路蓝缕地创业啊。他们为了什么，为开化民智，救亡图存。'教育与社会打成一片，生活与教育打成一片'，这就是寸树声当初倡导的教育主张。"

他们扒着饭，交谈着，寸草目光炯炯直视望平，语气有些凝重：

"你这次到我们云南来，是不是要找一个答案，为你父亲，为你自己？众口铄金的毁誉，社会待遇的优劣，功过是非，好歹优劣，是不是由利害得失来决定？虽然，我已经属于幸存者，甚至还算一个比下有余的幸运者，但我照样感同身受。至少我要表明观点，我同情和理解你父亲的不容易，哪怕是别人的赞美和指责，他都听不到了。"

寸草放下碗筷，起身站立，端上茶杯，用茶水漱了一阵口，长叹一声，重新坐下来。他下意识地扳着手指节，再次叙话：

"我还是回头来说寸树声吧。你肯定读过法国作家都德的《最后一课》，而寸树声1942年5月8日为学生们上的最后一课，对于他的学生而言，对我本人而言，更是刻骨铭心的难以忘怀。那天，寸树声与一群即将离校的学生告别，联想到他们即将承受日本侵略者暴戾强加的人生耻辱，他登上讲台心如刀绞，上最后一课：'同学们，时局的情形你们都已知道了，我们以为不能来到这里的敌人已经只离我们三四十里路了，我只恨我们没有自卫的力量，恨我不能保护你们，领导你们！学校从今天起只有停课。将来总有一天学校又能开学上课，但是，那时到这里上课的人是不是我，是不是你们，就不知道了。……平时，对你们所说的话，希望你们不要忘记。你们要在艰苦的环境里，磨炼你们的精神，在斗争里发展你们的力量！……我相信每一个黄帝的子孙，是不会当顺民的，是不会当奴隶的！……'寸树声说着说着，话音哽咽了，木呆呆地立在讲台上，女生们忍不住抽泣垂泪，男生们难受地低下头。后来，寸树声回忆起那个场景，依旧满怀愧疚：'我因为种种限制，不能携带他们出走，我常常觉得我所负于他们的，超过我所给予他们的，这是我一生最大的背德和不幸，也将成为我一生忏悔不尽的罪戾了！'这就是受人爱戴的师者，也是这里现代教育的开拓者，文明薪火的播火者。关于教育，寸树声有他个人的理念：'故尝谓事不患无功，而患不为；不患无人材，而患不育人；树一木，育一人，则十年之内社会即蒙其利受其影响而延及百代，事实盖至显然也。'这里的教育，是当地人眼中的无价珍宝，教育和教育工作者备受尊崇，哪怕是过去的动荡年间，谁冒犯了教师，就是一桩众所唾弃鄙夷的劣迹，不可饶恕。"

听完寸草一番披肝沥胆的话语，望平默默无声地收拾桌子，去厨房洗刷锅瓢碗盏。那些一度被岁月风烟遮蔽住的本土往事，经过寸草的口述——化作历历可见的生动浮雕，前一代人的生存、追求、奋斗、承受、忍耐，甚至失望、失落后的沮丧与挣扎，并不缺乏令人动容的内核，有着值得后人理解、尊重、乃至敬畏的合理层面。

至此，望平渐渐朦胧地理会到父亲那一对郁郁寡欢又抱恨而终的眼睛之所以不时流露出无人体谅的委屈，无人可诉的孤单，无人搭理的寂寞，无人同情的凄凉，它像锋利的锥子深深地刺痛了他的心灵，也激活了自己一根根长期麻木不仁的神经。父亲在世之日，天天眼巴巴望着门外的那一条街路，希望某一刻有什么人的身影出现，会送来一纸他曾梦中絮叨过的平反通知。可惜，那一张颇具象征意义的薄纸，偏偏是姗姗来迟，等它面带几分矜持出现时，父亲已很难从坟墓里爬出来，无法去感恩戴德，无法吐诉这一刻还需不需要的声音。一粒时代的灰尘掉在孤独者的头上，浑如一块巨石，砸得那么沉重，那么不堪承受。

望平嫌室内有些闷热，便走出屋门，解开衣扣，任凭凉风吹拂热血潮汐又堆积块垒的胸膛，吹拂一头遭遇汗浸的蓬乱青丝。他不明白，为什么人总要经历许多曲折和磨难，才能够获取一点儿少得可怜的教益，而它在后世看来将是一种简易明了的常识。

第三章　战马嘶鸣声

望平睁开睡眼,只见房东一手拧着自己的耳朵,一手端着一碗荷包蛋,窗外的太阳已由火红转为金色,花瓣草叶上挂满露珠,经阳光辉映,闪亮如一粒粒唯有出现于童话世界的彩珠。

今天,寸草依旧没出工,他端了两把竹椅摆放池塘边,邀请望平与自己一起坐下来喝茶闲聊,试图解开一个远方来客的多年心结。眼下,几只彩翼蝴蝶若即若离地飞扑在一朵分外鲜艳的荷花上空,另有一只隐约可见的红蜻蜓静静地歇在花蕊上。寸草拉开了话匣:

"望平,我比你懂你的父亲,我和他是同代人,我们都是为报效国家走上战场的知识青年。不过,我是初中生,你父亲是大学生,还出身名校,他的选择更不容易。"

寸草话音一顿,他用指头拈着一只已爬上膝盖的瓢虫,弯腰把它轻轻放在脚旁的一片落叶上。他顺势拎起搁在椅边的铜壶,为自己和望平续上茶水,眉头微微一皱,声音略略凝重:

"小伙子,你学过历史,还接受哲学思维的训练,不过你涉世还浅,无字的书还没读明白。我不以为你父亲当年从军是他的过失,不,有过失的是他所处的那个时代。他有罪吗?有罪的是日本侵略者。现在,党的十一届三中全会已拉开了一个新时代的序幕,尤其是党中央前不久公布的《关于建国以来党的若干历史问题的决议》对一些国家层面的政策失误做出了评判,对过去一度百思不解的是非功过已下了定论,天时、地利、人和都有了,你千万不要纠结于一家一户的过去,哪怕是千家万户的过去。当然,从某种意义上去看,大历史的进程是以年代和世纪来做计数单位的,如果以年月为单位来观察它的速度,它爬得比蜗牛还要慢,而人的生命又是很短暂的。"

寸草喝了一口茶,瞅一眼全神贯注听自己说话的望平,清了一下嗓子,抓起身边放着的烟杆,把一个烟卷塞进铜斗,划火柴点燃,吞吐着烟雾说下去:

"现在,随着国家全力推进工业、农业、科技、国防的四个现代化建设的时代进程,高瞻远瞩者的战略决断不再推行'以阶级斗争为纲',党和国家的工作重点转移到了'以经济建设为中心',但是,人们观念的转变仍然是循序渐进的,而且还会有停顿、对峙,甚至反复,这是社会发展的取向决定的,也是过去长期执行过的路线、方针、政策惯性推动的。大时代的大背景,是一个审视人生的必要参数,我们作为一个普通人,不必害怕一世平庸,不要怕平凡地度过一生,也许这过于收缩了我们只能拥有一次的宝贵生命的生存格局,不过,你所品尝的悲伤的比重也小了,命运起伏跌宕的落差也小了。事实如此,当你还没有英雄用武的舞台,除了耐心地数着日子等待,预先把自己磨炼成可造之才,你还能做什么呢?一个人啊,可以一厢情愿地假设自己获得天缘、地缘、人缘,但实际偏偏是时不济人,力不从心,事不遂意,不能左右大势,不能倒推潮流。远离唯心,接近唯物,看问题就不会头脑发热,能够淡定地面对现实。哦,我长期生活在以《大众哲学》一本书传名的艾思奇的故乡,我不管懂不懂哲学都关心它,形而下的洒汗求生,形而上的想入非非,或许还有些缺乏知人之智,知己之明。你看,我让你笑话了,像一幅笔法夸张到变态的乡野村夫的漫画,不,自画像。我这身老贱骨头还饶舌,你觉不觉得好笑?当然,换一个人,这些话我未必想说,未必会说。"

望平捧着茶盏却没喝一口,听得很认真,感慨不已:

"老伯,你待我好,我晓得,很感激。你一语点醒梦中人,要是早十年我能听到你这一番话就好了,让我懂得了许多过去没有懂的道理。"

寸草在竹椅边抖掉烟斗里的残灰，诙谐地一笑：

"那些年头，我敢像现在这样说话吗？"

寸草重新点燃烟斗，才缓缓开口：

"孩子啊，我可以这样叫你吧？每一个时代，都笼罩着一团团、一层层缠绕着它的驱不散、拂不完的风烟，别说旁观者，连当事人都未必能弄清楚。看历史，和夜晚瞅天上的繁星没有两样，人隔得远，有一知半解便聊以自乐，聊以自慰。想揭开环绕所有星星的谜团，没有拥有超自然力量的凡人，谈何容易？一个人作为的大小，一看逢不逢时机，二看遇不遇贵人。这一点，中国多数人信命，重视必然性；西方人信运，重视偶然性。现在，我们大家都希望盼来一个大贵人。"

望平听罢，鼻子一酸，热泪夺眶而出，那是蓄积已久的情感和困扰的一次痛快宣泄。父亲那一代人啊，他们所经历的山河岁月，所见证的国运兴衰，所面对的生死契阔，所饱尝的身世沉浮，以及一波三折的身家忧患，留下一串没有标准的答案供后世众说纷纭的争执话题，间或是闲聊谈资。

寸草抬头见太阳已高悬中天，便缩短了话题，叮嘱望平几句，要他把脸上的泪水擦掉，不要总是埋怨父亲影响了自己奔前程，他老人家走过的一生太不容易。寸草还有意无意地提及，他已准备了好多年，访问了一大批幸存的过来人，收集了不少历史文物，等到条件成熟那一天，他会联合在这里过日子的有心人，筹建一座再现滇缅抗战场景的博物馆或纪念馆。

过了几天，一场密集大雨骤然发作，瓦沟里的雨水越冲越急，在檐口射出一个透亮的弯弧，随即直线坠落，院内的铺地砖不断腾起一团团粉碎成烟雾般的水沫。很快，因排水沟泄口不畅，以致存量与增量叠加高涨，院坝里浊水横溢。这时节，无急事要办的农户，只好寸步难移地龟缩家中。

寸草安排的早餐，每人一碗豆浆加两个硕大的煮苞谷，他们边啃边聊，细嚼慢咽地消磨显得有些奢侈的空闲。饭后，寸草把望平引到院落东端的楼梯口，有几分神秘地说：

"今天出不了门，你跟我上楼去看一看，这些年，我收集了不少东西。"

掀开一道上了铁锁的蒙满灰尘的木门，走进楼上的几间房屋，全是他从乡间、地摊、废旧品收购站找到、要到、买到的与那场几十年前的战争有关的物件，有日军的指挥刀、刺刀、望远镜、军装、军帽、军靴，有远征军战士用过的大刀、菜刀、钢锅、搪瓷盅、水壶、军毯、军装、帽徽、领章、皮带、绑腿、手套、草鞋、布鞋、胶鞋，有盟军用过的蚊帐、烟盒、烟斗、铝制饭盒、刀叉、洋酒瓶、罐头壳，还有子弹壳、炮弹壳、坠机的残骸、炸弹的残片，寸草分门别类地用纸片注明了搜集地点和来路、来由。另有上百张老照片，几幅军用地图，一大堆战时出版的报纸、阅读的书籍、学校用过的教材，以及敌我双方张贴过的告示，甚至还有一面远征军弹洞无数的军旗、几把抗日将领坐过的木椅和用过的两张办公桌。望平为之动容，长吐一口气，说出心里感受：

"老伯，你为弄到这堆满几间屋的东西，一定冒过不少风险，操过不少心，吃过不少苦，很不容易，珍贵！"

寸草眼眶泛红，从一个小窗口呆望着楼外，嘴上回答：

"当然来之不易，我基本上走遍了战事波及的各片乡土，得到一个口风便摸黑跑几十里路也在所不辞，忍饥挨饿，忍气吞声，忍辱负重，我全不在乎。说来你也许不信，老百姓支持我，将他们费心、费力、自掏腰包收集来的不少东西免费提供给我，有什么意外和风险，他们也护着我，为我开脱，为我打圆场，为我仗义执言，说他们是乐于助人，甚至舍己为人，也绝不为过。不瞒你说，我采访当事人和摘抄历史资料的笔记本已经装了大半箩筐，整理出来写成书给后人读，有感天动地的说服力，真是可敬、可亲、可歌、可泣、可传世的人和事啊。"

"这里空气差，我们下楼去吧！"寸草被飘浮的灰尘呛得咳了几声，以手掌遮罩着嘴巴，在望平背后轻声细语地说个不停："俗话说'人在做，天在看'，我凭良心做事，不怕苦累，不怕受委屈。当然，想这样做，已经这样做，绝不止我一个人，还比我拥有强百倍、千倍、万倍发言权的热心人，他们不断在县、州、省的人大、政协会上提议案，有的人还写了信向党中央、国务院反映，算通了天，效果迟早会看得见的。这些年来，我问心无愧地做了一些事情，做了一些有别于禽兽的属于一个人应当做的事情。"他忽然想起了什么，静默了片刻，语气有些抱歉："你先歇一会儿，有空我们再聊吧！"

望平站在屋檐下，仰望着雨线长垂的天空，脑海里浮想联翩。他觉得，这天上不停泻落的雨水，仿佛是怜悯苍生的眼泪，不，别太指望那个神秘而杳邃的"天"，它虽然拥有超自然力量，可以永恒存在，可俗话早已说透："天意从来高难测，人心自古深莫名。""天"，它大抵是以居高临下的冷漠目光俯视世间发生的爱恨情仇，对最柔弱的好人从不扶助，对最猖獗的恶人也从不管束，习惯了装聋作哑，超脱得高高在上。

等雨滴落得稀疏，寸草便挽着裤管，赤着双脚，腰际系一个竹笆篓，忙慌慌走出门。不到一个钟头，他回到家中，把手提那个变得沉甸甸的竹笆篓往瓦钵里一倾，从田间捉回的浑水黄鳝大约有三四斤。寸草示意望平去看书打发时间，回头拉过一条板凳，取出一根顶端扭成一个小圆环的粗铁丝钎，把瓦钵中窜头扭身的黄鳝逐条捉起，将它们穿腮而过收拾成一串，再固定在板凳的一头。然后，他从屋里找出一把日制三八刺刀，骑坐在板凳的另一头，从铁丝钎穿过的黄鳝腮帮处下刀，劈开鳝身，刷刷地剔去鳝骨，一节一节地剁下无骨鳝片。干活时，几只小墨蚊乘机叮咬寸草的头脸，他顺势抬手臂去拍，一下弄得满脸黄鳝血污。望平忙取下毛巾浇水拧干帮他擦掉。寸草一挥手，絮叨一句：

"去，我这张脸擦不擦都还要弄脏，又不找对象，花脸就花脸！"

午餐，除了冒尖的一瓦钵鳝片烧大蒜，还有一盘炒花生米，一盘切成薄片的香肠和腊肉，桌上飘出美味佳肴的诱人香气。寸草摆好碗筷，抱出一个硕大的盛酒瓦壶，才招呼望平上桌。

"望平，别说你不会喝酒，我与你在场镇上初相见，早看出了你有一肚皮心事，憋屈得很。四川有句老话：'麂子是狗撵出来的，话是酒撵出来的'，你不敢对人说的话，有酒壮胆，对我说！今天我们两个萍水相逢的男人，就痛痛快快地大醉一回，你不敢对别人发的问，有酒助威，问我！"

说话间，寸草摆好两个酒碗，扯开苞谷芯壶塞，哗哗地倾倒出酒来，一碗少说也有二三两。望平微微皱眉，一咬牙，不再以酒量不胜作托词：

"老伯，我量力而行，你开怀痛饮，谢谢你的好意，我先借花献佛，敬你！"

寸草仰头大饮一口。望平抿了一小口就呛酒，忙把头往桌边一偏，一阵咳嗽，刚饮进的酒水尽数喷出。

"不急，不急。慢喝，慢喝。吃菜，吃菜。"寸草伸筷为望平夹菜，嘴上说着宽心话："人是摔跤摔大的，酒量是喝酒喝大的，你要练，多练，练成大胃。你学会了喝酒，就成了一个真正的男人，能把什么不得不忍受的委屈都吞进去，装进肚皮，一声不吭，憋住气消化掉它，再从大小便中排泄出来，那你的度量就放开了，什么事都不怕、不愁，什么难关都挺得过。"

"好，我练。"

望平弄得面红脖子粗，有酒壮胆，不再顾忌：

"老伯，我老爸也参加过远征军，害得我凡是想去的地方都政审不过关，那就像闯一道'一夫当关，万夫莫开'的险隘，用尽浑身力气，偏偏是刚要攀上顶峰，就被人一脚踢下千仞悬崖，不仅前功尽弃，还摔得遍体鳞伤，弄得灰头垢面，一而再，再而三。为此，我恨透了他，怪自己投错了胎，生下来就低人一等。现在，我明白了，他，你，你们那一代人，不容易呀！"

寸草大喝一口，猛地一搁酒碗，腾出的手一拍桌面：

"见鬼了，你怪你父亲，他怪谁去？老子也是远征军，怕见人的地方，屁股上，还有一块枪伤疤。它是老子的荣誉证书，是勋章。谁说爱国有罪，卖国有功？"

说着，寸草降低了声音，几颗泪珠坠在酒碗里。他说，他参军是一次同学们课间讨论杜牧的七绝《泊秦淮》，对"商女不知亡国恨，隔江犹唱后庭花"的古今乱象很气愤。谁知争执正酣，在一旁静听的一个女同学开了口，她不同意在场诸君的说法，气愤质问：商女真不知亡国之恨，不知黍离之悲？若说"红颜"祸国，难道"蓝颜"未曾祸国？当场她背诵了两首"红颜诗"，一首是花蕊夫人的《口占答宋太祖述亡国诗》："君王城上竖降旗，妾在深宫哪得知。十四万人齐解甲，宁无一个是男儿！"一首是李清照的《夏日绝句》："生当作人杰，死亦为鬼雄。至今思项羽，不肯过江东。"她还不屑地扔下一句，是好男儿就上战场去，别躲在后方，整天不知轻重地对天喊口号，讥议红颜，委罪歌女。她的激将法还真灵，那次在场的十个男同学个个报名参加了远征军。提及往事，寸草黯然神伤，恰似李白《关山月》中的伤感吟唱"由来征战地，不见有人还"，他的同学只有他一人生还，其余的同学都先后忠骨抛荒野，长眠于异国他乡。

"战争来了，亡国在即，我们只想到自己是中国人，要担起救亡的责任，没有时间彷徨，顾不了其他。事过几十年，无论是哪一支队伍，只要是抗日军队，能够洗雪国仇，我们就要肯定，要尊重，要纪念。比如，我们这里的国殇公墓，谁主持修建的，哪个年代修建的，全不重要，重要的是它纪念的是爱国将士，是民族英雄。我们当年的选择，究竟是正确的，还是错误的？是光荣的，还是耻辱的？是有功，还是有罪？战局比你想象的更严峻，战争比你想象的更残酷……记住，请你记住，我和你父亲，当年是不惜以自己的血肉之躯去筑成我们民族新的长城，不妨反问一句，那些掀倒长城的难道还是正人君子？前些年，连

第三章 战马嘶鸣声

《义勇军进行曲》都禁唱了，《国歌》的歌词都被抽掉了，歌词作者田汉都被投进牢房了，但是，我们这里的人守护住了国殇公墓，大家懂得抗日忠勇是为国捐躯，值得世世代代去怀念。哎，那些或许有名或许无名的阵亡者，他们都是烈士啊！"

寸草眼球布满了血丝，他直勾勾盯着望平：

"哎，你怪你父亲解放后没有大红大紫过，没有在新社会获得一个亮脸面的地位，还拖累了你的前途，是不是？当初，他如果没有上战场，一直蹲在学校读毕业，他很可能后半辈子日子过得更称心，还可能飞黄腾达。在你看来，不，在社会上的不少人看来，他真是一步走错，很傻，很背时。可是，你想没想过，假使是'天下兴亡，匹夫无责'，人人都甘愿苟全性命于乱世，都卸下了自己应该挑在肩头的责任，不肯去履行而躲避掉扛枪上前线的义务，让日本强盗如同入无人之境，任凭国土一片接一片地沦丧，你觉得这样的国家、这样的人，还有资格和颜面屹立于世界的东方吗？恕我直言，那样的人只算是行尸走肉，是犯我中华的豺狼虎豹垂涎已久的盘中餐，那种苟且偷生的书虫与蛆虫于世又有何区别？"

"哎，"寸草一拳砸在桌面上，两行热泪夺眶而出："很可能，像你这样的人都认为，我和你父亲都不该唱着《毕业歌》去选择'战'，根本算不上是社会栋梁，是去'为反动势力当炮灰'。但是，我们当初如果选择'降'，去做亡国奴而青云直上，难道你今天会为此感到有脸面吗？我不怕，就算你认为我反动，我也要维护历史的真相，站在国际反法西斯阵营，从拯救国家命运的角度来看，凡是为保卫祖国选择弃笔从戎的学生，浴血沙场的军人，都是人类的骄傲，都是国家的功臣，都是无可厚非的进步力量。更有甚者，假使认定某种荒唐的说法合理，如果我与你父亲当初是贪生怕死的逃兵，会不会受到一些人的肯定，与'反动势力'划清了界限？你父亲虽然进过大学门，生前却没有受到应有的尊重，所处的社会地位令人心酸的卑微。不仅大权在握的人，连斗大的字不识一个的人，也可以鄙视他，糟践他。一场运动一来，他次次都是在劫难逃的陪练'运动员'，写检查、挨批斗是社会约定俗成给予他的早已习以为常的特殊待遇，他想推也推不脱。平时，他经常被迫接受劳动改造，带有身份歧视地被指派去从事最苦、最脏、最重、最累、最受蔑视的体力劳动，这些事情你不说我全知道。但是，对于我们为国家尊严浴血奋战过的远征军将士，尤其是九死一生的幸存者，请你别像社会上的其他人那样戴着有色眼镜来看我们，对我们进行抓住一点便不计其余的'有罪推论'，以为我们的灵魂比大粪还肮脏，称呼我们是旧社会的'残渣余孽'。其实，我们比不少带有居高临下的优越感的人，进行过更深刻、更长久的自我反思，乃至在所经历的磨难过程中忏悔过，祈祷过，赎罪过。我自信，我们的爱国真诚是融入了血脉的，是与个人的生命共存亡的。我们的人性，恐怕比许多加罪于我们的人更善良，更纯净。"

寸草停顿了一下，又继续说道："就拿我来说吧，等到国家终于太平了，我的后半辈子就是一个脸朝黄土背朝天的农民，耕田种地是安身立命的个人本分。当农民又有什么不好？！我在边疆务农，也算为国家戍边，如果有侵略者大兵压境，我还会选择第二次上战场。这里的人，大家懂得什么是战争，几十年来，尽管对我不管不问的人多，拿我的那一段从军生涯大做文章的人也很少，我们不偷、不抢、不嫖、不赌，不干坏事，为国家流汗、流泪、流血都舍得，何罪之有？幸好我没离开这里，因为，这里懂我们、理解我们、宽容我们、善待我们这些抗日军人的人，远比其他许多地方所占人数的比例更大。在这里，参加过远征军，脱下了军装，和我一样天天务农，比我学历高、学问多的大有人在，他们都没为曾经受过的委屈发出抱怨声，我算得了什么？也许，也就是也许，后来的后来人，他们有一天到战地收集民间口碑，写出一部史料客观真实的《中国抗日战争史》，会明白我们在国际反法西斯战争中归属于正义阵营，并且是身处战争压力和危险最大的边陲战场，因此，一定会为我们断出一个像你的父亲那样的战友们曾经等得死不瞑目也没盼来的迟到公道，一定会不怕路途艰辛地找到一座座掩藏在荒草丛中的凄冷孤坟，向我们致一个庄严肃穆的注目礼，脱帽礼，为我们孤寂魂灵供上一炷香火。我相信那一天必定会到来，必定！因为，即使依然有为数不少的人认定我们选错了人生道路，但是，我们所留下的全部生命痕迹，生存记录，都足以证明我们仅仅是只辜负过自己，绝对没有辜负过自己的祖国！"

突然间，寸草离开席位，站在望平身后，两手搭在他的肩膀上，一阵哽咽饮泣，缓过气才说下去：

"别以为我说的是酒话，权当是酒疯子说的话吧，酒后吐真言。如果，谁断定我与你父亲那一辈人弃笔从戎有罪，那么，弃阵而逃岂不引以为荣？照此推论，去当汉奸也不以为耻了？"

说完，寸草抽回双手，离开饭桌，直奔自己的房间倒头大睡。这一刻，望平的心灵犹如被一记重锤痛击。谁之过？他没能力去分辨，去追诉，去追究。可错怪了自己的父亲，既追悔莫及又无法补偿，更是一个错中错。望平无言地收拾着碗筷，眼眶黏糊着半干的泪渍，他觉得在那苍茫历史的深处，有着太多太多的单凭个人力量所不能左右的无奈与无稽。刚才，寸草的酒话全都是肺腑之言，点醒他——一个二十余年从未给父亲减过压、分过忧的人，从前他给父亲心中添的堵，现在已一一转变为自己心中的堵，那是一桶烈酒也浇淋不去的沉积块垒，他隐约感受到一种苏醒后的心灵阵痛，刀剜一般，无以消减。

傍晚，酒意消散的寸草若无其事地走出房间，他叫望平把茶几和座椅端到院坝内安放好，自己转身从橱柜中取出几个金黄色的麻饼，用菜刀一分为四地切开放进瓷盘，另一个瓷盘盛着几个刚从庄稼地里刨出煮熟的带须红苕，拎上铜茶壶沏好茶水，若有所思地凝视天幕初现的满月，开始说话：

"望平，你到这里几天来，对其他人我不会轻易开口说的肺腑之言，都对你说了，没把你当外人。这一点，你不会没体会到，我希望你以后的道路，比我，比你父亲，走得好得多，就算是我们这些没有倒在战场上的远征军幸存者，对你寄托的一点希望吧。下个月的今天是中秋节，那时，你已经回四川了，我呢，哪里都是故乡，哪里都是异乡，明月照与不照，我已无所谓。今天，我俩就过一个不是中秋的中秋节吧，后会有期往往是一个不确定的概念，最重要的是珍惜转眼即逝的当下。这个世界上，有人视自己为创造一切的主人，有人视自己为与一切无缘的过客，我二者都不是，走一步算一步吧。"

望平捏着一根苞谷棒啃咬着，边嚼边说：

"老伯，你说的话我知道轻重，与你相见真是恨晚。几天来，你其实给我上了一堂处世课，那是学校的老师根本不可能传授给我的，书本上也读不到，句句是金玉良言，让我一生一世受益不尽。你谈话的意义，对于我就像京剧《红灯记》中李奶奶要李玉和喝下那一杯酒，那一杯垫底酒，以后无论遇上什么样的生存难关，我相信我能把握住自己了。"

寸草一扬手，驱开身边飞扑的一只萤火虫，再打量了一下望平被月光辉映得轮廓分明的脸颊，微笑着点头：

"好，正是我想要的结果。好些年来，我们这些远征军的幸存者被列入了另册，至少还没被权威的声音正面肯定过。我们被排斥在主流社会之外，日常生活少不了被忽略和轻蔑，少不了与屈辱为伴，几乎把所谓的'人之所不忍'尽数品尝过，唯一的指望便是我们的下一代能够扬眉吐气地抬起头来，能够有尊严地生活，能够得到社会公平的对待。我希望真有那一天，你能够成为社会的栋梁，给你父亲、给我们这些郁郁不得志的从死人堆里爬出来的幸存者多多争气，多多长脸面。做一个最坏的打算，哪怕是你毕生不得其时，不得其遇，即使注定会平凡一生，我希望你不坠青云之志，屡跌屡起，越挫越坚，不要在追求个人希望和人生目标的道路上半途而废，争取不负此生。"

"老伯，我不会忘记你所说的话，你能再给我讲一讲，再讲一些与边陲、与远征军有关的让你最感动的事情吗？我既然到这里来过，就要带走一些值得永远珍视的记忆。"

寸草告诉望平，盟军中他最敬重陈纳德将军率领的美国志愿援华航空队，也就是"飞虎队"，他们为了运输战时物资冒死飞越喜马拉雅山脉的"驼峰航线"，又称为"死亡航线"。中美双方并肩作战3年多时间，飞虎队参与的31次空战中，飞虎队队员以不到20架可用的P-40型战斗机共击毁敌机217架，自己仅损失了14架，5名飞行员牺牲，1名被俘。飞虎队护航向中国战场运送了70万吨急需物资，人员33477人，航空队共损失563架飞机，牺牲1500多人以及诸多失踪机组人员。在云南人眼中，这些美国军人，是值得敬重和信任的患难知己，是刎颈之交。

在远征军中，寸草最敬重的两个将领都是安徽人，无为县的戴安澜和肥西县的孙立人，他们都来自如今处于毁誉声中的李鸿章所创建的淮军的发祥地。寸草知道望平或许听过不少戴安澜的抗日事迹，便把话题重点放在孙立人身上。寸草口吐语调沉郁，眼中泪波粼粼：

"那是最惨烈的战事，在滇缅战场的日本人眼前晃动的总是英国人的'手'（投降时高高举起的双手），印度人的'屁股'（逃跑时上下颠动的屁股），中国人的'命'（阵亡时扑倒血泊中的尸首）。孙立人所率领的新一军抗日忠勇，个个视死如归，不吝牺牲生命去拒敌于国门之外。1945年1月，史迪威公路（即中印公路）通车后，《大公报》战地记者吕德润到伊洛瓦底江边的一座木屋向孙立人辞别。他进门见孙将军孤身一人，身边盘着一条猎狗，当他问及孙立人是否需要他回国后捎来什么东西，孙立人沉吟片刻答话：'你方便时，去看昆明街头有没有卖冥钞的，请你代我买一些回来。'孙立人怕他不明白自己说的话，补上一句：'冥钞就是上坟时烧的纸钱。'他的话音沉痛：'不是我迷信，只是我实在不知道还能用什么别的办法去祭奠那些为国牺牲的将士。'孙立人立下不成文的规矩，仗打到哪里，就把阵亡战友的公墓修到哪里，当年，从密支那到腊戍及卡萨十余城市，都建有新一军阵亡将士公墓和纪念碑。1945年6月，新一军胜利班师回国，不仅携带大批战场俘获的缅甸野象和日军战俘，还携有上万阵亡将士的骨殖匣，孙立人兑现了对情同手足的战友的庄重承诺：'招魂随旌，同返中原，永享春秋，长安窗梦。'"

寸草讲述的语气低回沉郁，眼中溅出一闪即灭的火星。孙立人，远征军38师长，后任新一军军长，是国民党阵营最杰出的军事将领之一，由于国共内战导致版图分裂、分治的状态，现在大陆人几乎不知他的姓名。而当年兵败溃退孤岛台湾后，他又被蒋介石猜忌弃用，长期监禁，一代名将的悲剧结局，令人唏嘘不已。当年，孙立人在安庆报考清华大学，近千人的考场角逐中他名列榜首。就读清华期间，他担任篮球队队长，率队获得过华北大学联赛冠军，还入选中国国家男子篮球队担任主力后卫。这支篮球队参赛过上海举行的第五届远东运动会，一举挫败菲律宾、日本队，为中国在国际大赛中夺得第一个篮球冠军。1924年，孙立人拿到了清华大学土木工程系毕业文凭，随即考取公费留学，直接进入美国普渡大学三年级加修土木工程学，1925年取得学士学位毕业。孙立人在美国桥梁公司任工程师约4个月后，考入素有"南方西点"之称的美国维吉尼亚军校学习，自此开始戎马倥偬的军旅生涯。

有人评价孙立人，他学历之深，军中无人可及；他练兵之精、战功之高、身上弹孔之多、国际性声誉之隆，也同样无人可及。孙立人后来被授予中华民国陆军二级上将军衔。第一次入缅作战时他任38师师长，在孟关杰布山隘间战役和孟拱河谷战役击毙日军14000余人。第二次入缅作战时他任新一军军长，攻克八莫、南坎、老龙山、南巴卡、新维、腊戍、乔美等地，共击毙日军33000余人。他使日军闻风丧胆，是抗战中歼敌最多的军级单位将领，在海内外素有"丛林之狐""东方隆美尔"的美称。

寸草对孙立人不无敬意，说他是远征军中从没打过败仗的军神，还替杜聿明清算了兵败野人山的一笔旧账，是一个快意恩仇的大丈夫。日军18师团是参与南京大屠杀的急先锋，尔后这支日军的王牌部队横扫分属英、法殖民地的越南、泰国、马来西亚、新加坡，1942年3月进入缅甸迅速拿下缅甸全境主要城市和战略要地，以诡秘凶残的战术让中英联军疲于奔命，溃不成军，使6万余中国远征军将士葬身于缅甸原始丛林。当时，这支野兽部队一旦抓住中国远征军女兵便就地轮奸，再割乳开膛剖腹弄死。孙立人曾立下掷地有声的血誓，矢志要为埋葬在野人山的忠魂，要为死去的姐妹们报仇雪恨。1943年10月24日，担任反攻战役开路先锋的新38师挺进野人山，他们一路埋葬战友忠骨，并据此追踪日军盘踞地点，在战友的遗骨指引下奔袭日军18师团在山林中构筑的防御阵地。这一次，孙立人挥师首战"鬼门关"要塞，114团一举攻克12个山头，歼敌900余人；再战拉家苏，112团猛打猛冲，不料陷入日军重围。孙立人亲率113团、114团主力反包围，112团从内冲杀，中国官兵誓报国仇，浴血奋战，此役歼灭日军18师团2个联队另击溃3个联队，击毙日军联队长长久大佐以下2700余人，活捉日军官兵400余人。这批俘虏，全是日军第18师团52、53、55联队的官兵，他们当年曾在中国国都南京市鼓楼、下关等地进行过多次杀人、强奸的比赛，是罪大恶极的元凶。新38师官兵从这批日本俘虏身上搜出了所谓"英雄战功"的标志和记录，其中一名日本少佐侵华以来已杀中国平民78人，强奸中国妇女49人。俘虏中杀我平民最少的也达20余人，他们强奸的妇女不计其数。面对一堆举止狂妄的日军俘虏，孙立人当即对其怒吼："军人战死疆场无怨无悔，屠杀平民，强奸无辜弱女子乃畜生所为！"新38师官兵愤怒至极，纷纷要求枪杀这些野兽，为遇难的同胞报仇。为此，112团团长陈鸣人和114团团长李鸿均向孙立人请示如何处理这批俘虏，孙立人一挥手，厉声下令："凡是到过中国，尤其是参与了南京大屠杀的日本兽兵，统统活埋，一个不留。"这样，400多欠下中国无数命债的禽兽，尽数被孙立人率部活埋于野人山。

1945年8月15日，孙立人率部进入广州接受日军第23军投降。侵华日军总司令冈村宁次主动解下自佩的已有600年历史的日本皇家传国指挥刀，恭敬地呈献给孙立人。受降仪式刚结束，孙立人即刻下令，要求派3000多名日军俘虏修建"抗战建国阵亡将士纪念塔",以此赎罪。而后,孙立人委托盟军用运输机将部分阵亡将士遗骸从印度、缅甸运到广州,大约共有1.7万具阵亡将士遗骸,安葬于新建的公墓中。在公墓纪念塔东侧,他给自己预留了一块3米、宽1.5米的墓地。他曾留言:"死后不进国家忠烈祠,与新一军印缅抗日战亡将士葬在一起。"公墓修成后,孙立人泼墨挥毫写下一副挽联:"立马望南方,故垒迷离,每怀野火残烽,战血长随伊水碧;提师归故国,疮痍满目,忍看孤儿寡妇,忧思独共白云深。"

说完,寸草抬起泪光粼粼的眼睛,仰望着天上的明月,沉默良久,才对望平说:"我们今晚就到河堰的闸口去冲个澡吧,那里的河水清花亮色,冲起浑身真是舒服。"没等望平回答,寸草动手收捡东西,末了,转到洗脸盆边扯下一条毛巾,招呼望平跟自己出门。

望平跟随寸草逆河岸而上,那些聚在路边田间的蛙群,离人远时高声合唱,人走近时一齐哑声,等人走过又齐声鸣叫于身后。飞扑的流萤则成群结队地游动,人走近时,它们幽灵般地飘开,人走过又在身后闪亮。

寸草一抛一收地扬着手中的毛巾,低声唱起一支昔日流传滇缅抗日战场的战歌《知识青年从军歌》:

> 君不见,汉终军,
> 弱冠系虏请长缨;
> 君不见,班定远,
> 绝域轻骑催战云!
> 男儿应是重危行,
> 岂让儒冠误此生?
> 况乃国危若累卵,
> 羽檄争驰无少停!

弃我昔时笔，
着我战时衿，
一呼同志逾十万，
高唱战歌齐从军……

到了闸口，寸草指点望平站在喷涌倾注的泻水下，不时转动身子让不同部位接受垂落的激流冲洗，去尘，涤汗，消暑，享受着一种比澡堂更舒适更洒脱的天然浴。

回家路上，他们谁也没说话，各自想着各自的心事，一个沉醉于自己的过去，大概一生所有的光荣与梦想都定格于那个高不可攀的激情之巅；一个忧虑着自己的将来，经长者一番启发，终于走出一个狭窄幽深的低谷，开始朦胧地意识到雄杰、贤士的出现不能单凭时代和空间远近来简单界定。

第四章　惜别在即

望平准备动身回四川了。

清早，东方升起一朵朵红霞，太阳优雅地腾上山顶，望平便在吃饭前摸出20元钱，塞在寸草手中：

"我来了十天，又住又吃，还耗去了不少你的精力，我所得收获超过了预期。"

寸草一手推开，几乎是叫嚷着：

"不行，不行。我无儿无女，你是我们远征军的后代，没把你当外人。收回去，不然，你见外了，我真生气了。"

望平悬着捏钱的手，不揣，不塞，左右为难，语气动情：

"老伯，你给我太多，我欠你太多，无以报答呀！这一次到这里，你不仅给了我一个我想要的答案，彻底解开了我长期纠结在心里的疙瘩，可以说是'闻君一席话，胜读十年书'，你使我豁然开朗，激励我摆脱幼稚，走向成熟。从此，我面对一个同样的世界，会有与过去不同的眼光，不同的态度。我今天，才明白冯友兰很看重的'横渠四句'，也就是北宋理学家张载的名言'为天地立心，为生民立命，为往圣继绝学，为万世开太平'，我开始能够理解其中所包含的无法用文字完全表达出来的深刻寓意了。孟子说：'尽其心者，知其性也。知其性，则知天矣。存其心，养其性，所以事天也。夭寿不二，修身以俟之，所以立命也。'你和我父亲那一代读书人，其身为天下而立，其命为万民而舍，精忠报国，九死不悔，可惜我今天才幡然醒悟。比起你，我愚昧至极。《诗经·小雅》有句：'高山仰止，景行行止；虽不能至，心向往之。'我们是陌路相识，你是一个天意赐我的恩师，我喜出望外，不敢再向上苍奢求更多。在我临走之前，我想对你提一个请求，能多给我讲一点儿当年远征军的故事吗？"

"好吧！你坐下来，帮我掰下这堆老苞谷粒来晒，我们一边掰，一边聊，一举两得，行不？"

"好的。"

望平索性坐在门槛上，旁边燃着一支檀香，使他觉得掰苞谷粒是一种有趣的劳动。

"来，你看，掰苞谷粒也要讲方法，用巧力，而你用的是蛮力。"寸草抓过望平掰着的苞谷棒，示范性地竖行掰下两排苞谷粒，再横掰苞谷粒，他的方法是批量化的脱粒，而望平显然效率很低，是一粒一粒地单抠。

这一次，寸草讲的是中国远征军200师师长戴安澜和危急关头挺身而出的老县长张问德的故事。他的语速不急不缓，语音时而沉郁，时而亢奋。

在抗日烽火中，戴安澜先后转战古北口、台儿庄、昆仑关等要塞，一路战功累累，威名赫赫。他任师长的200师实则为远征军第一次入缅参战的先头部队。1942年2月，戴安澜率200师入缅参加东瓜保卫战。战前蒋介石单独召见了他，不无担忧地问及200师能否在东瓜坚守一两周，打个胜仗。戴安澜朗声答复："此次远征，系唐明以来扬威国外之盛举，戴某虽战至一兵一卒，也必定挫敌凶焰，固守东瓜。"戴安澜在激战前宣布："本师长立遗嘱在先：如果师长战死，以副师长代之，副师长战死，参谋长代之，团长战死，营长代之……以此类推，各级皆然。"戴安澜殉国后哀荣至极，中共中央主席毛泽东曾为纪念戴安澜写下一首诗《海鸥将军千古》："外侮需人御，将军赋采薇。师称机械化，勇夺虎罴威。浴血东瓜守，驱倭棠吉归。沙场竟殒命，壮志也无违。"中共中央副主席周恩来亲笔题写了挽词："黄埔之英，民族之雄。"

听过寸草讲完戴安澜为国捐躯的动人事迹，望平心潮起落：

"老伯，你是过来人，是一部活历史，你的眼睛、耳朵和心灵就像录音机、照相机和档案库，忠实地观察、记录和再现历史真相。我明白了你为什么不怕担风险，不计千辛万苦，去为建立一个滇缅抗日战争博物馆或纪念馆奔走操劳，其实，你是为了让后人记住我们这个国家曾经面临的危急存亡之秋，让后人知道我们的前辈曾经为民族的续存做过些什么，他们的英名绝不能被玷污，他们的牺牲是国殇。一些话，过去我们由于种种原因不能多说，或者该说的一天还没到来，人证越来越少，就靠收集物证。老伯，你真了不起，我懂你了，真懂了。"

"你懂了就好。"

寸草脸上露出羞涩，他不习惯别人的夸奖，以手势示意望平打住，口中继续讲那刹不住车的话题：

"你可能认为，我前面讲的都是大人物，不错。不过，你想没想过，这些大人物的事情早就该是老生常谈，可连你这大专院校的毕业生都闻所未闻，更不用说那些小人物的事情了，真使人遗憾，叫人感伤啊。"

"老伯，你讲吧，我爱听。"

"虽说往事不堪回首，你还不得不回首。"

三四十年前的往事，寸草历历在目。飘浮的烟云，腾起的尘埃，骤袭的风雨，把好的不好的全吹远了，遮蔽了，吞没了。这里，是一块崇尚英雄的血性土地，戴安澜的遗骸就是取道此地的山林护送回国的。那一次，中国战区最高统帅蒋介石致电驻防保山的十一集团军宋希濂总司令，令其急转预2师师长顾葆裕："据悉，我200师戴师长已阵亡，其余部正在深山跋涉，令你部火速前往迎接。"那次，预2师师长顾葆裕受命后左臂系一条写上"忠"字的青纱，亲领200多士兵上路，直奔高黎贡山西侧的片马纳牙洼达山坡。年过花甲的老县长张问德，他一身重孝召集40个地方士绅和乡民代表，执意要随军去接灵。接灵队伍前面，是十几个手执磨得锋利的长刀的傈僳族壮汉，他们上下左右猛砍，挥汗如雨

第四章 惜别在即

· 043 ·

地将片马群峰所特有的长得密不透风的一人多高的反蕨叶丛砍出圆洞形状的通道，方便往来。同时，迎面而来的为戴将军护灵的战士们，他们在远方的热带丛林里，沿途抬起疲惫的手臂，挥动砍得缺口的战刀，也做着同样的事情。一场茂密森林中的对接，像一条人力开拓的蜿蜒荒莽的时空隧道，也像一个沟通爱国情感的特殊桥梁。第三天黄昏，历尽艰辛的接灵队伍才登上纳牙洼达山顶。这一刻，顾葆裕师长为了给异国归来的历经生死疲劳的战友发出会合信号，跃上一块巨石，向警卫连战士下令：

"弟兄们，每人放三枪，为我们不朽的古人，为我们不死的戴将军，预备——放！"

100多支步枪朝天齐射，枪声悲鸣，久久回荡山谷。深夜，顾师长命令露宿山顶的战士们再次向南方林莽上空鸣枪后，燃起了一堆堆熊熊的篝火，持续向200师少将步兵指挥官兼598团团长郑庭笈统领的从缅甸护灵归国的官兵发出信号。

寸草停住了手，捏着一根苞谷棒一动也不动，眼中泪水打转：

"真是太不容易啊，200师的归国之路步步艰难，险象环生，20余天行进在不透阳光的密林深处，斗过猛兽群，闯过毒蛇阵，踩过蚂蚁堆，受过恶蚊叮，还经历了沼泽、暴雨、荆棘的考验，官兵们下半身的皮肉几乎都溃烂化脓，衣裤破烂成了无以蔽体遮羞的条条片片，官兵个个形销骨立，体力不支。但是，这支出征时的9000健儿，在缅甸同古、棠吉、郎科三战三捷，伤亡1200多人，在败北归国过程中战死、病死、累死和意外死亡减员3800多人，纵然历尽千难万险，没有一个叛逃，没有一个被俘，没有一个掉队。等到两支队伍会合，200师归国官兵已经腹中空空，疲惫交加，体力难支。后来，据前去为戴将军接灵的预2师战士、地方士绅和乡民代表提及，那时，200师归国官兵瘦得皮包骨头，背在背上轻飘飘的，仿佛是背的一个小孩。沿途下跪接灵的老百姓，不少身为父母者拿一个四川人煮面用的那种竹漏瓢，在空中捞来捞去，直呼戴将军魂兮归来，然后把竹漏瓢往他们的儿孙头顶一扣，以为戴将军的魂魄将附在儿孙身上，自己的下一代个个就会像戴将军那样一身英武，以后可以上战场杀敌报国，这就是当年的民意、民风啊！"

说完，寸草继续剥苞谷粒，闭口无言。

望平对寸草讲的故事意犹未尽，禁不住提问：

"你先前提过那个县长张问德，解放过后做什么，还在不在？"

寸草没有立即回应，他把剥在掌心的苞谷粒一粒一粒地往脚边放着的铜盆里扔，轻声唱着一支戴安澜填词的军歌《战场行》：

> 弟兄们，向前走！
> 弟兄们，向前走！
> 五千年历史的责任，
> 已经落在我们的肩头，
> 落在我们的肩头！
> 日本强盗它要灭亡我们国家，
> 奴役我们民族，
> 我们不愿做亡国奴，
> 不愿做亡国奴。
> 只有誓死奋斗！
> 只有誓死奋斗！
> 只有誓死奋斗！

一曲歌罢，寸草告诉望平，抗战时期临危不惧、挺身而出担负起一域救亡重任的县长张问德，在老百姓中威信很高，大家都敬重他。解放后，张问德担任过州政协委员、常委，于1957年病逝，州政协送上题有"忠恤千秋"的锦幛，致以敬意。寸草双手垂放膝盖上，两眼闪烁亮光。他兴奋地告诉望平：

"你知道吗？大反攻时，中国远征军拔城夺隘，这里是中国500多座沦陷县城中第一座光复的县城，这是一种荣耀！"

剥完了苞谷粒，望平眼睛直勾勾地看着寸草，提出一个自己的请求：

"你能不能带我去为师母和寸金上一次坟。他们的死，是钉在你心上的一颗钉子，也是钉在我心上的一颗钉子，你痛，我也痛。"

寸草感到意外，一时不知如何作答，犹豫片刻才启齿：

"我那孽子，丢人现眼，他的坟哪里值得你去上?!"

望平诚恳地回应：

"老伯，我的看法不一样。我认为，看待那一个年代的人和事，不能省略一个前提，那就是对待非常年代的人和事，不能简单地套用正常年代的标准去衡量，不然，往往会有失公允。现在，报上有过一句话：'年轻人犯错误，上帝也会原谅。'一个人，探索生活的道路，不可能每一程、每一步都走得正确，你不能对一个处于成长期的中学生过分苛求，他是人，不是神。如果处于相同的情景下，或许寸金犯过的错误，我也会犯。何况，那不是他一个人的错误，是一个时代的错误，它让整整一代人都十分茫然。至少我可以这样认为，他那时还是一个涉世不深的在校学生，你说对不对？是啊，如果寸金还活着，我相信他有勇气承认和纠正自己误入歧途的错误，还能通过反思走向真理，照样可以成为一个有益于国家的人才。现在，他已经非常遗憾地失去了纠正自己过去所铸成的那些过错的时间和空间，作为后来人我既为他痛惜，也为他所处那个时代痛惜，探索和追求真理从来就要付出代价，有时还会是高昂的代价。这些天，在听你讲故事的时候，我心里就在想，在做一个处于不同时代选择青春道路的比较，我也意识到二者存在的许多差异，你和我父亲很可能有迟到的肯定，而寸金的青春已经有迟到的否定。"

"好，好。"寸草上前一步，忘年交般握住望平的双手，一阵摇晃："小兄弟啊，我没错看你，真没错看你。你真是一个接受过严格的逻辑思维训练的人，一番道理被你说得如此独到，如此透彻，岂止出乎我的意料，还一下子解开了我心中的老疙瘩。不过，同样一个时代，同一个学校的学生，别人没去当出头鸟，我那孽子偏偏要去，要去斗，要去争，说穿了不能只怪时代，更要怪他自己，怪他自己没保持情绪的冷静、头脑的清醒，还没认清为什么就去盲从，不懂该做什么就去盲动，你说是不是？"

寸草没有采纳望平的具体建议，阻止他上街市去买香烛钱纸，只从家中捧了几捧花生，抓了几个盐蛋，以此充作上坟的祭品。走入墓场，寸草先在妻子的坟前摆上祭品，望平则一脸虔诚地下跪磕了三个响头。紧接着，望平又从山坡摘来一大抱各色野花，分为两束，一束放在寸草妻子的坟头，一束放在寸草儿子的坟头。在寸金的坟前，过去他的头脑发热的同学们所立的纪念碑，早被寸草凿去文字，移到附近扣在一条泥水沟上做过客的踏脚石。他知道时过境迁，物是人非，随着那一个已过去的年代被否定，当初近乎荒唐可笑的肯定词，已经沦为人们冷嘲热讽的笑柄，何不让该隐没的隐没，讨个相安无事？寸草这一番未雨绸缪的处置，令望平黯然神伤，仔细一想，则心添敬意。

望平与寸草离开墓场，沿着一条羊肠小路走下山岗，他有些懊恼自己那么多年来对世界认识的迟钝、偏激、短视，也有些遗憾自己的头脑中由于阅书、阅事、阅人少，装进了那么多的似是而非乃至有害的念头，若要走向一种不同以往的生命境界，还有多少事情需要从零起步啊？那些闪烁天幕的星星，夜夜向人们眨着神秘而幽默的眼睛，似乎充满了某种善意的嘲弄：人啊，我知道的许多许多你们却并不知道，若是你们事前掌握了天机，达到步步正确的精准，那么，你们便不会像现在这么可笑又可爱，你们的生命也因为一览无余地从头看到尾而变得索然无味。

望平暗想，忽略过去，珍惜将来，或许是一种看取人生的经验。是的，背着荣耀和懊丧的包袱行进都不可取，智者钟爱简约。一个凡人，不可能对一切都生而知之，不可能一贯正确，错误和挫折将从头到尾地伴随生命过程，蛊惑和错误实际上是常识和真理的孪生姊妹，拒绝错误即等于拒绝真理，只有始终保持纠错的真诚和追求的勇气，只有具备如此自觉意识并承担起做人责任和使命的贞诚者，才配拥有长长的美好未来。

"叔叔，爷爷要我告诉你，请你今天中午到我们家中去喝酒，不要去晚了。"望平正无边无际地放任想象，一声吆喝打断了他的思路，定睛一看，寸香跑得双颊晕红，额上、鼻尖上布满细密的汗珠，胸脯一起一伏，说话气喘吁吁，脚上一双鹅黄色凉鞋粘糊了不少泥屑。

"你这丫头，撵脚撵到这里来了，跑那么急？"

"哎呀，你也知道爷爷那较真的个性。你朝这边来了，我还是听你的左邻右舍说的，不晓得你要搞啥子名堂？"寸香噘着嘴巴，直跺脚，抖掉一些凉鞋边沿粘糊的泥屑。

"我们上山，给你叔娘和寸金哥上个坟，有啥大惊小怪的，看你脚杆跑断不？"寸草笑着答复，随即再补一句："你告诉爷爷，我要多带一个客人。"

"爷爷知道你有客人，算上了他的，未必你丢人家一个人在家里头？"寸香白了寸草一眼，蹲下身子拾了一根路边的竹片，刮去鞋帮的泥斑，头也不抬："我爷爷要做东请你们做客接连喊杀鸡，喊杀鹅，喊打烧酒，支得我老妈老爸团团转……"

"我就不去了吧，车票都买了，等下次再来看你。"望平觉得时间紧，冒昧去做客，那不是阿凡提所说的兔子汤的汤，厚着脸皮去沾别人的光，这也不是他素来的习惯。

"你先回去吧，快去上班。我一定去，先给爷爷捎个口信。"寸草招呼寸香。

"嗯，那我去了，我也怕经理说我野叉叉乱跑，怠慢了他的客人，影响了招待所的声誉。他给人扣的帽子不用纸，不用布，嘴皮一翻就来一顶，反正帽子戴多了也压不死人，不计较他说的霸道话了。不过，他要我翻来覆去地背诵'老三篇',虽说毛主席的《为人民服务》《纪念白求恩》《愚公移山》写得好,道理我懂得,句子也背诵顺口了,到底让旁边站的人看我出洋相,丢死人了,提起脸皮都发烧……"

寸香嘴皮直翻咕哝着,眨眼之间,已一阵风飘远了。

回过头来,寸草注视着望平,和蔼地问道:

"你年龄说大不大,说小不小,没听到你说安没安家,谈对象没有?"

"对这个问题,我年少已老气横秋,心灰意冷,不想去碰。虽然,我妈妈为我着急,时不时将我一军,见我心意已决,不再多谈。"望平语气诚恳,带有不加掩饰的伤感。

"是谈过了不如意,还是从来没谈。"

"从来没谈,根本不想谈。哎,许多该念的书还没念,该走的路还没走,一直摆不脱与生俱来的备受社会歧视的卑微感,在缺乏做人尊严的日子里,谈婚论嫁是自寻枷锁。任何一个理想主义者,大概都不愿意也不容易屈从于现实。我处于理想主义和现实主义的中间地带,至少我懂得它不是非拥有不可的东西,而且我还能够使用放弃权,那么,我不苟且接受莫衷一是、好坏难说的现实,不也省去了卸下了一个自寻烦恼的包袱。再说,我当知青时,看见生养子女多的农民家庭,吃的和穿的与牲畜又相差多少?尤其是那些躲逃计划生育政策的超生游击队的家庭,让我看到不加克制欲望或许会铸成后悔莫及的毕生痛苦。当然,这不是最本质的问题,关键是我并没有遇见一个值得我可以为她赴汤蹈火的女人。"

"好。你骨子里有一种孤傲,有一种很强的自主、自制意识,那你就像1944年获奥斯卡金奖的美国电影《卡萨布兰卡》片头的旁白:'等待,等待,等待。'"

"谢谢你,老伯,有你这一番临别赠言,我知足了。"

回到寸草家中,望平背起了自己的行囊,他谢绝了寸草的执意相送;而寸草经过几轮相互推让的博弈,象征性地收下5元钱,其余的钱

第四章 惜别在即

他死活要望平带走。临别在即,寸草猛然想起什么,对望平说:

"你注没注意,关于安徽省小岗村包产到户、四川省的宜宾下食堂联产责任制、广汉的乡镇企业等农村新变化的新闻报道,文章很多,声音很杂,争议很大,一场社会的大变革实际上已经到来了,你持什么态度?是欢迎,还是不欢迎?"

"注意到了,但是,我没来得及多想。"

"……"

在望平面前,寸草的喉结不停跳动,嘴巴张开却没出声,想再说的话始终没能说出,寸草的眼眶已噙满了猛涨的泪花。望平不忍直视寸草的双眼,朝他仓促地挥手作别,一掉头转身跨出了院门。

天上飘着霏霏雨,路面有些潮湿溜滑,望平缓慢地迈步离去。其实,望平舍不得走,他觉得自己简直不像离开异乡回归故乡,倒有些像离开故乡走向异乡,一团团离情别绪无法理清,堵塞在心间。他想回头去对寸草说几句,又不知从何开口,背向寸草停顿了几秒钟,狠下心来,加快了离去的步伐。

寸草觉得怅然有失,站在院门前目送着望平渐行渐远的身影,直到眼前一片空茫。

第五章　骤雨打芭蕉

　　一路颠簸，望平晚上10点才回江阳县城，已见满街灯火休眠。他叫母亲开门，母子俩一见面千言万语俱化作平和的缄默，淡然的一笑。望平阻止了母亲去为自己烧水做饭，叫她依旧去休息。他扔下行李，穿着裤衩，锁上屋门，手捏钥匙，便趁着月色直奔距家院两三百米的沱江。

　　望平赤条条地纵身滚滚波涛，借助清波冲涤尘垢和汗渍。他舒适地搓揉每一寸胴体，享受着罕有的舒畅和安详。他仰躺在江波上，面孔沐浴着夜空月亮泻下的清亮光辉。多年以来世道跋涉的种种烦恼，经此次云南之行不知不觉已消减了很多，患得患失的旧我已归属过去式，理性地追求未来获得激活的新我渐成进行式。

　　次日，望平陪伴母亲过河到对岸的久泰坝，去看望了已八十多岁的姑婆。返回路途中，在登上江边的摆渡船的时刻，一只躲过了鸟枪、弹弓和竹竿的老练麻雀，若无其事地飞来飞去，它掠空而去的羽翼扫过望平的右耳轮廓，把一股欢快气息注入他的心间。母亲见状，眼间闪亮一抹喜悦，用指头轻轻地拧了一下儿子的左耳，疼爱地低语：

　　"麻雀通人性，它在向你打招呼，要你听妈妈的话，改一改你的犟脾气，让我省点心。二十几岁了，好像还没有长大，成天东碰西撞，南游北逛，知不知天有多高，地有多厚？你的翅膀比麻雀还硬肘，赶得上山鹰了，一拍就飞远，真是长本事了。"

　　撑着篙竿的艄公，听到慈母训子的嘀咕不禁噗嗤一笑，啐一口浓痰箭射江面。望平瞪一眼艄公，很快把视线投向奔腾山峡的江涛。此去近百公里就是长江，顺着长江还有几千公里水路就是大海，一朵瞬息凋零的浪花历经千遭百遇的生死疲劳才可能抵达水的圣域——太平洋，在那里暴烈骄阳失去了借助万丈毒焰灼烤剿灭水族的绝对优势，卑微滴水进入水的王国欣然赢得不增、不减、不净、不垢的恒久生命。可见，境遇不同导致命运不同，以不懈追求改变既定运程，让自己成为创造奇迹的主体与主角，那才是一种潇洒走一回的生命状态。

回到家中，母亲取出一个按摩锤坐下来轻轻捶着腰肢，再叫儿子给自己沏一杯茶，笑吟吟地挑开话题：

"儿子，你老爸性子急，钻到地皮下躲起来不见人了。我呢，性格不愠不躁，一个退休小学老师，敲敲扬琴，翻翻书本，串串邻里，悠悠闲闲去打发日子，不慌着赶到阎王殿对生死簿，不稀罕你守在我面前当孝子，啧啧，那样你不就成了一个没出息的俗人吗？你呢，外柔内刚，嘴上少言少语，心中傲气冲天，与你老爸一样是不服输、不认命的天性，你想去闯，我不拦你。你闯得鼻青脸肿，头破血流，我也不责骂你。我知道你做事谨慎，一颗心不会让狗叼去，分得清楚是非好歹，你心头有一个打米碗。所以，你去云南，你去云北，我从不干涉，前些年流传过那首诗有现成句子：'猪圈岂生千里马，花盆难养万年松。志存胸中耀红日，乐在天涯战恶风。'我相信你不糊涂，你想去闯尽管去好了，我身板骨硬朗着，什么路都能自己走，什么事都能自己做，我吃的用的看病的，共产党全给我安排好了，还用得着你来惦记着？去，想到哪里去，就到哪里去。我留得住你的人，留不住你的心，谁叫你是我身上掉下的一块肉？你甩开手脚去闯，闯成一个丑八怪，闯得缺条胳膊少条腿，我认命。无论你混得成功还是窝囊，回到家里照样是我儿子，当老妈的还会给你煮饭、洗衣，对不对？"

望平闻语内心甘甜，鼻子发酸，脸面却一副满不在乎的模样。他从水果盘中抓起一把水果刀，用刀背高起轻落地敲击窗台：

"妈妈，我真想飞，可惜天太高，自己没长翅膀。我真想跑，奈何路不平，自己的脚腿不长。如今，一是工作单位，二是户籍关系，把人拴得牢牢实实，限制得叫人不讲规矩也行不通，我往哪儿去啊？我想做千里马，有条件吗？倒像是鼻子上穿着个绳套的黄牛，任由别人牵来牵去。我想做万年松，有条件吗？即使充当一个供社会观赏的盆景都不够格，倒像是随便被别人拔来拔去的一窝萝卜，一棵葱，连根菀都由别人掌控着。说穿了，顶多就像《红楼梦》的那个'心比天高，身为下贱'的晴雯。哎，老妈只怪我们的身份、地位、家世不如人家，休怪儿子无志气、无能耐。所以，你的儿子只好在书本上抠出几行莱蒙托夫的诗句，遮盖一下自己身为泛泛之辈的滑稽丑态，妈妈呀，'但是我依旧想在你身边逗留，哪怕是一天，哪怕是一小时，为借你这双美妙明眸的光亮，把我这份心灵的惊恐平息'。"

母亲抿嘴一笑，手指一戳儿子那张扮鬼脸的面庞：

"鬼脸壳，耍嘴皮，喂，这顿饭是我做，还是你做？"

"妈妈，我做。你想吃啥，我就买啥，做啥。"

"你爱吃啥，我就爱吃啥。"

"要得。"

望平应声，一头钻进厨房提出菜篮子，赶紧到街市买菜。

午间，望平正想倒在床上午眠，一阵急促的敲门声传来。他抽开门闩探头一看，邻街孔亮一张瓜瓢脸上一对往上翘的鼻孔直喷粗气，下巴悬着一颗饭粒，扣错了纽子的衣襟一高一低地展示着象征落拓不羁的不对称风度。望平忍俊不禁，手按着笑痛了的下腹，没好气地问道：

"孔莽娃，你风风火火找我，要干啥子名堂？"

"走，杀两盘象棋，去不去？"孔亮说话带乞求的口气。

"我的棋艺是甩尾巴的级别，你的棋艺是糊不上墙的稀泥，还杀？免了吧，让我回去睡觉，你放过我，行不行？"

"你虾子过河，就照你的说法，我们算旗鼓相当，对不对？我们棋逢对手，将遇良才，水平接近。我太高明了，也不会来敲你家的门，谁肯找水平高一大截的人来藐视自己一番？呵呵，毛主席说，藐视，重视，我记不清了。"

"战略上，要藐视敌人；战术上，要重视敌人。你是不是这个意思？"

"对，对，对。"

"对个屁！你把朋友，把棋友，当成敌人，这也对？冲你这句伤人的吹牛话，我就想把棋子给你抓起来摔进阴沟头，甩在粪坑里，看是你的嘴臭，话臭，还是你的棋臭。一手臭棋，还要把棋盘摆在黄葛树下，向来来去去的过路人展览，唯恐不臭名远扬。你不怕丢脸，我怕丢脸，免谈。"

望平正欲关上门，孔亮伸手猛拖，死活拉他往外走。望平身不由己，不情愿地随孔亮往他家走去。

望平下象棋是无师自通，他常常在街头观棋不语地看人对弈，初步熟悉游戏规则就上场与人比试，棋路大抵是见子打子的临场应对。他下棋只是找乐讨趣，并不在乎名次，从来没有想过要成独霸一方的大师。有一点是明显的，摸过棋子以后，他的思维变得更为冷静周密，左右兼顾，前后照应，大胆冲杀，小心提防，这些都有意无意地影响到了人的行事风格。

孔亮的家在距沱江100多米的斜坡上，门前有一个直抵江沿的垃圾堆，几只野狗聚在那里扒来扒去，时不时为一根骨头或抢一个情侣狂吠猛追，大风吹来尘灰会遮蔽一大片天空。孔家的门前悬着一张破旧的竹帘，撩帘进屋，一群惊惶的苍蝇嗡嗡乱扑，糊墙壁的泥巴一块接一块地脱落，露出任随风钻的黄朽竹篾条。孔亮的父亲裸露出数得清肋巴骨的胸脯侧躺在凉榻上，一呼一吸都让人担心他那皱巴巴的皮肤一碰即脱，黄泥地面上一摊摊带血丝的口痰散发出恶臭的腥味。望平见状，对孔亮说：

"莽娃，快拿撮箕去厨房灶膛撮一点柴灰来，炭灰也行。"

孔亮急忙奔厨房去张罗。望平接过撮箕，把炭灰撒在地面，拿起一把秃头扫帚清理掉地面的口痰。做完清洁后，他向躺在床上的老人礼貌地一点头，再贴近孔亮的耳畔叽咕：

"下棋？先收拾一下房间，多做一些家务事吧。"

说完，望平撩开门帘，捂着鼻孔疾走一段路，才深长地猛吸一口清新的空气。

望平内心委实郁闷，像孔亮这样当过四五年下乡知青的人，回城又过的什么日子呢？他要奔的前程该是什么样的境况呢？望平觉得，过日子，不应该过得像孔亮这样浑浑噩噩的不堪入目。如此朋友，除了怜悯，自己还能帮他些什么呢？他仰视着浮云移动的天幕，长吐一口郁气。此刻，正巧有一对白鸽从苍穹掠过，悦耳的哨音把他的注意力引向云端，引向远方。

望平缓步往家走，瞅着一条时不时卷起一团腾空尘埃的围城马路，孑然独行。突然，郭志远骑着一辆油漆几乎掉光的永久牌自行车，冲到他前面又转向回来，这家伙一只脚落地横靠着车：

"望平，你愿意明天一起去玛瑙山打猎，还是现在就跟我到望江楼茶馆喝茶？"

"喝茶。"望平一屁股坐上郭志远骑着的自行车的载货架上，催促一句："走吧！"

郭志远另约了三个人，分别是江海鸥、李永红、赵反修，他们与望平都是江阳二中的同班同学。郭志远点的茶，全是本地出产的新茶，等幺师拎出铜壶续上沸水，一根根绿沁色的毛尖芽悬浮玻璃杯中，显得格外清新鲜嫩。望平指尖轻击玻璃杯口没吭声，默默地听他们讨论近几年北京《十月》杂志刊载的中篇小说，尤其是话及礼平创作的中篇小说《晚霞消失的时候》，他们议论得更多。其实，望平自己也逐期读过《十月》，只是这些年觉得自己家庭比起人家底气不足，公开场合素来习惯"少说为佳"。他等茶水不再烫口，才端起茶杯，眼光投向江心飘动的帆影，漫不经心地品尝新茶。

"我觉得礼平思想比较反动，他这篇小说该批判。南珊的外公是反动

第五章 骤雨打芭蕉

· 055 ·

军官，不值得同情，这是宣传资产阶级的人性论和阶级调和论，问题严重啊，是不是？还有小说中还涉及了宗教问题，拿精神鸦片来毒害读者，'文化大革命'才结束几年啊，修正主义的东西已经钻出来了，资本主义开始复辟了。"赵反修气鼓气胀地发表个人看法。

江海鸥点燃一支烟，深吸一口，仰头喷出一串烟圈，眼角斜视着赵反修，轻描淡写地说：

"反修，是你那当造反派头头的父亲在家里告诉你的废话吧？南珊的外公是起义将领，是团结对象，你是不是对党的统一战线政策发泄不满情绪？再说，三中全会都开过这么久了，你一张嘴巴还是以阶级斗争为纲的老调门。我看，该送你去参加你父亲读过的那类'三种人'思想改造班，至少去旁听一下，提高一下思想觉悟，正确认清当前的政治形势。喂，你在食品公司当冷冻库保管员，平时参加政治学习少，晓不晓得你父亲是'三种人'？"

"你自己是几种人？是四种人，还是五种人？"

江海鸥的父亲江峻峰是三中全会后重新起用的老干部，现在是江阳县委副书记，显然没把赵反修放在眼里，他以牙还牙地回击：

"你不懂什么叫'三种人'，我告诉你。这些是追随林彪和江青的'四人帮'反革命集团造反起家的人，帮派思想严重的人，打砸抢分子。你老爷子是三罪齐全，他做了多少伤天害理的事情，你不知道？当年，我老爷子被打得骨折，就是他用木棒打断的，我没找你泄私愤吧？你现在的话，是引起公愤。我驳斥你，是提醒你看清形势，不要自不量力妄想螳臂挡车，还是悬崖勒马吧，好好悔过自新吧，我是为你好。"

"你是黄鼠狼给鸡拜年，没安好心，你不滚开，我走人，老子不陪你喝茶了！"赵反修怒气冲冲地站起来，端起茶杯泼向江海鸥，扔下一句狠话，头也不回地离开茶馆。

江海鸥一抹脸上的茶水、茶叶，从凳子上嗖地腾起来，攥紧拳头欲追过去揍人。郭志远一把扯住江海鸥的衣领，连声劝说：

"海鸥，他是他，他父亲是他父亲。你刚才讲那一番话，对他算是猪尿泡打人，打不痛人，伤了他脸面。你和他，都不能搞父债子还那一套。况且，他表面上凶，是装作不明白，你没看出来？花有十样红，人各有不同，你犯不着去和一个仓库保管员计较。他能看书，已经算谢天谢地了，多少道理还用得着你去说，他自己总有一天会开窍，脑筋会转过弯来。"

"但愿吧！"江海鸥悻悻地坐下来。

坐在旁边的李永红，咕咕地喝下半杯茶，慢吞吞地开口劝和：

"反修也有为人耿直的一面，这几年，同学找他买点猪油、猪肉、猪舌头、猪头、排骨等紧俏物资，呵呵，都沾一个'猪'字，他就这一点权力，他十有九回都是帮过忙的。他过去以为自己是工人，是领导阶级的成员，是国家的主人，爱吹牛显摆，一副'老子天下第一'的派头。现在知识分子吃香了，他也开始放下架子，明白自己不过是一个成天与猪为伍的库房保管人员，过去翘过头顶的尾巴已悄悄地放了下来，紧夹在屁股沟子后头。最主要的一点儿，你们不要光看他说话走火，没有意识到形势比人强，这家伙居然捧起书本来读了，虽然他还是癞蛤蟆穿腿裤有点儿蹬打不开，时不时出点儿洋相，于他而言，很了不起了。"

江海鸥掏出一支烟叼上，顺手抛一支给郭志远，没好气地搭话：

"你高估了，他这样的'工人阶级'离'现代化'太远，任何一个擦皮鞋的人和挖泥巴的人，都能胜任他现在的工种，不就是腰杆上吊一大串叮当响的钥匙，靠在一把看门的椅子上跷二郎腿？在我们依然在耐心再耐心地接受工人阶级最可靠的同盟军贫下中农的'再教育'时，他的一对眼睛珠子瞧人可是往上翻的，那时他脚穿一双翻毛皮鞋不是还厚厚地打了一层的鞋油，嘴上老是哼着那支左声左气的时髦歌曲《我们走在大路上》，他哪一天不是浑身斗志昂扬？呵呵，那时我们可是满腿泥泞，垂头丧气地走在乡间田埂上，差距大呀！"

郭志远拿起江海鸥放在茶桌上的红牡丹香烟盒旁的打火机，向江海鸥亲近地点头示谢，旋即瞅一眼李永红：

"刚才，那家伙是不是还提到宗教是什么精神鸦片吧？是的，是这样，没准隔三五年，他还真有叫人大吃一惊的变化，信不信？"

"哦，"李永红举起双手，伸了个懒腰："对，你这一点醒，我还真信。"

郭志远从鼻孔里喷出两缕烟雾，转头过去：

"海鸥，他说得有些道理，那些跌过一个大跟头又爬起来的人，只要不再走邪路，往往会干出点儿名堂。喂，继续说礼平的那篇小说吧，我觉得比其他伤痕文学强，它不是停留于发泄和控诉，而是在回望和反思，对社会发展，对个人道路，都有与众不同的眼光，而且看得很深，很远。比如……"

"比如，书中概括出的一个观点，科学是求真的，文学是求美的，宗教是求善的，是不是？"望平插一句。

"对，包括这一点。望平少有开口，开口就说到点子上了。望平，你一直在听，没开腔，不妨谈一谈你的观点。"

望平摆了摆手，从腰包里摸出两元钱，欠起身来：

"快到吃晚饭的时候了，散吧，茶钱结没结？"

李永红一指江海鸥：

"他上厕所时，早已结过账了。"

望平走出茶馆，顺着一条从懂事起到现在一直没有什么变化的老街走回家，脚下铺砌的青石板是属于民国还是清末时期，估计没有几个人能说清楚。街边的青瓦顶平房，规格一致地一楼一底，临街的楼墙上断断续续地刷上了各个历史时期的宣传画和标语，大概是只要内容不算太反动就无人搭理吧，杂乱无章地混杂在一起，让人联想到时代不是发展太快，就是社会变化太慢，既像博物馆的陈列品，又像大杂烩的堆积。他饶有兴致地欣赏着，一幅是一个工人叔叔举起炼钢的钢钎、农民姑娘抱着丰收的麦捆坐在飞机上，机舱前端写有"超英"、尾端写有"赶美",这是"大跃进"时期拟制的;一个竖立剑眉的胳膊上肌肉疙瘩鼓胀的怒汉,挥动一把硕大无朋的扫帚,正将把几个奇形怪状、惊恐不安的怪物扫进垃圾堆,旁边标出一行标语:"横扫一切牛鬼蛇神",这是"文化大革命"的特产;"继承毛主席遗志,抓纲治国,在新长征的道路上高歌猛进",这是粉碎"四人帮"初期的政治口号;"尽快把工作重点转移到以经济建设为中心上来",这是改革开放新时期的动员令。

望平想起了城西铸铁厂那条小巷墙壁上的两幅标语,在上的一条是"人民公社万岁",在下的一条是"一天等于二十年,多、快、好、省建设社会主义"。自己读初中时,一个数学老师指出这两条标语写在一起搭配不当,认知缺乏科学的态度,因为,假使一天等于二十年,"万岁"若以那过于漫长的"一天"做除数,最终计算出答案的又是几何呢?这个老师后来在全校周会被校革命委员会主任杜大贤指名道姓地厉词痛斥,说他是歪曲革命口号,完全是以小人之心度君子之腹,万分恶毒地对人民群众建设社会主义万丈高涨的革命热情大泼冷水,其用心又何其毒也?紧接下来,那个数学教师还扮演了一次校级大会的被批判主角,成了众矢之的,那两条标语却依旧大大方方地留在墙头。如今,一幅幅高悬楼体气势如牛的巨幅宣传画和的大字标语,极易唤醒人们愉快和感伤的记忆,有的可视之为过往的岁月留下的荣誉勋章,有的则属于一个城市莫大的耻辱和深受的创伤,它们是真实与另类的政治遗迹,至今众说纷纭。

望平摒弃了个人的好恶,曾经不止一次地冷静思考过,在近现代史上,一个刚结束长期战乱的积贫积弱的多难国度,并且依然处于虎狼窥视、内忧外患的国际大环境中,由于探索新生政权的发展道路缺乏现成经验,在革命和建设齐头并进的漫长过程中,出现一些幼稚、误判、冒进的失误是在所难免的。欲速不达的挫折,舍近求远的弯路,茫然不知所措的踟蹰,等到经过一段实践的检验后,才得以纠正错误、继续前进。即令毋庸置疑地存在主观因素,但也有不容忽略其存在的客观因素，或许它是任何一个起点不高的落后国度或城市，在进入上升时期的过程中注定得付出的一笔代价，哪怕换作现代人的眼光来看，这种代价实在是叫人扼腕长叹的过分昂贵。是的，生存和发展的道路从来免不了要受到不遂人愿的客观环境和具体条件的苛刻掣肘，宏观到一个国家，微观到一个家庭，乃至一个人，又何尝不是如此？

望平心事重重，他见路面经斜阳余晖投映的自己身影显得畸形瘦长，他以目光追逐它，碎步踩踏它，起初鄙夷它，继而悲悯它。过往的岁月里，他经历过数不清的百般磨难，痴心妄想和盲目乐观早已消失得了无痕迹，自己未来的道路仍旧一言难尽的艰辛，一望无涯的迷茫。在身为下乡知青时，望平曾偶然获得一册在知青中传递阅读的手抄本，上面有一篇文章介绍过美国作家理查德·巴赫创作的寓言小说《天地一沙鸥》的故事梗概，那只被同伴鄙夷和放逐的失伴沙鸥的飘零际遇，牢牢地吸引住了他，它失伴独处于天尽头，苦觅求生之道，苦练飞行本领，绝地图存的自我救赎，闪亮着一种令他兴奋不已的不甘沉沦和平庸的精神光彩。从此，他感到自己多了一个物以类聚的天际伙伴，自己乐意效仿那只素未谋面却声息相通的孤独沙鸥，不计归期，不问归宿，不吝付出，不懈奋斗，去开创一片属于自己的新天地。自己最终归宿何在，用不着杞人忧天，更不必斤斤计较。他在回家的路途中，既感慨良多又浮想联翩，不断自我安慰，不断自我鼓励。

第二天清早，望平开门正准备往外走，一个穿着邮政工作装的中年人摁着铃铛蹬着自行车急冲过来，他手挥着一个折叠成"又"字状的便条叫嚷：

"你有信。"

望平见折叠便条长伸的一只纸腿上写有自己的名字，顺手展开阅读。原来，这是他读初中时的化学老师郑秋鸿写给自己的，就几句话，要他暑假结束前到狮吼岭教师宿舍去一趟，面晤一次。望平临时改变了事先的计划，重回家中，取出很长时间没骑过的徒有"自行"之名的老爷车，用力蹬着向城北郊外约5华里的母校方向赶去。车轮下是一条碎卵石铺成的马路，过去的数十年行驶在路面的车辆多数为木轮车，牛拉车，马拉车，人力架架车，自行车，摩托车，近几年货运汽车才逐渐多起来了，人们依旧习惯成自然地叫公路为马路，来回上学的学生们也个个希望自己是拥有前程远大的千里马。路旁植满间隔约三五步距离的细叶桉，它们器宇轩昂地傲然挺拔，可惜，这类速生树木看似魁梧，真要砍倒派个用场则暴露其材质不堪大用的疏松易朽，能点缀风景去遮阳挡风，能临时应急去充当柴火，已算发挥出极限价值。这尘世间，良木，良禽，良人，俱是稀缺与珍贵。他蹬着车，吹着口哨，思绪信马由缰地任性野跑。

　　郑老师的门前有一片开荒自种的蔬菜地，两窝南瓜毫无节制地疯长藤蔓，它们你争我抢地经营着彼此的地盘，不仅如此，还大有要合伙共谋抢占邻居领地的狠劲，而结出的果实则足以让种植者大失所望。几棵勉强露出头脸的茄子、辣椒，它们夹杂在南瓜藤蔓间苟延残喘，面黄肌瘦的孱弱，果实羞涩的自惭，似乎对强者当道的小园生态颇为无奈。倒是顺着一根竹竿爬上宿舍瓦顶的一窝丝瓜，最易吸引过往行人的目光，那些开得灿烂的黄色花朵，大、中、小比例一应俱全的条形丝瓜，使人绝不质疑其具有旺盛生机和丰厚收成的产出能力。

　　郑老师的家门敞开着，此刻，他正戴着眼镜拿着一把放大镜观察着几只大摇大摆爬上了他的书桌的蚂蚁，那神态就像一个卸下戎装的将军兴致勃勃地观摩一场与己无关的短兵相接。望平静观了几分钟，看见郑老师没有感觉到自己的出现，才低声地一叫：

　　"郑老师，我来了。"

　　郑老师搁开放大镜，摘下眼镜，盯着他看了片刻，脸上露出笑容：

　　"匡望平来了，你怎么像一股风揭掉草帽一般，把自己姓氏都弄丢了？"

　　"郑老师的消息灵通啊，赶得上福尔摩斯了，幸好我没干坏事，不然被你一眼盯准，一把揪住，肯定躲不开。"

"到后院坐坐吧？"

郑老师和隔壁的几位老师一样，自作主张，各行其是，都把宿舍的后墙凿通开了一扇门，再合伙砌起与毗邻划界的隔墙，家家户户皆添篷砌灶外迁了厨房与饭桌，还搭起了葡萄架或辟出花圃，不仅大幅增加了使用面积，改善了居住条件，还把坡下的沱江风景尽收眼际。

"喂，匡望平，你说当时建房设计者，为什么蠢得像一头黑毛猪，怎么不考虑面向沱江敞窗开门呢？早该如此，连坐北朝南的常识也不懂，图纸上彻底抹掉了日常起居的情调，那个设计者不是有精神病史，就是一个虐待狂，故意作践我们这些'臭老九'。"郑老师扬手驱赶着一只涉嫌袭击他的小蜜蜂，言辞与表情都有毫不掩饰的讥嘲。

"我想，设计者特别敏感，怕老师们伤风感冒后学校的师生找他追究责任，于是，干脆在设计图上来一个前后颠倒。八成是这样吧？"

"哈哈哈……"郑老师放声大笑，抬脚把一枚小石子踢下坡去，接着说："为赏月，赏景，我请学生的家长帮忙，他是个手艺不错的石匠，给我安了这一套石桌、石凳，房屋是简陋了一些，但是，我喜欢这种天人合一的环境，拿一座皇宫来换我这两间陋室我都不愿，人各有志，各有所爱。坐下吧，我说不了几句话，耽误不了你多少时间。"

"郑老师，你还记得我这个学生，还能给我赐教，真是感谢。"

"别客气，你在社会动荡中走出校园，刚刚16岁就上山下乡当知青，又以'文革'时期的初中学历参加1977年的高考，还上了线，一只被拔掉知识羽毛的鸟儿也拍翅飞上天空，飞得不很高不要紧，敢飞就不错了。我身为你的老师，在那个年代只顾苟且偷生，没有传给你们多少有价值的知识，讲台上心有余悸而半吞半吐，我给自己打分不及格。好在，我现在有补偿这种遗憾的机会，我已答应学校领导超龄留用，继续站在讲台上，把我平生所学贡献给同学们。"

望平远眺山脚下的滚滚沱江，抑制着激动的心情，恳切地答话：

"郑老师,你真了不起,同学们最喜欢听你讲课,那真是一种享受。你不但学识渊博,简直把教学升华为一种课堂艺术,妙语连珠又言简意赅,以浅显语言引发深思,说笑话来刺激记忆。可惜,我没有福气,没能在母校的课桌前多坐一段时间,多听你这样的名师、恩师多上几堂课,过早地丢开书本,去滚一身黄泥巴……"

郑老师转过身去,从碗柜里取出一个细小碗,清水清洗着眼镜片,末了,掏出一块干净的手绢几番擦拭,才又向望平发问:

"学校的老师,有几个是被错划的右派,已经全部重新甄别平反了,你父亲呢?"

"人都去了,清白的名声来得太迟了。代价,他的代价,家庭的代价,后人的代价,已经都付出了,我和母亲也没有多少欣慰感觉,人们还会在我的背后叽咕:'他父亲,过去是……'。"望平顺手一抓,捉住一只彩翼蝴蝶,又突起恻隐之心,放掉了它,依恋地目送它翩翩飞去,落定在一朵丝瓜花上。

"恩格斯于1893年10月10日写给俄国友人尼·丹尼尔逊回信中,有一句名言,现在不少报刊上省略了前半句'像你们的民族那样伟大的民族,是经得起任何危机的',突出了后半句'没有哪一次巨大的历史灾难不是以历史的进步为补偿的'。当然,我们中华民族同样是绝不逊色于俄罗斯的伟大民族。"郑老师戴好眼镜,掏出一把指甲刀修着指甲。

"人不同于国家,何况许多事情你找不到债主。不过国家好了,就是形势大好;个人的小好,微不足道。"望平的视线还被刚放走那只蝴蝶牵引着,语气平静得像在说旁人的一件与己无关的事情。

"也许,你一家受到的伤害太多了,一时难以释怀,可以理解。"郑老师把掉落在石桌上的指甲屑,一点一点地拾起来,扔进花钵。末了,他向掌上吹了几口气,抖了抖衣襟,拍了拍裤腿。

"我读过普列汉诺夫的《个人在历史上的作用问题》,他提出了一个引人注意的问题,社会需要什么样才能的人,就有什么样才能的人应运而生。已过去10年，出于形势发展需要，有人拿起了批判的武器，把矛头指向知识和知识分子。现在，建设国家需要借助知识的力量，需要对批判的武器进行批判，所以，才对知识进行了重新评估，才对知识分子开始重新起用。但是，这是一个海量的人数，有不少人会因此获得个人的幸运，只是幸运的人未必就是我。"不知不觉间，一只蚂蚁爬上了望平的手臂，小小的蚁足搔得人皮肤作痒，他禁不住一口气吹掉了它，低头带关切地注视它坠下去的位置，直到见它一阵呆滞和挣扎，继而步履蹒跚地移步爬开，他才转移了视线。

"不见得吧？"郑老师予以诘问。

望平没有直接回答："我喜欢恩格斯《自然辩证法·导言》中的一段话，他评价意大利文艺复兴运动'是一个需要巨人而且产生了巨人——在思维能力、热情和性格方面，在多才多艺和学识渊博方面的巨人的时代'。我真希望我们的国家现在是进入了一个巨人的时代，我们可以见证巨人的出现，哪怕我注定是被社会的潮流抛弃在边沿位置的渺小角色。"

"你还真的读过不少书，属于你们那批同学中的一个异数。"郑老师称道过后，突然问道："你认不认识黄河清？"

"不认识，好像听说过，他当过八路军？"望平如实作答。

郑老师以赞许的语调说下去，黄河清是一个爱惜人才的老革命。黄小鹰是他正教着的女学生。黄河清是他这个女学生的父亲，现在是县委组织部长，据说很快要升副书记了。黄河清上门了解女儿的学习情况时，谈话中对县里的机关干部的基本状况很不满意，这些人年龄偏大，学历偏低，只有中、小学文化程度的占90%以上，比例占90%多的人中又大部分属于初中以下文化程度，这一支干部队伍只能算知识上的"贫协"，很难适应新时期所要担负的现代化建设的历史使命的紧迫需要。所以，县里准备在学校、企业中选调一批文化程度相对较高的人进机关。望平本来没有进入县委组织部的初选名单，但是，工作人员考察其他人时顺藤摸瓜发现了望平，加之有人推荐了望平，选不选望平还引起过一场内部争执。黄河清部长为此亲自调看了望平的档案和考察材料，知道望平在江阳中学读过书，便在了解女儿黄小鹰在校学习的情况时，顺便向郑老师打听了望平的情况。郑老师告诉黄河清，他对自己教过的学生心中有数，以自己的观点，如果望平不是在"文革"时期读初中，如果我们国家早些年不搞阶级斗争扩大化，他的这个品学兼优的学生肯定能上名牌大学，被国家使用到更需要的地方，不至于蹲在老家的土地上。

听过郑老师坦诚相见的话语，望平虽感激不尽，却不抱幻想地回答：

"郑老师，有你一片心意，我满足了，真知足了。我虽然浅尝辄止地学过政治经济学的课程，但是，我通过阅读中国近代史，明白一个道理：在中国，没有任何一种政治势力能够替代共产党的领导，只有共产党能忠实代表最大多数人的根本利益，促进各民族的团结，保证国家的统一，使国家建设得繁荣富强。这一点，其实在周恩来总理逝世那一天，我就深刻地认识到了。那一次，我真是有一种大厦将倾的恐惧感。后来，我明白像周恩来那样品格高尚的人'鞠躬尽瘁，死而后已'献身奋斗的党，是一定有希望的党。尤其是这些年对冤假错案的昭雪平反，虽然对于我父亲那辈人实在太迟了，但一个执政党能有'否定之否定'的巨大勇气，换一句话说能有刮骨疗伤的勇气，就配得上冠以'伟大、光荣、正确'的修饰词。至于你提到的属于我的也属于逻辑学上的或然判断的机会，说实话，我连想都没想过。因为这些年似乎我从没获得过选择自己理想目标的主动权，从来都是处于被动位置，最幸运也是被选择、被安排，何况我离成为共产党员还有一段不同寻常的漫长距离，相当于唐僧带领师徒西天取经的距离；他们'九九归真'尚且要经历八十一难，相对孙悟空、猪八戒、沙僧、白龙马那些得道之身，我是凡胎肉骨，微不足道。哎呀，郑老师，你该不是鼓励我去徒步登天吧？"

郑老师厌恶地一挥手，赶走一只飞蚁，才肃然打断望平的话头：

"匡望平，我找你来，是要告诉你，不管你这一次有没有机会，希望你相信自己，相信我们的党和国家，爱我们的党和国家。这一点，你刚才的谈话已经让我放心了，剩下的就是你如何把握好自己的未来，不要总是生活在昨天，要重视今天，走向明天。"

直到出门时分，望平才意识到自己急匆匆赶来，居然是两手空空拜见多年未见的恩师，不禁在心里暗暗责备自己不懂人情世故，他提醒自己：下一次一定要记住备好礼物。

蹬着自行车离开狮吼岭，没想到风云突变，一场骤雨如珠子从天空密集猛砸袭来，望平来时没带伞，实则带伞也没用，眨眼工夫身上已经没有半寸干布。望平索性把自行车上锁停靠公路边，顺着山坡向沱江边走去。他想起自己从小到大的生活道路，真是逆境多于顺境，怨天怨地怨自己都没用，时间总是不能逆转，逆来顺受是宿命强加给他的一个日常修炼。走着，走着，路旁出现一丛格外翠绿的芭蕉，雨点坠在阔大的叶面摔成碎末，很快又聚成滚来滚去的水珠，等到阔叶不胜重负低垂下去又成串滑向地面，前面的水珠钻进土壤，后面的无缝可钻汇成一股落荒横溢的浊流。望平抹去粘连须眉的雨水，坐在芭蕉丛间的一块石头上，直勾勾地看着山坡下奔流不息的江波，宛如在鉴赏一幅艺术大师信手挥就的水墨画。此时，倘若他便是那幅画的创制者，肯定会在沿江缠绕的小路的某个宜于观景的点位添加一座雨亭，亭中有供垂钓或躲烈日、暴雨的过客歇足的石凳，人与风景互为衬托，岂不是一幅妙趣天成的完美画面？远山逶迤朦胧，雨帘延绵天际，一躲雨竟躲出了寻常不易领略的况味。头顶之上，一匹匹芭蕉叶晃动不止，砸下的雨点亦前赴后继，啪啪啪的雨滴敲击声恰似一串串乱蹦的音符，虽然伴随一些前推后揉的嘈杂，毕竟是纯粹无伪的自然界的交响曲，他以此为乐。

这时，湿衣久裹，一股寒气袭身，他打了一个喷嚏，赶紧起身蹽过一段泥泞路，疾步往回走。他跨上靠在马路边的自行车，身子朝前低伏，双脚一阵猛蹬，车若飞矢，疾射前方。

第六章 一次被动选择

　　开校前一周，柳桥中学校长关振邦蹬着自行车到望平家中，通知他下期不再到学校上课，直接到县人事局报到，连介绍信都给他开来了。关校长有些遗憾地对望平说，学校本来应该开个欢送会，可这些天，教师还没返校，事情又起堆堆，所以，他要总务处周老师去县百货公司买了一个款式新的帆布旅行包，作为送给他的纪念品，叮嘱他以后常回学校看看。

　　望平纳闷一会儿，发问：

　　"关校长，我对柳桥中学还是有感情的，到学校教书才一年，没想到走得这么急，不需要征求本人意见吗？"

　　关校长倚着门框，捉住望平的手说：

　　"望老师，我工作几十年的习惯是一切听从组织安排，我们要守组织纪律，是忍痛割爱。有的人和县里领导有关系，他自己也想去，如果我自私，也乐于送佛上西天。可是，我不能啊，我的同志哥，国家需要人啊。再说，组织部和人事局来考察的人，也不愿做比起框框挑鸭蛋的事情，人家是坚持原则选贤任能，办事真正是出于公心。"

　　"关校长，如果允许发扬风格，就让那个本人想去的人去吧。你能告诉我，他是谁吗？"

　　"不好细说到人头，反正人家是县委组织部的一个副部长的亲戚，有臂膀子的，这次没走，下一次也会走。"

　　"关校长，你可以让他这次走，我心甘情愿支持他走。"

　　"不行，木已成舟，米已成炊，人事档案已经调走了，手续都交给你，再说纪念品都送你了，是不是，弄成一场儿戏？"

关校长丢开望平的手，走几步跨上自行车，回头一招手，猛地蹬车离去。

等母亲提着菜篮子归来，一场骤然来临的倾盆大雨噼噼啪啪地浇泼地面，她庆幸地跺脚抖去鞋面上的灰尘，口中直念"阿弥陀佛"。

放下菜篮，母亲看儿子手里捏着一张介绍信发呆，有些担忧地问发生了什么事情，望平只得把事情经过说了一遍。母亲松了一口气，放下了心，安慰儿子："虽说未必是喜事，也未必是坏事，更何况是身不由己，干脆顺其自然，何不听天由命？"

望平自己心里明白，两千年的封建社会风气未尽，一场社会动荡风浪初平，所谓"组织纪律"常常是由某只善恶难卜的手任意支配的潜台词，并且会导致某一个人的命运因此而改变。处于社会发展的拐点，一个小人物所面临的定数和变数往往会是匪夷所思，即便心知肚明也力不从心，只得听天由命，去经历注定将属于自己的悲欢离合。

下午，雨停天晴，远方的湛蓝天空悬起一弧绚丽彩虹，望平倚在窗前惊喜不已，急忙回头告诉靠着椅背翻书的母亲：

"妈妈，你来看天上有彩虹，挺好看！"

母亲取下老花眼镜，笑吟吟：

"你妈的眼睛和你不一样，老了，别说挂在半空中的东西看不清，就是跑过面前的猫狗也看不清。你看天，我看书，各有喜爱。你真是长不大的孩子。"

"哎呀，仰望天空那是扬眉吐气的快感，再加上一道漂亮的彩虹，比图画还好看，难得一遇的景色。"望平视窗台作琴键，两手并用，飞快地弹动指头。

"你高兴，妈就高兴。儿子，借你一双眼睛，替妈妈好好欣赏，饱饱看够。"母亲的眼睛笑成豌豆角。

此时，窗外街对面出现一张诡秘面孔，还没等望平回过神，对方举起弹弓将一枚纸做的"子弹"直射过来。他本能地退后一步，再从地上拾起击中自己胸膛掉地上的裹紧纸团，牵开一看：

"匡望平，舒老师在我家，邀请你来拱猪，三缺一。快！二毛。"

二毛是赵反修的小名。这小子虽有些粗俗，居家地点却是风景妙处，那是建在虎啸山临江一侧的高度有落差的两列平房，经气势非凡的围墙一包抄，一座小院俨然似土"皇宫"，是养生、读书、观景的宜居处所。望平听闻舒老师要来参加一场师生间的忘年斗的游戏，哪里还会找理由推却。只是那去处是大道兼小路，先直后曲，先平后坡，到头来最好的交通工具还是自己的两条腿。他回头给母亲打个招呼，便两脚生风地直奔而去。

刚见望平一进院门，正面坐在居上位的第一列平房院坝里甩扑克的赵反修就一眼瞄住他，高声叫嚷：

"来，来，来，快来，你看舒老师和我们打成了'哥俩好'。"

望平一步跨两级石阶，气喘吁吁地爬上坡，立时禁不住哈哈一笑，原来他们的音乐老师舒云霄，与自己的两个学生玩争上游的纸牌，输得一败涂地。落下风的有三种选择：喝酒，喝醋，脸上贴纸条。这位戴着斯文的金丝眼镜的师长，既怕喝酒，又怕喝醋，便选取丢脸不伤肠胃的第三条。他输一盘贴一张，现在只剩一对眼镜露在外面，其余部位已被迎风飘的白纸条全面覆盖。望平摸着肚皮忍住笑，高声抗议：

"二毛，黑狗，你两个不尊师重教，暗地合伙收拾舒老师，是不是犯上作乱？"

黑狗是李永红的小名。他一听望平点到自己头上，扔下手中的牌叫着望平的绰号回击：

"喂，玻璃瓶，你是不是吃错了药？！你问舒老师，我是不是代他喝酒他不愿意，代他喝醋他也不愿意，这条条并不是我和二毛贴的，是他自己拿着镜子自己贴的。你看，是不是，舒老师照的照妖镜还在这桌子上搁起的？"

望平细看，桌上果然放着一个小圆镜，于是自搬梯子顺势下楼直说圆场话：

"黑狗，我算是耗子咬狗弄颠倒了，没想到舒老师会和学生玩真的，让我佩服，佩服。我祝舒老师反败为胜，扯下黑狗的尾巴，拔下二毛的鬃毛。"

"匡望平，让他们打，你来厨房里给我当下手，抠一下鱼肠肚，该做晚饭了。"

望平回头一看，赵反修的父亲赵大奎手提着一张搂着几条鲜活鲇鱼的湿漉漉的渔网从坡下走上来，他当过虚张声势的草台班子"满天红"兵团的司令，人们背地里都叫他赵司令。其实他那"兵团"就几支秃笔，十几个人，不依打路①的折腾，四邻不安的喧嚣，大扬劣名于一方。现在他没有一份正当工作，早晚划着一条打鱼船漂在江上，服他管的只剩虾兵蟹将，实质上的等级，往高靠也充其量算是"鱼司令"。

"赵师傅，你辛苦点儿，望平还是陪我们打拱猪，你把他当客，给我一个面子。呵呵，什么面子，我这张脸丢尽了。"

"舒老师，照你说的办，我不扫你们的兴，不搅局。"

如今的赵司令再不是旧模样，他已经在"伟大压力"下变成了一个"谦卑的人"。

舒老师伸手抹下了脸上贴满的纸条子，又回头对赵反修说：

"反修，给你的舒老师泡杯茶，你两个小刁民一肚子坏水，对我咋个不立个落了下游罚杯茶的游戏规则？幸好望平来解放了我，重新开张，拱出一条肥猪，拱饿了你老爷子想得周到，吃一顿大蒜烧鲇鱼，你们爱喝酒，一醉方休；我爱吃鱼，一饱方休。嘿，这才是皆大欢喜，真是乐死人。"

赵反修分牌的手指灵活自如，说是快如闪电也不为过，只听得唰唰唰的发牌声，一叠叠均匀的牌张已出现在各位面前。隔一会儿，他叫嚷

---

①不依打路：方言，指不守常规或不按规则出牌。

着"拿着方块3的先出牌",桌上随即响起一片啪啪啪的甩牌声。第一盘牌刚出完,令人忍俊不禁的是那条被拱出的"千斤肥猪",居然又是舒老师。其实,几个学生谁也没有为难自己的老师,倒是他自己把大牌张紧捂在手,该压的牌没有压,该出的牌没有出,有顺手牵羊的好机会他也坐视不管,等他心血来潮已时运不济。随着牌局深入,舒老师把优势转化成劣势,把好事办成了坏事,他始终没明白自己为何百战牌场保持屡战屡败的黯淡纪录。

一输再输,舒老师已是兴趣索然,一把丢下还未出手的牌张,以丢牌罢工的方式终结游戏:

"哎,太累了,吹吹牛。喂,匡望平你们这些学生知不知道我们江阳中学解放前有个老资格的同盟会员的校长,名气大得无人不知,无人不晓,他的书是畅销书又是犯禁读物,官场政客都公开骂他,私下却把他的书放在枕边,当成私房必读的成功秘籍。"

"你说的是哪一个?"没等望平开口,赵反修先插话探问。

"李宗吾。他当年坐过的办公室,就是今天正校门进去右手第一间的老屋,头几年是学校的卫生室,现在是学校团委办公室。李宗吾的书叫《厚黑学》,他吹嘘它是官运亨通的'学术专著',主要观点是古今中外成大事者,必须具备两个条件,第一是脸皮厚,厚得比城墙倒拐拐还要厚;第二是心肝黑,黑得比地皮下挖出的煤炭还要黑。他这书,惹恼了当时社会上的'正人君子''大人先生',他们骂他蛊惑人心,败坏世风,贬称他是'厚黑教主',擅长'教唆使坏'。说实话,李宗吾不过是剥下了他们掩饰的面具,遮丑的伪装,这还不算'大逆不道'?嗨,你们说好笑不好笑,当年厚黑教主的办公室被东腾西挪竟成了共青团的办公室,真是有红与黑的强烈反差,一个绝妙的讽刺,绝得不可复制,妙得叫人捧腹。"

"舒老师你说得很有意思,先是黑屋,中间插个医屋,最后才是红屋,共青团当然'红',这容易解释。'黑'经'医'转'红',不过,医屋也算白屋，一间屋变换了黑、白、红三种颜色，这很有意思。毛主席说过，凡是敌人反对的，我们就要拥护。这本《厚黑学》，解放前被禁，怎么会解放后还被禁？看来，这李宗吾有些怪。"望平注视着神采飞扬的舒老师，戏谑中有几分困惑。

"学校过去有的老教师，是李宗吾的学生，听过他上课，都说他是操守很好、学问很大的好教师，现在还通行的中小学毕业会考制度，还是他首创的。这李宗吾当过省政府的教育科副科长，套到今天的官位，就是省教育厅副厅长，那是一个没本事的人屁股坐不稳的官位。再说，他当年写的愤世嫉俗的《厚黑学》，是冲着袁世凯的黑暗统治去的，向只可意会不可言传的官场痼疾捅了一刀，解放前就令得意官场的有身份的人眦目切齿，唯愿将它统统烧尽，只剩他们那一册秘不示人的绝本。"

李永红不感兴趣，打断了舒老师的话：

"人没听说过，书没看到过，说了也白说。再说，这类书如果解放后还有，早就被二毛的老汉赵司令当年造反的时候带的队伍搜出来烧光了。二毛，大概你老爷子当年也没搞明白，如果他搞明白了肯定会私藏一本来研习，掌握靠'厚黑学'发迹的速效秘诀，顺手就挪一把稳稳当当的官椅子来享用终身。当然，有了这个本领，一见事情不好必定精通脚底抹油之术，哪会不及早逃之夭夭，还轮得到他当年收拾过的人回头来揪他的尾巴，清算他的老账。二毛，你老爷子要是怪你没读好书，你就怪他不懂《厚黑学》，当年他造反是草莽英雄式的蛮干，到如今才写不完的检讨受不完的罪，揩不干的眼泪睡不熟的瞌睡，还不完的旧债直不起的腰背。"

李永红乐呵呵地直翻嘴皮，如机关枪扫射一样使用成串排比句，没想到赵司令端着一盘刚做好的鲇鱼出现在身边，一副无所谓的表情，轻描淡写地回敬他：

"当年我站错了队，犯过错误，骂过人，打过人，幸好托菩萨保佑，我没去杀过人。再说，我的文化程度就是初中一年级肄业的低水平，沱江水不平，我文化没水平。现在，我漂在沱江上从事渔业，我是自己的领导，也是自己的兵。没有谁再来断我的生路，没有谁再来开除我这无业游民的自由职业，县长家里来了客人，还不是客客气气地托人来找我买鱼，他不担心我卖的鱼有毒，不担心我存心谋害领导。县长都不防范我了，你当着舒老师说，你们防不防范我?"

李永红一拱手，嬉皮笑脸地说：

"赵司令，你大人大量，放我一马。我到这里来，好菜好饭，白吃白喝，还说话不知轻重，真是不识好歹。你最清楚，二毛下颌只有两根毛，还是白毛。我呢，浑身长满毛全是黑毛，肚皮下蹦跳蚤，耳朵头藏虱子，是一条人见人恨的黑狗。人人都说狼心狗肺最坏，你大人莫见黑狗的怪，多多包涵，你要骂，尽管骂我狗眼识人低好了。"

黑狗油嘴滑舌地赔过小心，舞爪扒脸学狗叫"汪，汪，汪"，逗得满桌人一阵大笑。

望平眼见赵司令系着一条蓝布围腰忙进忙出，脸上也并不像平时想象的那么凶神恶煞，他没有露出什么对世间、对世人恨之入骨的居心巨测，倒像一个工厂的普通工人那么淡定质朴。他暗地思忖，面前这个曾经叱咤风云的知名人物，当年没准是凭一种敢于挑战权威的勇气，不识好歹的莽撞，不假思索的盲动，把自己根本没弄清楚揭竿而起的目的当成绝对正确的真理，把矛头直指的斗争对象视作罪不可赦的天敌，知识少而胆子大，他真个是可恨、可笑、可悲又可怜的人，留下一段一失足成千古恨的潦草记录。当然，他也有可能是大奸似忠，以一张老实面孔掩藏着一肚子不可告人的歹意。哎，那真是一个'世无英雄，遂使竖子成名'的荒诞年代，越理性的人越不见容于世，越出格的行动越是得到得势者的青睐，当初的一举成名与而今的贻笑大方，就像说相声一般逗乐，并且前后照应。有时，人生的荣与辱仅在一念之差，命运的沉与浮仅隔一步之遥，值得后来者引以为戒。

吃过晚饭，师生道别后，各自分头往家走。望平的路程更远，星暗夜浓，灯熄火灭，几番撞上断头路，钻入死角巷，拐来拐去弄得精疲力竭，好不容易才摸顺正路，回到自家门前。

第二天，望平步行到坐落在一个城区西侧的湖畔的县人事局报到，工作人员接过介绍信对他微微一笑，破例带他到了局长办公室。局长姓林，五十开外，寸发平头，话音清朗，他直视望平片刻，语气和蔼：

"这次选调一批有培养前途的青年干部，你是其中一个。你们中，一些人会直调机关，一些人会先到基层锻炼，本来县委那方急缺你这样的人，但你还不是共产党员，缺一张党票。所以，你和其他的人不一样，别人往上走，你往下走。你记住我的话，往下不一定是坏事。其实，许多坏事最初看起来都像是好事，表象和本质，暂时和长远，不能一概而论地画等号。毛主席曾讲过一句话：'什么叫工作，工作就是斗争。那些地方有困难、有问题，需要我们去解决。我们是为着解决困难去工作、去斗争的。越是艰苦的地方越是要去，这才是好同志。'你明白我说的意思吗？不明白不要紧，你以后会慢慢明白。"

"明白。"

"你未必明白，不贪图安逸才有出息，年轻人常常是一遇困难就不明白，犯急躁情绪，你还可能骂我的娘，怨我做事绝情，最终对你有益还是有害，时间会告诉你。最苦不一定等于是最坏，特殊情况下，有时最远的路最近，我等待着你彻底明白的一天。那时，你说不定会感谢我对你讲过这番话，就这样吧！"

林局长站起身子，伸出一只粗糙的手，隔着办公桌和望平仓促一握，随即，用收回的手打了一个闪电般的手势，示意望平到已去过那间办公室办理常规手续。

望平重回初进那间办公室，工作人员已为他转好了工作介绍信，他接过来一看，脑袋嗡地一响，超乎想象的远，是县域西极的青岩公社，单边百来华里，公交车断断续续，公交车掉头的地方不是马拉车，便是依靠自身力量的"自行车"，好在还有一条穿峡出谷的沱江水道。不知实情的熟人都以为他升了，实质是远远地被抛弃了，古代叫充边，现在叫到基层锻炼，理由是一句冠冕堂皇的敷衍话，对自己而言，弄不好是终老一生。林局长事前给他打过预防针，他也有一定的思想准备，可是自己的准备很不充分，低估了去路的长度，换句话说，低估了未来将要面临的难度。好歹，望平具备百炼成忍的基本功，忍受和承受已是小菜一碟，他淡定地说了一句：

"好，我去。"

说完，他转背阔步往外走，临出门时，他回头睃了一眼这座上下两层的外砖墙涂抹成浅灰色的办公大楼，才看清一左一右悬着两块吊牌，除了一块县人事局的，还有一块是县委组织部的，原来两个单位是合署办公，他才突然意识到一些言语说不清的什么，从唇齿间吐出一丝凉气。他站在路上若有所思，联想到关校长给他带来的纪念品是一个新款的双肩背的旅行包，不知是巧合还是暗示，现在无法改变的却是他只得认账的既存事实。

回到家里，他告诉母亲自己明早准备乘船顺流而下去青岩公社报到，具体工作干什么到时候由公社安排，组织就是领导，领导决定你的命运。母亲闻语一阵惊愕，面部表情瞬间露出无以言表的悲戚、无助与无奈，但她很快控制住了自己，平静地说：

"高考还允许人填志愿，当然你过去填的志愿也不管用，等到录取和分配都没人帮你说话，便被人家随手一扔了事。教书原来教得好好的，隔家就一二十里路，不坐公交车，就骑自行车或步行也不太远，现在好了，妈妈见你一面不容易了。儿子，放宽心，我们认这个命运，这个草命，草虽贱，哪里的黄土都能养草，我们行得正，走得端，不抱奢望，不用害怕。儿子，妈妈有退休工资，等你安定下来，我来陪你，帮你煮饭洗衣，等你接了个媳妇帮你带娃娃。我们求不起人，不求人，靠自己，是不是？"

望平转到母亲坐的椅子背后，手指掐揉着她肩头的穴位，疼爱地说：

"妈妈，你快60岁了，你保养好身体就是对我的最大支持，儿子走得远，未必就走得糟，我为你唱支歌吧！"

望平从房间内取出一把新购不久的吉他，近些天抽空苦练过一番，他调弦转轴，模仿台湾歌星醉酒般摇晃的做派，摇头晃脑，踏足击节，抚弦放歌：

  今天你又去远行，
  正是风雨浓，
  山高水长路不平，
  愿你多保重。
  记得那年初相识，
  也在风雨中，
  风浓雨浓情更浓，
  祝你早成功。
  来也匆匆，
  去也匆匆，
  就这样风雨兼程
  ……

母亲的眼眶泛起欣慰又辛酸的泪花，她怕儿子看见，抬起手背悄悄擦去泪珠，嘴里唠叨：

"别唱了，快去收拾行李，去买船票。妈妈去买点菜，割点肉，你先打个牙祭再走。人家说来日方长，你是去路漫长，我们好好走，不怕路不平，路途滑。儿子，我们身份再贱也得把日子过好，给妈妈保留好一个笑脸哈，再苦再累笑着去对付，即使脸上不笑，心头要笑，去和那些人比一比谁笑到最后，谁笑得最好。"

"妈妈，你快成诗人了！我记住了，你要我用行动来写一首诗，题目是你出的《珍重一枚笑》。"

"不光是题目好，还要内容好。"

母亲赞许地望一眼儿子，提着菜篮开门去菜市。

一条汹涌咆哮的大江，它的波涛如上万匹野马一刻不停地向前狂奔猛扑，翻卷着一记接一记震天怒吼的激荡雪浪，不时有一块头角峥嵘的礁石露出水面，来不及躲闪的浪头迎面撞去，瞬间化作一团腾空四溅的水沫。望平立在拖轮的船头，两眼贪婪地收获两岸风光，山河壮阔使他倍觉个人渺小，所有的悲欢离合尽如扑浪冲涤的尘埃，先前胸间的块垒已渐次荡然无存。眼前的景状，使他想起了苏轼一路颠沛流离谪迁黄州写出的千古名句："乱石穿空，惊涛拍岸，卷起千堆雪"，那一度萦绕心室的身世沉浮的漂泊感，很快被追逐梦想走向陌生的悲壮与激昂所替代，简直是换了一副旷达胸襟，不论前面境遇如何，他都能以顺应变局的从容去迎接它，提得起，放得下。

江风吹得一身凉爽，望平回到船舱抱着随身带的吉他坐下来，一船人七嘴八舌的嘈杂，旅客带的行李和杂货随意地东一堆，西一堆，进进出出碍手碍脚，吸烟者吐出的烟雾，哮喘者咯出的浓痰，使人倍加向往在宽阔的水域上平稳行驶的干净舒适的豪华客轮。幸好，望平坐的位置虽居船尾，却是可以探头看景的靠边佳座，两岸对峙的列列青山能够转移他的视线。过了一会儿，望平发现自己的邻座从黄皮箱里掏出一本纸页残缺发黄的旧书翻阅，他好奇地盯了一眼，是商务印书馆出版的《野玫瑰》，作者是陈铨。作者和书名都陌生。趁邻座读书倦了闭眼养神的空当，望平向他提出借阅一会儿的请求，对方欣然应允。望平被书的内容吸引和振奋，一目十行地读完书，把它递给邻座。邻座看出他是有些修养的人，友善地发问：

"你读完了。"

"没看细，大概看了。这本书是解放前出版的，繁体字，竖排版，经过了一场场冲击它还能留下来，算是难得一见的珍本了。"

"是啊，我堂舅写的书。"

邻座兴致很高，睡意全无，滔滔不绝地说下去：

"我堂舅原来是南京大学的教授，更早是西南联大、清华大学、武汉大学的教授，是留美、留德的博士。1934年1月，他获得博士学位回江阳，家乡把他当成第一个'洋状元'，称他为'乡梓的骄傲'。县政府组织县城居民敲锣打鼓地到码头上夹道欢迎他，还在供孔夫子的地方——江阳文庙举行集会向各界知名人士介绍他。很快，他就被武汉大学聘请去教英语，清华大学聘请去教德语。"

望平听说陈铨任教过西南联大，急切想多了解一些他的情况，忙问邻座：

"现在呢，他还在世吗？"

"不在世了，1969年初去世，66岁，去世前好几年就不准他上讲台了。死之前，他隔壁搬来了心肠歹毒的新邻居，逼一个患有哮喘病的老人挂着一块黑牌去扫厕所，铲积雪，他倒在了寒冷的风雪里。现在，我堂舅已经平反了，我妈妈亲眼见过南京大学的平反通知书，她当时非常痛惜地不停感慨：'来迟了，太迟了！'"

"他是不是参加过国民党？我读了你堂舅写的《野玫瑰》很有感触，它是一部一问世就注定会引发争议的剧作。剧中女主角夏艳华表面上是美艳的舞女，实则为国民党特工；为了抗日救国她带着'美人计'的使命委身于北平汉奸头目王立民，目的是伺机窃取情报。后来，夏艳华昔日的恋人——国民党特工刘云樵也到王立民家卧底，并和王立民的女儿曼丽相爱。最后，刘云樵的身份暴露，关键时刻夏艳华设计让刘云樵和曼丽逃脱，并逼迫汉奸王立民自杀，自己甘愿做一株孤独寂寞的'野玫瑰'。时过境迁，人们似乎不熟悉剧中人所身处的异常严峻的历史背景，认为夏艳华投错了阵营，当了国民党的军统特务，是一种失节行为，一错百错，尽管她为抗日立了大功……"

邻座掏出一包香烟，抽出一支叼在嘴上，正欲磕打火机，忽然有些迟疑，偏头作难地注视着望平：

"你抽不抽？"

"你抽，我不会抽。"

邻座点燃香烟长吸一口，脸朝船舱外，吐出一串深入胸膛巡绕过的烟圈，沉默片刻，终于开口：

"我的堂舅过去因为历史问题，长期不能登上讲台，几乎是劳动改造到老，到死。他现在恢复了名誉，人也不在世间了。但是，我要告诉你，我堂舅在清华大学、西南联大和闻一多是过心腹的知交，如果闻一多在世说不定会站出来为他说几句，至少为他解释几句，你信不信？你刚才问过，我堂舅是不是参加过国民党，我告诉你，他没有。三十年代，我堂舅受聘清华大学教授后，国民政府行政院时任秘书长的翁文灏就推荐过他履职上海市政府高位，被他婉言谢绝。到西南联大任教后，有人介绍他加入国民党，他也断然拒绝了。这本书，是我堂舅解放前送给我妈妈的，一个过去影响很大的抗战话剧，她用桐油布包裹放进瓦罐埋在地下十几年，等他平反了才从院后的菜地里挖出来，不容易啊！"

望平口中直说：

"古人说过'得人心者得天下'，这一届党中央尊重历史，有错必纠，真了不起！"

"关于我堂舅的故事，我母亲讲过不少，还有，四川大学的德语权威、翻译家杨武能写过一篇文章，提到他在南京大学求学时，我堂舅是外文资料室里的'小矮人'，其貌不扬，言行谨慎，却是对自己掌管的宝藏了如指掌的'世外高人'。我堂舅精通德语和德国文学，偏偏上不了讲台。尽管如此，德文系的老师们依然非常敬重我堂舅，总是称他'陈先生'。多年以后，杨武能才得知，我堂舅便是中国研究日耳曼学的鼻祖，1931年就从德国基尔大学拿到了博士学位，比他的导师冯至还早4年。"

邻座两眼忧伤，观赏过一会儿岸上的风景，才打破沉闷：

"我堂舅写了那么多著作，由于长期被禁读，据说学校师生只记得他写的四句话：'世界是一个舞台，人生是一本戏剧，谁也免不了要粉墨登场，谁也不能在后台休息。'这几句话，是他创作的四幕剧《蓝蝴蝶》开头的一段台词。或许，这段话对谁都实用，对他却是讽刺……"

"历史终归是历史，党中央已发出了号召，'团结一致朝前看'吧！"

望平与邻座面面相觑，暗自叹息，谁也找不到话说。他轻轻地拨响吉他，一遍接一遍地弹起了寸草特别喜爱的那首《问》的曲调，许多事提起千斤重，放下二两轻，何不放任琴弦上音符去追逐天上白云？

到了青岩，码头上空荡荡不见一个人影，望平是唯一的到此下船的旅客，进入他视野的边镇，可以用门可罗雀来贴切形容。然而，当他从街头走过时，却成了吸引所有目光注视的对象，一个背着被盖卷、抱着吉他、提着放有盥洗用具和日常用品的网兜的外来客，显然有到此安营扎寨的迹象，路过之处总有人探头张望，发出一阵好奇的窃窃私语。望平心上有些苦涩，在县城里毫不引人注意的角色，一入边镇好像不再是一个凡人，而成了一只与众不同的黑猩猩。在陌生人目光中，自己身上的每一点儿差异都将是人们夸夸其谈的闲聊谈资，每一点儿不慎都将引出飞短流长，乃至成为众矢齐射的活靶子。

不过，既然已经来了，终须自己尽数经历一切顺理成章的当然和不可预测的愕然，命运常常是个人选择之外的硬性摊派，好的旁人个个乐于分享，坏的只好以主角的名分去当场认领，百般的磨难，别人从来不愿也不能代替自己去体验，去承受，去担负……

第七章　戏剧性的饭局

　　那一条随山势铺砌的石阶路，陡峭攀升，恰好108级。望平任凭它折腾，驮着行李热汗淋淋地拾级而上，赶到青岩公社大院报到。昨天，他下船已是傍晚，公事人都已下班，便自掏腰包住进一家鸡毛店。客房被盖潮湿，蚊帐破旧穿孔，猫狗出入招摇，蚊子与跳蚤大逞其能，望平便和衣而睡，对付了一宵。

　　公社书记彭大贵接过他的介绍信，扫了一眼，压到桌面的玻璃板底下，清了清嗓子，略带矜持地给他介绍基本情况：

　　"哦，望平同志，正盼着你哟。你今天来了，就是我们这个革命大家庭中的一员，客气没有必要，官兵一致，不分彼此。吃饭，在公社食堂吃，要图方便，你到供销社食堂吃也行。住，公社大院内房子住满了，为照顾你住得舒服些，供销社采购站旁边的办公室已经为你腾出来了，床铺、桌子、椅子都不缺少，还算过得去吧。论条件，供销社不比公社差，满意吧？你的具体工作，一是做我的文字秘书，有什么事，我直接给你打招呼。还有一项重要工作，你来了正好，就是协助郭副书记抓一下计划生育，现在是重点工作，全公社已排出几十个超生户头，现在上级对计划生育是一票否决制，计划生育拖后腿，其他工作干得再好也无用。具体工作嘛，边干边学，和尚都是人做的嘛。完了，我还有事。哦，还有你的办公室，和蚕桑、林业干事鲁小华共用，他跑田坎的时候多，几天见不到人影子。你在供销社坐着上班也可以，上坡下坡就两三百步路，坡上坡下喊话听不清，摇电话总可以，又是和平年代，耽误不了什么大事。"

彭书记一张国字脸幅员十分辽阔，足以散布岁月划出的纵横纹理和深入浅出的紫白相间的坑洼麻点，搭配两匹疏眉、一只塌鼻和头顶一块光亮惨白的疥疤，生就出人头地的五大三粗的身段，一副腰板坐立都桀骜不驯的笔挺，脚穿一双四季通用的翻毛皮鞋，迈步时磕碰地面即噔噔作响，一对圆鼓眼睛透出逼人寒光，凸显不能以理服人也能以力服人的硬功夫。他与望平交谈不到五分钟，随即带望平走进位处大院进门左侧角落的鲁小华办公室，指着蒙了一层灰的坐凳说：

"你们共用。"

说完，彭书记反手一带门，发出"嘭"的一响，被丢在屋里的望平还没有回过神，竟然产生自己得罪了领导被关了禁闭的联想。他长吸一口气，暗暗提示自己："冷静，冷静，再冷静。"平定了情绪，他捡起一张丢在墙角的旧报纸，默默无声地擦拭着桌椅上的积尘。隔一会儿，彭书记又领着一个中年人推开门，对望平说：

"这是公社食堂的查先发查师傅，饿了找他要饭吃，饭票由他带你去找孙猴子孙建义现买。供销社你初来乍到不认识人，由查师傅引路出去搁放行李，顺便去与供销社华德富华经理见个面，以后彼此有个照应。"

彭书记见查师傅站在一旁发呆，抢白一句：

"你还真像一根木桩桩，还立着？快去，帮望平同志收拾一下行李，带他下坡去供销社先安顿了再说。"

望平闻声，忙对彭书记说：

"谢谢，彭书记考虑周到。我是年轻人，自己拿东西，不重，还要麻烦查师傅，不敢当，他给我指指路就行了。"

查师傅说话痛快：

"你龟儿子客啥子气嘛！我大老粗，腿粗，手粗，声气粗，腰杆粗，脾气粗，久了你就习惯了。跟我走，不要磨蹭，烦。"

查师傅把望平领进供销社华经理的办公室，这位系着一条蓝色劳动布围腰的商贸山寨王，正长伸两腿躺在藤椅上喷吐烟圈；他一双套着溅满泥点的胶鞋的脏脚搁在办公桌上收放自如，大有老子想干什么就干什么的霸气。望平眼光迅疾地一扫，这是一间集办公室、库房为一体的大屋，华经理的藤椅背后是几个竖放的风簸和遮在其后的横放的水车，空隙处见缝插针地堆满犁头、犁轭、扁担、锄把、粪桶、粪舀、蓑衣、斗笠、高粱秸扫帚、权头竹扫帚等生产生活用品，高处看垒砌挨到了屋横梁，左右看从屋心挤到墙壁，几近密不透风，寸步难移。华经理办公桌背靠着的一堵墙，露出一扇虚掩的屋门，里面有与他自由散漫的习惯相吻合的居室。

"你们？"华经理把脚腿收回，手扶椅把起身坐定，他嘴巴一吐，烟蒂"哧"地一声，落进桌上装了一些残茶水的带缺口的小碗里，两眼眯成一线：

"找我有事？"

查师傅抢先回答：

"彭书记叫我带望小伙儿来你这里，说是你答应过安排他的住宿，如他愿意也可以在供销社伙食团解决肚皮问题。未必彭书记没给你打过招呼？"

华经理慌忙解释：

"他来过电话，我安排好了，钥匙，拿去。你这个闹喳喳，喂，你带旺什么旺小伙儿？这个姓，我头一回听说。"

"华经理，我名叫望平，希望的望，和平的平，谢谢你的关照。"望平红着脸，做自我介绍。

"你住供销社我没意见。公社大院空着的几间屋，彭书记的公子彭天豹，公社信用社的彭主任住了那间大的；紧挨着还有两间小的，天豹的小姨子朱玉丹住了一间，副书记郭同力的妹妹郭同秀住了一间，不成了信用社的家属院了？我们供销社隔了一层关系，比不上书记的自家人，不但没给我们解决职工住宿问题，反过来打我们的主意，呵，唯一一间空屋都被彭书记的火眼金睛看见了。这巴掌大的场镇就摆了三个开鸡毛店的公字号单位。粮站地盘宽，肥得流油的地主，彭书记从不打主意。信用社是财源滚滚的工商，又是彭书记的心头肉，外人不敢攀比。我们供销社是小商小贩，还敢不听公社的号令？弄不好，他老人家一跺脚，我就不得不卷起铺盖，滚出这块地皮。至于吃饭，你闹喳喳给望同志说实话吧，是公社经常有公费补贴的食堂好，还是我供销社顿顿碗上开花的食堂好？"

说到这里，华经理猛省似乎自己发牢骚多说了几句，忙转移话题打圆场：

"闹喳喳，你家要买化肥，是碳肥，还是尿素？我批条子也可以，你直接找汪启文，呵呵，我们供销社平时开会爱开大玩笑，当面喊他汪屁娃，传我批准了的话也可以，我实在哈。至于望同志肚皮要闹革命，供销社和公社灶膛里都烧粮站免费提供的糠壳壳，他不嫌我们油水少，不比公社时不时有人上门送猪呀羊呀来犒劳，我欢迎还来不及哟。虽说是穷乡僻壤，没有来头的人，哪个有资格随便到公社甑子里舀饭吃？我还盼着望同志有朝一日官当大了，到那时出手拉我一把，多多照看我呢，是不是？闹喳喳，走，干脆我陪你们去开门，顺便叫人来打扫一下卫生，半天小工钱5角2分，我开，我供销社开，够意思了吧？"

查师傅乐得满面春风，摸出身上的大重九香烟先递给华经理，再转向望平。他见望平摆手示意，又回头对华经理说：

"华经理，你画几笔写张条子拿给我捏着，不少费些口舌？你也知道，那汪屁娃平常只要多喝了两口猁猁尿，就免不了半天云中挂口袋——装疯，扯根眉毛不认人。你权力大，能力强，为人也爽快，一根肠子通屁眼，说话一根钉子咬得断，做事从不吊甩甩，区供销社派你到青岩来发挥作用，我竖大拇指喊'坚决拥护'，你好得很，像过去'文化大革命'广播喇叭里天天都要播放的那支歌，对，就是像那支歌重三巴四唱过的'就是好''就是好'！"

华经理见查师傅对自己竖起大拇指，美言甚多，心中颇为受用，嘴上却说：

"闹喳喳，你别说话来挖苦我，我弄不清你是奉承话，还是损人话。走，走，走，落实彭书记的指示，为望同志办一件实事，办一件好事，支持你闹喳喳回去得到彭书记的口头表扬。当然，他要正式一点，发张奖状工本费由供销社摊，不会赖账，保证！喂，你闹喳喳得了表扬要请我喝酒哈，你在食堂里，闭着眼睛随便伸手一抓，就能弄到一堆好材料。到时，你舍得一点儿边角余料，捏起锅铲亮一手绝活，就够老子吃得打饱嗝。不过，你龟儿子不要动手脚，放些不干不净的泻药整治朋友。上次吃你那条鱼，肯定是死的；你龟儿作料放得重，编花样糊弄人，老子吃了拉了三天稀，就是想出手揍你一顿，握拳头的力气都屙光了。"

"哎呀，华经理，你话说远了，我请你喝酒是出于真心。我给你上的都是好酒好菜，哪样都是讲究的。厨艺嘛，你是晓得的，老子腰杆上插把菜刀走遍远近，青岩场未必还有比我更有本事的？再说，我上次请你吃的是岩鲤，打鱼船一年到头能捞到几条？我没吃独食，请你尝鲜，你还嫌？八成是你喝了洗脚水吧，你给老子当众说出来，究竟吃了哪个女职工的哑巴亏？喂，上次我是清早亲手在你屋门口捡起过一个花哨的钢发夹，当时犯糊涂啊，不该那么爽快塞给你，留下个当钱使的依据，免得你翻脸不认账。喂，那是哪个仙姑半夜摸黑掉下来的？喂，肯定是洪四嫂干的事情，或者王三妹，她们收拾你，你才会服服帖帖，明知是活套套也伸出脑壳去钻，脸上还笑眯眯的，嘴巴直应'是，是，是'。这回你说闹肚皮，拉稀拉干我没看见，也不可能捏起鼻子到粪坑里查个踏实，不过我不傻，猜得准，你可能是口水滴涎涎到路边店打了野食吃，栽到我头上，你说我冤不冤？对不对，我晓得你会开玩笑，不和你计较。不过，这望同志与我们才打交道，信了你的话，还以为我这人说话吹气泡，当真是汤瓢捞不上来的掉价货。"

"闹喳喳，彭书记清楚，我这人生活作风素来严肃，从不顺手扯一把路边的花花草草。别乱开玩笑。望同志，他胡说八道，你别当真哈。"

华经理和查师傅说笑着,在门扣卡下一把"将军不下马"的大铁锁,接着,他们闲聊着从场东走向场西,头顶的太阳依旧火辣辣的。

第二天,望平到供销社食堂试吃。他和平时供销社的几个员工一样,穿过文具店旁一条狭窄的巷道,拿着自备的碗筷边走边敲打。到了食堂,各自在饭甑子取勺挖饭,再围着一张方桌坐下来,共享着桌上已炒好的下饭菜。

吃饭前,望平观看了一番煮饭的灶台,发现烧糠壳的灶和烧炭、烧煤的灶最显著的区别之一,即是灶门前横嵌着一块一尺多宽的石面,用铁铲将堆在一旁的糠壳铲起从灶门口推进去,灶门设有一块上端带拉手环的方便随手上提下插的关闭火口的铁板,旺烧的糠壳照样烧烫铁锅炒菜、煮饭。厨房墙壁上,装有一个方斗大的送糠壳的木制进料口,隔壁是粮站电机磨米的加工车间,粮站、公社、供销社食堂都是由这里免费提供糠壳作燃料。信用社没办食堂,员工都到公社食堂吃饭。常年来源不断的填灶糠壳扮演了融洽单位间关系的特殊中介,其间的利益关系,既可以说是公对公,也可以说私对私。单位与单位间的关系,就像朋友之间的关系,决定彼此关系是否和谐的关键因素,则无疑取决于单位领导和领导之间的关系。只要领导之间的关系出了故障,单位与单位的关系便由近变远、由亲变疏,这涉及关乎糠壳的应用价值的交际哲学。

今晚的主菜是装在瓦钵里的十余条芹菜烧鲫鱼,一二两一条,七个人一人一条还有余。等到饭菜填满肚皮,大家习惯性从米汤缸钵里舀一勺米汤涮碗喝下,这样既养胃又便于各自洗净自己的碗筷。末了,一个戴着老花眼镜的老职工,取下挂在墙上的一把算盘,拨着算盘子把鱼和蔬菜的成本钱累计起来再除以人数,当即宣布一人分摊一角四分,现场表演了华经理所说"碗上开花"。望平和众人一样各自掏腰包面对面当桌兑现摊款。这天,百货商店的赵大才身上忘了带钱,炊事员取下挂在墙上的一个登记簿记下了他的欠账。大家陆续从水缸里舀水洗过碗筷,又像来时那般用竹筷、钢勺轻轻敲击碗沿,窃窃私语地闲谈着往外走。如此就餐，平添几分文艺表演似的乐趣。

傍晚，望平初来乍到，无熟识的人，玩耍没去处，便脚趿一双木板拖鞋顺着一条青石板路走出小街闲转。这里，有一条千辛万苦远涉而来的小河气喘吁吁地注入宽阔的沱江，他惊讶地发现一带清澈水流把地形神奇地分割为风光迥异的两种景色，靠场镇这方土地肥沃、地势平坦，可景色几近一览无余的寻常；一拱小石桥串接的另一面，堪称山势雄峭，行走无直路，落脚无平壤，却举目一望皆属清秀养眼的绝佳景致。此刻，一轮滴血残阳正顺着一个山缺口无可挽回地下坠，落日余晖笼罩着一片梦幻般的景观，真是美得令人流连忘返，如痴如醉。

望平的目光很快被小河对面不可抗拒的美景所吸引，他的脚步不知不觉跨过那拱小石桥，朝对岸山林围拥的一个小院走去。那儿，有一片树冠很耐看的疏林，黛色的山岩，翠绿的草木，被艳红落霞涂抹作一幅色彩斑斓的画卷，它随时可能被暮霭一吞而尽，也可能被晚风一吹而隐。总之，它极可能稍纵即逝，叫人不得不珍视它。

脚步越走越近，望平听见一阵凄清哀婉的小提琴演奏声，对，它是冼星海谱曲的《黄水谣》，旋律里交织着山河破碎的年代的幻灭、希望和祈祷，饱含着求生的挣扎与不屈的追求的双重主题，是生命游丝发出的一串憧憬光明、反叛黑暗的战栗鸣响，是一团心灵喷出的愤怒火焰欲烧塌天空叠积乌云的拼死一搏。望平几乎是以小跑的速度奔向琴音的源头的。走近了，他更是惊愕：一个身段匀称的老太太裹着一袭雪白的旗袍，脚上套一双雪白凉鞋，一头灰白的短发在晚风中飘拂起，她姿态优雅地站立在一棵粗壮的老梨树下，闭眼枕琴，游腕运弓，背景是一个竹篱笆围绕的院落。

一曲奏罢，气质高雅的老太太又拉起了另一支苍凉动人的曲调，那是望平在校园中看过的一部德国电影的主题歌《菩提树》。那一次，在场看电影的同学都屏住呼吸听完了它。事后，学校留过洋的外语老教授用德语给同学们唱过这支歌，并介绍了德国作曲家舒伯特创作这支名曲的经过，就这样《菩提树》悄然成了当年校园内的流行歌曲。如今，优雅的琴声再次揪走了望平的心神，他情不自禁地用母语轻声唱起：

> 门前有棵菩提树，
> 站立在古井边，
> 我做过无数美梦，
> 在它的绿荫间。
> 也曾在树干上，
> 刻下甜蜜的话；
> 无论快乐和痛苦，
> 常在树下流连。
> ……
> 如今我远离故乡，
> 转眼有许多年，
> 但仍常听见呼唤：
> "到这里寻找平安！"

唱着，望平莫名其妙地嗓音哽咽，热泪夺眶而出顺着面庞长流。老太太似乎被惊动，她戛然收弓，拎着从颈项取下的小提琴，诧异地看着突然出现在自己面前的年轻人：

"小伙子，你伤心什么？"

"不是，不是伤心，是感动，被你精彩的演奏艺术感动。阿姨，我真想做一个你的学生呀！"

"哦，小伙子，你高估我了，我是近几年才重新开始拉琴，荒芜了十几年的琴艺，老手笨拙，自己还怕人笑话，只能躲在人迹稀疏的乡下拉一会儿，哪敢收学生啊！"

"阿姨，我是真心话，不是出于虚荣，试图在人前卖弄，更不是想成名成家，只因为我胸膛中堆积了太多需要倾诉的苦衷，而这类苦衷又无法用口头语言来表达，也就是没法向别人倾诉，即使倾诉了别人也未必在乎，未必理解，更不可能与我一起承受，或者说替我分担，给我带来抚慰。所以，我很想用一种类似小提琴的乐器来抚慰心灵，卸下旁人很难代劳的精神负荷，仅此而已。我真想啊，真想像你这样与山野丛林对话，让自己心灵插一对翅膀，把自己的烦恼、心愿和诉求放飞于旷野，放飞于苍穹之上，使自己能通过一番痛快释放，尽快恢复和重建起热爱生活的信心。也许，我这番话，你听来像是痴人说梦，不仅不合情理，而且很莽撞，很滑稽，你有权不理睬我，责怪我，驱逐我，但请你千万别介意，别把它当回事，别把它搁在心上。多少年来，我的生活道路总是事与愿违，总是逆水行舟，我的全部生命和我的所有愿望都须得我咬紧牙关去力争上游，否则，就会像一条小木船被惊涛骇浪吞没，打成碎片。我很少掉泪，今天却被你的琴声打动，热泪涕零，好像许多许多的委屈，一下子被化解了，人变得轻松多了。阿姨，对不起，我打扰你了。"

"你别忙走。"阿姨话语里有一股温馨，把他叫了回来。

望平回过头来，接受她的询问：

"在这荒山野地，我没想到会碰到一个能听懂舒伯特谱曲的《菩提树》的人，还会伴唱这支歌，并且动了真情，倾诉了苦衷。其实，你不必多说什么，你脸上还挂着的泪点远远胜过一切言语表达，我知道你的家庭一定有过不同寻常的经历，否则，你这么年轻已经这么有沧桑感。你过去学过乐器，拉过小提琴吗？"

"我几乎任何乐器都不懂，没有任何人教过我什么。为了消磨时间，我买过一把吉他来学，可笑得很，至今是门外汉。"

"哦，是这样。恕我直言，尽管你有强烈的愿望，但是，你已经二十好几了吧，学拉小提琴太迟了，很难成为一个具有登台演奏实力的小提琴手。"

"我知道。"

"既然如此，你为什么还要学呢？谈恋爱的需要，以此去讨女孩子欢心吗？"

"不，我不是一个浅薄的人，再说，我绝不会患单相思病，不会曲意去讨好任何一个女孩，我赞同靳凡《公开的情书》里的那一类认知：只有两颗心灵相互撞击出火花的情感，才具有保留价值和发展前途。至于我奢望你能教我拉小提琴，不单是触景生情，也是试图去弥补过去的岁月留下的一个遗憾，一个根本没有条件去实现的个人愿望。与其说是想掌握一种演奏技巧，当然这也不错，但我以为还有一种更重要的价值取向，那就是像你一样拥有一份高尚的情怀，能够借助自己演奏的乐器和乐曲，使自己借助音符的引领，进入一种美好境界。从这个角度看，演奏技巧高不高明倒是其次、再其次的问题。总之，技巧是手段，情怀和境界才是实质。我不想让自己的精神层次陷入庸俗的泥潭，带着一种提升它到更高的层次和境界的渴望，这是一类不损人、不排他的自我期许。阿姨，在你的眼睛里，我是不是太书生意气，可笑？"

"不，你误会了。我在这里还要住三五个月，今天时间晚了，以后我欢迎你随时前来。至于小提琴，你想练，可以试一试。回去吧，有兴趣，改日再来。"

"阿姨，你真好，谢谢。"望平向她深深一鞠躬，继而踏着月辉迈上归途。

青岩公社三级干部会在公社礼堂召开，公社书记彭大贵，副书记、社长郭同力并肩坐在主席台上，其余公社班子成员坐在会场的前排，各大队支部书记、大队长坐在二、三排，尾随其后的是各生产队队长。

彭书记一只手捏着话筒，一只手拿一个特大号的搪瓷黄茶盅，他激动得太阳穴上的青筋一鼓一跳，脸色红得像喝过烧酒。他开门见山地反复强调了今天会议的核心内容是"绝不允许走资本主义的邪路，要逗硬计划生育的奖惩制度"，然后才层层深入地阐述自己讲话的主旨：

"妈的，现在各生产队集体劳动出工不出力成了普遍现象，到了地头拄着锄把吹牛皮，社员的积极性到哪里去了呢？"

彭大贵话停手不停，他用手掌拍了一下桌子，加重语气说：

"他们心思用在哪里？在经营自留地，在喂肥自家的猪，在放养自家的鸡鸭。注意哈，这些鸡鸭在主人的纵容和唆使下，跨过了个人和集体的界线，专门袭击集体的庄稼地。各家各户由婆娘出面，成天提起装鸡婆、鸭母下的鲜蛋的提筐，挑起卖菜的担担儿，背起伸出鸡鸭脑壳的背筐，不择远近去本公社场镇、近邻的外社场镇，甚至脚杆长的到了外县的场镇，周身打扮得光光鲜鲜，漂漂亮亮的，去赶溜溜场。啧啧，她们瘪起钱包去，鼓起钱包回，扯新布，买新货，个个都是一副眉开眼笑的快活样。现在，各生产队田边地角，荒山野地，很少有撂荒地段。这好啊，大家的劳动积极性高涨了啊。好个屁！它们成了我们走社会主义道路与资本主义道路两种势力较量的新战场，谁胜谁负的根本问题还没解决好。据我所知，在场的生产队长，你们敢不敢摸着屁眼对天喊三声？说句痛快话，你们究竟耍没耍花样儿？有的生产队已经悄悄把田边地角、荒山野地划给私人使用，为数不少的生产队长装作眼睛瞎，耳朵聋，嘴巴哑，不闻不问，不声张，不作为，响屁都不放一个，随便社员自作主张去胡来乱整，是不是？公开的包产到户还没有，偷偷摸摸，小敲小打，已经成了风气。同志们呀，同志们，摸着你的心窝子想一想，自己的阶级立场站到哪里去了，革命觉悟到哪里去了？我们辛辛苦苦革命几十年，难道真要一夜退回解放前？这叫啥，人民公社'一大二公'的优势眼睁睁就要被葬送，资本主义不光尾巴翘起来了，甚至重新复辟的危险也活生生地出现在眼前，公社党委难道还继续熟视无睹，能不闻不问吗！"

彭大贵说到这里，火气冲天，虽没扬手拍桌子，却使劲儿把手中捏着的大号搪瓷黄茶盅往桌面狠狠一砸，溅出的茶水浇到了他的脸上，也浇到郭同力的脸上。彭大贵有些尴尬地擦去自己脸上的茶水，又向坐在旁边的郭同力抱歉地点点头，嘴上的话语依旧滔滔不绝：

"我看，从明天起，由公社武装部长和公安干事组织执法队，凡是田边地头和荒山野地姓私不姓公的庄稼、蔬菜一律成熟了的没收，没成熟的铲除，对谁都手下不留情，包括对我和郭书记的亲戚、朋友一视同仁，一个也不例外。猪按户头点，最多两头；鸡鸭按人头点，一人一只，超过的见人有份，捉去杀来吃了不追究责任。绝不允许走资本主义道路，它是一条十分危险的黑路，要堵，要堵死。"

这时，坐在末尾一排的一个生产队长站起来大声问：

"彭书记，你说了半天，我没听明白，你究竟是不是要再搞头几年那套？你讲的就是'宁要社会主义的草，不要资本主义的苗'，那是过去的老生常谈，十足的极'左'腔调。我问你，我们到底是听你的，还是听省委的？《四川日报》都在宣传实行联产责任制的经验，鼓励农村改革，鼓励农民脱贫致富，尽快解决温饱问题。上头的话你不听，你要当土皇帝吗？我这个生产队长是群众选的，自然要照顾群众利益。你可以在你屁股后头吊起砣砣章到处去显摆，随时摸出来叭嗒一盖，你不是说过'有权不用过期作废'吗？你趁早，今天当众摘掉我这个生产队长头上戴的一顶草帽，我不稀罕它。在这里，我当着全场的人说明白，黄泥九队不听你这个土皇帝的胡说八道，不执行你的土政策，你上门来折腾，老子提起扁担和你拼命。你当着大家的面，痛痛快快地讲几句，你今天坐在主席台上是不是讲了一大堆屁话，现在上头是中央的政策在放，下头是农民群众在望，中间有你这根梆硬三撬的抵门杠？你说得口水溅，老子还听得不耐烦，心头火气往上蹿。今天这个会，当面明说，老子打算退场了。先给你报个响片，老子家庭成分是三代贫农，本人转业军人，上过揍越南鬼子的战场，论打枪，要瞄准你的眼睛不会歪打你的鼻子，还怕你这个朝天唱高调的土皇帝？"

说完，他果然拂袖而去，坐在一边的人想拉住他没拉住，会场内顿时乱糟糟的一片议论。

"同志们，安静，安静。"郭同力从彭大贵手中接过话筒，忙着打圆场，"彭书记讲话没有错，遇着个扯牛筋的人也不要紧，关键是大家要顾全大局，统一认识，共产党员尤其要起带头作用……"

没等郭同力说完，彭大贵又把话筒抓了过去，以不容商量的口气说：

"大家既然看法不一致，今上午，就先由各大队支部书记组织讨论，然后把结果向郭书记汇报，下午继续开大会。对黄泥九队卓家文个人存在的认识问题，黄泥大队要重点做好帮教工作，不能听之任之。这个三干会，一天开不完开两天，两天开不完开三天，开到大家口服心服为止。我宣布，今天上午大会结束，大家分组讨论。"

这一回，是彭大贵端着自己的大茶盅，面露怒容，不睬满会场的干部弃场而去。

中午，望平正准备走向公社食堂去吃一顿"大会餐"的免费伙食，没想到郭同力把他招呼过去：

"你去找到会上放大炮那个卓家文，拉着他，我们到青岩小学旁边的巷子头那个'九里香'饭店去喝酒，就去靠后门那个单间。老板娘的招呼我已打过了，饭菜钱记在公社账上，月底一次性结清。不过，卓家文这人是牛脾气，吃软不吃硬，你态度要好，死活要把他约出来，这是工作，懂吗？"

望平一点头，即刻开始眼光满堂扫，不见人影，便钻进人堆去找。当他看见卓家文独自蹲在大院岩坎边的一棵老桑树底下抽闷烟时，真是有些喜出望外，便三步并作两步走过去，笑眯眯地招呼：

"卓大哥，我有事请教你一下，要占用你一点儿时间，行不行？"

卓家文疑惑地望着出现在面前的比自己小七八岁的小兄弟：

"我不认识你，什么事？"

"我是新来的，在公社打杂，跑腿，以后打交道的时候多。我姓望，名平，望就是抬头望天那个望，平就是平头百姓那个平，连两个字：望平。我到这里人生地不熟，还指望你多多扶持，不吝赐教。"

卓家文展开紧锁的眉头，嘴角露出一抹笑意：

"你是不是烧错香了，公社供的菩萨你不拜，找我这个住在茅草屋里的穷光棍？你玩笑开大了一点儿！"

"没错，我就认卓大哥，今天我请你喝烧酒，喝拜师酒。"

卓家文走南闯北，见多识广，似乎看出望平在打他的主意：

"你们摆了一桌鸿门宴吧？还使不使美人计？鸿门宴也好，美人计也好，我明知是圈套也削尖脑壳去钻，还唯恐不能顺利中计，恰好是你们希望的那么蠢，不多不少的半醒半醉。走吧，我怕你初来乍到挨批评，成全你立一功。再说，走到哪里，都是吃小灶比吃大灶强，我感谢叫你来勾引我上当的人的一番美意，走，下坡去。"

出乎望平的意料，一路不是由他带路，而成了走在他前面的卓家文带路。他更没意料到，卓家文大摇大摆地在街头钻来钻去，最后一头扎进了"九里香"。刚一进门，卓家文就叫嚷：

"郭营长，你坐在哪间屋头？"

望平一怔犯疑：郭书记肯定当过兵，他们会不会是战友？

郭同力脸面涨红，从小单间里探出头来，手里握着一瓶白瓷瓶古蔺大曲，笑得有些尴尬：

"卓泥鳅，你龟儿子太滑头，表面上装莽，心计精得胜过《变天记》里的那个叫'算破天'的土老财。"

"我是土老财？你才是一肚子都是岔肠子，爱耍板眼儿。我们都是你上拉下扯耍把戏的木偶，那一副花花肠子灌满的坏水恐怕多过今天端上桌面的油水、酒水、茶水，是不是挖好坑坑等我跳，还要给外人留个普遍印象，我卓家文是积极主动地争取到一次跳坑优先的大好机会？毒计啊，十足的毒计啊，哈哈哈……"

卓家文与郭同力谈笑着，行动敏捷地走进小屋，他抓过郭同力手中的酒瓶，取来三只酒杯倒好垫底酒，嘴上直是调侃：

"郭营长，一个人要变鬼的话，最好当饱鬼不当饿鬼，当酒醉鬼不当落水鬼，至少要当你这样的精灵鬼，不当我卓家文这种替死鬼，被人装进酒桶还叫嚷舒服的傻瓜。"

话音刚落，郭同力立即接上：

"卓家文，你说的是人话？摸着你的狗肚子想一想，我郭某人亏待过你吗？坑过你吗？你会上说了一大堆装莽的狠话，是我指使你放的响屁吗？你打的响屁实际是放烟雾弹，以攻为守，为自己打掩护，找下台的台阶。你那个生产队是明合暗分，土地早已承包到户了，你以为我不知道？我没揭下你的鬼脸壳，还请你吃饭，你是一条不识好歹的疯狗，咬吕洞宾那一条！"

卓家文狡黠地看了一眼郭同力，再朝望平善意地笑笑，转回去对郭同力说：

"郭营长，我们一个团的战友，不说工作，那是一堆窝心话。在这里，我们只说酒话，只叙友情，我先敬你一杯，喝干！"

仰脖喝下这样一杯酒后，卓家文先礼后兵，准备打酒仗：

"郭营长，我们划拳还是敲筷子，你活脱脱是张开血盆大口的猛虎，酒桌上还不允许发扬民主，还不准讲规矩？"

郭同力抓起一根桌上的筷子，与卓家文对敲。他们齐声喊了三声"敲呀，敲呀，敲呀"，末了郭同力报一声"虎"，卓家文报的是"棒"，按照鸡啄虫、虫钻棒、棒打虎、虎吃鸡相生相克的游戏规则，郭同力喝下一杯罚酒。

接下来的两个回合，郭同力再次报了一次"虎"，卓家文依旧是"棒"；等到郭同力改口为"虫"，卓家文已成了尖嘴的"鸡"。彼此相对一笑后，郭同力饮干了罚酒，卓家文亦以胜方的身份陪饮。郭同力见状，要老板娘拿来两个小碗，倒上酒，对卓家文说：

"与你喝酒，我是君子斗不过小人，我酒量小，不想喝，偏偏要输，喝的是苦酒；你想喝，却改不了争强好胜的德行，轮轮都赢，想喝又喝不痛快。干脆都不虚绷面子，一人一碗，各自消化各自的任务酒。至于小望，一副书生相，他能喝多少就喝多少，不勉强。"

"对，郭营长，你我都经历过枪林弹雨，我听你的，喝。"卓家文把话放软，低声对郭同力说："你该不是装好人，先让我酒入愁肠，出了洋相，再使人揪我回公社挨批斗吧？你让彭大贵得意忘形，你俩搭档各抓一把身上的猴毛使劲一吹，变出一群红屁股猢狲挠手爪，甩尾巴，尖声叫，扬扬得意地围着我转圈圈儿，七嘴八舌地声讨一番我的罪名吧？"

"事情没那么严重。"

郭同力只有四十来岁，比彭大贵年龄小了十多岁，处在二把手的位置上可前可后，可进可退，可留守可转移；不仅体质强过彭大贵，相比之下更有城府，做事不张扬地稳打稳扎。他叫望平拿起一个小酒杯，象征性地倒了几滴酒，信任地说道：

"小望，今天的事情，你对谁都不讲。我们未必能成事，但是，至少不坏事。来，我们对饮，我喝一口，你把那几滴喝下。"

望平点点头，喝干杯中酒。

"卓队长，趁你还没喝高，我们就清清醒醒地说一桩正事。今天下午的会，你就不去开了，你叫上平时和你通过气的生产队长，正队长年纪太大的，叫副队长去，悄悄出去转上十天半月。我呢，对外说是让你带一个农业学大寨考察小组去山西省昔阳县的大寨大队去取经，彭书记当然高兴我这样开药方医你的毛病。至于你们走出去是按计划考察，还是到安徽凤阳县小溪河的小岗村，还是到其他地方去转，我不硬性规定，不干涉。但是，有两条你必须做到：第一，要把带领农民过好日子的真经取回来；第二，你和同去的所有人都要注意保密，出去把眼睛睁大，回来把嘴巴闭紧。不然，你非但拿不到出门考察的补助，我还会翻脸不认人，以'目无组织纪律，擅作主张'的名义来处分你。我们一起演一出戏，我是周瑜，你是黄盖，一个愿打，一个愿受。好不好，你给我来句痛快话。"

"好。你这才是真正的共产党人的做法，我服。我们一定不辱使命，力争取回一本农民群众嘴巴念、心头信的真经，为他们找出路，谋幸福。"

说罢，卓家文端起放在面前的酒碗，咕咕咕地喝得精光。郭同力见状，向老板娘招呼：

"快，上热菜！"

第八章　一枚过河卒

望平那间居室，安排在供销社采购站内，身份既像被公社排挤出局的下派干部，也似供销社取悦地方干部套近乎的方式，总之，左看右看他都是处处挨边又处处不挨边，他已经活成一个非驴非马的"四不像"。居室临街近水，安静凉爽，倒也算宜居去所。只是遗憾有一道围墙隔绝，洗漱水源可望不可即，除非翻墙越界，而拉撒排泄则要出门步行百余米，场尾粮站的厕所当然是奉行站员优先的原则。于是，望平应急时，撒尿就瞅准无人时站在墙角射向阴沟排水口，若拉屎只好招摇过街；尤其是冬夜那一趟来去匆匆，更是其苦不堪对人言。幸好，他是一条光棍，平时索性多走几步路，洗澡，洗脸，漱口，都转到小河边，直接就地取水，用量不限。

这天清晨，望平正蹲在河边打水漱口，郭同力在他身后腿跨自行车摁响铃铛，等他扭过头给他打招呼：

"小望，上班时间到我办公室来一趟，我有工作安排。不急，吃了饭赶来。"

望平忙吐出口中的牙膏泡，扯下肩头搭着的毛巾一揩嘴巴，点头允诺：

"好的。"

望平在街边的小吃店里，要了两根油条，用筷子把它们夹成寸余长的小段浸泡在豆浆大碗里。他不慌不忙地用过了早餐才顺着长长的石阶走进公社大院，径直来到与彭大贵办公室紧挨着的郭同力办公室前，轻轻地叩门并招呼：

"郭书记。"

"进吧。"

郭同力坐在藤椅上，丢开正在速览的《四川日报》，打趣地说道："我们这里山高皇帝远，连读报纸也不仅要迟几天，而且是隔三岔五地成堆送来，要么饿你几昼夜，要么饱撑一顿，叫你消化不良，闹肠胃，打饱嗝。山高邮路远，没办法。"

调侃了几句，郭同力示意望平坐在木凳上，揭开茶杯呷一口，再拉开抽屉拿出一张稿笺再取下插在胸前的钢笔，一并递上：

"望平同志，以后你到我这里来接受工作或者汇报工作，要随身带好钢笔和笔记本，谈工作是严肃的事情，不能马马虎虎。"

望平接过郭同力递来的纸笔，羞愧得双颊通红，他知道坐在桌对面的上司是一个办事认真的厉害角色，自己以后干工作不敢含糊。

"你今天到公社医院，去找到赵世儒院长，让他给你提供一个育龄妇女和怀孕妇女、超生怀孕妇女的名单，隔两天我要召开一个各大队支部书记碰头会，你也参加。拿到名单，一是核对有无错漏，二是思考解决实际问题的具体办法。我不主张彭书记那种牵猪儿、拆房子的简单做法，也反对宽严有异，对一般农民要求严，对干部家庭放得宽。这样的做法到头来不但抓不好工作，还要留骂名，服不了众。计划生育既然是势在必行的国策，就不能徇私情，要严格按政策办。开完会后，你要和医院抽出的医生一起，一个一个大队去跑，死盯住大队、生产队的头头，死盯住重点户头，一户一户地抓实在，明白吗？你要不怕辛苦，不怕麻烦，你拣得顺这项麻、辣、烫的工作，今后什么样的工作都难不倒你。后天，你要趁召开碰头会，把各个大队支书的人头对上号，住家地址、办公地址记清楚，再油再滑的人也要死缠他。至于工作方法，你有悟性，摸索一阵就有了。"

等郭同力交代完工作，望平退还了郭同力的钢笔，折好记录的稿笺纸，告辞出门。郭同力又把望平叫回去，亲自把屋门掩上，才坐回藤椅，语气诚恳地对他说：

"小望，我知道你原来没准备走这条路，更没想到会到这里来。你不要有委屈感。我看过你的档案了，你父亲的问题现在已不是什么问题，他和我一样都是当过兵出过国门的人，只是他是一个有学问的高级兵，我是一个学问远不及他的普通兵。我们都为国家血战过。我听县志办的同志说过，抗日战争时期，江阳县出征青年一共35579人，生还者甚少，留下姓名、有案可查的阵亡将士仅1103人。他们不是去打内战啊，是为保国土挽危亡去当兵，多少人都像荆轲'壮士一去兮不复还'。你不要为此背包袱。你的个人表现，我也清楚，基本素质不错。你在我手下好好干，不是为我干，是要做到你任何时候回头看这一段路程，都觉得对得起人民群众，问心无愧。我这里有一本党章，你拿去学一学，学完了，想好了，写一份入党申请书，经受组织的考验，我做你的入党介绍人，我看人不走眼。至于我们这段工作缘分，是长，是短，不要紧，我希望你离开这里时，已经是一个有信仰、有抱负、有追求的80年代新一辈。另外，你已经见过的，住在河对岸的蔡华老师，就是那个老太太，是一个参加过新四军的老革命。你下班没事情时，多去她那里走走。我请你相信我们这支干部队伍的主流，对我们的国家的前途坚定信心，对人生的未来满怀希望，去吧！"

望平拿着一本套着红塑料壳的党章，双手不住地颤抖，鼻子一酸，稳不住热泪两行夺眶而出。他向郭同力感激地一点头，喉咙却哽咽着说不出一句话。望平颇感山穷水尽之时，他成天心神不宁、恍惚不安，突然听到一席做梦也不敢奢望的贴心话，似乎有一条光亮坦荡的大路若隐若现地呈现眼际，过去所经历的碰壁和幻灭尽数化作一炉炉冶炼特殊材料的优雅火焰，使他出乎意料，惊喜万分。

跨出门，彭大贵从背后招呼望平赶快过去一趟。他仓促地拭净脸上泪渍，揣好捏在手上的红壳党章，又走进了另一间办公室。

彭大贵耍弄着手上的钥匙串，头也不抬地对望平说：

"你简单起草一个通知，交给广播室播音员华小莉，要她连播两天。通知青岩供销社、粮站、信用社、医院，包括学校当天没任课的教师，以及场镇居民，后天上午9点整，挑上家养牲畜的屎粪，堆积的柴灰，统一从场镇西口出发，送往红星一队。听清楚了吗？公社每年都要安排两三次送肥下乡保证庄稼需要的支农活动。再通知学校组织起一支锣鼓队，大造声势，热热闹闹地送下去。另外，通知供销社华德富，供销社有家底，可以送几袋化肥去，是鱼籽肥还是碳肥，舍得舍不得，由他做主，就这些。通知的文稿，我不看了，广播员也弄得醒豁，时间、地点说清楚就行，红星大队那头我已打过招呼。小事，办了就行，不需要给我再汇报，去吧。"

彭大贵一挥手，头也不抬，结束了谈话。

送肥下乡那天，望平按彭大贵的要求，和食堂查师傅各扛一面节日庆典才亮相的巨幅红旗，一左一右地走在队伍最前面，充当扮演开路先锋的举旗手。若遇路窄，则查师傅领先走第一，望平紧随走第二。学校的锣鼓队在背后敲，沿途引来无数看热闹的目光。参加送肥的全是场镇居家的婆婆妈妈，年龄最大的朱三婆已满72岁，她一双三寸小脚走路如扭秧歌舞。虽然，她肩挑的一对箢篼所盛的柴灰充其量只有三五斤，可对她的负担却重似千斤。送肥的总人数不过五六十人，只因队伍行进速度拖拖拉拉，断断续续，竟然一线延伸长达半里路。场镇的居家户，多数院内或屋前屋后都有小块土地，栽树、养花、种小菜几乎是各户人家通行的规则。平时的大小便没有厕所粪池应急的也不会到小菜园直接施肥，一般家庭都备有搁置床头的屎桶尿罐，每早开门一次性的清空。养了鸡鸭鹅兔的人户，亦少不了天天用铁铲、扫帚清洁地皮，自家的肥源向来是优先发展庭院经济，谁都有自力更生、自给自足的积极性和主动性，哪肯轻易将肥水、肥料贡献给几华里外的农民兄弟？这送肥队伍看似浩浩荡荡，其实是徒有虚名，各家各户装模作样地拿出了几捧盖面灰，肩挑的箢篼还沿途抖来抖去地抛洒。几家单位派出的人员，大抵是送集体食堂灶膛下扒出的糠灰，没有箢篼就用木桶、铁皮桶装灰，还有人用破旧旅行包装灰，杀鸡用牛刀，态度谁说不端正？真正挣足了面子的是供销社，华德富叫上化肥保管汪启文分别推着一辆车龙头上系了一朵大红花的自行车，他那辆载货架上绑了一袋氮肥，汪启文那辆绑了两袋碳肥。汪启文怕留后遗症，直问华德富是明摆冲账由社里付现金，还是平时做暗账等盘存报损耗？华德富告诉他，亮晃晃地明摆着，等盘存时再做打算。说完，华德富有些不放心地盯了一眼汪启文，抛一句："你给老子不要借机打小九九，以为我鼓励你去挖社会主义的墙脚？"汪启文一跺脚，狠狠一瞪华德富，骂句脏话，直嚷面子里子都是你姓华的一个人全得，黑锅就是老子一个人单背？

　　一支声势浩大的送肥队伍，嘻嘻哈哈又吵吵闹闹，浩浩荡荡又拖泥带水，既像正经事又似走过场，所造的声势大于所办的实事。谁知这一天老天不作美，走到半路刮起了一阵狂风，一群婆婆妈妈中不少人空手空脚还嫌走不稳当，经风一刮肩头上的灰挑子顿时被卷得七歪八倒，箢篼里的灰肥瞬间便化作漫天飞舞的扑面呛鼻的灰尘。不少人扔下挑子直揉双眼，嘴上不停咒骂："狗日的风啊，瞎了我的眼睛！"随之是一片附和声："送啥子鸡巴肥呵，简直是遭活罪，哪个龟儿子出的馊主意哟，风把人都吹到水田头去了……"也有人幸灾乐祸："天意呵，这肥本来就不该送到彭大贵的窝子头，送到这里也是支农，快把灰抖到田土头，雨要来了，赶紧回去！"这时，红星大队的干部似乎早有预料，一群挑着箩筐的农民大汉直奔过来，抢先抓过了绑在两辆自行车上的化肥并盖上蓑衣，再捧起了撒在地上的残灰。他们的感谢话多数送肥的人半句也没听到，一场瓢泼大雨已劈头盖脸地落下，众人一哄而散，狂奔而去。望平一只手拿着裹着淋湿了大旗的竹竿，一只手扶起摔在地上水凼里的朱三婆，一瞧她带来的南竹扁担和箢篼还落在地上，打定主意先送人再转来收拾家什，就扔下旗杆，背起朱三婆往回走。

　　周末，屈指一算自己已到青岩一月半了，望平向郭同力请了一天假，这是返程注定要耗去的时间，搭上一辆到供销社送化肥的日产货车，趁着夜色回县城去看望母亲。货车司机姓马，白天由汪启文安排他去场口生产队的喂鱼塘钓了半天鱼，晚饭少说也喝了半斤烧酒。马师傅带走大约七八斤鲫鱼，每尾巴掌大小，活蹦乱跳的，喂养在车厢里一个用化肥袋套着的大木桶里。他开夜车一身酒气摸回家，包管是老婆心疼的功臣。一条公路空空荡荡，畅通无阻，车头射出的白炽灯与天空泻下的月辉映得路面如同白昼，沿途山岭的景色分外迷人，时明时暗，若隐若现。望平坐上副驾驶座，他好奇地欣赏了一阵山野夜色，不知不觉地闭目入睡。

望平到家时，已是晚上11点，母亲拉开门闩笑吟吟地一瞅站在月光下的儿子，接过他提着的一篮新鲜桂圆把他让进屋，嘴上问道：

"吃晚饭没有？"

"早吃过了。"

"那快去揭开蜂窝煤灶，热水洗澡吧。"

母亲见时间已晚，给儿子交代几句，让他自理，就披着单衣依旧回房间睡觉去，回头还不放心地补一句：

"用扇子扇几下火，用大锑锅热水。"

天亮，望平才翻身起床，母亲已煮好一碗加了一些从枝上散落的桂圆肉的荷包蛋，一双笑眼安详地注视着儿子：

"妈妈昨晚的睡眠还好。你快去漱口洗脸，我已吃过了。"

"妈妈呀，星期天啊，你起那么早干什么？"

"你回来了，我睡得安稳吗？别废话，去收拾干净，二十几岁的人了，生活该有点儿规律，别怪我唠叨。"

望平把毛巾搭在肩头，蹲在后门屋檐下的阳坎上刷牙，口里咕哝着：

"妈妈，你的白糖恐怕又放多了吧，太甜了腻口。我说了，你照样多放，还当我是读幼儿班的娃娃？不说了，这是你的习惯。"

"你以为你真的长大了吗？照样不懂事。我没放白糖，是加的醪糟，没你想象的那么甜，味道好。妈妈还想讨你个不欢喜？"

"那是，那是。"

望平洗漱完毕，坐到饭桌边拿起调羹吃荷包蛋。他一看有6个蛋，欲言又止，闷声大吃一顿。

洗过碗盏，望平重新回到客厅。母亲帮他收拾过房间后走过来，有些不解地发问：

"你来去匆匆，还带上吉他，不嫌累赘？"

"我不过散一散心，不想再摆弄了。"

母亲把吉他挂在墙头，惊诧地睁大眼睛：

"怪了，你赵表叔要他的儿子赵明远跟他表哥学拉小提琴，琴都买了，明远的表哥是地区文工团的首席小提琴手，可他死活不肯去学，只喜欢弹吉他。明远弹吉他是无师自通，据说弹得很不错，至少比你好。你表娘昨天还对我说，要我打听到有人买小提琴的告诉她，80元钱买进，40元钱卖出。你呢？这吉他是不是也要卖，还有人买吗？"

望平听话一阵惊喜，告诉母亲他偶然遇到蔡阿姨的情况。说着，他赶忙从自己住那间屋里取出40元钱，求母亲去把表弟那把派不上用场的小提琴买回来。等母亲出门，望平赶紧取下墙头的吉他塞给她：

"表娘家不嫌弃，这把吉他就送给表弟。卡马，也算名牌，不占别人的便宜。她家不要，你抱回来。"

"不行，你自己抱，你上门去看一看，免得以后吃后悔药。我还要提菜篮子，手不空，也没力气。"

"要得！"

望平赶紧套好出门穿的外衣，穿过南城半条街，又插进一条小巷，叩开了赵表叔的家门。恰好表叔、表娘和表弟明远都在家。听母亲说明来意，明远接过望平手中的吉他拨弄了一阵，直夸音质不错。没等众人开口，明远直接做主，对他父母说道：

"爸爸，妈妈，留下这把吉他。我家里放一把，带一把到蚕种场的办公室去，我还嫌无事无人的时候无聊。我们不做买卖，换琴，一把换一把，望平那把也是牌子货，两不补。"

赵表叔坐在沙发上与表娘交换了一下目光，爆发一阵大笑：

"亲戚之间，是不该谈买卖，按明远的说法办。望平若是小提琴演奏需要指导，去地区文工团请教赵玉麟，我写条子，我打电话，保证免收学费。我还说这把琴买错了，没想到歪打正着，这个乐器缘分在下一代之间。"

母亲直向赵表叔、表娘和明远说感谢话，末了，转向望平：

"儿子，你要是占了表叔一家的便宜，以后的人情由你还。"

告辞出门后，母亲去了菜市场，望平则抱着小提琴匣乐滋滋地往家走。走到半路，望平突然想起给蔡阿姨备一份薄礼，便转到一家特色土产品商店，买了一罐红豆腐乳和一斤绿豆酥，他觉得这次回家真是出乎预料的称心如意。中午，望平在饭桌上就郭同力鼓励他写入党申请书一事征求母亲的意见。母亲放下扒饭的筷子，温和地注视着儿子：

"儿子，这国家真是在变了，像我们心中期待的那样变，不过，这一次来得太突然，是不是所谓的否极泰来，我还真不敢信以为真。不过，如果不是别人想拿这一点来利用你，拿你当枪使，写不写申请书由你自己定主意，你内心肯定是想。至于这一道门槛是不是太高，你究竟能不能顺利地跨过去，妈妈也当不了诸葛亮。"

望平频频伸筷夹菜，使劲儿扒着饭，猛吃了一阵才对母亲说：

"妈妈，人和人不一样，郭书记是营级转业军人，他堂堂正正，不是在骗我，在利用我，这点儿，我可以肯定。至于处社会，毛主席说过'错误和挫折教训了我们，使我们比较地聪明起来了'，我不会不假思考地轻信盲从，你放心好了。蔡老师我很喜欢她，她是一个参加过新四军的老革命，见过大世面，经历过大风大浪，我信任她，她有人生经验，有艺术修养，比我过去的老师更像老师。郭书记这次还提醒过，叫我有空多到她那里去，他说得很恳切，一番肺腑之言。或许，我还真是遇上了恰好是自己期待那类靠得住的人，有资格，有能力，有热心，足以指导我的人生道路的人。他们这样的人，即使以后也不会多遇。况且，即使我什么都不用求蔡老师，请她指点一下拉小提琴，也真是一件开心事呀！"

母亲满意地一点头，拾起筷子，端走了桌上的饭菜碗盏。

下午，望平出门去找中学的同学们玩耍了半天，看见时间不早了便告辞而别，他不顾绕路，不慌吃饭，顺着沱江岸畔漫无目标地行进着。一条从家乡淌过的江水，不仅激溅着浪花从眼底淌过，而且频频出现在自己的睡梦中，顺利时给人以欢欣，拂意时给人以抚慰，它是生命活力与追求张力的象征，尤其是那些在波涛间高扬的帆篷，掠过的船只，简直就像载满人世的美好期冀驶向远方。尽管，它们已经悄然消失在险峻峡谷，却依旧牵动着他那颗澎湃着热血、激情和向往的火热心灵。他缓慢地移步，直到一抹抹艳红晚霞像零落的飞花一样飘过眼帘，拂过面颊，他才加快步伐踏上归途。即便如此，他还是一度又一度地回眸暮霭沉沉的江面，仿佛是在告别一个不忍离去的知己，一串徜徉的足迹每一枚都是一个象形文字，无非都只为书写出一怀缠绵悱恻的乡土眷恋。

望平顺坡而上离开江岸，刚准备横穿围城公路插入一条小巷入城。这时，关校长骑着一辆自行车朝自己迎面驶来，远远地招呼：

"望老师，等着我，等着我！"

望平迷惑不解，木桩般站在路边。

关校长叫望平坐上载货架，一边蹬车一边说：

"我到你家里去找你，你妈妈说出门去了没回家。我想你在学校教书时老爱往江边去散步，猜你可能又是这样，所以，蹬车顺着沿江路段转来转去，没想真碰上你。多的不说，我们一起吃顿晚饭，这个面子你要给我……"

关校长把望平带到小南门临江的一家炒菜馆边，靠稳自行车，走入内堂挑了一个临窗的席位。这里，透过撑上木挡板的方格窗口，看得见奔流不息的沱江。关校长点了几样冷盘菜，要了四两烧酒，与望平面对面地坐下来，他开口说出了自己的来意：

"望老师，我这是来向你道歉，原因是我想帮你却弄巧成拙，帮了一个倒忙，相反是害了你，我还想补救自己所犯的错误。先前，我信以为真，认为他们是要选调你进入县委机关，在我们这个历朝历代都重视'学而优则仕'的国家，入仕途至少在一般人眼里比较成功，比教书匠更有地位。对你，我是出于爱惜人才，的确是忍痛割爱，竭力促成你走，还为自己有一颗光明磊落的公心自我陶醉，自鸣得意。没想到他们拿你去糟践，把你发配到边远地区，实际上，这是在变相处置那些没有背景的又挡他们自己人的晋身之路的人才，真是一种露骨又恶劣的行事方式。这件事，摆在桌面上说理由，是培养锻炼，让人无懈可击。哎，今天找你出来，一是赔罪，二是设法补救，只要你同意，我上门去找他们要你回学校。他们不用你，学校用你，不知你意下如何？"

望平听罢，慌忙作答：

"关校长，使不得，事已至此，我顺天意尽人力，你千万别这样，别弄得尽人皆知。"

关校长把筷子一搁，正色说道：

"我们都是一介书生，是那类有些人暗地讥笑的所谓腐儒，人微言轻，比鸿毛还轻。但是，我们胸膛中有一股正气，有不怕权贵的气节，有不惧威吓的操守。我们这个县出过戊戌君子刘光第，维新志士宋育仁，红岩烈士江竹筠，民风既纯朴又刚烈，我会去据理力争。"

望平只顾聚精会神倾听，一双筷子悬在胸前，一片卤猪耳朵肉忘记塞进口里，良久失语。直到关校长以诚恳的目光注视着他征询意见，他才把筷子夹着的肉片放在碗里，十分感激地答话：

"关校长，我真感谢你，从来没对你产生过误解。你无私地帮过我，是出以公心，护我，惜我，我没齿难忘。过去，现在，将来，我都对你毫无抱怨，只存感恩之心，更不会忘恩负义。我虽然还算年轻，还不算老，但遇事已不再情绪激昂，因为，我相对于比自己更优越的人存在很多短板，有的来自先天，有的来自后天，需要自我完善的地方远远不止一、二、三。我与这个伟大的时代还不般配，我渺小，渺小到不配人助，又无能、无力自助。这样，我真没有资格去自傲，去喧哗，去奢望。我到青岩公社，不见得是好事，也不见得是坏事。我不是打肿脸充胖子，更不是唱高调。当年，我下乡当知青，就像是高尔基那样'在人间'，一下去就是四五年。感谢邓小平出山恢复了高考，让我时来运转，进入了'我的大学'。现在，我到了青岩公社，带了点儿南辕北辙的味道，但是，它毕竟不是我生命的终点站，只是一个驿站。在青岩，虽然我脚下踩的是一条泥泞路，我心里清楚，也有自信和志气，绝不会视困境为畏途，为绝境，路在脚下，脚在我身上。"

"你太书生意气了。"关校长不放心地感叹。

望平再夹起碗中的那片卤猪耳朵肉，咀嚼了几口吞下肚，才开口说：

"既然你说我们都是书生，就无妨保留着一份书生意气，去追求书生正义和书生理想，干干净净地立身处世，问心无愧地度过一生。不过，书生意气并非是书呆子的迂腐行事，书生正义也不是不尊重他人的故作清高，书生理想也不是陶醉自娱自乐的世外桃源，以及那类画饼充饥、望梅止渴的一种幻觉。我们毕竟是一身风尘的平常人，俗气一点儿又何妨？那个为西南联大写纪念碑的碑文的北京大学教授冯友兰，他自敛锋芒的处事风格很有可取之处，克己而不伤己，淡泊而不淡漠，嘴上说得无懈可击，心头亮得明烛不灭。听说，在六十年代的困难时期，北京城内的政协机关每周都特意安排他那类知名人士吃优待餐，他不像一些人要面子不要里子，去着意表现所谓'君子风度'的孤高不群，吃优待餐，他餐餐必到；平常参加各类会议，只要有工作餐，他照吃不误。在家里，饭菜优劣他从不计较，从不浪费，一上桌就吃得津津有味，一饱方休。他生存的饮食之道，对美味佳肴和粗茶淡饭一视同仁，一律通吃。他乐观，豁达，睿智，装一肚子学问，依旧放得下架子，当行则行,当止则止,不像有的人走路,头撞了墙,额上碰出青疙瘩,照旧一不做二不休地和墙壁过不去,一副较真的傻帽样。冯先生了不得啊,经历了那么多平常人不容易过的坡坡坎坎和风风浪浪,身体本钱和知识本钱都保持得很好,听说他现在快满90岁了,仍然不忘年轻时候就视之为圭臬的'横渠四句',不易'为天地立心,为生民立命,为往圣续绝学,为万世开太平'的少壮之志,正抖擞精神地去完成他预计共七卷的大部头著作,书名叫《中国哲学史新编》。他的故事很有趣,也很励志。关校长,请你相信,我不会颓废堕落,不会沾染一身政客做派和市侩气息。我已做好了最坏的思想准备,不怕吃苦中苦,不怕当人下人,而且会做到能够吃苦不诉苦,人在低处不惊惶。是的,我已经不在乎是否进入了最艰难的生存环境。我乐意去试一试,去最深刻地认知和体验这个世间的恶劣和美好。"

关校长端起了酒碗大喝一口,又递给望平:

"喝,多少喝一点儿。你的心态如此好,命运是打不倒你的,绝对打不倒,我放心了!我真是没看错你这个人,你走过了这段不平路,以后还有什么难事能难住你呢?"

望平接过酒碗喝了一口,喉咙火辣辣的,立刻烧红了面颊。他低声地喟叹:

"关校长,很多事情都难得倒我,我有'死猪不怕开水烫'的思想准备,不怕自己闹出笑话。人生如戏,被戏弄是剧情需要,一个被糟践的角色也是全局需要,不是我出丑,就是别人出丑,谁有权力把厄运都摊派给别人,自己独占好处?!该下地狱,我下,不管是别人推我下,还是我自己下。我是一个凡人,我明白凡人的承受是怎样的滋味,既然躲避不了,就鼓足勇气去面对它。对自己无力把握、无法改变的一切,畏惧也于事无补,自作聪明反而弄巧成拙。人生的路,总是穿插着莫测,总是会经历不确定,这才是生活的本来面目,干脆丢掉幻想吧。鲁迅说:'真的猛士,敢于直面惨淡的人生。'我不是猛士,争取努力做好一个问心无愧的凡人吧，一切宿命安排给我的悲欢离合，我都不打算刻意去省略，去逃避，去赖账，不会把任何一件麻烦事情交给别人。是的，我原本没理由，没权利，要别人替代我去受过，受难，受罪。我会咬紧牙关去承受所有我应该承受的一切，接受一种属于宿命的被动安排，保持一个人的本色，尽一个人的本分。你知道，与我父亲当年一起参加远征军的许多战友，比我父亲还更亏——我父亲只是他本人和家人一起受了委屈，他的一些战友把血洒光了，把命都舍了，至今没得到一个英名、美名，相反是骂名、罪名。我想起我父亲那一批在国门外倒下的战友，便觉自己真是太幸运了，我还有资格为这个国家的发展和进步去承担，去负重，去尽一点儿绵薄之力。至于在负重前行的过程中要忍受一点屈辱，又算什么？何况，我相信终有那么一天，社会会变得更开明，更公正，曾经经历过的困厄或许会变为一笔昂贵的财富，我则是掌管这笔财富的精神帝王！"

望平大喝一口酒，顿时被呛得两眼直冒泪花，他不知是嘲讽自己还是嘲讽命运，仰头发出一阵狂笑。

"你别喝了，酒要钱买，便宜你不能一个人占，我要分享。"

关校长一把夺过望平手中的酒碗，一喝到底，丢开碗不顾失态，嗓音变成川剧唱腔：

"我们今晚学一回李谪仙，同唱一首《将进酒》：'五花马，千金裘，呼儿将出换美酒，与尔同销万古愁。'天下事，管它今日愁来明日愁，醉卧酒楼君莫笑，古来材大……"

望平见状，知道关校长的酒量不过尔尔，二三两足以叫他云里雾里地晕头转向。于是，他悄悄溜出去结了账，把关校长扶到载货架上坐好，然后跨上自行车往关校长的住家地段蹬去。

此刻，月光如水浸漉他俩衣衫，浸漉空茫的街道。

第九章　难忘的一课

晚饭，望平既没有到公社食堂也没有到供销社食堂去吃，而是在一个小吃店买了两个芭蕉叶包裹的蒸黄粑，要了一碗清稀饭和一小碟泡豇豆，简单畅快地解决了属于个人的民生问题。然后，他手提土特产怀抱琴匣，脚步敏捷地走出场口。

黄昏时分，残照余晖投映路边的萋萋芳草晕染一种勾魂摄魄的天然韵致，几只彩翼蝴蝶在覆满篱笆豆的栅栏缝隙飞进飞出，若隐若现，一阵清风拂面让人心神即刻放松。

望平推开小院半掩半开的门扇，跨过门槛，恭恭敬敬地站在院坝中，朝屋内招呼：

"阿姨，你在家吗？"

"哎呀，望平你真来了？"老太太穿一身银灰色的女式西服，颇有风度地微笑："进屋坐吧。"

老太太用白瓷茶盅沏上一杯当地茶农种植采撷的毛尖茶叶，放在望平坐的竹椅旁的桌面，语气略有责备：

"我不喜欢你客套，你怎么买东西带来了？"

"阿姨，就是一点儿不起眼的土特产，表示一下心意。"

老太太不再多说，点亮油灯，挪动一把椅子坐下来，眯眼瞧着望平：

"我听你们郭书记提到过你，他有空也会到我这里走动。"

"郭书记是本地人？"

"不是。他妹妹先到这里工作，他比他妹妹后调来。哦，听说郭书记的战友最近给他妹妹介绍了一个对象，他妹妹不久要调到县城去了。郭

· 111 ·

书记是一个闲不住的人,很有些想法,真心想为老百姓干一点儿实事。这一点儿,你该向他学一学。"

望平默默地一点头。

老太太拿出一个鸭梨,用小刀削着皮,对望平发问:

"你打算写入党申请书了吗?"

"还没有。"

"为什么?"老太太把梨子分成两半,递一半给望平,留一半自己啃咬。

"说实话,我过去很埋怨我父亲,甚至他离世后仍然对他怀恨在心,怪他耽误了我的前途。前一阵,我到云南昆明和边境走了一趟,才明白,这一生他也不容易。"

"你认为你错怪了他?"

"是这样。不仅如此,我觉得对参加过国民党军队的人应该尊重历史,不应该一概而论地否定。当然,即使在今天看来,他们中的一些人被社会唾弃是罪有应得,根本不值得后辈惦念和祭祀。"

"对。你的看法不错,我理解。这和你选择共产主义信仰矛盾吗?"

"我不认为矛盾,我毕竟生在新中国,长在红旗下,是唱着学习雷锋好榜样的歌曲成长起来的。但是,我的人生道路的确是比一般人多一些波折,一起步就背着家庭背景的沉重包袱,如果有人说他人生道路是从零度线出发,我则更差,存在一段追赶零度线的不短距离,它是带负号的数字。这是客观存在,有的事情对别人是愿不愿,对我是能不能,所以,我遇事养成了先掂量自己斤两轻重的习惯,不敢盲动,妄动。"

老太太叫望平把啃剩的梨核扔在一个瓷盘里,再递上一条毛巾给他擦脸揩手,她接上望平的话题:

"这很自然,社会生活的复杂性,社会发展进程的曲折性,有时不仅使你,也使我百思不得其解。那我给你再提两个问,实际上是一个问,为什么国民党中有那么多挺出色的人物,有的还称得上民族精英,最终国民党反动派还是在国共两党的角逐中败了下风，丢掉了整个大陆，最后困守台湾岛？为什么杜聿明、孙立人指挥的部队远征滇缅驱逐日寇时战功赫赫，个个是英雄，等待蒋介石发起内战，他们与解放军对阵时，竟然兵败如山倒，不堪一击？"

"我还没认真想过。"望平坦率地回答。

"你必须认真想一想。我认为，国民党是败给了自己，失去了民心。具体到国共两党，最根本的差异，在于立党的宗旨不同。共产党是为绝大多数人谋利益，是最广大的人民群众利益的代言人、实现者和维护者；国民党是为少数人谋利益，是官僚资本主义的代理人。一句话，共产党没辜负人民，听从时代召唤，顺应了潮流，赢得了人民的信任和支持。你大概会背诵毛主席的文章《为人民服务》，但是，你知道它的来历吗？你明白它为什么不朽吗？1944年9月8日，中共中央办公厅在延安举行追悼会纪念中央警卫团战士张思德。张思德呢，只是当时投入大生产运动中的普通一兵，因烧炭塌窑事故而不幸牺牲。毛主席闻讯十分难受，他来不及准备发言稿便直奔追悼会场，临场做了一次即兴演讲，它字字句句饱含着对战士、对人民的深厚感情，感动和教育了到场的每一个人。你想一想吧，毛主席作为中国共产党的最高领导人，他能够到场就意义非凡，不比寻常。人民领袖一开口就抓住了所有到场参加追悼会的干部和战士的心灵，用最朴实、最简洁、最鲜明的语言阐明了共产党人的根本宗旨：'我们的共产党和共产党所领导的八路军、新四军，是革命的队伍。我们这个队伍完全是为着解放人民的，是彻底地为人民的利益工作的。张思德同志就是我们这个队伍中的一个同志。'接下来，他还动情地强调：'中国人民正在受难，我们有责任解救他们，我们要努力奋斗。要奋斗就会有牺牲，死人的事是经常发生的。但是我们想到人民的利益，想到大多数人民的痛苦，我们为人民而死，就是死得其所。'凭这次追悼会的高规格，凭一个在平凡工作中意外牺牲的普通战士能得到这样高的礼遇，任何一个思维健全的人，都可以从中获得共产党为什么能

113

由小到大、由弱到强的历史答案。而国民党政权中的大批官僚，要么热衷于同室操戈去防共、剿共，要么擅长于不择手段去大发国难财，这是一个貌似庞大的政治肌体中的内部器官腐化溃烂的绝症啊！光靠几根正直栋梁去挺身承担，去尽瘁支撑，根本挽救不了地基松动带来的大厦坍塌，这中间带有不可抗拒的必然性。"

老太太站起来，在房间里踱来踱去，她语气恳切：

"望平，你父亲那样的远征军将士是为拯救国家去浴血奋战，不是为维护寡头政治去拼命，他们中的多数人是怀着对自己祖国的爱去拼死在疆场，不是买某个具体的统治者个人脸面的私账，对不对？你看过电影《一江春水向东流》吗？像张忠良那样起初本质并不坏的进步青年，到了重庆就像掉进一个大染缸，变得面目可憎，污浊不堪，浑然不顾国家处于危急存亡之秋，失去了信念，失去了操守，失去了人性。当一个政党，一个政权在根子上腐朽了，还能指望它肩负起责任去救国、救世、救民吗？所以，当杜聿明、孙立人带领同一支部队打内战时，便师出无名，失去士气，而失去士气的根源是，失去了正义，毁损了军容，亵渎了民意。我是过来人，师出有名才是一面具有号召力、凝聚力、战斗力的鲜艳军旗，才值得万目仰视。人是军事较量中的最大优势，它是一种超级武器，可以打破胶着状态的平衡，左右一个战阵，乃至一场战局，决定最后胜负。国民党私字当头，私欲泛滥，要打的是一场寡头战争，失去民心，才失去军魂，才失去天下。"

老太太重新坐下来，把自己的故事讲给望平听。她的父母都是江苏无锡一个乡镇的中学和小学教师。抗战期间她初中毕业便参加了新四军的战地服务团，是文艺兵。为电影《渔光曲》谱写主题歌的音乐家任光，为文艺兵讲述《渔光曲》创作经过，亲自指导过她演奏乐曲，并身临战地指挥战士们高唱救亡歌曲。当年，她曾在军机关在叶挺军长面前与战友们合唱《新四军军歌》，听陈毅代军长挥动手臂哼唱《马赛曲》。她告诉望平，当年参加新四军和投奔延安的知识青年，并非都是舞剧

《白毛女》主角大春和喜儿那样的苦大仇深的贫下中农子女，或者都是出身于工人阶级家庭。那一代知识青年不少人如果按家庭经济条件来划分成分，都高过一般人家的平均线，八成是属于前些年人们谈虎色变的"黑五类"家庭。他们那一代人，选择人生道路时，真是满腔沸腾着追求真理和报效国家的滚烫热血，不顾家庭反对，不怕枪林弹雨，投身共产党领导的革命队伍，以血与火淬炼了人生信仰。

说着，老太太打开了望平带来的琴匣，取出琴来打量片刻，随即枕琴试音，抚弦运弓，慷慨激昂地唱起陈毅作词、何士德作曲的《新四军军歌》：

光荣北伐武昌城下，
血染着我们的姓名；
孤军奋斗罗霄山上，
继承了先烈的殊勋。
千百次抗争，风雪饥寒；
千万里转战，穷山野营。
获得丰富的战争经验，
锻炼艰苦的牺牲精神，
为了社会幸福，
为了民族生存，
一贯坚持我们的斗争！
……

很快，她平时神态静穆的面容焕发红光，两眸闪烁出火花，似呼唤回了一段自己格外珍视的激情飞扬的青春岁月。

一曲歌罢，老太太把小提琴抱在怀里，轻轻地拨动琴弦，陷入对往事的追忆：

"我是一个战地服务的文艺兵。当时，我们以歌声、演讲、呐喊和舞姿作为抗日救国的特殊武器，去唤醒民众，去鼓舞战士的斗志，去向敌人射出复仇的子弹。我们共产党人的文艺阵容真是十分强大，聂耳、冼星海、贺绿汀、张曙、任光、郑律成、吕骥等等，他们是中国艺术界最耀眼的星辰，是可以左右音乐潮流走向的歌手，他们谱写的战歌传遍了大江南北，长城内外。回首我们报效祖国的青春，我们没有遗憾，更没有悔恨。"

她端起放在自己身边的茶盅呷口水，以慈和的眼神扫了一眼望平：

"我不是否定弃笔从戎的远征军将士，不是存心亵渎他们的爱国热忱，有意漠视他们的浴血征战和赫赫战功。你父亲那一批远征军创作的战地歌曲，包括你父亲的校友穆旦等创作的战地诗歌，我们新四军文艺兵也很喜欢，照样演唱。"

此时此刻，一个新四军老战士完全沉湎于往事中，她的叙述如同自言自语：

"大音乐家任光，是我敬爱的老师，他是在震惊中外的皖南事变中牺牲在国民党内战枪口下的烈士之一。那场同室操戈的悲剧由蒋介石亲手导演，第三战区副司令长官顾祝同调动7个师、8万多兵力利用险要地势设计、设伏围歼奉命奔赴抗日战场的新四军，我军7000健儿不幸倒在血泊中，得以分散突围的仅2000将士。我若不是因父亲病重，事前回苏北老家探望，才侥幸躲过一次令亲者痛、仇者快的大屠杀。那是1941年1月，我们的军长叶挺，派一个班的兵力掩护任老师撤退，不料行军途中遭到国民党军队伏击，任光胸部中弹倒下。敌军发现我军战士拼死掩护着一个躺在担架上的伤员，以为他一定是我军的高级将领，于是，更加疯狂地尾追扫射，我军一个班的战士全部阵亡。当敌军指挥官看到躺在担架上奄奄一息的任老师时，凶狠地逼问：'你是什么人？'任老师苏醒过来，断断续续地回答：'我是电影《渔光曲》主题歌的作者任光。'说完，他就永远闭上了眼睛。敌军指挥官与追击的士兵们惊愕不已，是他们的指头扳动枪机误杀了一个备受爱戴的音乐家,于是,他们慌忙脱帽向任老师鞠躬致哀。叶挺军长获知才40岁的任老师已经牺牲时,热泪纵横地痛叹:'真可惜,一颗音乐巨星陨落了!'不久,我们的叶挺军长也遭扣押被俘,他在牢狱中写下了节义千秋的《囚歌》。"

老太太恍如从梦中清醒,掏出手帕拭去眼角泪水,又把它递给望平:

"揩揩你脸上的泪水。不仅我们新四军战士对叶挺军长的感情很深,周总理对他的感情也很深。北伐战争时期,叶挺军长带领的独立团是北伐先遣队。在汀泗桥战役中,叶挺军长率领队伍翻越大山出其不意地大败守敌,又乘胜追击20余公里攻破咸宁县城。后来,他又挥师挺进,进攻北洋军阀吴佩孚亲自指挥重兵据守的贺胜桥。叶挺军长在三面受敌的情况下,严令部队集中兵力猛打猛冲,支援主攻方向,接连突破印斗山、铁路桥等敌军核心阵地,占领了贺胜桥。随后,独立团拿下桃林铺、印斗山等敌方阵地,进而率部围困武昌。叶挺将军从此被誉为'北伐名将',他所隶属的第四军也被称为'铁军'。后来,叶挺军长追随周总理发起南昌起义,是中国人民解放军的创始人之一。皖南事变以后,1941年1月17日,国民政府军事委员会发言人在重庆就皖南事变发表谈话,公然宣称这次事件,完全为'整顿军纪,惩处叛变'。周总理得知上述消息后,打电话怒斥当时的国防部长何应钦:'你们的行动,使亲者痛,仇者快。你们做了日寇想做而做不到的事,你何应钦是中华民族的千古罪人!'第二天《新华日报》登载周总理的题字:'千古奇冤,江南一叶,同室操戈,相煎何急?!'可以说,周总理悲愤至极,他的题字上端赫然写着九个狂草大字:'为江南死国难者志哀!'那一天,周总理不顾个人安危,亲自走上街头和报童们一起卖报,让事实真相大白于天下。还有一件事,它与今天的话题似乎无关,又似乎有关。1946年1月,周总理从延安乘飞机去重庆,同机的除了工作人员,还有叶军长11岁的小女儿扬眉。路上,飞机起行驶得既快又稳,当飞越一座冰雪群峰时,遭遇一阵强寒流突袭,机翼和螺旋桨上都出现了越结越厚的凝冰,机身如同套上了厚厚的冰甲，飞机失去了平衡，有撞上前方耸立山峰的危险。于是，机长当机立断，命令机械师打开舱门，把行李一件一件往下扔，以减轻飞机的负荷。此刻，机舱摇摆不定，情况万分危急，机长呼叫大家背上降落伞包，做好跳伞的准备。扬眉座位上没有降落伞包，她急哭了。周总理听到哭声，几步跨到扬眉面前，解下他的伞包给扬眉背上，并亲切地鼓励她说：'孩子，不要哭，要像你爸爸那样勇敢、坚强，同困难和危险做斗争！'我们的好总理啊，他逝世后首都百万群众顶着寒风伫立街头目送灵车，泪下如雨，哭声撼天，在他的身上能找到中国共产党之所以能够夺取和巩固政权的答案。"

老太太接过望平递回的手帕，顺手放在桌上，继续说：

"望平，皖南事变发生在什么年代啊？是中国抗战最艰苦的年代啊，最该枪口一致对外，可蒋介石依旧丢不开一幅对共产党施加从防范、限制、排挤、打压直到大批屠杀的连环毒计的独裁霸图，他敢冒天下之大不韪，利用手中的治国大权诬毁新四军违抗命令，强迫我们的队伍进入他所规定的调遣重兵设伏的区域，他还有什么资格妄称'抗战领袖'？"

接下来老太太神态肃穆地背诵出，1942年4月周总理在《答美方观察员问》中的一大段文字。那是周总理以沉痛而节制的语气向美方观察员坦率陈述的基本事实，它如一柄钢刀深深插入并刺痛过我们的好总理和无数爱国者的心窝："在最近的三年中，政府在军事事务上只花了一半注意力，另一半用来对付国内事态。胡宗南的十个军中，至少一半部署在宁夏、甘肃、陕西以及河南西部。这些部队主要用来处理'国内问题'，汤恩伯将军属下还有五个军。史迪威将军要求汤将军的部队派缅甸。汤以'反共司令'而闻名于豫西、皖北和鲁西南地区。李宗仁将军的部队被安排在湖北以及湖南边界地区，以备反共行动之用。现在安徽的主宰者李品仙是李宗仁将军的一名重要下属，他监视着安徽新四军支队以及武汉地区的游击队。"周总理不愧为千古一相，他对战局洞若观火，以苍生为念，不计个人安危斡旋于危急存亡之秋，对美方观察员晓之以利害："中国政府只派了两个军人缅去帮助英国人。如果他们当初得到更多装备,也许可以获得更大的成功。可是,中国人忽略了采取别的一些行动来间接帮助在远东的盟国部队。例如,他们未能集中部队攻击广东的一些战略要点和湖北的宜昌,也没开辟其他重要战线来打击日本人。如果中国人开辟新的战线,同样会给日本人带来困难,并使日本人不得不在中国驻扎更多的队伍。"

老太太停顿了一会儿,继续阐述自己观点：

"或许,今天会有人发出不同声音,以为我说得太远了,反问我一句：'当我们信仰的主义被我们自身的命运尖刻嘲讽时,当宏观的理论观点解释不了微观的人生现象时,所有的清谈是不是都苍白无力？'是的,我承认理想和现实存在鸿沟,主观意愿和客观事实有时相距甚远,这也是我们的人生道路和我们为之奋斗的事业难免经历曲折和挫折的原因之一。同时,我们也不可能要求那个假定存在的造物主事事、时时都依从我的心愿,我们唯一的选择只能是抛弃一切幻想,去正视严峻的现实。我们凡事,不,准确些,应该说遇事,是否注意把握住一个原则：首先求之于内、求之于己,不能总是求之于外、求之于人。恩格斯《在马克思墓前的讲话》中有两段话,一段是：'因为马克思首先是一个革命家。以某种方式参加推翻资本主义社会及其所建立的国家制度的事业,参加赖有他才第一次意识到本身地位和要求,意识到本身解放条件的现代无产阶级的解放事业,——这实际上就是他毕生的使命。'另一段是：'正因为这样,所以马克思是当代最遭嫉恨和最受诬蔑的人。各国政府——无论专制政府或共和政府——都驱逐他；资产者——无论保守派或极端民主派——都纷纷争先恐后地诽谤他,诅咒他。他对这一切毫不在意,把它们当做蛛丝一样轻轻抹去,只是在万分必要时才给予答复。现在他逝世了,在整个欧洲和美洲,从西伯利亚矿井到加利福尼亚,千百万革命战友无不对他表示尊敬、爱戴和悼念,而我敢大胆地说：他可能有过许多敌人,但未必有一个私敌。'恩格斯的这篇文章,是我在已经过去的那个动荡年代所读到的，联想到我们党和我们的领袖毛主席所创的丰功伟绩，所犯的历史错误，便通过恩格斯的这番话有所启示，有所释然。对中国，就中国国情而言，没有任何一种政治势力能够代替中国共产党的领导，我们的立党宗旨就是为绝大多数人谋利益，肩负着民族希望。尽管我们一度走过弯路，跌过跟头，但那副初衷、那颗初心当属仰俯无愧于天地，永远闪烁圣洁而崇高的光芒！那段非常岁月，我被人污蔑成'地主阶级的孝子贤孙'、'混入革命队伍的阶级异己分子'，还被押送到青岩公社劳动改造，与这里的农民一起从事挖土、播种、施肥、除草、栽秧、割麦、打谷等田间劳动，还靠一起上山挖野菜、摘野果、追野兔熬过一段难续炊烟的艰苦岁月，一时跌入了命运的谷底。可是，我不怕身处逆境，不断在心中无声背诵《共产党宣言》中的名段，背诵毛主席诗词和语录；背诵周总理1917年写下的诗句：'大江歌罢掉头东，邃密群科济世穷，面壁十年图破壁，难酬蹈海亦英雄'；背诵叶挺军长的《囚歌》：'为人进出的门紧锁着，为狗爬走的洞敞开着，一个声音高叫着：爬出来呵，给你自由！我渴望着自由，但也深知道——人的躯体哪能由狗的洞子爬出！我只能期待着，那一天——地下的火冲腾，把这活棺材和我一齐烧掉，我应该在烈火和热血中得到永生'；背诵陈毅军长1936年写就的战地诗篇《三十五岁生日寄怀》：'大军西去气如虹，一局南天战又重。半壁河山沉血海，几多知友化沙虫。日搜夜剿人犹在，万死千伤鬼亦雄。物到极时终必变，天翻地覆五洲红'。我不单背诵励志的红色诗文，还用竹签在泥地一笔一画地不停书写，我是有信仰的人，是有追求的战士！我挺住了莫白之冤的沉重压力，等到我重回工作岗位时，党组织再次肯定了我一个新四军老战士的光荣历史，为我平反昭雪，还我一身清白。我今晚一番话，你听懂了吗？知道自己该怎样做了吗？不嫌我啰嗦吗？你痛痛快快地回答，告诉我！"

　　望平注视着面前这位表情肃然的老人，以敬佩语气回答她给自己提出的问题：

"阿姨，我听懂了，明白了，知道自己该怎样去做人和选择人生道路了。你苦口婆心地给我上了一堂课，帮助我结束了一段漫长的彷徨，终结了一种不知所向的迷惘，我不会辜负你的教诲。阿姨，你的记忆力真好，你讲的故事真好。你是我的引路人，你帮助我找到了我做人的信心和勇气，找到追求未来的方向感，谢谢！"

老太太松弛地双手拍了一下双膝，口气和蔼：

"望平，以后你不叫我阿姨，跟我的同事一样叫，叫我蔡姐，我喜欢这称呼。我也不是记忆好，有时记忆很差。我是选择性的记忆，喜欢的就拿出文艺兵背台词的狠劲儿，不喜欢的就像筛沙一样全部筛掉，留下精华，剔除糟粕，只带走财富，不去背包袱，便觉得纵然活到80岁也心态年轻。哦，我还得提醒你一句，世上没有绝对的公平，比如你父亲已被平了反，表面上，你人生的起跑线，已经与别人一样。实际上呢？其实，一批与你同龄的人，个人才具与你相当的人，他们从小到大没被耽搁过，一路顺畅，时时事事都比你先占机遇，早已把你甩开了一段不小的距离。所以，他们和你，照旧存在着事实上的不公平。去计较一笔老账？这不是有出息的好男儿的做派。你要学会绝不一味回头看，要朝前看，该追的追，追不上的即使不服气，也认。好在你年轻，就像那支《儿童团团歌》所唱的'我们的将来是无穷的呀'，要记住，要坚信。好，我已试过音，你这把琴不比我用的琴差，今晚不早了，改日再来，我为你点拨一下拉琴技巧。"

"那，蔡姐，我这就回去，真想多听听你的教诲，太珍贵了，我太渴望了。"

老太太站了起来，笑吟吟地注视着望平：

"最后，送你一句德国哲学家叔本华的名言：'在他的生活和不幸的过程中，他着眼于人类整体的命运，多于自己的命运，因而行为更像是个知者，而不是受难者。'你看，那种非常之人'朝闻道，夕死可矣'的持身志节，像不像一幅共产党人的精神画像？"

"蔡姐，我明白。"

老太太露出欣慰的目光，倚着院门，目送着一个披星戴月的年轻人渐行渐远的背影。

次日一早，望平见公社大院门口黑板上写出一则紧急通知，要求所有公社干部上班后，立刻赶到会议室开会，有重要工作要布置。今天的会议不同寻常？他赶紧到办公室扔下挎包，拿上工作笔记本，疾步奔向会议室。

公社会议室又称小会议室，坐得下二十多个人，靠外的一堵砖墙无窗户，靠内的一堵是木板墙，开了两孔圆形的嵌有花鸟草树木雕的窗户，只要是不涉及人事讨论之类的需要注意保密的会议，会议室的左右两扇门从来都是打开了就不关上，而今天室内声音嘈杂却掩上了门扇。推门入内，望平看见公社书记彭大贵板起脸面、紧锁眉头、牙咬嘴唇一声不吭，他心事重重地抽着闷烟，空闲的双手箍着玻璃茶杯转圈儿，会议索性交给副书记郭同力去主持。

原来，原地区组织部副部长章春和下派到县里任书记，他一来就把农村改革作为打开全县工作局面的突破口，随即选择县域内东西南北中五个公社狠抓推行联产承包责任制的工作试点和现场办公，青岩公社顺理成章地进入了他的视线。这个戏剧性的变化，使公社书记彭大贵无所适从，最要命的是前不久在公社三干会上挨自己训斥的反面角色卓家文当队长的黄泥九队，居然如泥鳅翻身从整改对象变成正面典型，要拔的白旗成了要竖的红旗，这使他怎么也想不通。于是，彭大贵干脆来个撒手不管，摊子交给副书记郭同力去收拾，自己乐得清闲。

坐在彭大贵身边的郭同力，准确地把握了自己的角色，既不喧宾夺主，也不消极作为，他手里拿着一本"文化大革命"时期的红宝书，语气持重：

"同志们，开这个会之前，我补了一下课，学习了毛主席的三篇文章，一篇是《矛盾论》，一篇是《实践论》，一篇是《关于正确处理人民内部矛盾的问题》。我们目前要解决工作中出现的矛盾，就必须分清矛盾的主次，并按照'实践——认识——再实践——再认识'的基本规律；要解决工作中的矛盾，首先要解决思想认识上存在的问题，否则只有激化矛盾，或者让矛盾躺在那里，这不是我们共产党人对待客观事物的态度和风格。前段时间，我们在公社三干会上，不支持、不提倡包产到户，是从我们公社当时的实际情况出发。要搞改革，前提就是要划出一条改革和蛮干的认识界线。按照马克思主义的观点，上层建筑服务于并反作用于经济基础，如果生产关系制约了生产力的发展，就需要变革生产关系。农村经济为什么贫穷，农民日子为什么过得苦，那就是生产力不发达。既然生产力不发达，我们就要找一找原因，是什么东西像绳索一样束缚了它，制约了它。现在，党中央、国务院为我们找到了，县委、县政府为我们找到了，我们现在要做的工作，就是要解开束缚农村生产力发展的绳索，解开套在农民身上的绳索，从而释放出生产力的能量，帮助农民告别苦日子，奔向好日子。大家说，对不对？"

"对，对。"到会的人，听懂了的和没听懂的，都七嘴八舌地附和。

郭同力的眼睛扫了一圈会场，掉头征求了一下面部表情逐渐缓和的彭大贵的意见，言谈切入主题：

"同志们，后天县委书记章春和、县长黄河清要亲自带队到我们公社来调研实行联产责任制的做法究竟适合不适合社情和县情。这是一篇大文章啊，需要大家一齐来做，单靠一两个人，根本做不好。要做这篇文章，先要求得广大农民群众的理解和支持。我的意见分为两步走，一是明天上午我赶到黄泥大队和支部书记孙开先一起开个座谈会，黄泥大队各生产队长全部到会，公社其他大队支部书记旁听，请卓家文摊开话题，亮出底子，彻彻底底讲明白他们做了些什么，让大家讨论该做不该做？同时，对于以前的做法采取对事不对人的态度，对与错都不抓辫子、不扣帽子、不打棍子，所有的争议、争吵都像沙滩上写字，该抹干净的就全部抹干净，一阵风吹过去，不纠缠旧事、旧账、旧恩怨。因为，摆在我们面前的矛盾都是围绕怎样发展和壮大农村经济出现的矛盾，都是人民内部矛盾。所以，我们是要化解矛盾而不是激化矛盾，处理它，要讲方法，要讲分寸，并且要通过正确引导来保护、调动好农民关心和投入农村改革的积极性。所以，我们的目的只有一个：把农民的事情当成自己的事情，一家人的事情只能办好，绝不能办砸。二是座谈会后，由望平整理个介绍性的汇报材料，为彭书记向县领导汇报工作提供参考。今天到会的人，按照平时各自工作的分管、分工，分头围绕这一件事情做好准备工作，谁拉稀摆带，谁撂摊子，使绊子，捅娄子，别怪我郭同力撕破脸皮，立起眉毛不认人。时间紧迫，长话短说，散会。"

望平刚要出门，郭同力捋着下颌冒出的一根胡须，叫住他：

"望平，你回来。我差点忘了，彭书记提到了一个事情，你今天先去摆平。"接着，郭同力凑近望平耳边，低声交代几句。

望平走出会议室，好不容易稳住自己没笑出声，抓紧去落实给一条狗改名字的事情。这是什么任务啊？

吃过午饭，望平换上云南带回的那双草鞋，翻越几座山岗，边走边问路，找到麻柳湾一队队长何仁德。望平说明了来意后，快60岁的何队长说：

"小伙子，事情不大好办。那个李守田和儿子李宝根，都是一根筋，软硬都不吃。李守田的儿媳妇是育龄妇女，才22岁，已生一对双胞胎的千金，最近肚皮又鼓起了。大队、生产队派人做工作，他们死活都不听，女的不愿去引产，男的不愿去结扎，理由是彭书记的亲侄女彭淑华也在这个队，生了一对长茶壶嘴的，现在还要生。大队支部书记是彭书记的亲舅子，胳膊肘往内拐，叫彭淑华两夫妇去外面避风头，派人把李守田养的肥猪牵走，厨房的茅草屋顶也揭了。这一下，李宝根两口子惹毛了，放了个口风，彭书记的侄女两口子先做他们后做，也到外面去躲了。李守田买了一条看家狗，取名叫大贵，又叫彭书记，没事就牵着它到处串门，上街赶场。路上遇到熟人就叫嚷：'你让路，我后头走的是彭书记，当官的，你惹不起！'有一天，他还有意带着一根骨头，牵狗转到彭淑华的老人公张先全门口，大叫：'张二爷，彭书记来了，是你请客还是我请客？'张二爷忙出门接待，见上了当，说了句粗话。李守田一听，火上添油，丢开狗链子叫道：'彭书记，和你沾亲带故的都霸道。你做得到铁面无私、大义灭亲，我先孝敬了。'说完，他把骨头往张二爷脚下一扔，那狗马上张牙舞爪地扑过去……"

望平一听，知道是"马"踩"车"，事情有点难办，又见何队长一副作难的表情，只得说：

"你给我指路，我去找李守田谈谈，就改个狗名，剩下的事情以后慢慢再说。"

何队长一听望平要自己去找，松了一口气：

"你找他，说不定谈得成；我找他，一提就吵。看，水田对面坡上挖红苕那个人，就是李守田。他是个横人，你说话要慎重些，顺着来，不要和他一般见识。"

望平说了声谢谢，跨步顺着田埂绕过去。

穿过茅屋边的竹林，望平正往坡上爬，一条卷毛黄狗拖着一条铁链向他猛扑过来。望平顺手捡起地上的一截断竹，虚张声势地向狗挥舞，背着身子退上坡。

李守田扔开锄把，奔过来呵斥：

"大贵，识好歹，回去，不要见人就咬！"

那狗果然闻声停止咆哮，用一只前爪原地刨了几下土，悻悻地转身回去。

望平感激地转向身边李守田说：

"大爷，谢谢你，这狗听你的招呼，不然我恐怕招架不住它。"

"我喂的这个四只脚的彭书记通人性，比公社坐官椅那个彭书记多两只脚。那个彭书记多了一双豪强霸占的手，他不是东西。"

望平对着李守田，绕开话题：

"来，李大爷，让我帮你挖两锄，我也当过庄稼汉，你歇口气。"

没等李守田答话，望平几步走过去抓起锄把，瞅准割去了苕藤的垄沟，左方深挖一锄，右方深挖一锄，再搂底一锄，连须带苑的整窝红苕便干干净净地裸露在土面。他就这样一窝一窝地挖下去，不一会儿，就漂漂亮亮地翻出了两条垄沟的红苕。

站在一旁的李守田，见望平是庄稼活的行家里手，其气度又不像乡下的等闲之辈，便主动问话：

"你是农民，还是老师，手头活路玩得好漂亮，啧啧。"

"我两样都干过，下乡当农民，说教书嘛，已有一年。只要脚下有黄土，饿不死我。"

"你抽烟不？歇会儿吧。你突然走到我这里来，还叫得出我的姓，肯定是有事情找我，对不对？"

望平拄着锄头站在地里，坦率地回答：

"李大爷，我不会抽烟。但是，我确实有事情求你。"

"那你过来，我们坐在土垺上，慢慢摆龙门阵吧。"

望平一屁股坐在草叶枯黄的土垺上，抖去草鞋粘上的泥屑：

"李大爷，我实话跟你说，我是新到公社的饭甑子舀饭吃的人。我到这里来有一件事情求你，不知你赏不赏我的脸面？"

"只要我能做，肯定帮你。人好人坏，我一眼看得出来。"

"那我就说了，你能不能把狗名字改回去？"

"你是那条狗派来的吗？"李守田有了警觉。

望平噗嗤一笑，很快一脸正色：

"狗不会派我，我也听不懂狗话。是人派我来的，郭书记，他对你绝无成见。我想有问题，我们心平气和地聊一聊，有什么问题大家协商解决，没必要把事情弄得越来越糟，问题还不是照样摆在那里。"

"要抓计划生育，政府的号召应该听，公社干部的亲戚先做出榜样，不要半夜吃桃子照着软的捏。我儿子和媳妇不是不懂理的人，是要斗一股硬气。至于改狗名，你回去问一问彭大贵，他亲戚的房子不拆，猪儿不牵，为什么只收拾我一家？把猪儿牵回来，房子盖起来，狗名要换就换一个。现在，我堵在心头的气还没出，我还想找彭大贵拼命……"

李守田把一支皱巴巴的香烟一口气吸了半支，吐一股烟雾，一阵咳嗽，咯出一口痰使劲儿往坡下吐去。

"李大爷，这样吧，计划生育的事情，我个人说了不算数，我把你的意见带回去。我听你刚才讲的话，你还是通情达理的人，如果某些干部亲戚遵守了计划生育政策，你一家人也会拥护，我真是很高兴。我想对你和对其他人两种做法的情况，彭书记未必知道，你先不要下结论，相信公社会给你一个你服气的回答。你家的猪儿被牵到哪里去了，我先问一问。至于你家的茅屋顶被拆了一片，这一点，我负责，抽时间我来给你盖起。今天，你先答应我把狗名重新取一个，不要改人名，不要含沙射影地影射他人。就算你有气要出，也要出得有道理，比如，我在这里对你说的话，如果掺了假，如果没兑现，你就把狗名换成我望平的名字，我被你骂得猪狗不如，是活该，行不行？"

"好。我看在你面上，把狗名叫回去，叫它狮子，我信得过你。你回去给公社当官的带口信，我儿媳妇可以回来引产，但是，必须和彭书记的亲戚一起去。他们搞特殊，我们也不好欺负，政策要逗硬就真逗硬！"

"李大爷，多的话不说，让事实来回答。我先谢谢你，今天赏了我一个大脸面，我回去了。等这两天忙过了，我专程来给你回话，好歹都有一个回音，我会守信用，请你相信我。"

望平告别了李守田，先转到何队长家中，问了一下李守田家里喂的猪牵到哪里去了。听何队长说就养在生产队的猪圈里，他才心里踏实地回公社向郭同力汇报。

郭同力听过望平摸底的结果，高兴地说：

"干得好。这话不对外人讲，等忙过开会研究过的急事，我才给彭书记提一提。猪儿就让它在生产队圈里暂时喂着，盖房顶的问题你不要掺

第九章 难忘的一课

· 127 ·

和，以免以后不好下台。我来落实，本大队、本生产队支不动人，我叫卓家文去戴罪立功。该吃晚饭了，你去食堂吧！"

　　望平没有向公社食堂走，他沿着斜长的石阶走向场镇，钻进自己的卧室取出搪瓷碗，不慌不忙地拐进供销社食堂。他与为解决肚皮闹革命的同事一样，漫不经心地迈着碎步，拿起勺子敲着碗沿，吹起了一支欢悦的口哨。

第十章　让咸鱼翻身

县委书记章春和、县长黄河清和县武装部政委关山卫一行人，到青岩公社进行实行联产责任制的试点工作调查和现场办公，是早晨7点半出发的。随行的有宣传部长、县委和县政府办公室主任、县农委主任、县农业局长和两个工作人员。事前，原本没有安排县武装部政委关山卫参加，县委办公室去借车时他闻讯后坚持要参加，于是，便开出三辆北京牌吉普车，这是极少的高规格，引来沿途行人停步看个稀奇。

快十一点，领导们来到了青岩公社。彭大贵和郭同力等人，九点半便赶到进场的公路岔口去等候，好在是一个太阳不见、乌云不聚、风雨不来的宜人天气。他们外松内紧地交谈着，时不时抬腕扫一眼手表，或者掏出塞进中山服衣兜的茶杯喝一口茶水解渴。黄河清乘坐的吉普车是开路先锋，车刚停稳他率先拧开车门站出来，走上前和彭大贵与郭同力握手，又向他们一一介绍陆续下车走过来的各位领导。望平是第一次看见黄河清，觉得这个与自己的命运多少有些交集的新任县长，并没有想象中那么魁梧高大，中等偏下的个子，胖乎乎的脸庞，操一口电影《南征北战》中的山东兵那一类腔调。县委书记章春和是瘦高个子，戴一副黄铜架的近视眼镜，走路快，步幅大。武装部政委外貌儒雅，与他的名字关山卫相比少了英武，多了斯文，看上去年龄还不到40岁。一见县领导，彭大贵真像上足了发条的座钟，一肚子郁气顿时烟消云散，脸上笑容可掬，他靠近去陪章春和，把领导们往公社大院引去。

彭大贵的汇报，基本上就是望平撰稿郭同力把关的那些内容，他没像往日那样借题发挥，信口开河，生怕弄巧成拙出洋相。郭同力则镇定自若，从头到尾不出声响。章春和听完汇报，征求了一下黄河清的意见，黄河清说他没经过调查研究就没有发言权。章春和听后一点头，转向彭大贵：

"安排午餐吧，不超过三菜一汤的规定标准，吃过饭不用午休，走到现场去看一看。现在是试点阶段，也就是摸索阶段，不急，慢慢来。对农民的做法，不必求全责备，以后逐步完善，对不对？我相信，不，我坚信，我们能够探索出行之有效的可以面上推广的改革经验。"

"是的，是的，当然是的。"彭大贵两手叠压肚腹上，直是点头，脸上服帖地浮出一副坚信不疑的表情。

刚翻过山坳，出现了让大家始料不及的场景，原来大队支部书记孙开先和生产队长卓家文带着队里的男女老少，敲着锣鼓，举着"热烈欢迎各级领导前来我队检查工作"的横幅，挥动手中红、黄、绿色的呈三角形的纸彩旗，欢迎县、社领导的到来，并不像彭大贵担忧的那样大伙儿躲躲闪闪不见人影。孙开先六十出头，发茬雪白，矮小精瘦，近来他犯了哮喘病，话音如同卡在喉咙里半天冒不出来。卓家文穿着一身整齐干净的旧军装，一对机智的眼睛闪闪发亮，丝毫没有灰溜溜的畏缩状。他看见关山卫身着一身军官服，赶紧挺直腰板一碰脚跟，行了一个军礼，朗声对贵客们说：

"欢迎首长，欢迎各位领导，远道而来到我们黄泥九队检查工作。"

郭同力几步从后跨上前，加以介绍：

"年纪大的是黄泥大队党支部书记孙开先。年轻的是黄泥九队生产队长卓家文，他是党员，参加过对越自卫反击战。"

章春和先与孙开先握手，再走到卓家文身边，拉着他的手说：

"卓队长，我看今天的现场气氛，你很得人心嘛。怎么样？你把你们的做法说来听听。"

郭同力插话介绍：

"卓队长，这是县委章书记，好好汇报。"

卓家文胸脯一挺：

"报告章书记，在公社党委彭书记、郭书记的大力支持下，我们队搞联产承包的责任制，从过去的偷偷摸摸，变成了正大光明的改革试点。我们队现在是三无队：一无抛荒的田土，连田边地角也种满蔬菜、瓜豆，爬满青藤；二无出工不出力的懒人，大家都懂得要过幸福生活，只有靠勤劳致富；三无吃了上顿没下顿的缺粮户，家家户户的囤包、柜子都装得满满的。我口说为虚，领导眼见为实，你们可以任意挑选任何一家来检查。社员们高兴地朝我说：'卓队长，我们现在过上的日子，才像是社会主义的幸福生活，党的政策就是好！'"

章春和拍拍卓家文的肩头：

"你现在就带我们到社员家里转转，多转几家，我要看看你们黄泥九队变没变成黄金九队，你介绍的情况有没有出入，是实还是虚？"

一连转了十几户，家家户户柜子里的黄谷，围包里的红苕，墙壁上挂的干苞谷，圈里拱食的肥猪，院坝里跑来跑去的鸡鸭，已经不需要多余的言语。不少农户见客人来，都笑眯眯地端来板凳，捧出花生，拿出橘柑，热情洋溢地招待客人。

走到卓家文家的院子，卓家文的妻子刘玉莲端出一筐梨子请客人吃。她拿刀削皮的手艺让大家个个叫绝，只见她刀尖一点，刀刃一旋，一个脱皮的光洁梨子一眨眼已递到客人手中，削下的梨皮一刀到底悬在手上，又长，又薄，又均匀。彭大贵见状乐得一嚷：

"卓家文，你婆娘比你还厉害，巧手啊，可以拍成电影了。"

卓家文没应声，挨次轮流把砸开了薄壳的核桃和花生粒捧给客人。黄河清扒开一枚核桃，眼睛注视着卓家文：

"卓队长，我这当县长的要向你讨要经验，说出来听听，怎么干的？"

突然，卓家文看见自家喂养的一只灰羽毛鸽子轻盈地降落在章春和的右肩，昂首垂尾地站立着。他正要起身呵斥它，见章春和向他一使眼色，便降低嗓门回应黄河清的提问：

"黄县长，很简单，就像分配战斗任务一样，呵，不一样。分配战斗任务不容讨价还价，我们承包要先经过大家同意，不勉强任何一个人，愿意就盖手印签字画押，留个共同作证的书面依据。分摊承包任务，讲人人平等，民主商量加抓阄。我说起很复杂，其实做起简单，一句话：交够国家的，留足集体的，剩下全是个人的。具体实施的时候，一讲原则，绝不能忘了国家、集体的利益，集体的架子不能散；二讲公平，不允许谁豪强霸占，不允许做昧良心的事情，对谁都一视同仁；三讲照顾，不是搞特殊挑肥选瘦，是政策向老弱病残、特困户予以适当倾斜。说实在话，只要当干部的没有占大家便宜的不纯动机，不浑水摸鱼假公济私，哪有解决不了的矛盾！"

"解放军真是一所大学校，经过部队培养锻炼的人，就是大不一样。"章春和站了起来，对黄河清说一句。接着，他走到卓家文面前，竖起大指拇："好！比我预期的更好！我来这里之前，一直担心县里一时找不出理想的典型，没想到在这里找到了。我们今天就谈到这里，你们的经验，先由彭书记、郭书记安排人协助你们总结一下，直报县委、县政府。接下来，再由县委宣传部和县委办公室、县农委、农业局组织力量进一步提炼材料，我们要大张旗鼓地推广，开动广播喇叭宣传，改革是一条江阳发展绕不过去的必由之路。再见吧！"

章春和向卓家文伸出握别的手时，孙开先站了出来：

"章书记，我还有一个请求，我们黄泥大队其他八个队，组织还没号召，他们早已找卓队长取过经了，大多数都悄悄这样干起来了。年轻人比我强啊，我身体不好，思想又跟不上形势。章书记，你是不是可以在这里给公社领导打个招呼，行个方便，让我退下来……"

彭大贵一脸铁青，打断孙开先的话：

"你不要说话不择场合，要遵守组织纪律，办事要讲组织程序。"

"老人家，你的想法可以给公社彭书记、郭书记汇报一下。这个家，我不能代他们当。这件事，既要考虑你的身体条件，也要考虑工作需要，组织没做决定时，你可不要撂下担子。"

这一会儿，围观的群众自觉让出一条过道，让县、社领导离场踏上归途。卓家文喂的狗一下子蹿到一行人的前面，它一边撒腿飞跑，一边使劲摇着一条毛茸茸的尾巴。郭同力最后离场，他一拳砸在卓家文肩头，爽快地抛一句：

"我过去只希望你小子不摆烂摊子，没想到你真能成事，做事还依了打路。"

卓家文回答冷静：

"几十户人要找一条活路，我不敢胡来，想透了才敢做，认准了才敢闯。"

望平听到一阵耳边风，心里暗想：其实，他俩很默契，一个有意行了方便，暗示了一条出路；一个心有灵犀，把好想法变成了好做法。说穿了，他们都对得起老百姓，都没多少私心杂念，能谋事，敢成事，提得起，放得下，有一股勇于担当的豪气。

送走了客人，趁下一件工作任务没来，望平拎着琴匣走出场镇，径直朝向小河对岸。他的蔡姐今天披上一件油绿色的毛织衣，端着一个漂着一个茶瓶外盖的洗脸盆，正弓腰为几钵放在屋檐下的兰花浇水，一片金色阳光映照着她匀称而干练的身影。

"蔡姐，我来替你浇。"

望平把琴匣放在石阶上，箭步奔上前。

"哦，你来了，就由你浇。"

蔡姐站在一旁。

进屋后，蔡姐上好茶水，询问一句：

"这几天，你们忙些什么？"

望平把县领导下来调查研究和到黄泥九队的情况一一加以简要叙述，同时，他也补述了那次公社召开三干会的吵闹场面，以及郭同力授意卓家文等以学大寨的名义出去考察的经过。听他说完，蔡姐沉默了片刻才开口：

"清朝人陈澹然有段话：'不谋万世者，不足谋一时；不谋全局者，不足谋一域。'看来，郭同力挺善于学习，他做事沉稳不张扬，懂得避开锋芒迂回包抄的做法。这一点儿，你得跟他学一学。根据你介绍的情况，青岩公社有县里的支持，有郭同力这样不慕虚名的务实干部，还有卓家文这样敢闯敢冲的虎将，改革会取得成功，老百姓会得到实惠。不过，放在更长的时间，更大的范围来看，我免不了一些担忧，或许该称之为杞人忧天吧。比如，深圳特区提出了个口号'时间就是金钱，速度就是效益'，从经济学的角度来讲，不误时机，加快发展，挺不错；从社会学的角度来看，谁可以断言它没有负面影响？深圳如今是'杀出一条血路'，多少有些'饥不择食、慌不择路'的不得已。当然，生存与发展，生存优先；获得与完善，获得是前提。要追溯'时间就是金钱'的出处，它是美国独立战争的重要领导人本杰明·富兰克林首先提出的。本杰明·富兰克林是一个美国历史上多才、多艺、多建树的杰出人物，是政治家、物理学家，也是出版商、印刷商、记者、作家、慈善家，还是杰出的外交家。法国经济学家杜尔哥如此评价富兰克林：'他从苍天那里取得了雷电，从暴君那里取得了民权。'本杰明·富兰克林1748年发表的《给一个年轻商人的忠告》中，以三句'切记'开头的话来概括那个人们追逐现代文明的年代应遵从和推崇的立世原则，分别是'切记，时间就是金钱'；'切记，信用就是金钱'；'切记，金钱具有孳生繁衍性'。他在后面还加了一个补充性的诠释性的'切记'，它就是'切记下面的格言：善付钱者是别人钱袋的主人。谁若被公认是一贯准时付钱的人，他便可以在任何时候、任何场合聚集起他的朋友们所用不着的所有的钱。这一点时常大有裨益。除了勤奋和节俭，在与他人的往来中守时并奉行公正原则对年轻人立身处世最为有益；因此，借人的钱到该还的时候，一小时也不要多留。否则，一次失信，你朋友的钱袋则会永远向你关闭'。你注意到了吗？这一段话，涉及'利'的话，深圳人已经引用；涉及'义'的话，深圳人省略了。有一天，他们会不会因为失'义'而不得不失'利'呢？当然，这一段话所涉及的几个'切记'，它们之间存在排列顺序，存在递进关系，但愿深圳人没有忽略和忘记后面的几个'切记'。"

望平着实惊讶，他掂量得出蔡姐这一段话的远识、犀利和分量，禁不住感慨：

"蔡姐，你人在深山，心系天下。你的担忧不无道理，无利的年代，保持民风淳朴容易；有利的年代，或许世风真的会变得无法想象。哎，我在学校时，听一个教授说过一句话：'人有两重性：一半是天使，一半是魔鬼'。一个人，丢掉了义，经不住利的诱惑，往往会变成魔鬼。"

蔡姐捧起茶杯呷了一口：

"尤其是我们国家刚刚经过一场十年浩劫的折腾，人们思想、道德的重建的使命还处于进行式，远远还没有完成，而改革开放已经时不我待，以后会不会变得过于现实、过于功利？当利益的洪水咆哮而来，损人利己的极端个人主义得不到抑制，我们的先辈所具有的理想主义、集体主义精神得不到守护和发扬，整个社会都信奉'金钱至上'的拜物主义，那该是一笔多么昂贵的代价呀！如今，我们的国家还有多么多的课要补，多么长的路要走，还要面临多少无从预知的莫测啊。好在，我们中华民族最优秀的儿女，既有逆水行舟的勇气，也有顺风扬帆的机智，不管过去、现在还是将来，每当国家最需要的严峻关头，绝不会缺少力挽狂澜的铁腕人物。尽管如此，我依然非常担忧。我真怕，真怕有一天人们不敢相信，不敢相信前方那一盏灯，丢掉了一种'朝闻道，夕死可矣'的古朴精神。如今，那一盏灯，虽然一直亮着，却被一些浑浊不清的目光漠视了，等同于它实际上已经熄灭了。哎，多惋惜，惋惜那一团忘我付出的热能和光亮，它是神圣的象征，它是一个文明古国的薪火，从没熄灭过，一直不断燃烧着，闪烁着！"

一席话，令望平心潮起伏，他无言以对，黯然神伤。

蔡姐起身站到窗口，久久凝视天边艳红得使人心醉，也使人心碎的斜阳，她掏出手帕揩了一下眼圈，回头招呼望平：

"把你的琴取出来吧，我拉一曲刘天华的《良宵》，放松一下。"

是啊，处于一段举步维艰的彷徨地带，我们的脚步尚不能抵达值得怀恋和向往的梦境，那么，不妨试图用琴声与歌声去追逐。至少，它们可以转移怅然有失的痛楚，可以冲淡所去茫然的迷惘，也可以平息一阵胸膛间翻卷的波澜。此刻，望平百感交加，他渴望未来，又害怕未来，蔡姐轻快悠扬的娴熟琴声，很快帮助他排遣了怀中愁绪，换了一副好心情。

这天，望平伏在桌案上耍了半天笔杆子。等到精神倦怠，他一看手表，已到下班时间，忙收捡好稿纸，准备撤退下山。

刚锁上办公室门，彭大贵突然在身后招呼：

"望平，你到我办公室来一趟。"

"我就来。"

跨进彭大贵办公室，迎接望平的是一张和蔼可亲的笑脸：

"坐下来吧！你来这么久了，我还没和你谈过心。这是我的疏忽，你要多理解。"

"彭书记别客气，你工作担子那么重，哪天都没有空闲时间。"

"这也是，是实话。我今天找你来，是觉得你这一段时间熟悉情况，进入工作角色很快。郭书记对你的评价也很不错，很不错嘛。我还忘了谢你，我家的左攀右扯的亲戚不少，就是从一个肚子里生出来的，也是一娘九子各不一样，是不是？我那一户麻柳湾的亲戚，弄了一摊乱七八糟的事情，让我背黑锅，还劳你费力跑来跑去，帮他们把屁股揩干净，真是不好意思。执行计划生育政策，对哪一个人都是一把尺子来量，拿我的名字当挡箭牌是枉费心机。我已经给麻柳湾大队带信去了，要大队通知彭淑华规规矩矩去医院，要是再不听号召，拆房子，牵猪儿，先拿她家开刀，不能任凭她去带一个坏头，老百姓谁服你？至于李家的猪儿，彭淑华家没有牵，他家的就不能牵；房子彭淑华家没拆，他家的就不能拆。先前牵了人家的猪儿牵回去，先前拆了人家的房子去修补好。该做手术那一天，彭淑华是第一个，其余的全部叫去，一个不漏。把毛病根根找到了，问题就好解决了。"

"彭书记，你真是铁面无私，以身作则，我看全公社的计划生育工作，根本不愁打不开局面。"望平闻言有些激动。

彭大贵松开抱茶杯的手，满不在乎地一挥：

"望平同志，我今天找你来，不专门谈这一件破事，主要是谈一谈你的组织发展问题。你写入党申请书已经有一段时间了，根据你的表现，不错，近期公社机关党支部要讨论一下你的入党问题，我支持。希望你再接再厉，努力争取，加入到党组织中来。就这样吧！哦，你不忙走，还有一件事情，我老娘听说公社新来了一个年轻人，很想见一见，哪天有空，欢迎你到我家去做一个稀客。好，去吧！"

出门前，望平向彭大贵表示了谢意。当他看见对方朝自己满意地点头，可那欣赏的目光让他内心有几分惶恐不安，他窘迫地红透了脸面，慌忙回避了他的视线。

望平顺坡而下，一阵小跑离开了公社大院，他此刻不是在追逐什么，更像是在逃避什么。让彭大贵视作自己的圈内人，并不是一件引以为自豪的事情。一个高高在上的位置已把彭大贵的霸道和粗俗暴露得巨细无遗，折射出一言难尽的多重性与多侧面，那正是一个不谙江湖深浅的异乡客所难以对付的复杂对象，而望平自己的生活已习惯和留恋一如既往的简朴、单纯。至于彭大贵谈到他有可能加入党组织，那是一个他渴望着实现的神圣目标，假使谈话人换成是郭同力，他一定会高兴得直想蹦蹦跳跳。但这事由彭大贵口中说出，则真像一道珍味佳肴多放了一勺食盐，不言而喻地令人胃口大败，不仅高兴不起来，甚至是祸是福也不得而知。

"望平同志，拿去，你有封信。"

回寝室的路上,公社邮政代理员刘富全背着一个与他的精瘦体形不甚般配的大邮包,跌跌撞撞地从街道对面穿插过来,递给望平一个信封已被弄得皱巴巴的邮件。

"信件投错了地址,是从柳桥中学转过来的。转去转来耽误了半个月,不知误事没误事?"

"谢谢你。"

望平接过信件,只见信封上贴满了邮局转投的带邮戳的纸条,原来信件是寸草从云南寄来的。信封为毛笔行书从右到左的竖写排列,字体飘逸遒劲,一看就是出自一个有历练的人的手笔。他把信件折叠好,谨慎地放进前胸衣袋,打算进屋后再慢慢阅读,心间则涌冒出一股暖流。

乡村建设的小水电站,供电量显然不足,常常是挖东墙补西墙,不仅频频拉闸,即使在供电时分亦灯光昏黄微弱,罕见有耀眼的亮度,晚上九点后便断电,室内一片漆黑。所以,青岩场镇家家户户都配备了应急的煤油灯。望平坐在灯下,用小刀尖剔开信件封口,取出内瓤抖开。信纸上的文字仍是竖写,虽是钢笔字,却看得出毛笔字的功底非凡。他双手牵着信纸,由近到远,由远到近,再平铺桌面,欣赏了一会儿寸草笔力遒劲飘逸的书法,才开始仔细阅读内容。原来,当地县委、县政府已经决定在镇图书馆腾出一些房间筹建滇缅抗战纪念馆。寸草是参与张罗此事的骨干分子之一,他急切地把这个好消息告知了望平。望平提笔复信时,说了一些感激、问候和祝贺的话,又硬着头皮简略地告知寸草自己回川后变动了工作地点和单位,并说变动工作是服从组织安排,是一次新的磨炼。他对工作变动这件事只是点到为止,关于工作变动具体过程的此起彼伏,以及社会背景的纷繁复杂,只字未吐。

一场无法自己把握的人生变动,奔的是前程,还是踏上岔道,上天知道,未来知道,偏偏现在的自己弄不明白。尤其是彭大贵找自己谈话过后,望平忽然发现自己置身在"东边日出西边雨"的境况,晴雨交错,明暗莫名,好歹难判。退一步说,纵然抬头阳光灿烂,低头依旧一地泥泞，乐观，悲观，对自己而言都不恰当。说穿了，自己像一枚菜籽，是一个微不足道的小人物，哪怕一度与硕大无朋的贵人迎面相逢，擦肩而过，也终归摆脱不了平凡、平淡、平庸的生命底色。

想到这里，望平不等配电房拉闸熄灯，一扯电灯开关绳，准备提前就寝。他实在觉得自己一颗心累得疲惫极了，索性倒床早睡。

"望平同志，你开开门。"

望平闻声拉开电灯，起床打开屋门，一个戴着老花眼镜的中年人站在面前，急切地自我介绍：

"我是供销社文具店的营业员何三兴，一二三的三，是兴旺发达的兴，不是三心二意的心。我想托你一件事，明天是星期天又是逢场天，上午我有急事回家，书店关门怕群众意见大，你能不能帮我看半天店子，照标价收款出售就行，我信得过你。你表个态，成不成？"

望平想自己一到青岩就住供销社的宿舍，占了供销社不少的便宜，偶尔尽点义务也在情理之中：

"好吧。"

"那我把门钥匙给你。"

"先别忙，需不需要我陪你到店里点一下数？你的收款箱里的钱收捡好没有？找补顾客的零钞有没有？"

"零钞我准备了9元钱的角票，1元钱的硬币，放在收款箱里。我已经提来了。"

望平一看，何三兴手里果然提着一个小木箱，暗自觉得好笑：

"老何，这是华经理给你的建议吧。他也是一个'算破天'，有筋筋绊绊我们都找他，下套是他，解套也该是他。那你就告诉华经理，我不是帮你的忙，是办公事，是代公社打工，支付一笔房租欠账，还亏欠供销社的人情。"

"你不欠供销社的，是帮我。请其他人帮忙，不省心，不放心，对方的品行，不一定信得过。"

"好，那就不多说了。"

望平当即返回屋里，在灯下写了一张收条交给何三兴，接过了他手上的钥匙和收钱箱。等再度倒床躺下，他长吐一口郁气，才闭眼入眠。

次日，望平一早洗漱完毕，到小吃店要了一碗豆浆、两根油条，解决好肚皮问题，才转回寝室带上收款箱，打开了书店的所有门扇，充当起坐店老板。他用鸡毛掸扫灰时，看见内里板凳上有一堆新书没有放进玻璃柜台，便好奇地逐一翻阅。突然，他眼睛一亮，灰蓝色封面的《围城》，仅一册，这不是自己百逛不遇的好书吗？他翻开版权页一查价码，0.78元。第一个顾客是自己，他拿出钱放在新书堆上，决意借助站柜台的优先权，为自己谋一次私。好一阵，他把书紧紧地贴在胸口上，为自己代人顶班碰上的好运，庆幸不已。

街市上，赶场的人越来越密集，有的捉着一对脚腿上绑了稻草的鸡翅膀，有的背篓里伸出一个长颈鹅头，有的牵着一只驯服的黑山羊，有的提篮里放着带鸡屎的鲜蛋，更多的人则挑着菜担。当然，也有不少人相互交谈着甩手甩脚来看热闹，或者背着空背篓特意来购物。他站在柜台前，来往人流不断。购物的人，买食盐、煤油、白糖、白酒等的钻进了副食品商店，买针头线脑、牙膏、毛巾、筒靴、雨伞等的钻进了百货商店，偶尔有跨进店门的则以购买铅笔、蜡笔、钢笔、作业本、橡皮擦、文具盒等的居多，买书回家去读的没几人。有时，进来一个由大人牵着手的小孩，立在连环画柜台前看得眼热，而大人以为这类书是拿钱打水漂漂，强拽着小孩走出店门。趁顾客稀疏的闲暇，望平从柜台里取出一本电影连环画《暴风骤雨》，漫不经心地翻开，眼角的余光略带警觉地留意店堂。

"望老师，原来你在文具店买书啊？"

望平抬眼看去，李守田左手牵铁链引着一条正向他摇尾的大黄狗跨进门，右手挎一个装满红柿子的竹筐。他立刻回应：

"李大爷，你赶场？我是帮人顶班。"

"管你当班还是顶班,我认准你是一个好人。"

说着,李守田把竹筐放在地面,将牵狗的铁链往腰间一拴,抓出几个大柿子,放在柜台上,送给望平尝一尝。他掏出烧了半截的叶子烟卷点燃,狠抽一口,才不急不缓地告知望平,他家的茅屋生产队长何仁德已安排劳力修好了,肥猪也从集体猪圈里牵了回来,他的儿媳妇和彭书记的侄女彭淑华同一天在公社医院卸下了超生的包袱。整个麻柳湾大队的计划生育对象都响应了政府的号召,已经没有任何遗留问题了。

望平听完,松了一口气,对李守田说了一番感谢话:

"李大爷,真要谢谢你赏脸,给狮子改回了名字,又要儿媳响应政府号召。其实,老百姓是讲道理的,是善良的,只要做基层工作的人没把道理讲歪,事情不办得离谱,抓工作哪会不顺畅!"

"对了,和尚都是人做的,只要当官的像人,我们做事哪会不认黄!"

目送李守田牵狗出店门,望平坐下来支着头想了好一阵。正了上梁,何愁下梁不正?基层干部只要想问题个个心术正,化解矛盾个个路子正,哪会打不开工作局面。这郭同力做事有头有脑,心眼尖,沉稳不张扬,还真是一个不比寻常的角色。

临近中午,供销社食堂炊事员扛着一个托盘,送来一碗米饭,一盘回锅肉,另加一碟泡酸菜,说是华经理盼咐做的加班饭,凡是关不了门的商店,见人一份。望平拿起筷子,端起饭碗,自我解嘲:

"谢谢你,那我代老何值班,也代老何吃饭,是不是桌上开花?"

炊事员抿嘴一笑:

"望同志,我哪敢破例!星期天中午,一律免费,不收你的钱。"

"那我不客气了,不吃白不吃。"说话间,望平先夹起一片红辣椒嚼了两口,再夹片回锅肉塞进嘴中。

下午两点过,何三兴擦着额头渗出的热汗,气喘吁吁地跨进店堂,他把一篮干核桃放在望平面前的玻璃柜台上,又从背心抽出一条汗浸湿的毛巾使劲儿拧干,闷声闷气地揩着脸面。望平见状,转过身去拿起茶瓶，将何三兴平时用的茶盅烫了烫，冲上温开水，递到他手上。

何三兴这才回过神来：

"望平同志，谢谢你帮我半天忙。核桃是慰劳你的，你这就带走吧。"

"你别客气，今天我代你卖了三百多元钱，不知你平时卖多少？你进来点一点钱，查一查货，交接清楚我再走吧！"

"不需要，单看你那张脸，就知道你办事可靠，有差错就是角角分分的小问题。"

"这样不好，你还是按规矩数一数货款，人亲财不亲，对不对？"

"你的收据，给你，你自己撕掉。"何三兴把昨夜望平写的字据递给望平。

"老何，这本书还没上柜，我想买，可以吧？"

"当然可以。买什么？我送你。"

"桥归桥，路归路，买到这本书我都喜出望外，钱是一分也不能少的。另外，你还是应该点一下，收款箱里的现金，你心头有底，我心安理得。"

"好吧。"

望平一指放在新书堆上的单笔付款，拿着一本《围城》走出柜台，默默等着何三兴点钱。

"点清了，扣去铺底的10元零钱，货款378.93元，比我平时还略高点。谢谢你，拿上核桃回去吧！"

"核桃我不爱吃，尝两个就可以。"

"我自家树子上打下来的，一片心意，连篮子带走。"

望平怕何三兴怄气见怪，有些违心地抓起篮子走出了店门，心里暗想：是等回家捎给母亲，还是抽时间送给蔡姐？回到寝室，望平一看放在床头的闹钟，下午3点5分。他决定放松一下，看书就挑灯夜读，先出场镇沿着小河岸去转一转。

第十一章　刻入记忆的名字

　　越过场口边的小桥，望平吹起口哨，卷上裤腿，手提胶鞋，打着赤足，顺着一条坑洼不平、时干时湿、难辨曲直的泥泞河岸，去寻找小河隐匿于山峡幽深处的来路。

　　沿途河岸任性起落和游移，路面行迹稀疏，枯草腐叶厚积，河畔苇花如雪，山间的鹧鸪不时发出一阵苍凉的啼叫，天上太阳出没云层，野风把人心的寂寞吹拂成无拘无束的吟叹。挣脱羁绊的河流哗哗淌泻，粼粼清波偶尔遇到一块横蛮凸耸的乱石，即刻溅出一簇抱怨愠怒的浪花。走过一段沼泽地，望平交替着把脚掌伸入河水荡洗干净，回头好奇地瞧着自己留下的一串深没淤泥带的脚窝，平添一种走过崎岖路途唤起的成就感。

　　当太阳从云缝半露面庞，灼亮的金芒把河面照映得波光闪烁。蓦然，望平对出现眼前的一幕惊愕不已，河面漂浮着一个女性顺水仰泳的裸露胴体，那一对无拘无束的雪白乳峰高傲耸立，探空劈水的起落玉臂如交替划动的小船双桨，两条丰盈光洁的大腿收缩自如地缓慢击水，浪卷沫溅的清波时而扑上她丰盈胸脯继而势颓滑下，她那乌黑的长发在波流中散开拂动。望平却步伫立片刻，以胶鞋垫底静静地坐下，他像欣赏一幅名画，一如他特别喜爱的《西方艺术史》中一幅幅精美绝伦的自然风景或人体艺术的彩色插画，每一位创作者都是世界级的巨擘，安格尔、德加、雷诺阿、高更、梵高、克里木特、席勒、马蒂斯等一串星辰般的姓名。他记得雷诺阿有一段名言："只有当我感觉能够触摸到画中的人时，我才算完成了人体肖像画。"可是，大师们的哪一幅画都不及眼前的一幕逼真。这会儿，仰泳女郎的玉体在水中骤然侧翻180度，她那甩动的茂密秀发和凸拱水面的浑圆臀部往上一翘，洒下一串串晶亮水珠。恰巧，一对河上嬉戏的燕子贴身掠过她那纤细的腰肢，她似乎即刻有所知觉，猛伸两条活泼的玉腿飞快蹬打，一簇簇浪朵异彩绽放，一种美好生命的勃勃生机和妙不可言的天然乐趣，瞬间便无处不在地扩散于荒野中一片清澄静谧的水域。突然，她转身轻盈地踩上一块礁石，挺胸傲立如一尊玉雕，仰视一眼闪耀金光的太阳，很快又飞身一跃，既似一弧白虹又似一支箭矢般射入河心，接下来她久久地潜游失踪，河面上只剩一圈圈荡漾不止的涟漪。隔了一会儿，她从水底钻出头来，发现河岸上坐着一个陌生人，慌忙把身躯隐进波流，紧接着怒不可遏地嚷叫：

"滚开，你是流氓，偷看女人洗澡。"

望平一听，她操一口京腔，显然是外省人，觉得惊诧。他不愿甘拜下风，急于找幌子掩饰尴尬，硬着头皮打嘴仗：

"不是偷看，是观看。河岸没有设禁区，你有游的权利，我没看的权利？"

"我不准你看。"

"那样，我提一个对等的要求，我不准你游。"

"这条河，不是你私人的。"

"同样，也不是你私人的。"

"流氓，你有什么权利，为什么偷看？"

"我是一个人，凡人。尽管，凡人是分层级的，我绝不至于下作到流氓层级。我的层级是正常人，比你想象的更高，不是流氓。我虽不敢妄称高尚，但绝不像你这样犯神经病，好像你是《一千零一夜》中的埃及公主，你一出游，便命令满城百姓都关门闭户，只允许你独自一人逞威风，瞎闹嚷，瞎折腾。退一步说，即使把我归类为普通动物，你也别无二致。你到这里游泳，飞鸟可看，鱼群可看，青山可看，树木可看，我为什么不能看？我再次申明，我不是偷看，是正大光明地观看，如同观看一场文艺演出。你呢，只是一个自告奋勇的演员，你有表演的权利，我有观看的权利。偌大一片山河，你垄断得了吗？前几年盛行'思想罪'，你同出一辙，大兴'目光罪'。"

她忍俊不住笑出了声：

"那你为什么要看？"

"好看啊，像看一道美丽的风景，一幅你有原创权的绘画，一场由你独创的表演。我不得不佩服你很有勇气，很有才华，除此之外，更无他念。你看我规规矩矩坐在河岸，没有出现在水中，没有干扰你游泳。"

"你出现在水中，我也不怕。"

"那我真像你一样，一丝不挂地下水游泳。"

"你穿不穿我不管，至少隔我三米以上的距离。否则，你要小心，我对你不客气。"她举起一条玉臂，亮出三枚指头。

"好，你划出三米距离的警戒线，那我保持一个对等原则，彼此的尊重和尊严。"

望平脱光衣服步入水中，探足的一瞬间，他感觉到入秋的河水有几分寒凉，好在他下乡当知青时，为了锻炼意志，坚持过好长一段时间冬泳，飘雪的日子也敢跳进村外的一口池塘。

"你不害臊，真敢闯禁区？"

她只露头脸，手与腿俱在水下作业。

"我遵守你定的规则，距离绝不小于三米。"

"守规矩就好，我是女人，却不是弱者。我母亲教会我舞蹈，让我练出了好身段，懂得举手投足的优雅；我父亲教会我武功，对不法歹徒出手无情，决不轻饶。所以，我这野女孩不让须眉，浑身是胆。"

"准确说，有'文攻武卫'的传统，像一个刺猬，挨近了谁都怕被你扎伤。"

"水冷吗？"她转移了话题。

"不冷。你不怕我了吗？"

"不怕。"

"为什么？"

"很简单，我看清了你的眼睛，它是心灵的窗户，流露出的是理性，干净，值得信任的。它不是脏眼珠，不浑浊，不愚昧，不疯狂。所以，我不怕你了。"

"我谢谢你。请允许我赞扬你几句，在我的眼睛里，这一条河床盛满的不是清水，是一大堆熊熊燃烧的烈火，你是一块经得起烈火考验的真金，你敢挑战自然，挑战世俗，挑战自我，这是说真心话，真佩服。"

"哦，我惊世骇俗的举止，离经叛道的行为，不期遇到一个大慈大悲的活菩萨，包容我，宽恕我，还是一个知音？甚至夸我，让我有些飘飘然，以为自己只差那么小小的一步，就足以成为女神，接近庄严神圣和崇高伟大的至美境界。不过，我知道那小小的一步，实质上如同尼尔·奥尔登·阿姆斯特朗登上月球那一步，高不可攀，遥不可及。不过，我依然要感谢你说出的这一番话，不管它可信度如何，毕竟它比不可理喻的恶语相向，比把我攻击得体无完肤，更容易接受。"

"这一番话，听不出你是感谢我，还是挖苦我。不知是我表达能力有限，还是态度诚恳不够？让我阐述得更明白吧，20世纪80年代的中国，尤其是封建意识还很有市场的乡村，一个女性敢像'真理'那么游泳，那么勇敢，那么自尊，那么天然，我除了佩服还是佩服，真的肃然起敬。喂，请问我这番表述，还不清楚，还不鲜明吗？"

"其实，你高估我了，我不曾妄封女神，还有一粒菜籽那么一丁点儿的自知之明，明白自己仅仅是凡人，也怕。所以，才选择人迹罕至的地方。可是，依旧撞鬼了，出洋相了，喂，你说是吗？你来得不久，再游一会儿吧。我得上岸了，没闲心去听你夸夸其谈。"

"我也得上岸去了。秋水寒呀，我不是和你赌气才下水的吗？放心，我不会'偷看'你的。"

"不管是偷看，还是观看，你遵守孔夫子'非礼勿视，非礼勿听，非礼勿言，非礼勿动'的训诫了吗？何必，自圆其说，文过饰非？做一个真实的自己吧。诗人北岛的《宣言》有一个名句：'在没有英雄的年代，我只想做一个人。'对我而言，仅仅是保留着做人的本色，做人的勇气。"说着，她甩开手臂溯流上游，脚腿在身后打出一片水花。

望平回游上岸，远远听见她"哎哟"一声尖叫，举目一望只见几只鹧鸪从晃动芦苇丛中飞起。他用手先抹了一阵头发和面孔，再从上到下捋了一遍附身的水珠，再原地腾跳几下，才抓起衣裤套上身子，拍掉足掌粘附的草渣、泥屑，穿上胶鞋，钻出芦苇丛踏上归途。

"你回场镇去吗？"

"是啊。"

望平回头一瞧，她湿漉漉的长发散披肩头，上装是一件胸脯绷得很紧实的白底紫纹的长袖海魂衫，下装是一条扎了根黑色窄皮带的米黄长裤，穿一双白跑鞋。她白净的面颊泛出红晕，左边的嘴角边有一粒朱砂痣，一对黑密长睫圈围的大眼睛澈亮传神。她待人落落大方中略显几分矜持，气质开朗却略显几分高傲。望平惊讶地见她右手拄一根干枯的树枝，右脚行走时不是脚掌而是脚跟先触地面。

"你伤了脚，需要帮助吗？"

"不需要，我上岸时被一个蚌壳划伤了脚掌，回去敷点药，不碍事。"

"那我们同一个方向，一起走吧。"

望平上下扫了几眼近距离的"女神"，惊叹一句：

"我觉得你好像一个人。"

"什么人？野人。"

"不，不是那意思。你有几分像茅惠芳，对，很像芭蕾舞剧《白毛女》中扮演喜儿的那个演员。"

"你是奉承话吧。她是被观众追捧的白天鹅，我是注定不能摇身一变的丑小鸭，是一个永远不能抖掉、抖净身上'灰'的姑娘，一个习惯了把头低到尘埃之下的平凡女子。"

"实际上,你能说出这一番话,已经足以证明你不平凡了。"

"这是多余的话,恕我不奉陪。"

她伸出纤细的指头擦去眉梢残余的一粒水珠,双眼皮下细密的长睫随之扇动几下,脸上毫不掩饰内心对虚假言语的厌恶和对追逐虚荣的鄙夷。

"这路很难走,来时就费力,怕弄脏你的衣服,况且你伤了脚,还挂着树枝。"

"那是你选择一条折磨自己的不高明路线,我们反方向走几步,再斜插过去,一条小路可以直达,用不着为那些长青苔的硬石头和游沙虫的沼泽地去消耗体力。我做向导,你不像本地人。"

"你熟悉?"

"比你强,哪怕仅一丁点儿。"

"你是前驱,我跟随你的脚步,长长见识。"

"你叫什么名字?"

"望平。"

"是兴旺的旺吗?"

"是希望的望,平安的平,我省略了父姓。所以,这个姓在中国独一无二。"

"不可能吧,最多仅限于你这一代,你还会有下一代呀,那就会有望一世,望二世,望三世……"

她似乎意识到什么,一眨眼睛打住话题。

"你叫什么名字?"

"我的姓很少,名也很轻,远不及你可以唯我独尊的拥姓自重。在我告诉你名字之前,我冒昧地问一句,你是不是人生遭遇过许多曲折?是不是对你的父辈有叛逆心理,或者,你们父子之间产生过较大的误解、隔阂和尖锐的矛盾,你才会采取如此决绝的方式,悍然不顾地省掉父姓?"

"是，也不是。总之，这是一个一言难尽的话题，没准某一天我会恢复父姓，哪怕是隔代延续父姓。我们今天才认识，交浅不敢言深，你可不可以不再追问。再说，你不妨介绍一下尊名贵姓，方便以后见面打招呼。"

"等再有一面之缘，我会告诉你。"

望平不无遗憾：

"但愿。"

"那里有一棵大槐树，我们坐一会儿，让我听听你的故事，行不？"

"好吧。"

他们面向坡下的小河，一左一右，彼此相距约一米的距离，坐在槐树旁一方阔大的灰白裸石上。望平的叙述是轮廓式的，她的提问是不容语句模糊的见缝插针，直至夕阳西斜晚风渐凉，他们才起身上路。临近一个岔口，她要望平先走，她在他身后拄着枯枝，悬着右脚，停留了一会儿，沿着另一条小路离去。那一刻，路面翻滚着几片黄叶，一只啼叫不止的鹧鸪，拍翅隐入弥漫暮霭的山林。

现实生活中，无时无刻不存在着必然与偶然的冲撞，它导致了许多意料之外的穿插，如啼笑皆非的戏剧，谁都扮演着观众和演员的双重角色；尤其是梦想与现实二者之间闹出的别扭，总带给人一言难尽的烦恼，以及一望无涯的迷茫。

光阴荏苒，望平期盼又隐忧的日子终于来临，青岩公社党委直属支部召开大会通过了他的入党申请，吸收他为中共预备党员。多年来想都不敢想的一个神圣关口，在他思想准备并不充分的时段，居然异常顺畅地通过了。不过，对望平而言，既是大喜过望，又有几分拂意，还有几分担忧。支部大会讨论的准备发展的预备党员不单他一个，是两个，另一个是公社广播员兼收发的华小莉。别看华小莉只有"戴帽子"小学毕业的初中文化，她走到哪里鲜花般笑脸就绽放到哪里，活跃气氛的笑声就响到哪里；走过场镇也是遍街见熟人就打招呼，人缘特别地好。多年以后，他偶然记起华小莉，才知道那是情商高。令望平不爽的是在支部大会上，身为党支部书记的炊事员查先发介绍华小莉的家庭背景时，使用的语句是"家庭成员历史清白"；介绍他的家庭背景时，换了一种说法"家庭成员历史清楚"。"清白"与"清楚"大不一样，前者是不留隐患的明确定性，后者是语焉不详的模糊概念，留下耐人寻味的回旋余地。会议安排的次序是华小莉在前，望平在后。党员举手表决通过后，查先发要两位新发展的预备党员先后表态发言，华小莉出乎意料地唱了一支前些年红火过的流行歌曲《贫农下中农一条心》。

贫农下中农一条心，
天南海北一家人，
共产党领导我们向前进呀，
毛主席的话儿记在心。
干革命就要干到底，
立场坚定骨头硬。
永远不忘阶级恨呀，
跟着党走不变心……

华小莉文化不高，嗓音不差，字正腔圆地唱得声情并茂，当即赢得满场掌声。望平耳闻她的歌声，觉得心里有些酸溜溜的，它带着一点儿阶级斗争的火药味，似乎她在故意指东道西地嘲讽他家庭背景色调黯淡，又在毫不掩饰地炫耀自己根正苗红。等到查先发点名要望平表态，他为适应场合顺势采取了星星跟着月亮走的做法，唱起一段已远去了的学生时代的励志歌曲《我们要做雷锋式的好少年》。

我们要做雷锋式的好少年，
在这阳光灿烂的春天，

高举鲜红的旗帜，

立下伟大的革命志愿。

热爱集体，毫不利己，

专做好事，不怕困难，

毛主席的教导永不忘，

雷锋叔叔活在我们心间……

等大家的掌声停下，望平才接着说：

"我知道，大家给小莉的掌声比我热烈得多，它是大家发自内心的表达，是奖赏，是叫好，是喝彩；给我的掌声，是出于一般的客套，是开恩，是安慰，是鼓劲儿。我自幼缺少艺术天赋，实力不够，唱歌远不及小莉，她唱得好。但是，入党的激动心情，我和她是一样的。我感谢大家给予我的培养和教育，给予我的鼓励和鞭策。我是一个生在新中国、长在红旗下的青年人，我是唱着《社会主义好》《学习雷锋好榜样》成长起来的，脉搏中流淌着滚烫的热血，胸膛中跳跃着一颗赤诚的红心。早在童年，共产主义的远大理想就在我幼小的心灵里播下种子。我今天能够成为一个预备党员，是莫大幸福和无上光荣。我向大家当面发出誓言，绝不会辜负党组织对我的期待，绝不辜负大家对我的信任，在组织上入党以后，还要继续解决好思想上入党的问题，在建设四个现代化的新长征道路上，争取为党旗添光彩，做一个永远合格的共产党员！"

说完，望平向在场的党员深深一鞠躬，才坐回椅子上。

支部书记查先发，听过两个新预备党员的表态发言，兴致勃勃地做总结：

"今天这个支部大会，开得很好，很活跃。大家对两个新预备党员真心爱护，高度负责，充分发扬了党内民主畅所欲言，顺利完成党组织吸收新鲜血液的工作程序。我作为党支部书记，要对两个新预备党员赠送几句话，到会的许多同志已经听我说过多次，今天我还要说。雷锋叔叔说，要做一颗革命的永不生锈的螺丝钉，这不错，很好。照我的理解，换一种说法，要做一块革命的砖，道理也差不多。今天，我就把我平时的座右铭转送给两个新预备党员：'要做革命的一块砖，哪里需要哪里搬；搬到花园不骄傲，搬到厕所不悲观；不论职务高与低，都是人民的勤务员。'呵呵，你们两个新预备党员，以后要发扬好一块砖的革命精神，真要做到这一点儿，很不容易，很不错。"

"查书记，你的精神粮食已经很丰富，我会后都要打包带走，慢慢去消化。现在，已经中午了，我们的肚子饿得咕咕叫，需要可以补充肠胃需要的物质粮食，你该考虑吧？"

新预备党员华小莉说出了大家的心里话。

"过组织生活是大事，是节日，哪一次我没犒劳大家，安排打牙祭？说实话，我刚才看见我家老太婆伸头在窗口一望，八成是蒜苗炒回锅肉已经起锅了。走吧，谁都不限量，大家都撑饱肚皮。"

查先发一席话，如同吹响一支冲锋号，会场中人纷纷起身离开会议室，蜂拥而出，直奔食堂。

时令携来寒气，冬季的青岩山间，寒风越刮越凛冽。这天，空中乌云压顶，室内光线不足，没有电灯无法办公，望平便锁门下山，向小河对岸蔡华住的院落走去。进门一看，蔡华穿着一身黑色制服，胸前佩戴着一朵自制的白纸花，默默坐在靠椅上。

"蔡姐，你今天？"

蔡华神情凝重，站起来一抻衣角：

"今天是1月8号。1976年的今天，周总理逝世，从此年年岁岁的今天，我都这样穿戴。我的眼里，他老人家就像自己家的一个亲人，一个最受尊重的长者。他当年是南方局的书记，我们是他领导下的共产党员，我的心中，他的分量比泰山还重。"

望平坐到蔡华身边，接上她的话：

"我也一样，去年我阅读尼克松撰写的《领导者》，还在笔记本上抄下一段周总理在抗战时期的一段话，我能够背诵：'至于我，我今天的一切和我期望于自己的一切，都多亏了我的母亲。她的坟地如今在日本占领下的浙江。我多么想能马上回到那里一次，去清除她坟上的野草。这是一个把自己的一生献给革命和国家的游子能为他母亲做的起码事情。'这段话连尼克松读了都感动，周总理真是有伟大的人格力量。"

"母爱，是人类最真挚、最圣洁的情感。最近，我读女儿寄给我的一本流沙河主编的《台湾诗人十二家》，不少诗作很动人，我连续好几天都反复吟诵和背诵。一首是余光中的《春天，遂想起》，他真是细腻地吟咏了江南水乡的美丽风物，美好风情，不少的句子扣人心弦：'复活节，不复活的是我的母亲'，一读到这句，我就泪流不止。台湾，还有一个很了不起的诗人，他名叫洛夫。在1979年3月16日上午，洛夫和余光中一起开车到香港落马洲，用望远镜眺望祖国大陆，返回后他写下一首令人动容的《边界望乡》，字里行间带有思乡的真切、赤诚和痛感，你听：'望远镜中扩大数十倍的乡愁，乱如风中的散发。当距离调到令人心跳的程度，一座远山迎面飞来，把我撞成了严重的内伤。'对当代台湾文学，我们不能以山溪般狭窄的胸襟，要以大海般宽广的胸怀去接纳它，以开放、开明的眼光去看待它，尽可能揭掉不必要的政治标签，抛掉成见，重新评估，标准必须客观。现在，甚至可以说，刚刚走出文化沙漠的大陆，有必要借鉴和追赶台湾文学。"

蔡华把水杯推到望平面前，示意他喝水，继续说着：

"还有，台湾校园歌曲已经在大陆广泛流传，它的内容大体是清新、健康、进取的，歌词和曲调是优美动人的。尤其是罗大佑、叶佳修、杨弦等创作的歌曲，内涵丰满，色彩绚丽，生活气息扑面而来，展示出现代人的活泼风貌，体现了一种对于我们而言简直是久违的稀缺的人文关怀，能给听众、歌者带来莫大的精神享受和心灵慰藉，这也给大陆文艺界带来宝贵的启迪，让我们大家看到一段客观存在的差距，需要努力去追赶别人。当然，还应当警觉的是一扇封闭已久的门户打开了，阳光、清风、燕子进来了，苍蝇、蚊子、跳蚤也难免乘虚而入，这是一个新现象，也是一个新问题。至于说到生活在大陆的中国诗人，我特别喜欢李瑛，他那么真挚激越的火热情感，即使在前几年的动荡岁月中都保持着质朴本色，比如他的《战斗的城》。如果前面我提到洛夫的《边界望乡》，表达出的是对故国、故乡、故土、故人的神往和牵念，那么，李瑛这首诗则抒发出隔岸眺望被俄国侵吞的大好河山内心难抑的无比痛苦和悲愤，第一次阅读，它就紧紧抓住了我的心：'在小学历史课本里，我第一次认识了你——瑷珲，也认识了沙皇的铁蹄和马刀。如今，我到黑龙江边来看你，激情满怀，走在你的街道。……大江对岸，有我们的祖先坟茔，他们，曾在那里劳作，血洒汗浇；但他们的土地却被沙皇霸占，——像切走一块蛋糕！'在那动荡年间，我含泪读完李瑛的这一首如歌如泣的诗作，感觉像自己心上的肉也被尖刀剜去了一块。在我眼中，李瑛是一个不事张扬、不慕虚荣的性情中人，一个最为清醒、理性、诚实、深沉和温婉的诗人。我喜欢他，一直关注着他。哦，我说得太跑题了，是不是？"

"不，不是。蔡姐，我喜欢你的话题，很有兴趣，你说得真好。是的，没想到你有这样的眼光和见解，这样深邃，这样新潮，不，这样和时代发展同步，与时代精神合拍，我完全赞同。我对李瑛的诗作读得不多，但是，他悼念周总理写下的长诗《一月的哀思》，给我留下挺深挺好的难忘印象。记得那一天，广播喇叭里传出中央人民广播电台播送的这首诗的配乐朗诵，我一听见就立即停步，一直迎着寒风站在路边的一棵大树下，从头听到尾。因为树上绑了一个高音喇叭，风把它的声音刮得很远。可惜，我至今没见过这首诗的纸质文字，没碰到新华书店卖李瑛的诗集，要是有卖，哪怕排再长的队，我也要去买，真是遗憾！"

"瞧，我们成知音了，不，我们都成李瑛的知音了。"

说话间，蔡华戴上一顶白色毛线帽，系上一条白色的羊绒毛巾，对望平说：

"今天时间充裕,我们出门走一段路吧,到青岩河的入江口,到沱江岸畔的那个冷杉林里,你拉琴伴音,我来朗诵《一月的哀思》,回来你再拿报纸去抄写一份,这样挺好!"

蔡华要望平带上谱架和小提琴,自己拿着曲谱和一份报纸,关门上锁,顺着一条窄窄的乡间小路,交谈着向青岩河下游的沱江岸畔走去。这会儿,太阳从厚积的云层里钻了出来,半遮半掩射出一道道强劲刺目的金色光芒。路边,枯草紧贴地面,桉树、桑树、槐树都沮丧地举着秃枝,只有翠竹、松树和冷杉树仍然不屈傲骨,不凋青翠,在肃杀的季节保持蓬勃生机。到了目的地,蔡华戴上一副平时很少戴的镜架边系着铜挂链的老花眼镜,帮助望平在荒草坪支好谱架,挑出舒伯特的《圣母颂》和柴可夫斯基《如歌的行板》的乐谱,对望平交代:

"音乐是最接近上帝的艺术,它能传达语言不能表现的内容。我知道,你的小提琴演奏技巧还不熟练,还需要进一步提高,这不要紧。你今天拉《圣母颂》,拉慢一些,拉错音,拉脱节,都不要慌乱,不要停顿,不间断地拉下去。我朗读完一个段落,休息片刻时,你可以试拉一会儿《如歌的行板》,不熟悉它的乐谱就拉《国际歌》的曲调。这些曲子我都喜欢,也和我朗诵的内容相匹配,就当是你第一次登台演出吧。当然,今天我们是在自己心中的灵堂举办一个纪念仪式,为纪念一个已经进入天国去拜望革命导师马克思的中国伟人。"

望平会心地一点头。

随着琴音的伴奏,蔡华昂首伫立在一棵粗壮的冷杉树下,背山迎江,表情凝重,牵开手上的报纸,以具有专业水准的优雅站姿与清越音色替自己报幕,面对苍茫山河深情朗诵:

> 我不相信
> 一九七六年的日历,
> 会埋着个这样苍白的日子;

我不相信
死亡竟敢和他的生命,
连在一起;
我不相信
迎风招展的红旗,
会覆盖他的身躯;
我只相信
即使把他交给火,
也不会垂下辛勤的双臂。
……
敬爱的周总理,
我无法到医院去瞻仰你,
只好攥一张冰冷的报纸,
静静地
伫立在长安街的暮色里。
任一月的风,
撩起我的头发;
任昏黄的路灯,
照着冰冷的泪滴。
等待着,等待着,
载着你的遗体的灵车,
辗过我们的心……

聆听着蔡华的朗诵,望平偶然一瞅,只见她眼镜片后的双眼已热泪潮涨,她拿报纸的两手不停颤抖,她的声音似乎晃动着松枝、白花,飞扬着寒风、冻雪,飘绕着梅香、弦吟。她整个的人已经沉浸于诗境或幻境,张开的手臂似已化作双翼,急欲乘风飞升,去追赶数年前那一辆紧裹寒风远去的灵车……

望平感受到一股电火般的暖流强劲地透入心室，一个伟人熟悉而亲近的音容笑貌瞬间像电影镜头一样投映到他的脑海中。多少年来，望平几乎尽数阅读了他有幸看到的关于那个伟人的所有文字和图片，一次不漏地收听和观看过那些可遇不可求的广播、歌曲、电影，并且努力把这一切汲取为他的生命中和气质里将永远保留的珍贵元素。他视这个伟人为毕生追随的高尚榜样和人生导师，以及这个世界过去、现在、将来都恒久存在和不可屏蔽的希望之光。总之，这个伟人在他所面对的世界中，其地位的重要性，已远远超过一切未知领域和虚拟空间的万能神祇。而望平眼前的蔡华，她哪里是一次表演，简直是全身心地投入其中，她的朗诵像一座万丈耸峰上轰鸣着倾泻的一练腾空瀑布，淋漓尽致地表达出一怀澎湃汹涌的激情和刻骨铭心的思念。

望平的视线被泪水模糊，一串泪花嗒嗒地滴在小提琴的共鸣箱上，猛地，他想起了多年前自己就抄写在笔记本中的郭沫若刻画周总理的一段话：

"我对于周公向来是心悦诚服的，他思考事物的周密有如水银泻地，处理问题的敏捷有如电火行空，而他一切都以献身的精神应付，就好像永不疲劳。他可以几天几夜不眠不休，你看他似乎疲劳了，然而一和工作接触，他的全部心神便和上了发条一样，有条有理地又发挥着规律性的紧张，发出和谐而有力的节奏。"

郭沫若从担任黄埔军校政治部副主任起，追随周总理的时间跨度五十余年，他曾以周总理收藏的雨花石比喻它的主人："雨花石的宁静、明朗、坚实、无我，似乎象征着主人的精神。"在周总理去世后的第五天，郭沫若借助一管诗笔吐诉出肺腑之声："忠诚与日同辉耀，天不能死地难埋"。

蔡华朗诵着李瑛的这首长诗初稿写成于1976年，那一年的清明节前后有许多人不约而同地汇聚在一起，共同书写了终将彪炳于中华史册的特殊一页。或许严格地说来,它是一派义无反顾地挑战一场群魔乱舞的伪革命的真正意义的时代潮流。那一段时间,数不胜数的人们自发从全国各地来到天安门广场的人民英雄纪念碑前,为一个亲笔撰写过镌刻于这座大理石圣碑之上的传世碑文的伟人献上花圈、花篮、挽幛,在此低头无语地默哀,仰头迷惑地望天,一边拭泪抽泣,一边朗诵自己的献诗。无可置疑,那些广场诗歌都是来自血肉之躯的心弦真声,充盈着不可亵渎的血热和情温,它们极具感染力、号召力和战斗力,堪称是名副其实的史无前例的民意范本。如果,就像海外有学者说过那样,中国1919年爆发的五四运动,是一所大学救了一个国家,是人类发展史上绝无仅有的典范;那么,1976年的天安门广场上的诗歌现象,这是一个国家第一次出现民间自发的规模浩大的以诗歌为号角和武器的抗议运动,它明确无疑地发出了人们将奋不顾身地捍卫一个备受敬重的国家领导人的身后英名的强烈信号,对弄臣祸国的卑劣伎俩表达了不屑一顾的极度蔑视。它以前所未有的形式、阵容和气势展示了文化的力量,诗歌的力量,正义的力量,人民的力量。已经问世的《天安门诗抄》,由中共中央主席华国锋亲笔题写书名,这本身就是一种肯定,一种缅怀,一种告慰。一部《天安门诗抄》,它完整地收集了那一次注定流芳后世的诗歌运动中出现的尔后曾被遮蔽了多年的悼念周总理的民间诗歌,仅其中无名氏写下的两句诗,已足够以小见大,举一反三:"万众一心由衷曲,愿将百死换一生"。它所表达的情感犹如地心喷射出熔岩,赤焰冲天,既是泣血文字,又是心灵宣言。一代人有一代人的偶像,历数古往今来的先圣前贤,有几人能像周总理这样永远赢得人心,永远活在人心?

"走吧。"

"哦。"

蔡华一声招呼,把望平从遐思中唤回,她以深情的目光注视着江面,好像是梦话:

"望平,那一年我还没有多少人身自由,就在这里采撷野花编织了一个最朴素也最美丽的花圈。我把它抛在沱江中，任凭它顺水漂去……那一个清明节，我只有采用这样的方式来表达对周总理的爱戴、思念和悼念。"

蔡华嗓音沙哑，望平弓收弦寂。他们彼此对视泪渍未干的眼睛，默契地收拾谱架，准备离开冷杉林。踏上归途之时，望平俯瞰山下峡谷，一带清澈江流被残照余晖染得一片凄红，一群嬉戏在谷底波涛间的白鹤正往上拍翅腾飞。

第十二章　庸常的日子

初春的太阳，它的光亮中总是包裹着不肯轻易退却的寒冬尾气，穿在人身的棉袄谁也不敢急匆匆地脱掉，似乎"秋天要露，春天要捂"已经是沿袭千载的民俗。

吃过午饭，望平走出公社大门，正准备沿着一条令访客心生敬畏的长长斜坡往下冲，兀然，他听到郭同力在身后呼叫：

"望平，转来，到我办公室。"

惯性驱使望平往前多跨了一步，才收回脚腿，稳住身子，转过头来。他先回办公室拿上笔记本，接着，匆匆走进郭同力办公室，与他隔桌面对面坐下，记录着他给自己下达的口谕：

"你去赶一个材料，明早晨上班就交给我吧。县里要开一个去年工作的总结表彰和今年工作部署的大会，彭书记和我都要参加。到时候他发言我发言都不要紧，但要先把做过的工作梳理清楚。去年，我们公社的成绩主要是两个亮点，也是县里要表彰我们的'一升一降'，'升'是粮食产量增加了几十万斤，'降'是生育人口指数下降。你主要总结计划生育工作。整理材料时，你要注意点、线、面三者兼具，点就是独到的见解，线就是思路条理清晰，面就是照顾上面、下面和里面、外面。总之，就是特色要鲜明。工作主要突出两个部分：第一，过去青岩公社在全县的计划生育工作中的排名和基本现状，以及与去年工作收官时的前后对比；第二，我们抓工作的具体做法，领导重视和班子得力，宣传动员见效：入村、入户、入耳、入心，大队、生产队干部带头以身作则，工作措施周密扎实，讲原则也讲人情，执行政策刚柔兼济、奖惩逗硬，形成常抓不懈的良性循环。大概就是这些,你去归纳,注意逻辑层次。"

望平听完,记毕,关上笔记本,欠身准备离开。郭同力向他招招手,示意他继续坐下。

"你坐一会儿,再聊几句。"郭同力拿出一个待客的水杯,拎起竹壳温水瓶,给望平沏上茶:"你到这里也一年多了,是不是?得到的锻炼也不少了。我刚才提到的两个工作,实质上,都是解决肚皮问题,粮食问题是农民伯伯的肚皮要吃饱的问题,计划生育是解决育龄妇女的肚皮不能随便膨胀的问题。当然,农民田坎上的话说得更粗鲁,他们把一生的奋斗概括为一句话:'为吃,为穿,为条尿。'细想起来,话丑理端。我到县里去开会,县志办主任王铁生拉着我的手说:'郭书记,你净管尿事,整天就赶农民到医院排队去结扎,专门收拾一条条别人胯下吊起甩的尿。你的眼睛一盯住谁,谁就有断子绝孙的危险,这是不是一件招人记恨你的缺德事?听我一句,你干脆放过别人胯下那一条尿,争取调进城,我们天天好碰面,一起去喝烧酒。'我说:'好啊,我也不想管尿事,你找书记、县长提个建议,要他们不下尿的文件,不强调尿的指标,我才不爱管那一堆尿事情。'"

望平一听,噗嗤一笑,喝进口的开水喷洒一地。

"我对王铁生说:你们县志办的工作不是要开拓新局面吗?你不是逢人就谈重修县志是全县'悠悠万事,唯此为大'的事情吗?你不是说要像司马迁那样去秉笔直书一部后世认可的县志吗?那好,我提一个好建议,采不采纳由你。你从我做起,带头改革,包管你一举成名,谁见你都向你竖起大拇指,叫你一声'爷'。王铁生是急性子,催促我赶快支招。我吊住他的胃口,说好先生不在忙上。等抽完他殷勤递上的两支烟,我不慌不忙地对他说,你平时喜欢表扬和自我表扬,鼓吹你写县志'不虚美,不隐恶',俨然以当代司马迁自居。但是,司马迁能青史留名的一个重要绝招,你至今揣着明白装糊涂,当然,你弄明白了也未必能铁心向他学习。王铁生真急了,直嚷:'什么,什么,你说我不敢向司马迁学习？我一直以他为榜样，要给江阳留一部经得起时间考验的现当代县志。我讨厌吹牛，说到就要做到，骑驴看唱本，你走着瞧吧！'我依旧揶揄他，你吹什么牛？你对我说了一大堆尿字，每回一见面就叫嚷尿改革，尿都不信你动真的！他以求我的口气说：'郭书记我知道你滚珠脑壳，滑得很，馊主意多，就帮我把话说明白。'我慢吞吞地开口：'走吧，我们先到县医院再说。''我有事，到县医院要走一大段路，太远，你干脆点吧，就在这里说。'王铁生可怜巴巴地望着我。我忍住笑，一本正经地说下去，县志办改革，江阳要出一个现代司马迁，都和医院有关啊？你想一想，司马迁为什么写得出《报任安书》那样的名篇，有的段落你我都能背下：'古者富贵而名摩灭，不可胜记，唯倜傥非常之人称焉。盖文王拘而演《周易》；仲尼厄而作《春秋》；屈原放逐，乃赋《离骚》；左丘失明，厥有《国语》；孙子膑脚，《兵法》修列；不韦迁蜀，世传《吕览》；韩非囚秦，《说难》《孤愤》；《诗》三百篇，大底圣贤发愤之所为作也。'我提示他：'王铁生，司马迁受过宫刑，胯下给刀割去了一条尿。你改革不成功，写不出司马迁那样的文章，就因为你龟儿子舍不得你胯下还夹着吊着甩着的那一条尿。你先到医院去快刀割掉，再来谈县志办的改革，再来谈你学习司马迁，保证你办事更靠谱，谁还敢说你光说不练？'王铁生这才回过神，紧追我半条街，在背后笑骂：'郭同力，你哄我二爷，骗老子，你有个尿学问！'"

郭同力说得绘声绘色，望平陪着他笑得捧腹不已，眼角冒出泪瓣：

"郭书记，你可把它当小说素材，真逗，有趣。"

郭同力点燃一支烟，止住笑：

"望平，我今天不是与你说笑话，说正经的，我想来想去，我们农村干部不能一直像现在这样去死死盯住农民的肚皮，忽略了农村工作的头和脚，这样是治标不治本。我琢磨了一下，说头的工作，那就是当干部的，要睁大眼睛会看，张大耳孔会听，一个嘴巴不单要会说，还要善于用自己的一副好牙咀嚼食物，最重要的是要使用好自己的大脑，解放思想，转变观念，创新思维和开拓视野。对面上的工作来说，首先要抓好'头'，一是要高度重视发展文化和教育事业；二是不光要抓好下一代，还要提高上一代的思想认识水平，这是一个大课题，一展开便是一个需要花费毕生精力的系统工程。其次，要抓好'脚'，就是要从长计议，考虑解决山区进出难的矛盾，改善交通条件，不单是要满足货物的流通需求，也需要让更多的庄稼人更方便地走出去，帮助他们多接触、多认识外面的世界，他们才能聪明、精明、开明起来。再次，还有'手'的问题，就是要提倡庄稼人能动手，善动手，勤动手，地在人耕，事在人为，大家要依靠工匠劳作，多想窍门，自力更生地创造财富，改变自己的命运。当然，对于领导干部，还要解决胸襟问题，不要成鸡胸，要做到海纳百川，容人聚才，才能成就一番伟大事业。"

"郭书记，你说得真好。"望平端起水杯喝一口，流露佩服的眼光。

"说得好，不如做得好。"郭同力锁上办公桌抽屉，站起来："你不是忙着出院门吗？你把笔记本带在身上，我们一起下去，边走边聊。"

走出院门，他们沿着长长石阶并肩下坡，郭同力开口说道：

"望平同志，你是一个新党员，不知我说对没有，很可能你感到没入党以前觉得党组织很神圣，入党后，相反会觉得一个过去一直罩着的神秘光环消失了，觉得平淡无奇。如果，不出我所料，你得警觉了，警觉自己看事物的短视、狭隘和偏激，警觉自己的小资产阶级情调的不切实际。对一个人，对一个党，都不能以一把理想主义的尺子去过分机械地去衡量，试图去追求根本不可能存在的超现实的完美无瑕，那是一种非常主观的幻觉和奢望，是一种幼稚可笑的试图不沾一粒灰尘的个人洁癖，从某种意义而言，它是政治神经衰弱的不健康状态。你看场镇外的那一条沱江，它的滚滚波涛一浪接一浪地扑来，江面难免出现一些浊流，难免泛浮起一些脏东西，其实，以大眼界去看，这正是一条大江富有无穷无尽的生机和活力的标志。因为，大江在前进中，党组织在奋斗中，就像那穿峡夺谷的咆哮波涛，摧枯拉朽，冲泥卷沙，恰恰是具有远大前程的正常状态。因此,你要相信党组织就像大江一样,不拒涓细,包容万溪,才能发展和壮大自身,形成永不衰竭的伟大力量。我们不能仅仅盯住一段、一程、一时的泥沙俱下,更要看到大江能不断冲淘,不断净化,不断远赴,观察它的全程,不能受限于某一个过程。你懂了吗?不懂,慢慢去想,想来想去,你的胸襟就大了,眼界就阔了,人也就越来越成熟了……"

走到街边,郭同力与自己的下级握手,然后,他们分别走向街道的两头。

路过一家小炒店时,内堂传出了招呼声:

"望秘书,进来喝杯酒。"

望平以为自己听觉有差错,没有理会径直前行,岂料店里蹦出个人影紧追过来,拉住了他的胳膊,一嘴酒气喷人:

"望秘书,你看不起人。我刘边花朋友又不止一个,没有人像你这样,对我不理不睬,一眼都不甩。"

刘边花,叫刘家财,一对小眼珠仿佛随时可能从脸盘左右两极滑到地面,一个嘴巴如同街头插队的赖皮傻乎乎地往中间挤,嘴唇好像正与别人斗气似的使劲儿往上翘,两扇红扑扑的招风耳异常肥大。他是公社供电站站长,手里掌握着一个小型水力发电站,可以任意使用供、断电的拉闸权。别看他生就一副五短身材却是一跺脚满街青石板都要迸裂的狠角色,不攀附他的居民都在他背后瞪眼啐痰,戳指骂娘。望平甩臂摆脱了他油腻腻的抓手,露出不屑一顾的鄙夷:

"刘站长,你喝高了?你的手上沾的是电站的机油,还是酒菜的油水?你不分青红皂白抓我一爪,弄脏了我穿上身的棉衣,当真是我今天起床早了,遇到你一个大头鬼!"

"望秘书,对不起,衣服弄脏了,我买一件新的赔你,不要赖。我们进店再说。"刘边花酒消了一半,低头一瞧两手,忙伸到裤腿上直擦,脸面露出尴尬神态。

"你给我带腥味的？"望平真没把他当个人物，故意说到一边，刺他一句："我嫌腥臭，嫌肮脏。"

"望秘书，你先进店坐下来，我自罚三杯酒，保证不狡酒。信用社彭主任刚刚走开，他还说彭书记夸你是人才……"

望平见刘边花虽口无遮拦，到底自下矮桩，更不愿和他在街心纠缠，无奈地随他跨进店堂。

眼下，刘边花点了酒菜的四方桌已缺了两方人，坐着的一位，一看就是他随喊随到负责买单的员工。望平挑背街面的方位落座，揶揄一句：

"刘边花，你小名比大名更响，我们过去没直接打过交道，耳朵听你的名字已经起了茧疤。你滥用职权的霸道行径我有亲身体会，经常灯下读书正在兴头上，你他妈突然一拉闸，弄得一屋漆黑，摸火柴点灯都来不及。你真认为我会吃你们的残汤剩水？说句真话，你就像一条龇牙蹦跳专啃骨头的恶狗，吃人口不软，拿人手不软，一双拉电闸的脏手扯我的衣服，呸，不光肮脏，还带晦气，恶心！"

"望秘书，晚上七点供电，九点断电，不是我个人的主张，是经彭书记同意的。不信你亲自去问，或者你去问信用社的彭主任，问他老汉儿是不是给我打过招呼，还不止一次。再说，用电缺口大的时候，为保障生产急需，临时断场镇的民用电，也是没办法的事情。--上街，满场镇的人都不拿好眼色看我，我甘愿吗？我要喊冤啊！"

刘边花端起满上的一杯酒仰脖喝下，再举起空杯一晃，以示自己罚酒喝得干脆，接着又再上一杯。

"你高不像个冬瓜，矮不像个葫芦，连医院正给病人动手术，你也敢事前不打招呼，说停就停？真出了人命，拿你去顶，别人还蚀一截，连赔本都不够，你还有什么话可说？"

望平说完，推开刘边花搁在自己面前的酒杯，立起身来打算离场。

"望秘书，你大人不计小人过，我们不打不相识，从今天起就是朋友。你半夜打招呼要通电，我半夜就把闸刀推上去，听你的号召。"

"边花,你说远了,毛主席号召我们,要学愚公每天挖山不止,你就懂每天拉闸不止,就会心黑手段毒那一套,还不以为耻,反以为荣?我望某人,就算摸黑半夜去拉撒,打电筒看书,也绝不会求到你头上。但是,如果是公事,你顶着不办,我会把你抱起来扔到河沟头去喂王八,你信不信?另外,我是抓计划生育工作的望干事,公社秘书是孙建义,你不要凭一张臭嘴巴坐地封官,你说的话和《抓壮丁》中的王保长一样,像跳蚤跳的乱坛,臭虫放的臭屁,癞蛤蟆打的饱嗝。我今天给你打个预防针,下一回再当街乱叫,哪怕犯一回纪律受处分,我也会扯根眉毛不认人,捶你几拳,扇你几耳光。我虽不像郭书记那样当过兵,但我当过四五年下乡知青,耍横甩扁担,舞锄把,打毛拳,踢地滚滚儿,不需要现学,不信你试一试。"

刘边花再次追上来,拉住望平的手,踮起脚来凑到望平耳畔轻声说:"望干事,我没造谣,是彭主任对我漏的口风,话是彭书记在家屋头说的。快了,快了,到时庆贺一台,我帮你摆桌酒菜。"

望平嫌弃地撇开刘边花的手臂,目光犀利地盯住他,从牙缝中挤出:"真的,假的,都不劳你咸吃萝卜淡操心,我懂得组织纪律,你别给我玩花样,不要逼我到忍无可忍的地步。我有正事要办,恕不奉陪!"

走出店门,望平大吐一口浊气,心里兀然冒出一句古语:"庙小妖风大,池浅王八多。"一个巴掌大的场镇,一条屙泡尿都要涨洪水的小街,住久了烦心事还真不少。他转背之间变得无精打采,迈着软绵绵的脚腿,踱到寝室。他进屋插好门,再把笔记本往桌面一抛,和衣仰面倒在床上,很快发出了一串鼾声。

次日,一层晨雾在小河上飘浮未散,望平夹着琴匣沿着青岩河岸向它通向沱江的入口前行。他张开嘴巴大进大出地深吸猛吐,试图把胸膛中积压的闷气一吐而光,再换一腔尚未被污染浊化的清新空气。这是一个周末的早晨,望平因为下周一上班就有工作,没有赶回县城去看望母亲,一来一去仅一天时间,纯粹成了往返乘车的瞎折腾。兀然,他看到路边的泥土已经蹿出了密密集集的浅浅青草，内心即刻荡漾起一层层欢快的涟漪。这时，不远处的树林里传来一阵清脆悦耳的鸟啼，他兴奋得立地一跳，恨不得插翅飞天，去深邈无涯的穹空翱翔。

望平没有爬上蔡华上次带他去的那片树林外的高地草坪，而是直接赶到江边。他脚踏一块离江波仅一步之遥的巨石，无比羡慕地凝视了一会儿有着远大前途可奔的湍急波流，然后，开匣取琴抚弦运弓，即兴拉出一支百分之百临场原创的随想曲，伴随弦音唱出一组世上没有第二个人会唱的完全属于顷刻生发的即景歌句：

小镇里，小镇里，
还是像往日一样的寂寞；
偶尔，偶尔，
传来一阵低声的歌。

旧灭，新生，
谁也不能阻遏，不能阻遏；
从天涯吹来的暖风，
把整个大地苏活……

望平沉浸在自己编织的歌谣里，沉浸在一份个性化的梦幻般的自我感动中，一颗接一颗的泪珠顺着脸颊鼻沟滚烫淌下。他依然觉得有些惆怅有些迷惘，因为，世上的路虽然有千条万条，又有哪一条是任凭自己去自由自主地选取的呢？他有一颗鹰隼一般的雄心，却成了一只失去云空的蓬间雀，或者成了被剪掉羽翼关进笼子里的囚鸟。他自幼放飞过无数朵鲜花般绚丽绽放的集束梦想，却不能纵情地撒开脚丫穷追不舍，多少美好希望都成了一江春水向东流，流入一片了无痕迹的茫茫虚无。

"好，唱得好，你是一个性情中人，你的歌声呈现出一片真诚无伪的内心世界。你的琴技未必称得上高明,可你情感世界的敏感和细腻比很多擅长演奏的琴师更强,你有境界,有渴望……"

望平抬起头来,只见蔡华把琴匣放在滩涂横陈的卵石堆上,轻轻地拍手喝彩,话音又像点评,又像交谈,又像喃喃自语。

"蔡姐,你来了?"

"我经常来,不过往回是在坡上。今天看见你在坡下,便破例随你来到坡下。"

蔡华说话时,眼睛注视着从东山江峡口冉冉上升的朝阳,江面如同飘浮着万千朵零落枝头的艳红桃花,一带江流似一匹新织成的素洁锦缎,诱惑人去刺绣梦想,描绘画卷,抒写诗篇。蔡华颈项系着的白围巾在清风中飘拂。她俯身打开琴匣取出琴来,一言不发地拉起一支清婉悠扬的《渔光曲》。她的琴弓,如同晃动江心的船桨,它掠波摆渡着一艘载负无数心事和无穷期冀的扁舟,万丈阳光把她勾勒成一座亭亭玉立的美丽塑像。

"蔡姐,你拉得真好,江天一色,天人合一,琴韵与江景构成了妙不可言的梦幻世界。呵,好一个无忧无愁、无拘无束的童话世界,让人脚步未去心已去,一去不想再回头。"

望平触景生情,随口一说,竟似一咏一叹。

"望平,你快回场镇去吧。你前几天去过一个餐馆,冲冠一怒为停电,让那个刘边花大失脸面。你一下就成了居民眼中的侠客,在这里一骂成名。小学有个老师,你可叫她周大姐。他们两夫妇都是重庆知青留在这里教书的。听说你也当过知青,他们说今天要来拜访你。多两个和你谈得拢的人,是一件好事。"

"那我就不陪伴你了,真回去了。嗨,我还没吃早餐呢,肚子也饿了。"

说完,望平收拾琴匣,跳下巨石,沿着一条来时路,披着一身太阳光芒,急匆匆往场镇奔去。

望平在街上狼吞虎咽吃过一碗面条，搁下碗就急匆匆赶回寝室。他刚放下琴匣，那个周大姐和她的先生，果真双双对对地上门了。

周大姐先自我介绍，接着介绍了她的先生。望平挪来两把靠椅请他俩坐下来，慌忙找来水果刀削了两个本地产的个头有点儿偏小的苹果分别递给他俩，才坐到床边与他俩交谈。望平有些奇怪，他俩都姓周，都戴着一副近视眼镜，只是女周是一张宽得像玉盘般的圆脸，男周是一张窄得叫人联想到什么瓜的条脸，两张脸凑到一起立即产生一种喜剧效果，再加上他俩一高一矮，一胖一瘦，构成了颇能诠释哲学原理和具备研究价值的由两个极端到彼此吸引的互补互慕现象。总之，他俩一方的长处就是另一方的短处，反之亦然，谁瞅着谁都会格外开心。假使旁观者遇见他俩，如同意外采撷了两枚并蒂的开心果，那个瞬间，那个场面，便有一片无处不在的喜悦气氛迅速扩散。不过，望平左想右想都充满困惑，两张细皮嫩肉的文弱面孔，只能够给怀揣歹意的舞文弄墨者竖起"四体不勤，五谷不分"笔伐靶子，却很难与离乡背井的下乡知青和挖烂泥巴的山区农民挂上钩。他俩除了教书、吃饭，最大的乐趣或许莫过于捧书阅读，可想而知，刘边花每一次用油腻腻的脏手夜间拉闸的刹那间，他俩心情会何等懊丧。望平明白，面前这两个形影不离的乡间教师，为什么把自己视作一个英雄人物，很爽快地答应了到他俩家吃午饭的邀请。不过，望平心里还是犯嘀咕，他俩极似电影《刘三姐》所嘲讽的那类秀才，彼此都有不食人间烟火的仙风道骨，平时真能炒菜烧饭过日子吗？一对罕见的夫妻，走到哪里就把快乐传播到哪里，能带给人莫大的欢愉。望平跟随他俩走向公社大院背靠背的山坡上坐落着的校园，一路兴致很高，好像马上就要上演一场经过精心彩排的谐剧。

然而，真正的戏剧性话题是第二天出现的，它不仅当天高潮迭起，日后也是一个持久刺激村野街市的人们的一根根兴奋神经的不衰谈资。

这天，青岩公社书记彭大贵正主持召开一个专题会议，落实全社春耕生产亟待解决的具体问题。会议中，秘书孙建义听到办公室传来一阵急促的电话铃声，急忙起身快步走出会议室去接电话。等转回来他靠近彭大贵咬了几句耳语，但见彭大贵脸色立刻变得惨白，会场空气一下子凝重起来。

彭大贵一阵失语，嘴唇哆嗦几下，眼圈随之变红。他立起身子，两手压在桌面：

"会议由郭书记主持，大家继续开会。我老母亲在门口摔了一筋斗，已经过世了。这个会，我开不下去了，回去……"

说着，彭大贵竟当众呜呜哭泣，旋即开门离场。郭同力见状，对捏着笔杆发呆的孙建义吩咐：

"老孙，你听我安排，过一会儿你去叫查先发把食堂的锅铲交给他婆娘去操作，他马上去陪彭书记，代表公社全程帮助料理老人的后事。你记住，分别通知一下公社直属单位领导，叫供销社华经理安排人帮公社扎一个花圈，准备一点儿青纱、白布。另外，公社由财务开支30元用于慰问死者家属，其他同志自愿凑份子，你去落实。今天在会议室的各位，我出10元，建议你们每人凑三五元，交给老孙先带去；等会议结束，我们大家再一起去赶十来里路，上门去祭奠。今晚守灵，我守上半夜，明天公社还有事情处理。老孙和望平守通宵，明天白天补休。其余同志统一排出值班表，轮流守灵，每天两人。这不是某领导就搞特殊，同事一场嘛，送老母亲走，对一般同志也该如此，属于人之常情。老孙，会议记录本交给望平代你记，等把在场的人的钱收齐，你就去忙。口袋里没钱的告诉我，只要认账，由财务垫支，我签字统一借支。在座的谁实在有困难，拿不出份子钱，不用开口，我代出，把名字照样写上去。每人两元吧，不论数量多少，尽了心意就行。缺口的钱，先由财务垫支，下月在我薪水里扣除，一次还清。"

孙建义收完摆在桌面的个人慰问金，数点了一番，一一核实记下姓名和数目，再数点了一下整数，把钞票和名单捏在手中，离开会场去赶急。留下的诸人，继续会议议程，逐一研究春耕生产所涉及的一系列相关事宜。

会议结束，到会者谁也没走，赶到食堂吃了一顿炒莲花白和泡萝卜下饭的素菜饭，很快集体出发到供销社取到花圈、布料、青纱白布、纸花棍，相互交谈着向彭大贵住家所在地红星一队赶去。出场镇才三五里，一条雨后的泥泞路，加上一块上百亩的窄长堵水田长期渗水浸泡，一段长长的路面等同于淤泥，一下脚会陷进软绵绵的黄泥数寸，令众人望路兴叹，性子急的难抑一腔怨忿，竟对它恶语相向。于是，大家纷纷脱袜脱鞋，手提中看不中用的筒靴，赤脚走路。根据路况，几个穿胶鞋的先弯下腰在路边水田浇水洗去鞋底泥，再将两条鞋带系在一起挂在肩头，打光脚板走路。此刻，不少人发出唏嘘声，只因足底一股寒气直透背脊。少数几个懒汉，没有脱下脚上的筒靴，带着侥幸心理择路落脚，拐来拐去的行进路线伴随一串哧噗声响，弄得泥浆四溅，可笑其不仅殃及旁人频频躲闪，自个儿也难以全身而洁，其裤腿衣襟亦泥点狼藉。赶来凑热闹的刘边花，他试图一脚当先抢个头彩，偏偏抽出只脚，筒靴却牢陷泥地，慌忙插脚回去又一脚插偏，一个趔趄扑在路面，摔倒在地一滚，周身包裹了一圈稀泥，硬撑起来已是面目可憎，叫人欲笑又笑不出声。刘边花一瞧己身上下，人不像人，鬼不像鬼，连自己都恶心，于是恼羞成怒，追责问罪黄泥路的祖宗十八代，如同倾倒垃圾一般搜肠刮肚搜出最恶毒的咒骂。黄泥路似乎故意装聋作哑，不吭一声。众人一片最放肆的赏赐性哄笑，即刻重重叠叠地狂抛在这个冤大头身上。

走在队伍前面的是蚕桑、林业干事鲁小华和会计马其兵，他们抬着一个显示规格很高的大花圈，时而并排行，时而前后行，一路磕磕绊绊地扯筋。马其兵说：

"你这鲁小华，该改为鲁小滑。我走你不走，我往右你往左，简直是扯尿蛋！"

鲁小华回击：

"我没怪你，你还怪人？！你的名字就显得神经错乱，别人是兵骑马，你是马骑兵。你还懂人道理吗？"

马其兵不忘提醒：

"你怪我？这叫人话吗？你要怪，就该怪这一条狗日的烂路，你不怪它，还怪我？那好，你一个人举着花圈好，免得我分散你的注意力。遇到有摔倒的危险，你要像龙梅和玉荣保护公社的羊群一样，奋不顾身地保护花圈，宁可弄脏自己，绝不弄脏花圈。等彭书记知道你的先进事迹，提拔你做书记副官，到时候你打个响屁，街上的青石板都要穿个洞，满街的人会以为你放礼炮！"

一路笑声不断，让背着一口袋青纱的望平不时腾出一只手捂着肚皮平息发笑引起的疼痛，乐颠颠地扫视前面不时出现的糊满稀泥巴的翘屁股，无聊地数着刚拔脚就渗进浊水的脚窝。郭同力走在最后，他一言不发，一支接一支地抽着闷烟，暗自琢磨：这农田基本建设，也该花费精力去抓一抓啊，那条堵水田埂该整治，多少条烂泥巴路该整修，要做该做还没有做的事情，太多，太多。

好不容易赶到了彭大贵住家的大院，里面传来一阵吵闹声。诸人正犯狐疑，孙建义哭丧着一张脸赶过来，挡住大家的进路：

"对不起，对不起，彭大妈还活着，还健在……我们中计了！哪个龟孙子打的电话，是恶意电话。彭大妈、彭大爷都不依不饶，彭大爷还扇了彭书记一个耳光，逼着彭书记下跪，逼他说清楚是不是干了没屁眼的亏心事。"

郭同力从后面挤过来，阴沉着面孔：

"你没印证消息，就告诉彭书记了？这个玩笑开得太大，恶劣影响怕是花几年都收不回，你混蛋！"

孙建义有口莫辩犯愣发呆，彭大爷举着一把锄头冲出院门，直叫喊：

"花圈给我抬回去，人给我滚回去，再朝前一步，老子拼了这一条老命，要挖开你们几个人颈子上的脑壳做瓜瓢，快滚！"

郭同力厉声下令：

"全体注意,听我的口令,向后转,都给我回去,一个不剩。走,快走,赶快走!"

然后,郭同力只身一人走向彭家大院,他得去打圆场,给彭书记解一个围。这一刻,夜幕已经垂下。望平突然想起什么,从背包里掏出一把电筒,急忙招呼:

"郭书记,你拿去!"

第十二章 庸常的日子

第十三章　一场拉郎配

上午10时许,查先发跨进望平的办公室,他顺手拉来一把藤椅坐下来,笑眯眯地瞅着望平,不言不语。望平见查先发没有立即离开的征兆,自己没有烟给他,不便让他闷坐,忙站起来,拎上茶瓶淌杯,冲水,沏上一杯客茶。

"查支书,你喝茶。"

查先发一摆手,张口说道:

"别客套,拿我当外人?我哪天不泡茶?茶杯还放在厨房灶台上。我今天是来问一问,你是个新预备党员,听不听我这支部书记召号?"

望平放下杯子,搁好茶瓶,不再为他泡茶。

"查支书,你是考验我吧?我哪敢不听你召号!说吧,我保证完成你交办的任务,有什么盼咐?"

"真的?"

"真的。未必党组织交办的任务,我还讨价还价?虽不敢说像黄继光胸堵机枪眼,董存瑞手托炸药包,至少是草山敢上,水田敢闯。当然,现在去闯水田,很可能闹一场感冒,但为了组织,我做好了伤风咳嗽一回的思想准备。说吧,你别吞吞吐吐。"

"这就对了嘛,没你想象的那么严重,我找你都是好事,不是坏事。明天中午,我请你的客,不是在公社食堂,而是到彭书记的老家去,叫上刘边花,我掌厨,你敞开肚皮吃。"

查先发一巴掌拍在大腿上,脸上笑容像一朵绽开的葵花,说完话就朝门外走去。

"查支书，带礼品不？"望平追上去问。

查先发一摆手，笑而不语，疾步往厨房去。

次日刚上班，查先发就来叫望平随他出发。望平犹豫不决，希望晚一些动身，担心误了手头的工作。查先发骂他是一根筋的书呆子，弄不清青岩公社究竟是谁说了算，到一把手家里去，哪个吃了豹子胆敢在虎嘴上拔须毛？望平正想解释几句，被查先发拽住往外硬拖，只好动身。路过供电站，查先发又叫上刘边花一同去。刘边花不是临时凑数，瞧他一身格外正式的穿戴打扮，即知他重视的程度。刘边花，上身穿一件红毛线衣，外面套一件不知从何处抓来的大了一号的军衣；下身也是腿短裤长，裤脚挽了一圈还是不时扫地；脚掌匹配的是解放鞋，长短虽基本合适，肥瘦则不如人意，鞋帮随时存在炸开的危险。查先发一摸刘边花头顶连肥皂渍都没洗掉的直发，揶揄一句：

"你小子一头好发，立冲冲，毛刺刺，根根硬实往上支，明显是精力过剩啰。不过，要是你不单发茬长，脚腿儿再长一两寸，就像模像样了。别说，长得和望平一样高，就高一个立鸡蛋，不说一表人才，也就够男子汉样子啰。可惜，你爹妈给你下料短了一点儿，不然哪是你去挑女子，是女子来挑你了。"

刘边花毫不害臊，打了一个响指：

"查支书，你老人家多多帮我做思想工作，一个好汉三个帮，一个篱笆三个桩，你要把墙脚给我扎起哦。眼下，我需要你老人家来帮腔，不是要你来把脸皮壳给我扯下来丢在路边上，恐怖哦。你真是臊我的面子，看得起我刘边花的还有谁？只有母夜叉，她和猪八戒门当户对，查支书，你戳痛了我心窝子哦。"

查先发接过刘边花递上的香烟，依然涎着脸皮逗乐：

"你伤啥子心嘛？一个蹲在地上的癞蛤蟆，伸起颈子张开嘴，就等天上掉下一个天鹅蛋，熬不住了？你小子光凭长相与你比粗糙了一点儿，就看不起猪八戒？说实话，他很会过日子，吃得下一钵肉，睡得香一宵觉，混得一路风风光光。你龟儿子，就慌着孵出一窝鸡崽儿？你平时拿得多，吃得多，板眼儿耍得多，还愁没有抱鸡婆喜欢？"

"那是，那是，我仰仗你多多美言，多多扶持。"刘边花不顾望平在场，靠前磕燃打火机，讨好地为查先发点上香烟。

望平走在他们身后，撮嘴吹口哨，手舞着一根细长的竹丫一阵比画，在空中写出只有他自己清楚的两个字："无聊"。兀然，他看见小河水面有一只燕子飞过，心里说不出是喜是悲，冬去了，春来了，捂棉衣的日子将结束了，可自己觉得生命处于一种静止状况，没有渴求，没有希望，没有或宠或辱的刺激，没有丝毫付诸奋斗的激情。

走到堵水田路段，望平惊讶地看到近百民工在堵水田中已垒起一道拦水的泥埂，那条充当过道的田坎两侧砌上了就地取材的条石，几个往日用锄头挖土开通或堵上的泄水口改造成了石闸、石槽，槽口的路面还扣上了厚实的青石板。才过去几天，此处行人不仅不再脚陷稀泥，一旦路面铺上碎石便阔绰得可以通过大货车。

"这路以后好走了，你们真是做了一件大好事。"望平兴奋地停步观看，对旁边用钢钎撬动条石垒堡坎的一个民工感叹一句。

"郭书记抓得实。头两天他天天待在这里，绘制图纸，选点取石，调运工具，开会动员，他一环一环抓得紧。他才是大好人！"

望平听罢不再吭声，疾步追上查先发和刘边花，走过堵水田他又回望了几眼。这基础设施建设需要人多力量大。郭同力还真是有心人，该办的事情他一瞅准就付诸行动，把一段烂泥路整治成一条坦荡通途，在公社机关根本没听到他声张就已闷声闷气办成事情，不像有的人一阵咋呼弄出一片响动却虎头蛇尾收场。人比人，只靠一双眼睛默默观察，好歹高下已立见分晓。解决现实问题，口号自然免不了需要喊，事情更需要人去操办，啥时操办，如何操办，即是一种行事风格，同时也是需要考究的策略、手段与路径，得到一个令人满意的结果，其价值显然胜于一个喧闹的过程。望平暗想，那些耍嘴皮的角色只是纸糊的巨人，真正的英雄从来以行动发言，当然这种行动是理念指导下的行动，成事远胜于说事。他到青岩纵然是吃了一回哑巴吞黄连的苦头，但是，认识一些不同凡响的人，也算一种难逢难遇的幸运。

到了彭家大院，跨进院门就让人大吃一惊，一道墙头压了一层谷草饼的土墙竟然圈进了三四亩地大小的院坝，院内成排成行地栽满了桃树、桂圆、核桃、广柑、橘柑等果树，树下的空隙间种植着红萝卜、白萝卜、青菜、莲花白、红油菜等蔬菜，真是足不出门就可以过自给自足的富庶日子。彭大爷、彭大婆叫人抬了两张木桌摆在堂屋前的三合土晒坝里，他俩穿戴整齐地靠在两把太师椅上晒太阳，桌上放着煎花生、沙胡豆、砸核桃等干果盘子，以及几个冲上浅开水的白瓷茶盅。彭大爷一见客人进门直招呼：

"快来，坐下摆龙门阵！"

查先发向两位老人介绍了望平，然后坐下来端起茶盅喝了一口，指点着刘边花说：

"他是老熟人了，进进出出的次数多。"

刘边花也不客气：

"介绍什么？我见了彭大爷、彭大婆、彭大妈，比见了自己的亲爷爷、亲娘娘、亲妈妈更亲，简直就像回家。"

这时，一个矮胖结实的中年妇女从屋里走出来，她捞起身上的围腰揩着湿手，笑眯眯地说道：

"刘站长嘴巴甜，我也没把你当外人看，我公公、婆婆就喜欢人多，喜欢热热闹闹地过日子，不习惯家屋头冷清清，吹股风都像鬼打人。"

她嘴上夸刘边花，眼光却射向望平。望平暗想，这人大概就是彭书记的夫人，她脸上堆满笑容，打量人的眼光一闪而过，带一种说不出的滋味。

"大妈把我当屋头人，我高兴，是几辈子才修得来的福气。"

刘边花直套近乎，望平则不露声色地打量着两个初次见面的老人。

彭大爷长得又胖又高，一张肉团圆脸不见一根胡须，一对收缩到羞涩程度的眼眶浑如一线似睁似闭的细缝，叫人怀疑它所容纳的眼珠没有跟上身胚发育的合理节奏，活脱如鼠目移植上猪头。不过，他那暖和笑容倒是像任何一个乡巴佬，显得慈和又憨厚。彭大婆长相瘦小，她头上缠着一块白色的包头巾，左右太阳穴都贴有膏药，黄浊眼珠流露一股寒光扎人的冷嘲，颇似某部电影某个手拨佛珠、眼光阴冷的地主婆。堂屋门边的藤椅上坐着一个二十几岁的女子，她有一张胖乎乎的泡粑脸，嘴唇的口红抹得过宽如同刚在血旺盆里去啃咬了一口，眼圈上的描眉也出手过于粗重侵占了一些额头的地盘，不甘被偏紧的红毛线衣久箍的丰腴胸脯正怒不可遏地试图挣脱约束，一条系在粗短颈子上的绿围巾依然执意挽留冬天不肯礼让春天。她忙着针织一件白毛线衣的小指头就像长在不满10岁的小姑娘身上，再往下则是一条斑马皮般的蓝白相间的毛线裤中硬塞入两根过分粗壮的胖腿，那一双显然已擦拭过一番的红筒靴照旧留着余兴未尽的黄泥斑点，肥屁股大大方方地占据门槛正中。此刻，她不动声色，鼓起一对金鱼眼直直地盯着望平，给他留下一个傲慢又粗俗的印象。

"彭大爷、彭大婆喜欢热闹，你们两个年轻人各唱一首歌吧，好不好？"查先发倡议。他望了一眼坐在门边的女子，补充介绍："彭大芳，彭书记的小幺妹，公社粮站的会计。刘站长认识，望平不认识，补充介绍。她也可以唱，当然，唱不唱，大芳做主，要看她今天高不高兴，当然，我们盼着哦。"

彭大芳不理不睬地一撇嘴巴。刘边花急于讨好地打圆场：
"我先唱，唱得不好，大芳要原谅，表明一个端正态度嘛！"
刘边花其实不是唱，而是比手画脚、装嫩卖乖地念了一首儿歌：

　　黄丝马马，
　　吹吹打打，

大的不来小的来，
吹吹打打一起来。

彭大婆高兴地往桌面上拍掌，彭大爷则咂了一口叶子烟，叼着烟杆咕哝着：

"要得，要得。"

彭大妈眯眼笑着，没吭声，对刘边花竖了一下拇指，转身往厨房走去。

查先发不满地朝望平递个眼色，望平有些别扭地站起来：

"好吧，我唱一首，刚刚在收音机里学唱了几句，侯德建和程琳演唱的《新鞋子，旧鞋子》，唱得不好，两个老人家不要见笑。"

这支歌，恰好能表达望平如今惆怅莫名的心态。望平一下子就投入了情绪，歌声有几分苍凉几分无奈：

新鞋子还没有缝好以前，
先别急忙着把旧鞋子脱；
旧鞋子还没有穿破以前，
先别急忙着把新鞋穿上。
老先生、老太太都这么说呀，
从前的生活就是这么过，
老先生、老太太都这么说呀，
现在的孩子们不会过生活。

旧鞋子穿过了留它干吗，
还不如光着脚凉快得多；
新鞋子缝好了不穿为何，
等等等过两年又穿不下。

小弟弟、小妹妹都这么说呀，
青春的好年华不能错过，
小弟弟、小妹妹都这么说呀，
老先生、老太太他们太啰嗦。

旧鞋子还不是新鞋穿破，
新鞋子也会有穿旧的时候。
老先生、老太太也这么说呀，
青春的好年华也不能错过；
小弟弟、小妹妹也这么说呀，
新鞋子、旧鞋子都是过生活。

望平唱罢，向面对的两个老人深鞠一躬。

"唱得好，声气好，比广播喇叭里的更好，他是……"

彭大婆吞下口中嚼的花生仁，她忘了望平的名字，一时语塞。

"他叫望平，公社的计划生育干事，是个大学生，一块好料子。彭书记在考验他，正打算重用他。"查先发忙接过话头，见刘边花正发愣，补一句："他和刘站长，都是彭书记看好的人，两个小伙子都不错，都想讨你老人家喜欢。"

"那当然，当然好，那就好。"查先发的一番话，彭大婆听来很是受用，舌头一舔嘴唇，点头赞许。

"我哪里比得上望干事，眨个眼睛人家就是公社秘书，离副书记只差一小步。我这个供电站站长，恐怕一站就要站一辈子了。人家坐官椅子，我只管电闸刀，我甘拜下风啰。"

"刘站长，三穷三富才到老，三起三落才算好，你才二十几岁，谁敢限量你以后的造化。有些事嘛，讲缘分，人家望平也没挡你的道，拆你的台，说啥子丧气话嘛。再说，领导真要提拔你，你还不是像飞机一样直往上蹿，伸手都扯不到你的一双蹄子，哦哟，千里马的蹄子。"

这时，门外涌进一群人，有提黄草纸红封条包着的白糖封的，有提着鸡蛋篮的，有捏着鸡鸭翅膀的，有抱着吃奶的娃儿的，七嘴八舌地招呼彭大爷、彭大婆。彭大爷高兴地站起来，朝厨房大喊一声：

"再搬两张桌子出来，快一点儿，客人到齐了，抓紧上酒菜。"

查先发猛然想起什么，对两个老人说：

"你两个老人家喝茶。彭大妈在厨房忙不过来，我去当一会儿帮手。"

院内一阵忙乱过后，大家坐下来吃午饭。刘边花抓过一个歪脖子酒壶，倒上两杯酒毕恭毕敬地绕到彭大爷、彭大婆跟前：

"晚辈承得双老厚爱，先敬两杯孝敬酒。"

彭大爷接过酒杯仰头就喝。彭大婆拿着酒杯沾了一下嘴唇，对望平说：

"来，我昨天感冒了，鼻子还塞起，你帮我喝下去。"

望平红着脸说：

"大婆，我不会喝酒，怕帮不了你老人家。"

查先发见站在彭大婆身后上菜的彭大妈面色不爽，插话解围：

"这一杯酒是大婆的吩咐，不会喝也得喝，喝了这杯不劝你再喝。"

望平只好接过酒杯，一皱眉头喝下。

"不行，查支书的话我不认账，你必须再喝一杯我的敬酒。感情深浅，酒精考验，感情深，一口闷。"

彭大芳转到望平跟前，支来一个酒杯，热辣辣的目光盯得望平脸皮发烫。

"彭小妹，这酒我不能喝，我求饶，不然，干脆请刘站长代我喝……"

"你不喝也得喝，我彭大芳的敬酒，不许你推杯。"

说着，彭大芳上前一步，踮脚把酒杯抵到望平唇边，她高凸的胸脯触碰了望平的手臂，鼻孔一股热气往上直喷。望平像被雷击一般，惊愕得倒退一步，身子向后一仰，不料背脊竟碰翻了桌上的一个饭碗，要不是邻座出手快，不免摔在地上打碎。

望平掏出手帕擦拭泼到胸襟上的酒水，一张脸通红，没好气地对彭大芳发感慨：

"能喝的你不敬，不能喝的你硬敬，你这人不讲道理，当着众人的面，这不是要我出洋相？"

"你跨进了彭家大院，就要依彭家的规矩，我说一，你不能说二，让你出洋相的日子还没到，你信不信？"

彭大芳把围巾往肩头一搭，肥腰一扭，撅着个大屁股，又转身去纠缠刘边花喝酒。望平如释重负，松了一口气，趁机端起饭碗到甑子里舀饭。喝酒是他闯不过的一道难关，照乡下人的习惯开始吃饭就不再劝酒，他既无兴趣也无实力去投入酒战。望平连菜都不愿多拈，几口扒光了碗里的米饭，绕到查先发身边嘀咕一句，还没等今天赴宴的领队回过神来，他趁众人不备溜出院门，踏上归途。

晚上，望平一瞧手表，快到电站拉闸时间，忙备好火柴油灯，靠在床头翻开书卷，打算把钱钟书的小说《围城》再读一遍，驱散一怀愁闷。这时，传来一阵急促的敲门声，他忙披衣去开门，只见查先发脸色如猪肝，衣冠不整地站在门前。他有些惊愕：

"查支书，你？"

"你没等我发话，居然就胆大包天，一个人擅自开溜。跑得了和尚跑不了庙，我不上门来擒拿你了？"

查先发满口酒气喷人，直往门内挤。望平端上椅子，请客人坐下，欲去提暖水瓶倒开水。查先发一把抓住他：

"你别去，老子一路屙了三泡尿，一泡尿冲湿了裤脚，一泡尿冲进了筒靴，再喝水今晚要尿床，你不安好心？我，我不和你计较，是来给你道喜的。彭，彭大爷，彭大婆，还有彭大妈，最最要紧的是胖姑，不，彭大芳，他们都满意你，投你的赞成票。彭大婆说，她等这一天眼睛都望穿了，催促着下个月你和彭大芳就把证办了。你知道吗？这件喜事要大办，热热闹闹摆50桌，顶级规格，冲个大喜，冲光秽气，你们拜堂成亲，明年今日抱一个胖小子。你说，是不是。高，实在是高……"

望平大吃一惊，伸手拨开查先发竖起的大拇指，口不择言，追问查先发：

"老查，你嘴巴要关风哦，以后彭书记怪你不怪我，你不要把一个与我不相干的名字生拉活扯和我的名字搅在一堆。婚姻是自主，不是包办。再说，即使要包办，你去包办你的儿女，不要越权管别人家里的事情。我给你说清楚，你别装酒醉来讹诈我，我现在不准备考虑这个头疼的问题；就是有一天要考虑，也不会选胖姑、瘦姑。你的一份好心肠还是用在其他人身上吧，比如你的儿子适不适合，再比如刘边花，他不是求你为他做好事吗？你莫名其妙，让别人听说酒话？我要睡觉，你快回公社去，去，去，去……"

查先发半闭的眼睛一下子睁大，大感不解地盯住望平：

"你娃儿嫩了，你以为我喝醉了，你没听过吗？酒醉心明白。告诉你，胖姑是很挑人的，其他人还搭条板凳也巴结不上她。再说，结这门亲，是彭大爷、彭大婆、彭大妈的心愿，也是彭书记的心愿，是他们的共同心愿，你，敢反老子？"

"你明明是在说酒话，在说胡话，还说你酒醉心明白？我不把你嘴巴里的屁话当真，不管你说的是这个人，还是那个人，都是别人的心愿，绝不是我的心愿。我现在的最大心愿，就是你赶快走，马上要熄灯了，不是我熄灯，是刘边花熄灯。晚了你看不见路，你要栽跟头，你走得越快越好。"望平急于支开一个不速之客，他有意装傻，查先发说东他应西，把对方往门外推。

"你小子脑勺后长反骨，不看僧面看佛面，给你搭个楼梯你不往上爬，偏要往下缩。你识相以后飞黄腾达，不识相，你眼看就要当的公社秘书保证落空，一笔勾销，出不了头，断了前程……"

"好，我没想当，没资格当，让给你当，让给刘边花当。你快回去睡一觉，把枕头垫高点儿，睡个安稳的大觉，睡熟了你还会坐龙椅，当皇帝，当玉帝。你不要在我这里继续发酒疯，胡搅蛮缠，大耍霸道。我犯困了，关门，送客！"望平一股血往头顶冒，使劲儿把查先发往外推，哐当一声关上了屋门。

任凭查先发在门外用拳头砸门，望平始终不予搭理，他反锁屋门，坐下来怔怔发呆，久久自我反省。他默默从头到尾梳理了一番，自己到青岩后并没有什么不检点行为，不至于让人怀疑自己抱有暧昧企图，根本没有兴趣去抱一条土皇帝的大腿。这一两年时间，扪心自问并无愧怍，断无拈花惹草不妥行为，甚至连一个闪念都没有过。他深感此番窝囊又委屈，恼怒得一拳沉重地砸在桌面上。

在一个社会事物急速发展和变革的时代，新与旧的对撞和易位，好与坏的较量和兴废，都以匪夷所思的速度转换，令人目瞪口呆。其间，人心的莫测，世事的难料，每每使缺乏思想准备的人们茫然失措。尽管，他有所防范和警觉，依旧被不邀而至、躲不胜躲的烦恼搅得心绪如一团乱麻，甚至于略带几分狼狈相。

在断电前的瞬间，他突发奇想，找来纸笔，点燃油灯，无师自通地写开了小说。这是一个短篇小说，标题是《雾罩苍山》，他要写出内心的迷惘、痛楚和愤懑。他觉得属于此身此在的红尘之境已变得陌生、龌龊与恐怖，相反，一个看不见、摸不着、追不上的与此身遥不可及的彼在之境，才是属于自己的爱慕、向往和追求的神圣憧憬。这一夜，他通宵无眠，写了又改，改了又抄，抄了又改，改了又抄。天明时他写成了一篇5000多字的短篇小说，毫不犹豫地装在信封中，径直到邮政代理点，寄往他在县城图书馆阅读过的一个外省的文学刊物。

他横下一条心，要回县城去找一下组织部，坚决换一个哪怕更加艰苦的工作环境。他甘愿毫不犹豫地迎向属于自己的那一份风霜雨雪，无怨无悔地正道直行。

中午，望平有意不去公社食堂就餐。下班准备关门的那一刻，恰好彭大贵从过道上走过，望平清楚地看到书记的眼角余光狠狠地扫了自己一下，旋即又旁若无人地直视前方，傲慢、凶悍、歹毒，似乎都蕴含在锋刃般一晃而过的目光中。望平立刻明白了，查先发既非是酒后失态，也非是一厢情愿地讨好上级，他必定是奉命行事，而自己的不迎合态度已经导致了不良后果，以后一只或一双高抬的贵手不复存在，无情的打压即将随之而来。伴君如伴虎，从现在开始已与虎穴栖身无异。望平刚锁好屋门，郭同力从办公室里探出头来向他使一个眼色，望平心领意会地忙走过去。

"望平，我问一句，你最近是不是招惹了什么人，或者闯过什么祸？"郭同力一脸疑惑，开门见山地提问。

"我绝没存心得罪过什么人，绝没去招惹过是非。"望平口中回答一半，肚里留下一半。

"哎，煮熟的鸭子要飞。去吧，遇事多留个心眼，谨慎一些，记住四个字：忍耐，等待。"

"谢谢。"望平礼貌而平静地告退，抽身向供销社食堂走去。

虽然，郭同力的询问没有直接点穿，望平的回答也分寸适度，彼此都明白一个年轻干部的职场境遇已经骤起波澜，等待他的不再是呵护和提携，是边缘化的排斥，断崖式的推挤。

吃完午饭，望平到副食品商店购买了一包内部供应的优价大前门香烟和一盒火柴，踱步到场镇外的小桥边坐下来，点燃一支烟静静思索。他真是遗憾自己不算长也不算短的生命史，仿佛无休止地碰壁，额头和鼻子都在有形和无形的墙壁上碰青、碰伤、碰扁了。一段原本该吹冲锋号的青春，事与愿违地深陷逆境的泥淖，蹉跎掉了好多好多的光阴，真不是不思进取，实际上无法进取，总是有强势的力量，像一张阔幅的网，像一个肮脏的坑，限制了他的人身自由，消耗了他的不懈努力，使他寸步难移，痛心疾首地落伍于时代，落伍于同龄人，自己还算80年代

第十三章 一场拉郎配

的新一辈吗？

估计蔡华已经午休起床的时分，望平站起身来，先活动一番久坐麻木的双腿，才利用领导们顾及不到自己的空当，向那一个能够给他带来慰藉和欢愉的小院奔去。

"你今下午有空？"蔡华露出笑容，把自己带的练琴弟子迎进门。

"蔡姐，我心中很烦闷，想来想去，想对你倾诉，不知你愿不愿听？"

"愿听。"蔡华语气恳切，递上一杯茶水。

望平沉默片刻，把这几天遇到的破事儿，对蔡华简要叙述了一遍。他的心情就像一位走在大街上的过客，脸上无端被人甩了一泡鼻涕，纵然无比恶心，却找不到发泄对象。即便选择忍气吞声，哪能去逆来顺受？

"你现在是怎么考虑的呢？"蔡华慈和地提问。

"忍为上，不如走为上。"望平不无委屈地说下去，"我真是一个窝囊废，连自己的命运都掌握不了，自己的事情都做不了主。前一段时间，我是选择工作单位身不由己，被一只看不见的手猛地一抛，昏头昏脑就出现在青岩。现在，又伸出一只横蛮无理的手，根本不顾我的痛苦和难堪，可以说，诱惑加威吓双管齐下，好像我成了一条任随驱使的牲口，被逼迫着按照主人规定的方向和速度朝一个肮脏的圈奔跑去，否则，悬在头上的皮鞭便会猛抽下来。"

"没有那么严重，它是摆不上桌面的小丑游戏。当然，对你个人而言，是一件不小的事情，是一件必须认真对待的事情。"

"是啊，我很欣赏日本电影《追捕》中暗地帮助杜丘的那个警长矢村所说的一句话：'正当防卫'。可惜，我不但没力量抵挡住'不正当进攻'，连'正当躲闪'的回旋余地都没有，自己的大脑无法支配自己的躯体。我的未来，十足是一个进退失据的两难窘境，有口难辩，有苦难诉，有脚难行。我哪像是一个80年代的新一辈，哪像一般的年轻人那样意气风发地奔前程啊。我是在找出路，找一条有尊严地生存下去的出路，与为社会多做贡献相比，这是一个显得有些卑微的可怜要求，偏偏对于我而言，连这一点儿都居然是高不可攀的难以获得。我是一个人啊，为什么不能堂堂正正、自自在在地活着，活着居然是多么的艰难……"

蔡华打断了望平：

"你说了这么多感伤的话，再说下去也于事无补。当面前出现一块大石头，挡住了人的道路，你搬不动它，怎么办？不理睬它，绕过去。这样吧，我代你去找郭书记请半个月的事假，请他批准你陪我这个老同志去游一游三峡。你归他管，他不用向谁请示，他的权限内就可以批准。其余的事情，你不用担心，我看谁敢找我这新四军老战士的岔子？能忍则安，事缓则圆，不用那些人手掀你走，脚踢你走，你先跟我一起去走，到大好河山去涤荡胸臆。一路伺候一个老太太，开销当然我出，你乐意吗？"

"我乐意。不过，我的开销我自己出，我没有经济负担的。"望平兴奋地回答，他的确神往那一片壮美山川。

"先不谈这个，你回去吧，带上院门，让我静一静。"

蔡华往竹椅上一靠，抽条毛巾搭在腿上，两手交叉抱在胸前，安详地闭目养神。这时，屋内开着的收音机恰好播送着俞丽拿演奏的《梁山伯与祝英台》，那是一支她顶喜欢的小提琴曲调，每一个音符都似一枚开心果，整个乐曲就是一套精神大餐。她要安安静静地聆听它，咀嚼它，享受它。

第十四章　所去茫茫

陪伴蔡华去三峡之前，望平再回了一次县城。这一次，他不怕慢，选择一条溯流而上的水路，没走旱路，故意体验一种旅途羁绊的感觉。

望平背着挎包来到码头，就在即将踏上客轮跳板的一刻，突然听得背后有人呼自己的名字，一回头，只见查先发热汗涔涔地两手各提一个布口袋追过来。望平摆不脱对这个人的反感，不打算搭理，就不停脚步，照样朝跳板方向走去。

"望平，你别急，船上还在装货，至少还有一二十分钟才开船。我有几句要紧的话要说，看一个人，看一件事好歹，要看长远。"查先发将布口袋扔在地上，把望平拉到僻静处，语气急促地说下去："我知道强扭的瓜不甜，胖姑配不上你。这层道理，我明白，心头有数。可话说回来，它又不能直接从我口中说出，只能绕个圈子。说穿了，我不是媒人，是被抓差，是彭大婆、彭大妈动了念头，他们说家里有晦气要冲喜，前次你们不是送过花圈去吗？再说，偏偏胖姑又相中了你，再由他们支配彭大爷，彭大爷压迫彭书记，彭书记再使唤我出面。我知道，我的扮相是一张三花脸，谁看都像个小丑，哪里都遭人耻笑。"

"哪个敢耻笑你？你像路边的一堆狗屎，我看你一眼都嫌倒胃口。你别给我绕口令，我的人生，别人做主？自古艰难唯一死，想横了，我死都不怕，还怕你们狼狈为奸？你回去告诉彭书记，他可以一脚把我朝烂泥巴坑里蹬，我也可以拔腿走人，他拖住我的脚腿不放，我也可以抱着他那大块头共同滚下悬崖，谁怕谁？这一回，我要去找县委组织部、县人事局，他们对我的培养真是内容精彩又丰富，让他们另选高明吧。我从哪里来回哪里去，照旧回去做一个干干净净的教书匠。"

望平露出毫不掩饰的鄙夷，堵住了查先发的话。

"望平，你耐心听我说几句。古人说，画虎画皮难画骨，知人知面不知心。你知道我的心吗？你拿得出我的把柄，断定我整人害人吗？告诉你，我不但没整你害你，相反是在帮你。我对彭书记说了，你不愿意考虑个人问题。彭大芳是一朵鲜花，当然不能插在牛粪上，可也不能插在青石板上，你就是一块硬邦邦的没感觉的青石板。再说，男女婚姻不能包办，这是党的政策，还有法律条文，我不能包办，彭书记也不能包办。所以，我对他说，可以优先考虑对彭大芳有情有意的刘边花，两个巴掌一对拍，马上脆响。你现在回去找县委组织部、县人事局，我不反对。不过，大家在一个瓢子头拖过瓢儿把把，你要帮我一个小忙，这有袋花生帮我带到县政府招待所，交给我的表妹傅旦。这个脸面你还得给我吧？"

"真烦，好吧，帮你带去。"

望平胸间的闷气消了一大半。

"房间号和名字，我写在纸上。"

查先发解开胸前的衣袋扣子，掏出一张皱巴巴的纸递给望平。

望平扫了一眼纸上东倒西歪的字体，忍不住笑出声来：

"蚰蟮滚沙？蜘蛛牵丝？你做的事，件件都像枪打人的肘腋窝，叫人又气又好笑。"

"那我托付你了，这两袋花生，一袋帮我送给我表妹，另一袋你带回去孝敬你老母亲，也算给你赔个罪，害你去蹚了浑水。"

望平正欲推辞，查先发说完已转背而去。

客轮从上午九点出发，一路慢慢腾腾，摇摇晃晃，见码头就停，遇水滩就喘气，熬到下午两点才到县城。望平背起自己的背包，抓起两个查先发交给的花生袋，肚子饿得叽咕作响。这时，他想起宋人蒋竹山的词句"明日枯荷包冷饭，又过前头小阜"。饿得走路两腿发软，望平暗地讥笑自己："真是一个穷酸腐儒，在船上怎么没有解开口袋，抓两把查先发的花生充饥多好？"很快，他否定了这种滑稽的念头，吃下那种替人过手的东西，八成会拉肚子，还是饿一顿饭更好。

望平不愿领查先发的人情，决意把两袋花生一并交给他那个表妹，先朝县政府招待所走去。他摸出那张纸片细看一下，按照上面写明的地址，爬上一座花台背后的小洋楼，依照房间门上的漆喷编号，直奔二楼左方过道尽头的房间。他在房间门口放下口袋，先抬腕看了一下手表，又屏息站了一会儿，才鼓起勇气，屈指叩门：

"有人吗？"

"来了。"门裂开一道缝，探出一张脸："你？"

望平盯着对方，惊讶得倦困全消：

"你叫傅旦？"

"是啊，你从哪里打听到的？"

望平露出窘态：

"我没打听过你，是你表哥查先发使唤我跑路为他捎东西给你。你看他开的地址。"

望平摸出那张纸片，傅旦伸手接过去扫了一眼：

"这手字，初小水平。你见我表哥一身俗气，以为我就像他的字体，奇丑无比，是不是？"

"不，不是。我什么都没想，只是受人之托，忠人之事。如果知道是捎给你，恐怕我连接过这两个口袋的勇气都没有，你该不会认为我别有用心吧？"

"就像上次在青岩河上，凑巧！"傅旦意识到言语欠妥，双颊泛出红晕，忙改口："我这会儿不方便，不好留你坐一会儿。我请你吃晚饭吧？"

"别客气，我还没回家。再说，我熬不到吃晚饭，出门就要先填肚皮。"

"别急，等等我。"傅旦取出一包饼干，塞给望平："你边走边吃。晚上六点，东门口半边街那个吊脚楼餐馆，我做东，不见不散。"

望平接也不好，推也不好，迟疑片刻接过她给的饼干，对晚饭却极想推辞了事，嘴上却一时失语。傅旦朝他抿嘴一笑，顺手把花生口袋提进屋，不等他说出下文，已经关上了房门。

到了家门口，望平见门上挂着锁，他想母亲一定是到邻家打麻将玩去了，心里反而有一种轻松，便卸下背包，先到厨房里下了一碗红油面条充饥。然后，他烧了一锅洗澡水，从头到脚清洁一番，等搓洗完一身脏衣服，才打开书橱挑出一本书，靠在竹椅上阅读起来。

"儿子，你回来了？"母亲掀开门，一见儿子，满脸带笑。

"刚到一会儿，才坐下来看书。"

"住几天？"

"两天。"

母亲系上围腰，欲进厨房张罗晚餐。

"妈妈，我刚吃不久，晚上有人请我吃饭，你先别忙。"

"好吧。你这一次能留两天，难逢难遇，是不是有事办？"

"是，又不是。有私事，没公事。"

望平坦诚地望着母亲。

"你不挣表现，奔自己的前途了？"

母亲有几分担忧，在儿子身边坐下来，觉得他这一次有些反常。

"妈妈，我在那里已经没有前途可奔了，已被'培养'成了废物，想请求组织撤我回来，依旧去教书，站讲台。"

"他们同意你离开吗？"

"我在那里再也忍不下去，混不下去了。"

望平索性向母亲交了底，把自己遇到的麻烦事从头到尾说了一遍，眼中有毫不掩饰的怅惘。

"儿子，这是没办法撞到的倒霉事，错不在你，想离开你就离开。他们不让你离开也不要怕，我的儿子好样的，宁死不娶，有骨气！"

望平把竹椅一移，头靠着母亲的肩膀，叹了口气，说下去：

"妈妈，可惜我们的条件太差，要是我有一辆大篷车，真想带着妈妈去周游世界。我真是活见鬼，一生背运，身不由己，不想遇到的事情都遇得到，想遇到的事情都遇不到。哎，我恨自己倒霉，恨自己无能。"

母亲摩挲着儿子的头顶，眼圈发红：

"你才二十几岁，说话这样消沉悲观。你们父子俩真是，父亲上战场倒过霉，儿子下乡场照样倒了霉。你们都不该是这样的下场，老天不公啊！"

"妈妈，你不要伤心，水到绝处是瀑布，人到绝境是重生。我有一种直感，有谁会以出乎意料的方式帮助我。没人帮助我也不怕，我们是无依无傍的无产者，说不定抗争一回失去的只是一副看不见的沉重镣铐。即使是继续倒霉下去，对于一个毫无奢求的人，又有什么可怕的呢？明天，一定到县委去一次，80年代了，是该自己选择一次了。"

望平看了一眼墙上的挂钟，见时间不早了，于是向母亲笑了笑，起身朝门外走去。

算了算时间，大约富余二三十分钟，望平便利用这个空当去江阳文庙转一转。这里有个流行的说法，中国南北两大文庙，北有曲阜，南有江阳。他并没有走遍全国的机会，不敢断定江阳文庙的宏伟瑰丽真能排全国第二，南国第一。不过，从小到大每逢高兴不高兴的事情，他都会不知不觉地迈步前来。无论当地的说法有无水分，这座修建于道光十六年（1836年）的文庙，由时任知县邓仁坤拍板动工，县内最大财主、贡生肖永升全额捐资。据说，家中排行老三的肖永升为了保住江阳"文章风水"，通过本土进士张震说合，遣人前往山东曲阜县复制了建筑文庙的规制图纸，从大凉山森林运回巨木，从江西景德镇定制琉璃瓦，共耗银三万六千两，历时四年，于道光二十年（1840年）建成。

望平进门越过泮池便桥，来到巨石精雕的棂星门前，仰视斜阳辉映的高耸牌坊，感慨县里数百年输出了一批批名动远近的饱学才子，可本地生息的文化人并没有多少成就感，似自己这样惶恐不安地苟且度日的背运文人大有人在，烧香也好，礼拜也好，权势的威风，豪门的霸气，依旧让多少手无寸铁、身无寸利的落魄书生狼狈不堪。

望平游逛了一阵，索然无趣，踱出门外，沿着一条绕城马路不急不缓地奔向东门口。走走，他又停下来，仔细浏览了一遭修建在马路下的青瓦平房。临近的房顶铺满了一层厚厚的灰尘，一坡通江石梯亮出一道空隙，隐隐约约看得见沱江的一个断面，两个家庭主妇举着洗衣棒捶打着堆在江边石头上的衣服，几个用木桶挑饮用水的居民正沿着石阶往上吃力地爬行。岁月的沧桑，人生的艰难，已经借助古城石墙、石梯、瓦顶、洗衣棒和挑水桶诠注得淋漓尽致，自己作为一介已离城谋生的过客，除了徒生感慨，还有什么发言权呢？

到了东门口吊脚楼，望平看见傅旦穿着一件米黄色的风衣站在门前的电线杆下。他忙迎上去表示歉意：

"对不起，没想到你先到，好在我也没迟到。"

"仅比你早一分钟，都算准时。想吃什么？"

"越简单越好。"

"那就吃一碗馄饨吧，你要添豌豆尖还是海带片？"

"豌豆尖。"

他们抢着付钱。傅旦挡回了望平伸出的手，从钱夹掏出钞票结了账。一碗馄饨有二十个，傅旦嫌多，夹了几个到望平的碗中，才开始扒进自己口中。放下碗，傅旦提议到江边散步，望平默默跟着她走向江边。这时，天上的太阳已从金黄转为艳红，沱江哗哗地奔流着，他们溯流漫步，傅旦解开了束带让风衣随风摆动。望平开口打破了沉默：

"前次，我在下游青岩河戏剧性地遇到你，真没想到还能再见，更没想到你和查先发是亲戚……"

"打住，江西人的老表，四川人的老表，异曲同工。我可是外省出生的，我父亲是为共和国打江山的那一代军人，童年我随着他生活在军营中。我母亲从部队文工团转业到军区医院，她在军医大进修时她的一个同学是青岩人，她这个同学又和查先发的母亲是表姊妹。有一年，我随父亲到基层转圈圈，就顺路转到青岩，那是十几年前的事情。当时，我的父亲出行可谓前呼后拥，我稀里糊涂跟着他走，只图看稀奇。上次，县委办公室副主任赵文虎陪我到青岩采访，在你们公社食堂吃过一顿饭。这查先发找着内线了，掌握了我的行踪。真是，在适当场合，我得给赵文虎提个醒。对了，那花生当时我没反应过来，该叫你带走，最后让招待所那些服务员捡了便宜。不说这些了，你这次回城除了看你母亲，还有啥安排？"

"没有。"望平踢开一颗小卵石。

"你这人不善于掩藏，我看得出，你有心事，可以告诉我吗？"

"没什么，就是我想离开青岩了。说穿了，我改变不了环境，只好改变我自己，我无法在那里继续混下去。"

"原因？"

望平一横心，把遇到的麻烦事说了一遍，说完弯腰拾起一块大卵石使劲抛向江心。

"我那所谓的表哥，就是一个混账货。你别把这事看得太重，一个很小的地方，一群很小的角色，折腾出一件很不体面的事情，为难了一个很没背景的人。喂，需要我帮你什么吗？"

"不，什么都不需要。"

"那你按程序走，碰到难处告诉我。明天我还在江阳，还住在招待所。"

"算了吧，不需要惊动你，属于我的命运，我都认领，我都承受。"

望平已意识到，走在他身边的这一个女性，实际上是与自己生活在两个世界的人。对于她，一切都很简单，要风得风，要雨得雨。他与她，没有可比性。他唯一不缺的是自尊，不需要她的恩赐和施舍。

"喂，匡望平，你读过舒婷的诗歌《也许》吗？我喜欢她这首诗：

'也许我们的心事，总是没有读者；也许路开始已错，结果还是错；也许我们点起一个个灯笼，又被大风一个个吹灭……'你想过没有，即使灯笼被吹灭，谁能剥夺你再次点燃的自由？你该不是被底层的磨难磨尽了锐气，或者闷头读书读成一个迂夫子了吧？你明没明白，青岩很小，世界很大，赶上一个最好的时代，每一个人的面前都摆着无穷多的选项，关键是你打没打算去选，怎么去选。一句话，路就摆在你面前，你有勇气吗？比如我，在一些人眼中我的工作已经很不错了，但是，我已经准备考到中国新闻学院接受一次'再教育'。你也可以去考研究生，或者另选一个地方开始崭新的生活。你记住，也许你并没把自己视作一个人才，但是，只要你不甘服输，就不要辜负这个时代所允许你的公平选择和公平竞争，决不能因为摔倒在阴沟里，就放弃作为躺在阴沟里。"

"傅旦，谢谢你这一番话。仅此一点，于我而言，知足了。很遗憾，我们所处的社会阶层和人生际遇差异太大，我与你对生活，对文学，同一首诗歌，同一件事情，未必会有同样的感受，未必会有共鸣点。我不是冷血动物，也会被打动，比如读到拜伦的《哀希腊》，我简直想号啕大哭一场。你听：'满满一杯萨摩斯美酒！树荫下，少女们起舞翩翩——一对对乌黑闪亮的明眸，一张张红润鲜艳的笑脸；想起来热泪就滔滔涌出：她们的乳房都得喂亡国奴！'穆旦翻译得真好啊，还有最后一段：'让我登上苏尼翁石崖，那里只剩下我和海浪，只听见我们低声应答；让我像天鹅，在死前歌唱：亡国奴的乡土不是我的邦家——把萨摩斯酒盏摔碎在脚下！'拜伦的《哀希腊》，每一个人，只要看见过山河破碎，经历过颠沛流离，哪会不闻之动容？"

"匡望平，请原谅我呼叫出了带着你父姓的名字，因为，我觉得只有这样呼叫，才能体现对你父亲和与他志同道合那一代人的尊重。你刚才朗诵的《哀希腊》真是好诗，写这首诗、译这首诗和为这首诗所感动的人，都值得接受社会的善待。我这话是诚恳的。"

"我知道。"

望平答话时,有点心不在焉,他的目光射向了江心一篷顺流而下的船帆,在它的前方一轮夕阳渐渐沉下江峡,转瞬之间一度艳红诱人的江水罩上了一片黯淡的暮霭,大概世间上所有的美好事物都免不了像那一轮沉没天边的夕照,留给人的唯有一怀无以言传的凄凉与惋惜。傅旦注意到了他的面部表情,轻轻地吐一句:

"你这人,骨子里是书生,不适合在成天勾心斗角的环境中混日子。"

望平回过头,注视着她一言不发,过了一会儿,才默默地点头。

"你真该离开那里了,剩下来的只是怎么离开,离开后往哪里去。"

望平弯腰拾起一枚光滑玲珑的白色小卵石,在手掌中玩耍着,既像是对傅旦说,又像是对自己说:

"你注意到了吗?国家否定了前几年兴师动众为《国歌》新填的歌词,恢复了田汉写的歌词。为此,我认真想了一下田汉写的歌词究竟好在什么地方。我以为它所表现的时代特征很鲜明,很典型;反映的时代精神很强烈,很准确。拿田汉写的《毕业歌》的歌词来举例吧,开头'同学们,大家起来,担负起天下的兴亡',点明了摆在青年人面前的历史使命。'听吧,满耳是大众的嗟伤;看吧,一年年国土的沦丧',强调了国家山河破碎、百姓苦痛难当的时代背景,带给人一种伤感,一种痛感,也唤醒了一种责任感。接下来'我们是要选择战还是降?我们要做主人去拼死在疆场,我们不愿做奴隶而青云直上',它回应了一个时代之问,对面临人生抉择的年轻人既是引导、提醒,又是警示、鼓励,更是呐喊和誓言;'我们今天是桃李芬芳,明天是社会的栋梁;我们今天是弦歌在一堂,明天要掀起民族自救的巨浪',它把时代精神、奋斗方向、青春追求概括得那么精粹,那么生动,简直像一幅时代浮雕,令人耳目一爽,具有直指人心的感染力和号召力。这样的歌,有足够的力量,吸引你和我的父亲走向抗日战场,有所不同的是我父亲走的是一条前景不光明的坎坷道路,你父亲走的是一条带有历史必然性的正确道路。或许,抗战过后,假使我父亲没及早脱下军装,很可能倒在你父亲带的队伍的枪口下，也有可能成为他们的俘虏。其实，我的人生道路的曲折，起源于我父亲当年的选择。当然，我已经不责怪他了。因为，根本没有先知先觉的人去指引他，明明白白地告诉他，等待时过境迁，人们将如何去评判一次不容迟疑的青春选择，无法去计较个人的生前作为、身后名誉，不管它是毁，是誉，是错，是对，那是一个时代的抢答题啊！"

"匡望平，其实我们很谈得来，可以成为朋友，知心朋友。"

傅旦用手捋了捋垂吊胸前的散发，潇洒地抛它到身后，随之优雅地踮起脚尖，一挺胸，一扭腰，一扬头，空气中弥漫一股爽心怡神的香皂芬芳。

"也许吧，我们现在就可以称为朋友，很谈得拢的朋友。但是，显然这种朋友像是天空中不期而遇的两个云朵，它不是对称、对等的，彼此有落差，有悬殊。你几乎处处可以心想事成，我几乎处处都会事与愿违。我们的社会身份，一个上天，一个下地，你高，我低，实质上不处于一个平面。仰视你，我太累；俯瞰我，你太屈。喂，这不是嫉妒，对吗？"

"不是，绝对不是。换一种比喻，我们彼此就像夜空中隔一会儿将出现的两颗星星，表面上有远有近，有明有暗，谁知云翳中显得黯淡的那一颗是不是反而更明亮？其实，它们都按天体运行的摆布和规律，占据一个绝对平等的存在位置。我们不说天上，回到人间，人的贵贱不是单靠现实中的社会身份来决定，假使一个人暂时处于卑微的位置，但他有一颗丰饶而高贵的心灵，反之，有一个人由于某种特殊因素占据一个众目羡慕的高贵位置，但他有一个贫瘠而肮脏的心灵，这样的贵贱又该如何判别？答案是明显的，用不着我多言多语。再说，我父母的荣耀属于过去式了，我出生时一生戎马倥偬的父亲已经45岁了，母亲也27岁了，到现在我父亲已是颐养天年的退役将军，母亲还不到退休年龄，但她的工作就是照顾我父亲。是的，我出生在一个一般人看来罩着耀眼光环的幸运家庭，我的父亲曾经如一只猛虎，至今还有余威，我成长的道路一生下来就铺砌得平平坦坦的,甚至根本用不着我的父母开口,别人看了我的履历,知道我父亲的名字,就会给我提供种种远远超出你想象的特殊照顾。我不否认,我的确因此受过益,受过很多的益。可是,我明白,别人只不过以这样的形式来肯定了我父亲,肯定他创立的功勋,肯定他占据的位置,并不是肯定我。并且,这种肯定有时间限制,即便现在肯定,未必将来还肯定。可以预见,随着时间的推移,我享受的一份特殊照顾越来越显得奢侈,显得不合时宜,如果我习惯躺在父亲的荣耀上度日子,最终会遭到社会鄙弃。我得在那一天还没到来之前,提前做好充分准备,那就是向社会展示和证实我身上所存在的自我价值。在这一点上,我希望你能把我当成一个你值得信任的朋友,一个需要你帮助的弱者。当然,这个弱者不是以性别来区分那类人,而是自己的进步和成就还不够、不多的那类人。并且,希望你看到,我一直毫不懈怠地努力着,前进着,哪怕我如同老牛拉破车,进步得太笨拙,太迟缓。所以,当我筋疲力尽、孤独无援的时候,祈愿你能伸出一条有力量有温度的手臂,提携我,搀扶我,帮助我迈过最关键最困难的几步路,始终如一地信任我,鼓励我,支撑我得出一个经得起辩驳的结论:她拥有一个值得追逐的梦想,她有一个承载着希望的美好远方,她配得上有远大前程。"

"傅旦,大概你黎明时分出生的吧?傅旦即复旦,正因为如此,你的谈话带着一抹霞光,可以照耀有幸听取你谈话的人的心灵。我想,认识你纯属偶然,却是上天的恩赐,是我莫大的幸运。你出身将门,在我这类人眼里简直是高不可攀,可你对自我期待是那么热切,对现实的评判是那么清晰,对自己未来道路所要面临的艰难与变数和预先准备与应对措施的思考显得那么充分,那么深透。并且你在我陷入迷茫、濒临绝望的时候帮助我重振了信心,使我羞愧曾经长久彷徨、消沉、昏昧,竟然愚蠢地用无谓的叹息像流水一样冲光了那么多的大好年华,在最好的年代做了一个极其糟糕的自己。说实话,我做一个你最普通朋友都不够格，做一个你的知己更是望尘莫及。我早就该明白，那一个上千年前的古人都明白的道理：'悟已往之不谏，知来者之可追；实迷途其未远，觉今是而昨非。'要改变这个世界我力所不及，我改变自己却随时可以。这些年，我最滑稽最可悲的认知误区是做了一个被情绪支配的奴隶，放任自我，心志颓唐，随波逐流，混天度日，实则是精神沉沦。谢谢你，让我醒悟过来，我最该挑战的不是别人，是那一个怨天尤人的自己。"

"匡望平，你这番话叫人放心了，一个掌握了命运主动权的人的眼中，只有时机，没有厄运。或者，只有等待，没有放弃。对，不放弃征服命运的信心，在困厄中捕捉良机。"

傅旦掏出一串钥匙套在指头转着圈儿，盯着前方坡上瞧了一阵，停步问：

"坡上是你的母校吗？"

"是啊，江阳二中，我在那里读过初中。"

"在你记忆中，是这座学校的印象深，还是读大专的学校印象深。"

"如果只能选一个母校，我选读初中那个。在那里，我度过最纯真、最多梦的年代，那个年段的同学对世界充满好奇心，不懂得算计，不懂得忧愁，以为自己张开两臂就可以抱起地球，伸手就可以摘下天上的星斗，甚至把世间磨难都当成诗篇，把老师讲的每一句话都当成神圣不可亵渎的金科玉律。回头一看，懵懵懂懂的青春年岁，放飞梦想实则是难逢难遇的幸福状态。等长大成人后，我们再也找不回那时异彩缤纷的陶醉感。"

"说得好。"

"喂，傅旦，你喜欢游泳，你经常像在青岩河里那样毫无顾忌地游泳吗？"

傅旦往他背心轻砸一拳：

"胡说八道，就那么任性一回，也被你偷偷摸摸地撞见了。这个世间，'正人君子'永远占上风。你别以为我像你想象中那样刀枪不入，试图凭借无知无畏打天下,我还要塑造一个窈窕淑女的正面形象。至于离经叛道嘛,偶尔体验一次足矣,何必铤而走险成瘾,以惊世骇俗为荣,硬要操练到'滚滚红尘里有隐约的耳语,追随我俩的传说'的程度,对不对?"

"哎哟,我为开那一次眼戒,至少抵消前世的一千年修行吧,值得。"

"你呀,幸好此时夜色朦胧,夜幕就是一块遮羞布,我们彼此看不清对方脸红。喂,我们在这儿坐坐吧!"

傅旦指着横陈江边的一块岩石,望平顺从地坐下来:

"有江风,冷吗?"

"我们靠近一些吧。"

傅旦像一座月下的雕像,正襟危坐又落落大方,她脉脉目光凝注江心漂移的渔火。江涛在浅滩乱石间咆哮,为夜色笼罩的原野注入无穷无尽的活力,冲淡了夜行人的寂寥。望平有生以来,第一次和一个女性在月下靠得这么近,能嗅到她秀发散发出的芳香,明白了什么叫吐气如兰,他生怕这美妙时分一不留神像麦秸秆吹出的肥皂泡那样破灭,觉得脸面发烧而心跳加速,既兴奋又有些拘谨,乃至担忧他怦怦心跳被她听见。傅旦察觉到了他的微妙心境,向他提议唱一支歌。他没推辞,清了清嗓子,抬头目光射向迷茫星空,轻声唱起了日本作曲家谷村新司创作的名歌《星》:

　　　　踏过荆棘苦中找到安静,
　　　　踏过荒野我双脚是泥泞,
　　　　满天星光我不怕狂风,
　　　　满心是期望过黑暗是黎明。
　　　　啊,星光引路,
　　　　风之语,轻轻听……

唱着，唱着，他不知是兴奋还是触及心中隐痛，两注苦涩的热泪盈眶漫出。她敏锐地听出他的嗓音哽咽，她没有出声先是掏出手帕，很快又换成一只发夹，像一个医生替病人治疗创伤一般，为他轻轻刮掉脸颊滑动的泪花。她知道他心中既憋屈又充满渴望，不禁一声长叹。傅旦腕上的夜光表秒针嚓嚓游走，望平低声歌唱着任凭她摆弄，他生怕稍有不慎惊断了美妙的时分。她收回发夹别在头上，对他淡淡一笑，跟着他低声唱起：

带着热情，
我要找理想，
理想是和平。
寻梦而去，
哪怕走崎岖险径……

一曲歌罢，望平似乎从梦中醒来，站起身来对她说：
"时间不早了，我送你回招待所吧！"
她随即站起来，不出声地与他并肩而行。
他们从江岸转到马路上，再转到街路上，彼此都一言不发，又似乎心领神会，只有天上的疏星和彻夜不灭的街灯默默地打量着他们，并以柔和的光芒为他们驱赶着夜晚的寒凉。到了招待所门口，她示意他止步，捏着手帕向他挥挥手，旋即转身跨进了招待所的大门。
他木桩般地立在街边，目送着她的背影，弄不清她那优雅的手势，是作别礼仪，还是象征着不再回头……

第十五章　长江航船

　　望平鼓足勇气，走进了坐落于湖畔的县委机关大门。当他来到人事局局长办公室时，前次那个姓林的局长所坐那个座位已经换成了一张陌生的面孔，他多少有些诧异：

　　"请问林局长调走了吗？"

　　"他提拔了，县政协副主席，你找他？"

　　"不是，不是这样。你接替他的工作，那我就向你汇报。"

　　"汇报什么？"

　　"说我自己的事情，冒昧问一句，领导，我该怎么称呼你？"

　　"我姓魏，你不用客气。"他提起茶瓶倒了一杯水，无言地放在紧挨望平的桌面。

　　望平眉头一皱，轻叹一声，开口把事情的来龙去脉向坐在对面的魏局长从头到尾叙述一遍，特别强调，当初自己是服从组织安排，本人并不情愿离开学校；现在自己已经很难适应青岩公社的工作环境，加之母亲年事已高，身边无人照顾，近两年来经常发病，希望结束自己在青岩公社的培养锻炼，重回柳桥中学，依然像过去一样去教书。

　　听完，魏局长掏出一支香烟点燃，提问：

　　"你究竟遇到了什么不顺心的事情，可以对我直说吗？"

　　"是我不适应工作，与任何人无关，我希望组织能考虑一下我个人的请求和家庭的实际情况，重新给我安排一份工作。假使，你觉得好马不吃回头草，我不适合再回柳桥中学，那也行，只要能离开青岩，安排干什么都乐意，都无怨无悔。"

魏局长似乎感觉出坐在自己对面的年轻人有什么难言之隐，站起来抓起公文包，结束了谈话：

"你回去吧，我要去开个会。你个人的要求已经说清楚，但是，当个人选择和工作需要有矛盾时，你还是要顾全大局，服从组织的安排。当然，我不是否定你个人请求的合理性，至少我要先向有关方面了解一下具体情况，只要不违背原则，解决你面临的实际问题，也不是完全没有可能的。"

魏局长与望平走出门，他随即钻进了一辆停在附近路上的吉普车。望平眼见那辆小轿车喷烟离去，指望工作调动却不知下文，心中怅然有失。魏局长的答复从任何一个角度来看都合情合理，不过，世间许多事情都微妙地处在虚实之间，亦真亦幻，它就像飘在身边的空气，即使察觉到了它的存在，却没法攥在掌心。

望平沿着围墙外的小路绕湖而行。明天他要赶回青岩公社，然后，与蔡姐一起顺江而下乘船到重庆去，俗话说"出门望转"，他们真是打算去慢悠悠地转，去慢悠悠地散心，恰如慢火煨汤一般，或许能把他久憋的满怀寂寞无聊熬得别有一番滋味，享受一次淡出熟人视线的闲情逸趣。他决意不再去找傅旦了，他觉得他们彼此的社会地位悬殊，任何一种攀附往往都附加着羞辱，那种偶然相逢的乐趣只有拉开了距离才有如诗如画的浪漫情调，一如梦想与现实不能画等号，这一段际遇最好是消化在肚子里，永远不需要对他人语及。

"匡望平，你还真潇洒，一个人出来赏湖光山水，为什么不给我打一声招呼？"

望平一抬头，傅旦手上捏着一块鹅黄色手帕，笑吟吟地迎面走过来。他慌忙解释：

"什么潇洒？一片不见一匹荷叶、一朵莲花的玻璃湖，一个偶尔回家乡恍惚如异乡的落魄人，就是一介过客，没心情对着水面照自己的尘满面、鬓如霜的狼狈相……"

"别小题大做，你去了县委了吗？"

"去了。"

"找到了人吗？"

"找到了。"

"有结果吗？"

"结果？像月亮，一个在水里，一个在天上。"

"需要我帮助吗？"傅旦诚恳地问。

"用得着吗？！杀鸡用牛刀，别人会以为我不正常，免了吧。"

傅旦有些恼怒：

"瞧不起我？"

望平有些尴尬：

"谁敢？军区老首长的女儿，在这小地方，你一句话像一个炸雷。我就一只蚂蚁，借助一头大象的力量，不成了天方夜谭？"

"你就逆来顺受？"

"不，是顺其自然。古罗马诗人贺拉斯有句名言：'不管风暴把我带到什么岸边，我都会以主人的身份上岸。'我就是我自己的命运承担者，属于我的路要靠我的脚步去走，别人无法替代。当然，我要对你说一声：谢谢。"

"可是，生活不是写诗，你要正视现实。你年龄不大，身上有两样东西已经修炼到家，一是脾气大，二是颈子犟，不碰得头破血流不认输？"

傅旦在一棵柳树下停下来，用手指轻触着婀娜多姿的新枝，又用脚尖去触碰地面随风移动的一团柳絮，脸上容光焕发。

望平怆然苦笑：

"我还有什么可输的呢？活脱脱如一个没有赌注可下的穷光蛋，连当赌徒的资格都不够。我太渺小了，渺小到注定平淡，平凡，平庸。滑稽的是能拥有这三'平'的人，偏偏遇上宿命搭配的三'不平'，路不平，事不平，气不平。这好比数学中的正负数，三'平'配三'不平'，才会有归零的心态，才能找到符合社会通行的评判标准的平衡感，获得普遍的认同，谁见了谁都习惯。相反，你仰天长啸，你壮怀激烈，大家会认为你是自不量力的神经病患者。你知道吗？这就是生活在大时代的小人物……"

"我不知道该说你清醒，还是悲观？你平时有一种带着理想主义色彩的书生意气，可是，一面对现实便谨小慎微地变成裹足不前的腐儒，犬儒，害怕把天捅破了掉下来砸着你？你想一想，就算是闯了祸，真把天空捅了个窟窿，泼下一场倾盆大雨，又有什么了不起？"

"你的话，表面上道理充足，实则不是这样。你看问题与我看问题，大前提就不一样。你计没计算过，你、你的家庭，与我、我的家庭，二者之间的抗压力、承受力是等值、等量的吗？物理概念和社会概念，有时道理是相通的，人与人从来不一样。你说的雨点，因人而异，落到你头上好像洒到雄狮头上的护发液，给你舒服感；落到我的身上，很可能是一场危及蚂蚁性命的灭顶之灾，不是一种享受。请你相信，我并非胆小怕事，不是明哲保身，只是清醒地明白我所面对的现实，无论过去、现在，还是将来，都比你想当然的更严峻。我从小到大，从没奢望过一帆风顺，一路平坦。我所能做到的，仅仅是尽我所能，付出努力，随时做好了接受任何一种结局的思想准备，哪怕它属于骤然临之，无故加之，其实，它便是一介布衣的宿命。处于别无选择的位置，对于上帝安排的一切，不管自己乐意不乐意，不分逆来、顺来，都得去笑吟吟地顺受，还得表现出对此有享受的快感，有一颗感恩的心，不习惯就去适应，不堪承受就忍耐。"

他们在环湖小路上缓缓行进，不时有一只春燕掠过柳丛擦面而过，带来一份不需言喻的喜悦。傅旦眼眸闪亮，手指着近处的一座观景亭，向望平提议：

"我们到同心亭上坐一会儿吧？"

望平默默一点头，尾随她踩过一条狭窄的裸石便桥来到亭中。他知道这座亭子有些来历。抗战期间几位江阳商界头面人物在此亭品茗商议，如何挺身而出为抗日救国慷慨解囊，他们带头捐资捐物，赢得了社会的广泛响应，当时轰动大后方的特大新闻，募捐总额达两千多万法币，各地报纸纷纷予以报道，从此，亭名便由赏月亭改为同心亭。这时节，一片明镜般的湖面投映出天空飘浮的云朵和岸上晃动的人影，偶尔有一尾跳出水面的白鲢或一只垂尾点水的蜻蜓出没，等到一阵清风吹拂湖面则波动起数不清的涟漪，如同寂寞时分人心突起闲愁而不复平静。

"你是这里的人，常到这里来坐坐吗？"

傅旦俯下身子，用纸片擦净亭中环栏下的木坐板，才示意望平坐下来歇足。

"来过，不经常来。很简单，我从小过的日子几乎谈不上体面，我曾经付足过'江湖夜雨十年灯'的辛劳，却未敢觊觎'杨柳春风一杯酒'的享乐。我喜欢去人影稀疏的地方落寞自处，即使要经过观者如织的热闹路段，大概也会套用鲁迅自嘲过的那种做法'破帽遮颜'隐匿行踪。一样的风景，对不一样的人，感受每每迥然相异。"望平迟疑了片刻，手扶亭柱站立着答问。

"即使命运亏欠了你，与风景何干？"

望平未曾坐下，迅速回答她的闪问：

"人，总得有自己的眼光、头脑和见解，不然，大家都是一个腔调发声，这个世界不是太乏味了吗？况且，每一个人在探索未知和追求未来的过程中，离不开一条辅助线，那就是自我纠错，我也不例外。不过，请你大度一点儿，请你宽容我，给我一点儿审视自我、完善自我的时间，我也不想依然故我，总是留给别人一个糟糕透顶的坏印象。"

离开同心亭，傅旦再问他什么时候回青岩，他如实答复，说自己明天就回去，准备陪一个新四军老战士到外面走一阵子。傅旦感兴趣地说，她也想一同去。望平以沉默作答，他知道邀请她去有些冒失，显得不太尊重蔡姐，并且容易引起一场误会。沉默，是一座处置尴尬的避难所，许多似了未了、了也难了的事情，干脆不露声色地任它而去。无论顺其自然，逆其自然，反正是举棋不定，左右为难，处于特定场合，不负责任才是真负责任。这荒唐吗？不，这个世界本身就不断冒出百分百的荒唐，或许此时此刻'哑为上'比'三十六计'更管用。

通过一番交谈，傅旦意识到，他不习惯接受别人施与的哪怕是不经意流露的优越感，不求他人、他手的怜悯和垂恩，他渴求不附加任何条件、不委曲求全的身份和人格的平等。这世间，可能那么理想化地成全他吗？她对于他不是爱莫能助，真的爱亦难助，他无论得志和失意，都打上了一个试图自立于世的宿命烙印。她一声叹息，无奈地摇一摇头。

过了几天，望平把个人的浮沉抛在脑后，陪伴着蔡华踏上旅途。他背着柳桥中学赠送给他那个双肩背包，替蔡华提着一个拉链旅行包。蔡华只背着一个轻便的随身帆布包，上面印着革命领袖手书的"为人民服务"几个大红字，里面装着日常漱洗用品和一台海鸥牌照相机及几个柯达牌胶卷。他们乘船至江州码头上岸，又到汽车站乘坐驶往重庆的长途客车。到了重庆他们先到朝天门码头购好船票，再到旅馆登记放下行李，简单地吃过一碗牛肉面，就乘公交车去解放碑周边街区逛了一阵百货商店。次日，他们马不停蹄地到歌乐山参观了解放前国民党反动派关押革命志士的白公馆看守所、渣滓洞监狱，紧接着赶到坐落在嘉陵江畔的化龙桥红岩村纪念馆、曾家岩50号、桂园、《新华日报》等旧址景点，把那些传统教育中的革命遗迹和烈士蒙难地，一一不漏地参观过一遍。所到之处，理想主义的光环使一个个极普通的建筑物变得庄严肃穆，世间的爱与憎的种子，经由一件件历史文物和陈旧照片不知不觉地播进了人的心灵深处。来来去去的往复奔波，老太太不仅不嫌苦累，一路皆精神饱满，红光满面。望平深受其感染，同样是兴致勃勃。

晚上，他们费几番周折才找到朝天门码头附近的电影院，看了一场这个城市的"保留节目"红色电影《烈火中永生》，直到晚上十点半才散场。放映结束,老太太没有说一句话,不时掏出手帕擦去眼眶边的泪渍,她的信仰是和电影中那群气节高尚的革命烈士是一致的,以受苦为荣,视患难为宝,从不后悔,决不回头,一生经历的艰难曲折被理想的金线一串,演绎成了一个个熠熠生辉的传奇故事。一条奋斗道路,他们不辞艰辛,从少年走到白头,乃至把沿途磨难当成利息可观的巨额储蓄,过去吃足了的苦头仿佛都兑换为价值不菲的金币,每逢梦中醒来还欣慰地一笑。那样的年代,那样的人,每一个志士都抱定了"朝闻道而夕死可矣"的崇高信念,都选择了一条义无反顾的布满荆棘的危险道路,都笃行了很多可歌可泣的济世功德。

　　他们上的轮船叫致远号,极易使人联想到甲午海战中那一艘与敌舰同归于尽的名舰,不过,眼前这一艘船不是军舰是客轮,船体涂抹的油漆剥落不少,露出一块块的锈斑。走进船舱,里面的设施和电影所看过的几艘客轮的布局大抵相近,它们都行驶在长江上,甚至都隶属一个航运公司。放下行李,蔡姐搭上毛毯躺在铺位上,望平则走出船舱,倚靠栏杆凝望着浪涛翻滚的江面,以及船尾吐出的一条长长的水练。他想到了自己家乡那一条江,它是上游长江的支流,如果在家乡的港湾登上任何一条远航的船顺水而下,迟早也会抵达自己目前所处的水面。同时,自己目前所处的水面,没准就激溅着一朵从家乡水域赶来的浪花。想到这一层,他心中顿时荡漾起一股暖流。他有些惊异,出门才一两天,就想家了?莫非自己不是一块能走万里路的料子,今生今世恐怕很难成就大事,只配认领平庸日辰。

　　在客轮的餐厅里,进食的饭是用钢盘蒸熟的,它被划成一个个小方块,不像家乡吃的木甑蒸饭的颗粒松散。它是粘连一堆的,不及家乡饭粒香软可口。下饭菜是大锅炒菜,今晚是莲花白炒肉和泡萝卜,不管你喜欢不喜欢,就这两样。望平担心饭粒硬,从售饭窗口旁的木桌上取了一个干净碗,给蔡姐打了一碗漂了几片葱花的汤水,让她泡着吃饭。这时,他脑里突然冒出当知青时常听农民念叨的话:"在家千日好,出门时时难"。他在和自己对话："有什么不好呢？"不出远门，怎能开阔眼界增加见闻？不是还有一种说法："人不出门身不贵，火不烧山地不肥"，若不经历一番社会波澜的历练，甘心一辈子作孬种？

蔡姐随身背着装入照相机的帆布包，她放下筷子，添上小半碗汤水喝下，站起身来对望平说：

"我们出去看一看晚霞，很美，走吧。"

夕阳悬在船尾朝向的西方，若隐若现的山谷像是一个怪兽大张着的嘴巴，它露出黝黑狰狞的牙齿，急欲吞下一个不甘沉沦的火球。飘浮的云朵抛光泛红，苍茫暮色如一幅情调凄美的画卷。蔡姐看了看环境，叫望平倚靠偏左的栏杆，借助霞光投映出人身的轮廓。她往另一边倒退几步，取出相机给他拍下一张照片。末了，她把相机递给望平，理了理被江风撩乱的散发，换到他站过的位置，沐一脸残霞，要他趁时拍下一幅照片。等照完相，她收回相机重新放好，不无惋惜地说：

"我带了四个柯达胶卷，可拍108张，我们每人54张。路途还长，景点很多，要省着一点儿。"

"不要紧，用完了我去买。另外，你多照几张，我有几张照片做纪念就行了。"

"我一个老太太，照那么多干什么？喂，你读过张若虚的《春江花月夜》吗？"

"读过，基本能背诵出来。闻一多研究诗美学造诣非凡，他说过，它是'诗中的诗，顶峰上的顶峰'，认定它占据'孤篇横绝全唐'的极高地位。这首诗，诗句清丽冷艳，浸润着无处不在的'宇宙意识'，气场大得很，留下一片宽阔无垠的想象空间。"说完，望平选择一段低声背诵起来："江畔何人初见月？江月何年初照人？人生代代无穷已，江月年年只相似……"

"诵读唐诗真是一种享受，那么精粹，那么丰蓄，那么隽永，那么美丽，令人陶醉，令人难忘。我的精神世界，就是唐诗喂大的，以后不管是顺境逆境，它都能给我带来享受和慰藉。一个书橱里，如果抽掉一本书，你没有失落感，不觉得心痛，那一定是没保存价值的书。相反，少了它让你产生缺失和心痛的感觉，那就是一本已经融入了你的精神世界的好书，唐诗对于我就是这样。喂，我们这次到武汉，去访一访昔人已去的黄鹤楼，看一看芳草萋萋的鹦鹉洲，一定！到了九江，去游一游琵琶亭，感受一下'浔江阳头夜送客'的诗境，是呀，这一首诗，囊括了一个歌女生命中的欢愉与隐痛，引发后世多少'同是天涯沦落人，相逢何必曾相识'的共鸣啊！喂，有些冷了，我先回船舱，再去洗澡舱冲一个淋浴，你是年轻人，再玩一会儿。我老了，真是弱不禁风。哎！"

望平目送蔡姐碎步走回船舱，自己却像钉子一样立在船板上，任凭江风撩起衣襟，吹乱头发，他甚至不畏惧一场急雨从头到脚地猛淋下来，何况此刻沐浴一身清亮的月辉，真是山川如画，夜色迷人。

船到万县，广播喇叭里开始播音，告知停靠时间半小时。望平趁机下船到码头上转了转，购回半斤农民买的芭蕉叶包裹的灯影牛肉，以作船上用餐时的加菜；一路乘船就那屈指可数的几道菜轮番上，多吃几顿恐怕谁也会食欲大减。回到船舱里，见蔡姐用一张毛巾搭在眼部，似乎进入了睡眠状态。他先到盥洗间洗漱一番，才爬到紧靠蔡姐的上铺床位，躺下来休息。这时，三个刚从万县上船的乘客走进客舱，他们都是结伴出行的讲一口乡土话夹杂普通话的熟人，安顿下来并不急着睡觉，仰躺在床上聊天。

"我们县上有四大怪人，一个叫胡说，在县文化馆工作，他经常敲着响竹板坐在家门口，见子打子，现编现说，向过路人念快板，算个当街表现狂吧。比如，来个老太太，他会说：'老太太，走过来，返老还童后福在；七十变成十七样，儿孙升官又发财'。来个大妹子，他又说：'大妹子，好漂亮，脸蛋就像红太阳；出门照亮半条街，小伙子你推我搡正张望。'来个挑粪担的，他不愿挽留，则急敲竹板：'挑粪大爷你快走，田土等你创丰收；棵棵庄稼踮脚望，粪水一瓢增一斗……'"

"你就说他油嘴滑舌嘛,不算稀奇,要我去说,我都会说,只是我脸皮厚度不够。"对面床上的旅伴连磕打火机,点上一支香烟,接着朝同行的另两位抛去香烟。

"张三慌,你别插话,让他接着说,听起龙门阵睡觉,安逸!"

"前不久,胡说就笼错了鸡婆鞋。他下班回家像往日端根板凳坐在门口,朝着街上的过路人显本事,不一会儿就围了一堆人。一辆被堵住的吉普车司机直按喇叭,胡说觉得煞了风景,朝地面啐一口痰,信口开河:'喇叭昂,心头慌?回家去喝老鸭汤,半碗下肚满口香;梳好油头忙出门,钻进一条九拐巷……'司机还没等他说完,就啪的一声打了他一个耳光,再赏他一句:'胡说,你一副二流子做派,还敢当街显摆?老子按喇叭,是要送马书记去开会!'胡说,不姓胡,姓苏,大家叫他胡说,全因为他这次挨骂才扬名。第二天,胡说上班就被馆长叫去,说县委办公室打了招呼,批评他的快板格调不高,社会影响不好,以后不准张开嘴巴满街胡说。胡说从此回家就关门闭户,城里演出很少轮上他,下乡演出也从严控制。他露面的时间越少,胡说的名声越大,是个大家取乐的宝器。"

"你才说一个,他人不算太坏,算是一个吊儿郎当的滚龙。喂,老赵,你继续说,另外三个呢?"截节烟灰,慢慢开口:

"第二个叫昏吹,也叫杨不中,他真姓杨,本名杨红中,就是麻将牌张那个红中,抠字眼一模一样。话说回来,他父亲给他取名的本意与麻将无关,是指他出生于红色的新中国。杨红中是县委书记的秘书,经常随书记到基层调研。我们县办了一张报纸,比省上办的大报小一半,一个星期出一张,出报的当天早晨就会先摆到书记、县长的办公桌上。不开玩笑,县委书记的秘书写的新闻稿,县委办公室主任签字画押,哪个编辑敢不发?不过,杨红中,文字确实有点儿飘,夸大其词,一说成二,二说成三,春种他会立马联系秋收,事情还像妇女肚皮头的娃儿还没挂把把儿,他的眼睛已预见到一个圆鼓肚儿,下笔立马生下一个胖嘟嘟的哭啼娃儿。老读者晓得他写文章习惯抬天子压诸侯，调门高，水分多，萝卜变冬瓜，黑鼠变白象，顺着他的名字改绰号，杨不中，一指他不靠谱，二是借谐音嘲讽他对组织不忠。"

"昏吹，真是一支破喇叭！"那个被叫张三慌的插一句。

"第三个坏人，是第二个昏吹牵出来的。杨不中的文章汤水多，报社总编夏大彪难脱干系，所以，大家背地叫夏总编为'马屁精'，当面叫就太直接，过于伤人，俗话说'打人不打脸'嘛。于是，县里上上下下就顺着他的姓的谐音叫他'瞎编'，他本人听来也顺耳，语音上夏编和瞎编听不出区别，呵呵，高明啊！这个叫法有几层意思，一是和他担任的职务有关，夏总编即瞎总编，省掉一个字就是夏编、瞎编；二是挖苦他一味讨好上级，不讲原则，编文章捏着鼻子哄眼睛，瞎编一气；第三，我们当地乡下人叫胯下的东西为'下边'，一句土话，带着一种蔑视，它不也与夏编谐音？呵，瞎编，写出来字形不一样，听起来有好几层意思，又辛辣，又含蓄。群众是真正的英雄，民间大智慧呀，即使夏编本人听了，心知肚明，真还不至于发作。另有一个版本，夏编上厕所习惯带一张报纸去看，看了顺手扯成几块片片儿当手纸，他拿自己编的报纸不当回事，去揩屁股上那个排粪的臭孔，是真，是假，没条件、没机会去现场印证。足以见得，大家以为他编的报纸可信度不高，他妈的没啥意思。"

"继续说，最后一个呢？"

"第四个坏人的绰号叫鬼子，他姓魏，叫魏忠良，县商业局局长。在六十年代那三年经济困难时期，鬼子那时当的是副局长，把工作重点放在县食品公司和国营耀华宾馆食堂，除了自己揩油以外，确保了四大班子领导的食品供应；一般人营养不良，长得黄皮寡瘦，他却长得肥头大耳。不过，那年代人们相信组织，不多说话，鬼子运气好，还不算名声在外。等来了一场'文化大革命'，有'革命群众'揭他的老底，他挨过批斗，关过牛棚，身上的油膘掉光了，眼眶凹落，一副精瘦的排骨身段。粉碎'四人帮'后，他不仅捞回本钱，职务由副转正，浑身的肉块又逐渐丰满。条件一变，这家伙老毛病又犯，排队割肉的居民久而久之发现，腌制下酒菜的猪舌头、猪尾巴，国营商店的卖肉案板从来没摆出来过。他们到食品公司了解内幕，原来魏局长收了权，这些充当下酒菜的紧俏食品，都要由他批条子。这一下炸了锅，魏忠良被人写成'伪忠良'告发，但仅凭这点事儿扳不倒他，哪个当官的又没得疤疤点点！彼此之间，他们相互间谁又没给对方提供过好处！这魏忠良和伪忠良，嘴巴里说出是一个音，所以，有脑壳开窍的人便从他的姓氏上做文章，'魏'字分开来看是'委'身于'鬼'，便叫他鬼子，一传十，十传百，于是满街的人都这样叫，叫响了。呵，这一下四大坏人齐全了，睡吧！"

那个叫老赵的人，说完打了一个哈欠，大家闻语不再说话，各自睡觉，舱内寂静无声。

快到白帝城时，蔡华显得格外兴奋，她换上一身蓝绸旗袍，外套一件白背心，脚上穿一双中跟白皮鞋，颈上系一条红纱巾，若不是一头银丝，她打扮起来真有几分像电影中那个扮演江姐的演员。此时，正值彩霞满天，微风吹拂，她凭栏眺望着山顶上清晰可见的古建筑。望平站在一旁说：

"蔡姐，说你的形象光彩照人，真是毫不夸张。这样吧，我给你照一张相！"

望平接过蔡华递上的相机，调好焦距，选好角度，咔嚓按下快门。他兴奋地说道：

"你的造型，表情，光线，角度，背景，都很好，简直可以上画报！"

"别夸张了，你也照一张。"蔡华粲然一笑。

"不用，你赏风景吧。"望平把相机放进浅棕色人造革套子，交给了蔡华。

"真是往事如梦，一幅幅霸图转眼成空啊，只剩下这不尽长江滚滚流。不过，史上英雄们的身影，毕竟能穿越时空，仿佛一个接一个地晃动在我的眼前，就像昨天才发生的事情。"蔡华拨开额上一绺挡住视线的散发，面部表情庄重肃穆，声音略带几许苍凉。

"蔡姐，山坡上有古栈道，好险要啊，那是飞箭都射不到的高度，雄鹰要飞那么高翅膀也会拍累。当年修建它一钻一锤地凿开云雾中的坚实岩石，用树木搭出一条兵马通道，需要多大的勇气和耐力呀？"

"我知道，游三峡不仅是山河游，也是历史游、唐诗游，对我而言，还是青春游。在这里，大江上下的岸畔，都撒遍了我的青春足迹。我乘船往返过好多次了，最深刻的印象是1938年的那一次，岸边停靠着数不清的船舶，江面上移动着数不清的货船桅杆，其间少量是火轮，多数是木船，船上装满内迁重庆的重型装备和稀缺物资。那是一场逆水行舟的战略转移，或者该叫败退。千百艘航船拥挤着上行，帆篷满江，桨橹猛荡，别说是木船，即便是火轮也像喘着粗气、迟钝拔蹄、笨拙挪动的老黄牛，一队队少几十人、多上百人的裸背纤夫匍匐牵引的大木船如同被铁钉拴牢于江面，一排骇浪猛扑过来船身也不禁一阵颤抖。望平，你没见过那种场合，纤夫走过的江滩，除却一片密密麻麻的凌乱脚迹，还落下了触目惊心的汗凿、汗浸的沙窝和湿痕，顿时，让人感受出一场抗日救亡运动的艰苦卓绝。你很难想象，那才是震撼心灵也振奋斗志啊，没有任何一幅画比那场面更有磅礴气势和辐射力道，就像有万千支飞矢射穿你涉世不深的幼稚幻想，就像有无数记猛拳砸痛激活你每一根麻木神经。列宾创作的名画《伏尔加河上的纤夫》与之相比微不足道，只有身临其境的人才能体验到那种热血沸腾的激越情怀，人的身躯如同瞬间变成了被怒火烧红的一堆钢铁，恨不得立即去和践踏祖国河山的万恶敌人展开一场殊死搏斗。是啊，就像辛弃疾的词境所展示的那种悲痛往事：'四十三年，望中犹记，烽火扬州路'。是的，国家绝不能亡，那么，剩下的只有靠我们一代中华儿女毅然挺身而出。于是，不久我便走出了已经名存实亡的校园，开始一种接受枪炮声洗礼的崭新生活。说实话，我从没在火线上亲手射杀过敌人，连一个也没有，我发出的只是不愿做奴隶的怒吼，唤醒民众的呐喊，振奋战友士气的歌声，我们为国家奉献的是一腔燃烧的热血和精诚的忠贞。"

轮船行至巫峡，望平搀扶着蔡华登上船顶。蔡华要他赶紧为她照一张相。那时，她仰头凝注山顶的女神，举起一条手臂优雅地挥动红纱巾，以不急不缓的语速朗诵着舒婷《神女峰》中的两句诗："与其在悬崖上展览千年，不如在爱人的肩头痛哭一晚。"

连拍了两张照片，望平又建议蔡华站到船顶尾端的旗杆旁，让她开心的笑容与飘拂的国旗形成一道独具魅力的景致，乐得她像一个孩子似的蹦跳了几下。峡谷两旁的耸立大山，沟壑间游移的云朵和金灿灿的阳光，以及穿峡而去的滚滚波涛，使取景框中的造型极富生命的动感和淋漓的欢愉。

船到宜昌，已经投入运行的葛洲坝出现在前方，游客纷纷不顾烈日站在甲板上观摩，一道堤坝好像给长江束上了一条腰带，"人定胜天"的豪言壮语在这里得到了最具体最直观的诠释。蔡华高兴得双眸晶波滚滚，掏出手帕揩去眼角的泪水，她在有生之年终于看到祖国走向强大。当他们所乘的轮船船体驶入了辅航道，船尾水闸紧闭，船头水闸渐渐打开，伴随闸中蓄水徐徐退落，客轮平稳顺畅地降至水位悬殊颇大的下游江面，从而继续它的远大前程。反之，轮船要上行时，亦如法炮制驶入辅航道，船尾水闸关闭后，逐渐灌水上浮，直至与上游水面平行再打开前闸驶出。蔡华把手臂搭在望平的肩头，说出内心的兴奋：

"今天开了眼界，这个水坝，防洪、发电、通航，功能完备，功不可没，真是千秋伟业啊！"

望平同样激动不已：

"真是，百闻不如一见，不走这一趟，我还是一只井底之蛙，国家真在变，日新月异的巨变。"

那天黄昏时分，客轮停靠在武汉港口。望平征求蔡华的意见，在码头附近的一家价格适中、服务条件较好的宾馆住下。第二天，进入一个小吃店用过早餐,他们便乘上公交车直奔位于长江大桥南端的武昌蛇山。登上山巅,在建的黄鹤楼外部工程已经完成,内部装修还在继续。这里,离五十年代修建武汉长江大桥拆除的旧楼地点相差一两华里,新楼规模更大,却不是当年毛主席写《菩萨蛮·黄鹤楼》时登临过的那一座古楼了。蔡华乘兴而来,不甘败兴而归,便要望平以巍峨宏丽的新楼为背景拍下纪念照,又拉上望平,请旁边会摄影的游客代劳拍了一张合影。下山时,蔡华有些怅然:

"我们来早了,这座新楼的内部修缮还在进行,对外开放的时间还没到来;反之,我们来迟了,要是赶在修建长江大桥以前,那原址的旧楼还没拆掉,我们一睹那座饱览世事的名楼风采,那该多么令人心旷神怡啊!可惜,这恰恰是人生,不,人间的一种遗憾。你精心准备好要去迎接的事物,偏偏扑了空,或者时辰不佳,终归是错过了。这个世界,自古至今从没少演过令人啼笑皆非的滑稽戏,而这一出出戏中,有时我们是一个主角,有时是一个配角,有时是一个临时上场的串角,有时毫不相干地处于戏外。总之,人的一生,其实是什么样的偶然都可能出现,你认为是必然的东西到头来是未必然。无论是笑是哭,似乎都不妥当,命运往往让人尴尬得哑口无语。"

望平挽着蔡华的手臂,以调侃语气安慰她:

"蔡姐,没什么可遗憾的,即使我们今天运气挺好,能够高高兴兴登上黄鹤楼的顶楼,依然已不是传说中的仙人画黄鹤的那座楼。它没有留下崔颢、李白、白居易的足迹,也不是毛主席登临过的原始楼,反正'昔人已随黄鹤去',登上去也不是古楼,是根本没有任何资历的新楼。"

蔡华停下脚步,向江心望一眼,长叹口气,目光茫然地感慨:

"你读过李白写的《春夜宴从弟桃花园序》吗?他这样抒怀:'夫天地者,万物之逆旅也;光阴者,百代之过客也。而浮生若梦,为欢几何?'物是人非啊,我们今天去看的鹦鹉洲,已不是唐朝诗人亲眼目睹的那个鹦鹉洲了,那个江水环绕的鹦鹉洲,早就沉没于明末时期。现在的鹦鹉洲,是清朝乾隆年间新淤积起来的江洲,它已和汉阳连成一片,千古江山,屡经变易,只剩人的思古恋旧的情怀,万难割舍。"

"蔡姐,你真是博闻广记。"望平忽然想到什么,补问一句:"那今天,我们还去新淤积的鹦鹉洲吗?"

"去,为什么不去?"

蔡华收回目光,瞧一眼身边的望平,加快了脚步。

第十六章　机会一闪

半月后，望平回到青岩公社，他刚开锁进入办公室，孙建义就过来打招呼，通知他去郭同力办公室一趟。孙建义跨出门，又回过头来，见望平依旧捏着抹桌帕擦拭桌面，没有立即动身的迹象，便提醒他：

"望平，你走这段时间变化大得很，彭书记调去当县粮食局副局长，郭书记转正为一把手，副书记马东明是刚上任的，你大概还不知道吧？"

"孙秘书，谢谢你告诉我，我这就去。"

望平丢开抹桌帕，挪开挡路的藤椅，反手带上门，径直朝郭同力办公室赶去。

"坐，坐下来，先说说你，说说蔡华的情况。"

郭同力把已沏好茶的杯子放到望平面前。

"我陪蔡姐沿长江走了一趟，回来时，又陪她上了黄山。她一路很开心。返回来，她要我送她回地委宿舍，一时半刻她不打算到这里了。"

"我知道。你自己有什么打算？"郭同力面带微笑，注视着望平反问一句。

"我的打算有什么用呢？我的命根子，永远捏在组织手中。现在你就是组织，还客什么气呢？事实如此，我是党的一块砖，由党烧来由党搬，我做好了被搬到厕所砌尿槽的思想准备，从没想过砌上花台出风头。我头脑不发高烧，不为难组织，不抱什么奢求。至于提到个人打算嘛，就像你早就吹过的，成都人取笑那个不顾日晒雨淋站立街头的'工人阶级'等于'零'的雕塑像，'工人阶级'脚下踩着一个空空如也的大钢圈圈儿。我现在即使有什么想法，都等同于他脚下踩着的那个大零圈圈儿，还有什么可说的呢？"

"抽一支耍吧，别说得太悲观。"郭同力说着递上一支烟，"我们多聊几句，没准，以后这样面对面聊的机会就不容易有了。"

"会有的，我在彭书记那里，就像喜剧影片《满意不满意》里那个在得月楼餐馆端托盘跑堂的小杨，遇委屈便采取'自我打压法'，控制住自己的不满意；有想法，话冒到喉咙口，也要硬吞回去，烂在肚皮头。对郭书记，我不留神已原形毕露，不过，算不上翘尾巴，我屁股后绝对没长尾巴，想翘也做不到。充其量我就是说话不注意，一不小心就发泄出来，成了牢骚话。当然，我不及别的人，他们有高见，张口说出来，在你眼里是贡献出来，是宝贝，珍贵得很！我有什么错处，你尽管严厉指出，严肃批评，英明指正。我反复学过《为人民服务》，记得毛主席的谆谆教导，只要你说得对，我们就改正。不，在这里要省去们，不能把包围圈下大了，我改正。"

"这就对了，对了。"郭同力面带笑意，猛抽一口烟，喷一串雾圈，才开口转入正题："县委组织部上周就通知你去一趟，已过去一个多星期，事情有没有变化很难说了。工作上的事情，你先不过问，回寝室去收拾一下，休息一会儿。今晚我私人请你喝台酒，明天你就回城去，等有个结果才回来。放心，我不会扣下你做人质，也不会先灌醉了你，再把你拉到女儿国去卖一个高价钱，我没打你的主意。当然，你到底值钱不值钱，不由我说，不由你说，由组织上说。你说，是不是？"

"你该不是又在挖坑了吧？我可不是耍光棍，是真光棍。我就是衣服、裤儿被你骗得精光去换酒喝，我照样不怕赤条条来去，我早已一无所有，谁怕谁？当然，真是那样，谁舍得赏我一片遮羞的芭蕉叶，我也会感激。你是一朝权在手，便把令来行，我不敢耽误你的大事要事，真的回办公室搞卫生，去抹那一桌像我一样微不足道的灰尘了。"

"喂，望平，我不是开玩笑，说的是正话，给你交代的是正事，也是公事，立刻照我说的办。"

第十六章　机会一闪

望平见郭同力一脸正色，知道他不是和自己开玩笑，点一点头，旋即起身离开。

望平回到宿舍，先到供销社食堂续了一瓶开水，为自己沏了一杯清茶，然后，拿起扫帚着手清扫地上的灰尘。

"望同志，你快出来。"

望平开门一看，来人额上冒出了汗珠，他是供销社化肥仓库保管员汪启义。望平联想到他的绰号叫"汪屁娃"，虽未冲口而出，脸上也藏不住笑意：

"汪大哥，你有何吩咐？"

"我吩咐？是郭书记吩咐华经理，华经理吩咐我，要我想办法安排你搭上回城的便车。现在来了一辆送化肥的日本三菱货车，坐起舒服，已经卸完货，开到粮站去装返城的粮袋了。我给司机打过招呼，他姓刘，拿好了言语，除了你谁都不捎带。你收拾一下去粮站。另外，华经理要我给你一包红牡丹，你打点刘师傅，让他开心带你回县城。"

说着，汪启文递上一整包红牡丹香烟。

"谢谢你，汪大哥，让你操心了。可郭书记刚不久还说晚上一起喝台酒，我先去给他打个招呼。"

"点上，抽一支。"汪启文从自己胸前衣袋抽出一支香烟递上，空着的手闪电般从裤包里掏出打火机磕燃，嘴上继续说，"你别去了，华经理肯定给郭书记打了电话去表功，显屁股白轮不上我，也不劳你多跑一趟。兄弟，看你本分，我照实说！"

"那我谢谢你，让你淌汗跑一趟，多不好意思！"

"别客气，我回仓库里去了。那几个临时叫来的搬运工，个个一副贼眉贼眼的样子，稍不留神会扛一袋化肥丢进山草丛，我是吃过亏的，不敢久留。"

汪启文话音刚落，已一阵小跑赶回去。

次日，望平吃过早饭便出门。他先环绕县委门前的西湖转了三圈，一边漫步，一边沉思。组织部找自己谈？原本是自己先去找人事局魏局长反映情况，现在却是组织部找自己谈！他知道自己在社会的天平架上就是一粒菜籽，轻得分量可以忽略不计。想到这里，望平一咬牙，毅然跨进了县委大院的大门。

望平先到组织部办公室，招呼一个戴眼镜正埋头书写的工作人员，自报来路和姓名，询问自己该进哪一间办公室。

"姜部长，青岩公社的望平到了，你忙吗？"那个同志打一通内部电话，低声汇报。隔一会儿，他搁下电话，对望平说："你先在这里坐10分钟，等姜部长处理一下公务，我再带你过去。"

听罢，望平默默一点头。他扫了一眼腕上挂着的手表，在进门靠墙处放着的一条长藤椅上坐了下来，静静地等候着。

"你随我来。"

望平一抬头，见一个身材匀称的中年人笑吟吟地望着自己。他立刻明白面前这个人就是姜部长，便起身尾随他迈入走廊尽头的另一间办公室。

姜部长泡好茶水，把杯子放在茶几上，再掩上屋门，要望平和他并排坐在一张条形沙发上，拉开了话题：

"望平同志，我叫姜德华，在部里主持工作。先问你一句题外话，不属于我们这次工作谈话范围，随便问一问。我侄女小白，昨天把从县图书馆借阅的一本《海潮》文学期刊掉在我家里，我回家时顺手抓来翻阅了一阵。请问，你是不是写过一篇叫《雾罩苍山》的短篇小说？我读过一遍，挺不错。你告诉我，那个望平是不是你？"

"是。我投稿才一月，没想到这么快就登出来了，真还出乎意料。"

"位置还很显著，你知道吗？刊首栏目8篇小说，你排第二，第一篇是大名鼎鼎的孔思扬。你算是一个江阳才子，祝贺你。"

"我那篇作品粗糙得很，是一篇还没入门的习作，不值一提。"

"你为什么省去了父姓，取名望平？你乐意告诉我吗？"

"我父亲抗日战争时期参加过远征军。他前些年在世的时候,活得很窝囊。我受他牵连,人生道路也一波三折。所以,我埋怨他,恨过他,一赌气换成了现在的名字。不过,今天我醒悟了,懂他了。前不久,我陪伴蔡华老师——她要我叫她蔡姐——上了黄山。下山时,我看见天都峰附近的一匹百丈悬崖,上面有10个桌面大的刻字:'立马空东海,登高望太平'。据说,它是一位抗日将领带领他的下属腰系绳索悬空作业,花去了半个多月的时间,在坚硬岩壁上凿刻出的气吞山河的豪言壮语。我触景生情,热泪长流,似乎顿时明白了父亲为我取名的用意,匡扶社稷,守望太平。我错怪他了。此刻,我无比内疚,却无法补救。"

"好。一个时代,有一个时代所要面临的不同现实,有时还很严峻。一代人,有一代人所要承担的特殊使命,有时还特别沉重。过去的就让它过去吧,走好未来的路,这才是最重要的关键点。懂吗?"

"我懂。"

姜部长伸手把茶杯往望平面前略微一挪,转入正题:

"你陪伴蔡华同志去旅游期间,地委组织部发出了商调函,准备调你过去,但是,很遗憾现在跨县调动已经冻结了。你大概还不知道,南川这块地盘太大,国务院下达了调整区划的批复,地委、行署都随即要撤销,地级机关人员要统一分流。原地区所辖18个市、县已分割为金沙市、江州市两个平级市,兴隆县划归毗邻的田原市,江阳县划归毗邻的南屏市。我呢,等南屏市任命的新部长一到任,把县里调整区划涉及的交接工作做一个了结,就到金沙市走上新岗位,我也要走了。其实,无论你在不在旅途,结局都是这样。向地委推荐你的人,是蔡华同志吧?她也没想到大格局的调整,来得这样快,这样突然。"

"啊,是蔡姐,她对我只字未吐。"

"她是老革命,讲原则,党性强。你能得到她的认可,看重,值得你自豪。读过你的那篇小说,我大概明白了她推荐你的主、客观原因。我现在请你来,是征求你本人的意见,一是等我到金沙市委后,一旦人事调动解冻，依旧调你过去；二是留在江阳，县境内人事变动不受影响，你可以向我提出个人要求，我尽可能照顾你的个人意向。我看过你的档案，大专学的政治专业，这在机关很对路。你看，县委、县政府办公室也行，到宣传部也行，宣传部眼下缺理论干事和文化干事，你两样都适合。听说，你和蔡华同志出行前，你找过人事局魏局长，提出你母亲身边无人，你是独子，父亲去世，母亲已满60岁了，要求调动工作。留在江阳你自家有住房，到金沙解决住房可能要拖一阵，我也左右为难。最主要的是你自己打算如何？"

"我就留江阳吧，我不是好高骛远的人，不愿落下志大才疏的笑话。但是，需要向你汇报一下，我性格比较直，不善于掩饰自己，克制自己。不少文人以自我为中心，个性张扬，容易放大自我肯定的成就感，性情又过敏而孤傲，我不适合泡在文人圈。我写小说，完全是一时兴起，不吐不快，现在没有，以后也不会产生想成名成家的奢望。"

"好吧！"

姜部长正打算站起来送客，突然，门外走进一个穿短袖白衬衣、扎蓝裙子的姑娘，二十出头，身段匀称，相貌灵秀，一双活泼的眼睛明晃晃地闪烁，开口时略露两排贝壳般整齐洁白的牙齿，双颊显出一对浅浅的酒窝，嘴角挂着一丝大概永不消失的笑意：

"幺叔。"

"小白，你怎么来了？"姜部长有些惊诧。

"我就不能来？"她发出一串咯咯的笑声。

"姜部长，谢谢你！"

望平欲走出门去，又猛然念及似有不妥，停步向姜部长告辞。

"不急。"姜部长拉回已跨到门口的望平："来，你们认识一下，这是我的侄女姜小白，渝州大学物理系大四学生，今年毕业。"

"哦。"

姜部长又向姜小白介绍：

第十六章 机会一闪

223

"他是青岩公社来的望平同志。别以为人家来自基层，他也读过大专政治专业，1977年百中挑一的考生，底子不比你差。对了，你借阅那本刊物《海潮》，上面就有望平写的小说。那不是浪得虚名，要考笔下功力，该不比你逊色吧？"

"政治系？不就是学些摆在桌面做样子的理论文章，像我们学校一些夸夸其谈的同学，开口讲些大而不当的道理，脑子里装些空而无用的东西，我该没攻击你吧？"

"没攻击，我学的知识的确是不进校园都可以学到的大路货，甚至基层肯自学的人，他们掌握的有用知识比我们进过课堂的学生还多。"望平被戳到痛处，害臊得满面通红，根本没打算辩解。

"对了，我拥护，真话，知识的老套使人不得不谦虚起来。同理，知识的新潮使人不得不自豪，我就是这样。对了，你读书的时候，听说过萨特吗？你读过他的书吗？"姜小白毫不客气地坐到望平坐过的沙发位置上，她正襟危坐，眼光显露挑衅的狡黠，绝不怕留下反客为主的印象。

"听说过他的名字，读过一点儿他的书。我知道，我们政治系好多课程都像万金油，哪里都可以抹一点儿，哪里都派不上大用场。不过，它训练过我们的头脑，开阔过我的视野，让我们看到无用之用，知道除了吃喝拉撒还有一个更高层级的精神需求。同时，我在那个条件特别受限的校园里，乃至经常到那个不太叫得响的城市的图书馆，几乎搜尽了所有的藏书目录，试图通过不懈努力扩大求知半径，积攒自己的知识底子。姜小白，我羡慕你的就学条件相对我而言更好一些，也欣赏你的尖锐爽快，不过请你相信我不是白痴，懂得知识就是力量，知识改变命运。你们称得上有胜必有方的人杰气概；我们也勉为其难，力求保留一点儿败不失态的君子气量，借重阅读和思考，去自力更生，去奋发图强，把知识的荒漠改造为绿洲。"

"么叔，你的客人言辞锋利呀，用谦虚的语言表达骄傲，以示弱的形式掩饰攻势。我喜欢棋逢对手的势均力敌，我还是要继续和他对话，要听他亲口说出对萨特的看法，看他怎样回答，该不会继续闪烁其词吧？"

"小白，你要学会尊重别人，不要自以为是，不顾别人的感受。嘿，你口气不小，吐词很现代嘛，对话？喂，我差点儿忘了问你，我隔一会儿要去开会，你今天来找我做什么？"

姜小白仰脖一阵笑，手捂着肚子，喘着气答话：

"幺叔，我在你眼里成了吃人的老虎吗？或者，你以为我像一条红麻子毒蛇，纠缠着你不肯走？我告诉你，我找你就告诉你，别听我爸、我妈扰人不倦、滔滔不绝地对你经常讲，反复讲，你是不是已经误以为真存在什么少年小白之烦恼。我的毕业分配不用你操心，我也要秀一回自己靠自己的志气。我跑这一趟，夺门而入，冲口而出，就是要当面向你爽爽快快说出这一句话，就这一句话：'我的事情我做主'。"

"好啊，我支持，一百个支持！"姜部长欣赏地望着自己的侄女，顿了一下，"我要补充一句，我们的小白在困难的时候，要看到成绩，要看到光明，要提高自己的勇气。当然，还要想到和相信自己的幺叔，好不好？"

"拥护，一万差一的拥护……"姜小白两手捏拳，高举过头顶。

"一万差一个什么一？"

"你要当面向我表态，说话算数，绝不插手我的分配，不要向我抛出一个怜悯无助者的绳套，那是变换个花样的束缚。让我替自己做主，去做一次'自由选择'。"

"我保证，你也保证，今后不会后悔流眼泪。"

"我是女儿有泪不轻弹。"姜小白说话时，昂头一扬。

"到此为止吧，你和望平先离开，一边走，一边对话，好不好？我这是办公室，有保密纪律。我收拾一下文件要去开会，不能再留你们了。"

"姜部长下逐客令？不行，我要他先回答过我提的问题再离开。"姜小白坐着不动，鞋跟使劲儿一碰，向姜部长一瞪眼。

望平准备硬着头皮应答，先向姜部长投出抱歉的目光：

225

"请允许我班门弄斧，回答她几句。"

姜部长默默地一点头。

望平面向姜小白善意地回应：

"萨特是法国人，1964年获得过诺贝尔文学奖。他是西方存在主义哲学最有影响的人物之一。存在主义是本世纪最重要的哲学门派之一，它主张以人为中心，提倡尊重人的个性和自由，这也是你们这批在校大学生对他着迷的重要原因。存在主义哲学产生于第一次世界大战之后，风行于第二次世界大战期间，随着战乱频仍，过去靠宗教这一包容一切的意识形态的西方框架所象征的精神救赎，已经捉襟见肘，干脆说已经失灵。在这种语境下，个体的人没有了归宿感，成了漂泊于社会族类中的'外人'，自己将自己异化。此时，需要一种理论来化解存在于社会层面的纷扰和个体的人的失落感，这就给存在主义哲学的应运而生提供了一块社会土壤。萨特自诩是马克思主义的追随者和继承者，实际上他更接近于人道主义者。他所偏爱的'异化'概念，源头来自马克思在中青年时期的大量著作。存在主义哲学提出了三个基本原则：第一是'存在先于本质'，人的'存在'在先，'本质'在后；第二是'世界是荒谬的，人生是痛苦的'；第三是'自由选择'，这是萨特存在主义哲学的核心内容。萨特指出，人在事物面前，如果不能按照个人意志作出'自由选择'，这种人就等于丢掉了个性，失去'自我'，不能算是真正的存在。萨特的存在主义哲学是欧美后现代主义文学各个流派的思想基础。存在主义，它的本质是着眼、着力于当下，在过去与未来之间，选择现在；在此在与彼在之间，选择此在；在入世和出世之间，选择入世；在社会责任的承担和放弃面前，选择承担，这就使它具有立足现实又勇于前瞻和进取的典型特征和积极意义。萨特毕生以探索真理为荣，尽管他说出的话未必真的有理，至少现在的大学生热议萨特，使人联想到并且发出追问：当代欧美的马克思主义哲学研究是不是沿着一条走向正确的道路拓展，它有什么值得今日中国的改革开放，以及年轻一代加以借鉴的经验和教训？西方有句格言：'条条道路通罗马'。存在主义哲学在校园中引起关注和热议，说明中国的知识精英不仅在关心国家前途，而且开始学会从不同视角、不同维度去观察事物，从更多渠道倾听观点不尽一致的各种发声，打破了过去的思维定式，这未必不值得肯定，未必不是一件好事。我读萨特的原著少，表达的依据不充分，这些话仅是一孔之见，不足以抛砖引玉。"

"OK，对萨特作品的理解'入乎其内'，对它的解读'出乎其外'，幺叔，他真了得。"姜小白面对姜部长说话，举臂向望平竖起一枚拇指。

"小白，你是小瞧人家了吧。他这番话，不仅算给你上了一堂课，也算给我上了一堂课。"

望平和姜小白交谈着走出县委大院，她停下来，抬手搭在额上遮住阳光的射线，向荷花盛开的湖面一阵巡视，建议他和自己绕湖散步一圈。他们拾步穿过湖上一座石墩木面的平桥，走向荷湖的另一侧。这时，她才语调柔和地说道：

"我读过你那篇小说，对你描述那种生存境况感同身受，我能理解作者的用意。它如同冰裹着的火焰，朴素平实的语言中蕴藏着一种与倔强的生命同在的诗性，渴望着获得他人对自由选择的宽容和尊重，表现这样一个主旨：以任何名义强加于人的安排都缺乏道义依据，它对于任何人，都是一种不容置疑也不可接受的亵渎。我觉得那个主人翁宁致远似乎是以你自己为原型，很像你今天表现出的那种宁折不弯的个性。喂，他还有几分像法国作家罗曼·罗兰《约翰·克利斯朵夫》中的男主角，也晃动着爱尔兰作家艾·丽·伏尼契《牛虻》和苏联作家奥斯特洛夫斯基《钢铁是怎样炼成的》两本书中的男主人翁的影子，也找得出路遥《人生》中高加林的个性痕迹；他们身上都带一点儿可以追溯到睥睨八方的拿破仑和自封为精神帝王的贝多芬身上的那类个性：征服命运而不被命运征服。近些年，在刊物中冒出头的一批经历过生活磨炼的优秀作者，比如路遥、靳凡、梁晓声、陆天明等，他们的文字都不短缺骨骼中的钙质，一股英气扑人，一股血热暖人。我代你点明潜在的主题，如果上帝不公，你就把背影留给上帝；如果命运不公，你便有掀翻一张判官桌子的理由。喂，你说，是不是这样？"

说完，她睁大一双黑白分明的眼睛，热辣辣地盯住望平。

望平暗自惊讶，这一番话哪像出自一个物理系就读的在校生的口中，倒像出自于中文系的讲师之口，而她显然事前没和任何一个人探讨过他的小说。如果他本人不是作者，很可能以为她是信口开河，仅仅转述什么人的泛泛而论。她这么年轻，又是初逢乍遇，怎么看文入骨三分，简直比作者本人更懂作者？他露出不胜表扬的惭愧，视线移向荷花含苞欲放的湖面，音量不高地回应：

"我没你想象的那么高明，那么理性，那么老谋深算，只不过像一只受惊吓后狂奔不停的麋鹿，不顾一切地放纵文笔，明知前面是一丛荆棘，会弄得伤痕累累，血迹斑斑，依旧鲁莽地迎头撞去。其实，我身后存在的嘲笑和羞辱，比一管猎人的枪口更可怕，耳畔随时会'砰'的一响。假使我就是那只注定要被击倒在地的麋鹿，我落气前最大的心愿便是保留最后的尊严，我会挣扎着扒出一个深坑，掘出一个埋葬自我的坟墓。这样的文字，一纸愤慨、迷惘、绝望，仅仅是胸有不凉之血、难抑之气而发出的不平之鸣，我不以为它有什么文学价值。"

"你是写实吗？你真有那么一段经历吗？"

"形象大于思维，一篇作品一经问世，便毁誉听之于人，我无力左右，听之任之。请原谅，对你的提问，我不打算回答，无可奉告。"

"那么，你可以为我做一件事吗？"

"说吧。"

"为我折一枝荷花，将开未开的花蕾，你答应吗？"

望平收回赏景的目光，有些困惑地打量着离自己很近的这位姑娘，她此时正从雅致的裙包中抽出一条黄手帕，漫不经心地擦拭着额头和脸颊，仿佛是一个事不关己的旁观者。他沉吟了片刻，终于开口：

"提一个条件，可以吗？"

"可以。"

"我明白，你是真喜欢荷花，我也乐于满足你的盼咐；但是，我也知道，它对于我不算一个文明的举动。所以，我希望找到一点儿心理上的平衡感，或者是一个预防措施，一个文过饰非的幌子，我给你五元钱，假使管理人员冲过来，你替我递给他，说是我为一个生病的好朋友找急用的药引，那个生病的人你可以不告诉他。当然，你也可以告诉他，那个病人就是你。"

望平不等姜小白回答，摸出一张钞票放到桥头栏杆上，把裤管一挽，脱掉塑料凉鞋，顺着湖堤涉足水中，向一朵迎风摇晃于荷叶之间的鲜艳花蕾蹚过去，探手贴着水面折断一根翠绿的长长花茎。凑巧，直至一双湿漉漉的赤脚踏上岸坎，居然无人路过，无人发现。他把花枝递给她，她把钞票还给他。姜小白双手握着花蕾，凑鼻一触，顿时，她的脸庞即刻泛起两团不知是象征兴奋间或羞涩的花样潮红，微露些许未被咄咄逼人的刁蛮所尽数遮蔽的妩媚羞晕。

"小白，我要赶回家，清理一下思路，也需要把你么叔的谈话内容告诉我妈妈，征询一下她的意见。"

望平停步站在一个岔路口，憋足劲儿说出一句话，他手足无措地呆呆看着她。

"好吧，"姜小白显得举止大方，她腾出一只手向他伸出，"我们还能见面吗？你乐意吗？"

"希望能，我乐意。"

"那么，明天上午9点，就在平桥这头，我们相聚半天，再各奔东西，行吗？"

望平肯定地点头。他握着她温润柔绵的手掌，拘谨得面孔涨红，手臂一阵颤抖。她让他先走，他走了几步又回头，见她伫立烈日下目光相送，便向她挥手致意，猛掉头疾行而去。

第十六章 机会一闪

又是一个明天。

望平走出家门，金色的阳光从头到脚照射着，他的心情特别愉快，似乎这半天不期而至的临近，充满着某种无法用言语清晰表达的朦胧期待。

姜小白比他先到，她娉婷的身影独立在县委大院对面的平桥头，穿着一件带大翻领的碧蓝色的T恤衫，翻领和衣衫下端的边沿有白蓝相间的条纹，裙子也是碧蓝色的，刚巧盖过她的膝盖，裙摆边沿照样有白蓝相间的条纹，明显是套装。足下则是，雪白的短袜，深黑的皮质凉鞋。她怀中斜抱着一把米黄色的吉他，浑身散发出朝气勃发的现代气息。

他加快了步伐，上前与她打招呼：

"呵，傍湖，依山，临桥，满湖荷花作背景，青山斜坡作衬托，真是光彩照人的青春形象！"

"用得着讽刺或奉承吗？上山，我们去那个冷杉林吧！"

上山的路上，她偶尔轻拨一下琴弦，半坡山上停顿了片刻，转头模仿着他幺叔的语调发问：

"望平同志，我可以问一句吗？你今年多大岁数？"

"可以啊，出一道题你猜吧。我1977年参加高考，在此之前当过4年多知青，下乡之前是初中学历，大专毕业后教过一段时间的书，然后又到县里最边远的公社工作了若干年……哎，打住。一句话，我是大龄青年，对于你，肯定是老大哥的级别。"

"你用得着如此弯山绕水吗？"

"我比你大五六岁吧，看似跨度不十分大，对比人生际遇，已明显存在代沟啊。你们是自然生长，是成长期没受到多少干扰的成材林。我们呢？好比那种日本引进的泡桐树，对，像那种的带试种性质的速生林。小学还没毕业，就开始停课闹革命，复课时又遇上社会实验缩短学制；初中刚毕业，就16岁，我们又受到命运的特殊照顾——提前享受一般已成年人才有的待遇，服从一声绝对号令，一年又一年与农民一起早出晚归，一样地脸朝黄土背朝天付出劳力，一样地吃苦头，一样地饥不择食。好不容易等到一场千军万马过独木桥的首轮高考，别人根本不曾考虑你填写的个人志愿，吃准你慌不择校，随便扔你进一所过去从没听说过名字的学校。坐下来读书，还读得半生不熟，国家又以人才青黄不接为由头，把专科的三年学制缩为两年学制，让人过不够求知瘾。等到参加工作，你以为这下该稳定了吧，上级又以个人必须服从组织的理由，调你没商量。你叫苦吧，局外人以为你身在福中不知福。你信奉的萨特提倡的'自由选择'，我至今没有撞上。前些年，还有一句时髦话，发挥个人的主观能动性，等你发现自己无时无刻不戴着一条'不讲客观'的金箍，你以为你会比唐僧的大徒弟孙悟空更有本事吗？即使你一蹦，翻了一个离原址十万八千里远的腾云筋斗，尽管蹦来蹦去却照旧跳不出如来佛的手掌心，哪敢自以为是！我们的青春，很难找到足以炫耀一时的闪光点，倒像一次饱经忧患的逆旅。所以，当你出题考我对存在主义哲学了解的程度深浅的时候，我早已'曾经沧海'，任何一部教科书上的'存在'，在我眼里都微不足道，真是'难为水'啊！"

说完，望平像打坐参禅的高僧，面部表情只剩一副波澜不惊的淡然。

"我再问一句，你昨天为什么不怕可能招惹麻烦，跳进湖中给我摘回一朵美丽的鲜苞。现在，我把它插在家中的花瓶里养着，看见它就心里美滋滋，乐滋滋，家人谁都不敢碰我的花瓶。哎呀，我连这也告诉你。"

望平又几分恼恨，悻悻地说道：

"你臭美，我这一生只能为你如此做一次，不会有第二次。"

"为什么？"

"你一定读过清代蘅塘退士编选的《唐诗三百首》，记得第一首吗？就是张九龄的《感遇》。"

"你以为，我真的是崇洋媚外，对国学胸无点墨。我背：'兰叶春葳蕤，桂华秋皎洁。欣欣此生意，自尔为佳节。谁知林栖者，闻风坐相悦……'"

姜小白忽然意识到什么不对劲儿，戛然而止。

"还有一句：'草木有本心，何求美人折？'"

"你是指代，不，你的动机暴露无遗，你想批评我有所不妥吗？"

"不是，那时我很想让你开心，也很感激你对我的测试。我不想让你扫兴，满足了你对我提出的第一个要求，其实也是举手之劳。但是，你细想过没有，我们毕竟接受过相对良好的教育，凡事不能仅仅局限于愿不愿、敢不敢，还要掂量对不对，该不该。昨天，幸好没人发现，不然相反会因为我的冒失之举，扫尽你这女士的脸面。这样的事情，我顾不顾及你的脸面，都是二难选择，非我不愿，实为不妥。"

"好，昨天我给你打了100分，这一番话，我再给你打100分。你得了双百分，该满意了吧？我向天起誓，今生今世绝不会动第二次念头，我也要做护花使者。"

姜小白脱下丝袜、凉鞋，打着赤脚踩进冷杉林旁边的草坪。她拨响吉他，唱起一支圣桑谱曲的《天鹅》，望平立刻沉浸入一种梦幻般的陶醉中，静静地倾听，细细地品味：

  静悄悄湖面上夜幕降，
  啊！有如梦儿一样迷惘。
  明月在水波上闪粼光，
  天鹅默默游在水面上。
  谁知道她心中悲怆，
  绝望地祈求着上苍，
  她失去了心爱的伴侣，
  孤独的心儿沉痛难当……

"望平，你掉泪了？"她放下吉他，靠近他问道。

"我是感动，感触，是意识到也许未来我会品尝到好似秋霜、冬雪一样的苍凉，它像一枚苦果等待着我去咀嚼。……哎，我糊涂了，你唱得真好，嗓音好，韵致好，你登台演唱一定会赢得热烈掌声。这是真切感受，不是奉承。"

姜小白双手交叉抱住自己的肩头，又长舒一口气垂下来，直视着他："你的音乐领悟力这么强，演唱一定不会差，你来一首吧！"

望平放下提在手上的塑料凉鞋，迈几步弯腰捡起她扔在草坪上的吉他，试了试弦音，用低沉苍凉的男中音唱起王洛宾记谱、添词的《青春舞曲》：

太阳下去明早依旧爬上来，
花儿谢了明天还是一样的开，
美丽小鸟一去无踪影，
我的青春小鸟一样不回来……

"好啊，你唱得不错。我希望有一天和你一起同台演唱同一支歌，你该不会拒绝吧？"她一边鼓掌，一边说，"你歌声中，带有挽留不住青春岁月的感伤，当然，也有几分前途莫测的迷惘。"

望平有点儿不好意思，避开了她的逼视，把吉他放回草坪上，埋头扯下一片草叶撕成几个小片，扔回草坪，轻语：

"小白，我心中确实有韶华似水的感伤，更有瞻望前途的迷茫、迷惑。我向往的未来呢，它像罗大佑的《童年》中唱过那样'水彩蜡笔和万花筒画不出天边那一条彩虹'，不单是水彩蜡笔和万花筒画不出，更是脚步穷追不舍也未必能抵达的至美境界。只是，无论它是可望不可即的梦想还是近在眼前的理想，是真实的存在还是缥缈的幻影，如果它在人的眼中消失，如果它唤不起人的追求勇气，那么，你试想人生该是多么缺乏意义，多么平淡无奇。明知不可为而为之，明知不可求而求之，明知要失败也要付诸努力，明知是一场梦却不甘愿轻易割舍，这种既可笑又可悲的堂·吉诃德式的憧憬与搏斗，不也是一根把我们拉出绝望陷阱的比黄金还宝贵的精神绳索，或许，它在你的眼里等于零，在我的眼里则是百分百。哪怕贫瘠得一无所有，至少我还有一个梦，毕竟有梦的人生强似无梦的人生，我依然乐意充当一个追梦人。苏轼说'人生如梦'，他的许多好词其实都好似梦中人的梦，梦中人的梦话，它感动过千百年来的千千万万人啊。尽管，我这梦中人，始终无从抵达一场留恋过的梦境，只剩一枕泪痕，无穷孤寂，我也不会后悔，绝不后悔自己追逐过天边那一条彩虹。哎，这些是废话，说出来叫你笑话，我就是一个痴人，一个说梦的痴人。我们这一辈人被耽搁得太多，等到一个时代呼啸而过，才意识到自己错过了时机，试图补救已无济于事。对不起，小白，我对你漫无边际的唠叨……"

姜小白亮晃晃的眼珠被泪波浸泡着。她挺直腰肢，像一座女神的雕像，无言地望着背向太阳那面的天边，似乎对他说，又似乎喃喃独语：

"我们会是朋友，会是彼此的知音。我也甘愿做一个平庸的人永远读不懂的梦中人，一个多少带有贬义的梦虫。"

接下来，她回头瞅着望平：

"你真的准备留在这座小城？"

"真的。那样，我没有仰仗别人恩赐的惶恐，没有无以报答别人大恩厚德的愧疚。我就是一个非凡时代的平常人，抱一颗平常心，踏踏实实地走一条自己的路，即使我有一天要离开这里，也一定是我的'自由选择'。我不愿靠他手，哪怕是贵手提携，被人情裹住，被潮流卷走，一个个的'被'字，在我看来好心酸，那种被动活着的人生，是异化的人生，我非我。我想拥有一场正常的人生，我是我。这样，我可以看到，我可以体验到，我存在的意义！"

姜小白突然扑上来，紧紧抱住他，在他的脸颊上印下一个湿润的热吻，然后，她退后两步，有些惊慌地看着他：

"望平，别错认为我轻浮，我是第一次，第一次亲吻一个异性。假使，你的情感史与我一样，现在是一片空白，或者即使有野狐狸、野鹿入侵过，但我驱赶了它们，驱赶得完全彻底的干干净净。今天，你和我都正好有选择权和被选择权，是不是？但是，不管我是早到，还是迟到，只要我已到，便只能是唯一，对不对？这理由可以成立，是不是？如果，我与你的领地都是一片干干净净的空白，不曾伤害谁，妨碍谁，省去了入场的障碍和清场的纠葛，只有初识的惊喜，没有昔日的纷扰，那真是太好，顶顶的好，好得像最动人的诗篇、最美丽的画卷、最华彩的乐章。我们从现在到生命的尽头，彼此不负，忠贞不渝，一起到陌生的前方去追逐，去搏斗，去承受所有宿命中必定会来的一场场冷雨、寒霜、冻雪；去寻觅，去拥有，去享受一道道喜出望外的风景。是啊，我们都自己靠自己，自己成就自己，成为无愧于世、无愧于人的一代风流，不，该称作'绝代双骄'。请回答我，用最率真最质朴的言辞，最爽快最直白的声音，回答，立即回答。就在这里，就在眼前，我真诚地等待你，渴望你，给我一个回答，一个定论，一个结果。"

　　望平没有回答，脚步缓慢地向她走去。猛然，他迅疾地张开双臂把她箍进怀抱，灼灼目光凝视一张微微上仰的绯红面颊，感受她扑面而来急促鼻息，如同欣赏一幅举世无双的旷代名画，旋即在她的额上印盖一枚吻章。

　　这会儿，一队白鸽从他们的头顶亮翅掠过……

第十六章　机会一闪

第十七章　劳心者与劳力者

　　望平站在拖轮载客舱的船头，他背着一个除了几本书没装其他东西的帆布包，头上高悬一轮灼热火球喷射着刺目烈焰。也许，它太热了，热得人无论穿长袖、短袖衣衫，脸上身上无处不是汗珠。也许，它又太冷了，衣衫上的存量汗渍尚未烘干，周身又接二连三地冒出一颗颗或大或小的增量汗珠。

　　中午，望平陪着姜小白到一家小吃店，各吃了两碗蛋黄色的豌豆凉粉。老板在碗里放了一些花椒末、辣椒末、蒜泥、老姜汁等作料，添上酱油、红油以及少许砂糖，使顾客食欲大增，胃口大开。这馆子专攻所长，只卖凉粉、凉糕、凉皮、凉面等几种冷餐。店堂刚巧搁下三张方桌，十二根长凳，回头客人如长流细水，来了又去，去了又来，从没冷过场，空过堂。望平填饱了肚皮，依依不舍地向她告辞：

　　"小白，在哪个山头唱哪首歌，我工作的根茔还扎在青岩，下午无论如何得赶回去，你也把吉他背回家吧。"

　　姜小白有心多送他一段路，他婉言辞谢：

　　"小白，今天你先不忙送我，别让我妈妈感觉太突然。不然，我怕她大喜过望，纵然平时没病，也许会血压攀高。但愿我们这次相逢，相识，不是匆匆过客遇上的一趟偏东雨，来得快，去得快。我们的交往是不是可以像一支抒情歌曲，把节拍放慢一些，那种进行曲只适合于集体大合唱，不适合如今的你我。再见吧，来日方长。"

　　离家时，望平抑制着内心的欢愉，对母亲只字未吐。他已不是追风少年，希望自己相遇的是一个可以相守一生的知己，并非是开心一时的游戏，他有些担忧它成为一段转瞬即逝的青春插曲。与她的相识是一个来得太突然的偶然，来不及进行深度思考，没做好迎接那种对于自己是全新的生存模式的思想准备，留给他的印象好像是一场梦中的相逢。因为，他从来恶心逢场作戏，要修成的是人生正果，不敢高兴得太早。所以，他拿定主意，没十成的把握，不能过早暴露秘密，不能让母亲枉自为已成人的儿子去招来烦恼。

一声汽笛拉响，载客拖轮绞起铁锚，收回了跳板，被钢缆并列捆绑为一体的引船和客舱显得有些臃肿，它笨重而平稳地顺流而下，徐徐离港。

"望平，等一等。"

听到有人在大声疾呼，望平抬眼一瞧，只见姜小白被江风卷得很高的裙摆像一朵花瓣怒绽的百合花，左手捏着一顶做工精细的麦秸秆草帽，右手捏着一架纸飞机，她沿着码头上一条倾斜度较大的水泥路狂奔过来。他离岸丈余爱怜地注视着她喘气不停的样子，一起一伏的胸脯，一张一合的嘴唇，汗珠直滚的面颊。

"小白，你回去，别过来，不安全！"

望平着急地跺脚，亮手势，示意她停步。

"接着，收捡好，给我来信！"

姜小白一只脚踩进江水，一只脚留在岸上，稳住身子，举臂投出一架事先准备好的纸飞机。纸飞机在阳光下晃动着双翼飞来，可就在临近船舷仅一步之遥的地方却因推力不济而显现颓势，摇摇欲坠。兀然，纸飞机鬼使神差地被江风托起，间或是被空中一只无形的援手提携，它戏剧性地往上浮升乘势向前，恰好降落在载人舱的船板上。望平不胜诧异地一弯腰，疾伸手臂拾起它捧在胸前，继而向她投去既感动又愧疚的眼神。他后悔不该阻止她送行，害得她顶着毒日如此辛苦地奔跑。

"给我来信，上面有通信地址，千万！"

姜小白双脚浸泡在江边的浅水中。她一只手挥动草帽，一只手抓住裙摆，被船尾喷出的水练搅动的水波盈盈扩散，一记接一记地拍打着她那一对被淹没的脚踝，一次又一次地冲荡着她那一双裸露的脚腿。

"小白，我记住了。太阳太大，你戴好草帽，赶快回去。我不会忘记，不敢忘记，一定，一定！"

拖轮凌波而去，顺水而下，很快拉开与码头的距离，岸上的人影逐渐模糊。望平捧着纸飞机回舱入座，低头一看，它用洁白厚实的小学生图画本纸折叠成，纸边裁剪笔直，手工一丝不苟，造型优雅耐看。他用指头轻轻地摩挲一阵，然后屏住鼻息小心地拆开，只见图画纸的内侧用蓝墨水钢笔写就几行字体娟秀的短句："盼望相见""等待来信""祝你一路平安"。她特意在写在后面的住家地址下方画出两条醒目的波浪线。信末，她没留下姓名，巧妙地画上了一枚插着丘比特箭矢的心瓣，借此毫无掩饰地坦露出一片青春情怀。他按褶皱痕迹把信纸重新折叠成一架纸飞机，放在掌心，久久端详，它好比一枚盛夏口含的果汁冰棍，给他舒畅痛快的感觉。

望平坐在船舱右侧的座位上，恰好是背阳光透凉风的一端。他闭上眼睛开始梳理自己的情感史，在内心审视姜小白所戏谑那类闯进他私密空间的野鹿、野狐狸，掂量它们带给自己的惊异和惊扰，对比它们之间明显的和细微的个性区别。

傅旦，不好吗？不美吗？都不是。他蓦然意识到自己之所以想绕开她，是因为这个将军的女儿，身上有着与生俱来的傲气，习惯了接受别人仰视她的目光，这多少给他带来一种身世寒微者极易觉察到身份悬殊所导致处于下风的不对等；靠近她不是依附便是臣服，因此，他不能自已地一退再退，一避再避，方得如获重释的轻松。如果，选择一个长期使自己无以摆脱处于被俯视地位的卑微感的终身伴侣，难免导致精神包袱，背负一种不能承受的生命之轻。

至于那个面相、身段、谈吐、做派都尽数不雅的彭大芳，她早已把自己摆到了一个以为自己跺下脚方圆数十里的土地都要颤抖的土皇帝的御妹的位置。她仗着哥哥是主持一方政务的地方官，毫无忌惮地释放出浑身藏于内而显于外的粗俗和霸道。她看一域芸芸众生的视角，要么是俯视，要么是侧视。他投向她的目光带有不置一词的轻蔑，因为，那是一个不知自爱的俗人，一副蛮横无理的做派，试图强行入侵和盘踞他的情感空间，能遂其愿吗？她对他的目光是势利的，居然想上演一出现代版的《拉郎配》。说穿了，她比不上竖尾乱窜的野狐狸，甚至不如鬃毛耸立的野猪，像一只居心不良的黄鼠狼，把给鸡拜年作为吞噬前的礼遇，却不自量不明白其在对方眼中的形象是多么猥琐和渺小。

姜小白为什么让自己动心呢？她外貌虽不足倾国倾城，却也算端庄灵秀；她学识虽不足汗牛充栋，却也算心灵丰饶。再说，她一双清澄见底的眼睛，真是多么亲近与温馨，多么难遇与难忘啊。对，习惯仰视的人，骨轻；习惯俯视的人，德薄；习惯侧视的人，心术不正。读人先读眼睛，识人先看视线，这原本是一个挺寻常的道理，只是容易在忙忙碌碌的尘世奔波中被人不知不觉地疏忽了。这样，难免导致无以计数的错过，乃至铸成大错。

望平与姜小白正处于进行式或未完成式的情感历程中，她在他的生活空间中，既是初来乍到的闯入者，又仿佛几百年前就熟识的朋友重逢，她和她们的确不一样。当她作为一个挑战者的傲气消失后，已经完全换成一副真诚相待的平视目光。一个平视自己的人，往往是值得珍惜的，是绝不容辜负的。为什么？在望平看来，一道平视的目光，象征着他或她处己有信心，有底气；处人懂得尊重，懂得礼貌。望平从姜小白敞亮的"心灵窗户"，读到了真诚、信任与理解。她把他当同类，当知己，把他放在与她平等的位置，丝毫没有傲慢与偏见，有话他可以放心对她说，有事他可以放心托付她，她是一个与他意气相投的异性。此刻，望平脑海浮现了另一个知性女子的灿烂形象，她就是英国女作家夏洛蒂·勃朗特那部自传体小说中的简·爱，她以自尊、自重、自立、自强的态度，等待着寻求着一道真心与真心的碰撞、可以托付终身的知己的平视目光，直到饱经磨砺的男主角罗切斯特的出现，她才觉得他符合自己对人格、志趣、情感、生活追求的理想标准，终于向他敞开了眷恋的心扉。

望平用指头轻叩身边铁棚罩着的船舷，他脑海中一道电闪划过，悟出一个处世之道："是否拥有一副平视的目光，不失为一个择偶的标准。"他给自己经过一番饱和思考后得出的这个结论打了高分，以为它是自己的一个发现，一个具有首创意义的悟世真谛。他深信，一个以平视目光待人接物的人，必定保持着一颗平常心和一种尚未被物化或异化的质朴品行。这类人无论身处何时何地，无论地位高低，无论运程顺逆，都能够得意不忘形，得势不猖狂，得时不懈怠，可以肝胆相照，甘苦与共，风雨同舟。

想通了，望平漫不经心地吹起口哨，那是一支感动过她和他的曲调。在思考停歇的时分，放牧音符是一个现代人犒劳自己的自选节目，它不是无力自拔的沉湎往昔，更不是透支未来，是化解世间纷扰和自我救赎的精神引领，像一场凌驾于尘埃之上的逍遥游……

再次回到青岩，他的心态变得与过去大不一样，以往从码头一下岸，便产生左迁的漂泊感，为自己没有什么一官半职的身份却享受谪居的待遇，内心愤愤不平。这一次，他才来就滋生出一股怪怪的不忍离去的依惜，蓦然发现这儿虽地处边远，风光着实不俗，宁静得可亲可爱。走到场口，他有意脱下凉鞋提在手上，用赤脚去接触青石板铺出的街路。此刻，早已日落西山，暮霭沉沉，一道凉气从脚掌透进心中，那是几千年一贯制的天人合一的韵味，格外的舒适宜人。推开屋门，他把背包卸下，再取出姜小白放飞的那架纸飞机，像供奉神龛一样虔诚地放在桌面上，再从盛放衣物的纸箱里掏出一条裤衩塞入裤包里，临出门又扯下一根毛巾搭在肩头上。他走进一家街边店，优先解决肚子闹革命的具体问题，几乎像喝稀粥那样的速度，三下五除二地吞下两碗面条，等付钱找补好，就直奔沱江去完成躯体的清洁程序。

第二天早晨，他按照上班时间爬上了通往公社机关的那一条斜坡。长期上上下下的来回，他对这个县境内最边远的最基层的行政机构，已经熟悉得如同进出家门。走进办公室，他抓起竹壳温水瓶准备往食堂去盛水。急匆匆走来的孙建义嬉皮笑脸地把他堵在门口：

"望平，你小子发横财了，一笔稿费45元，比我们一个月的工资还高。该不该打一下土豪，吃一次大户？"

"该，该，你安排吧，我保证买单。不过，你起心不要太大，让我得不偿失，倒蚀黄瓜二条！"望平接过他递上的邮政汇款单和一个《海潮》编辑部寄来的胀鼓鼓的赠样刊的大信封，真是喜出望外。

"小子，按照三兼顾的原则，一孝敬爹妈，二犒劳大家，三酬劳你自己，各占三分之一吧。拿15元请客，不过分吧？"看孙建义的神色，他替望平心痛，人心素来吃肉喜，割肉忧。

"孙秘书，我再放宽政策，二分之一吧，聚在一个甑子里舀饭吃，也算有缘分。人头由你定，该请谁就请谁，劳你操心，拜托了。"

等孙建义离去，望平顾不上打开水，忙用小刀剔开信壳封口，取出样刊亲吻一口，才坐下来，迫不及待地阅读自己的作品。这是他第一次在报刊上发表作品，是他孕育的头胎产儿，他比任何一个读者更懂得它的内涵和它的价值，也是第一次领教什么叫货真价实的个人拥有。他决定不借给公社机关共事的任何人去阅读，百人有百种解读，又何必为自己惹百个麻烦，费百次口舌去百次化解；在不必扩大影响的地方，完全没必要没事找事地制造多余的扩散渠道。

"望平，郭书记叫你到他办公室去一趟，不是我去给你请客惊动他，是他有事找你。你请客的事，我还要拖几天，看你是真舍得还是假舍得。要是你是假舍得，那就是拿刀割别人的鸡巴去敬神，我不是过于讨人嫌？哈哈，我才不愿多管闲事，我啄你一口，别人啄你十口，我帮你攒人情，把自己赔进去，当个大冤头，弄得心情不爽，两头不是人，是不是？"

"你心多烂肺，谁挖谁的坑？你利用信件收发权，一双贼眼把我胯下穿的裤衩的颜色都扫描了一遍，我叫自投罗网，你叫雁过拔毛，对不对？说了半天，你还回头拿我来冠冕堂皇地取乐，老子舍得！在这青岩乡坝头待一两年了，不光学会了粗言粗语，就是粗手粗脚，我奉陪你孙副官了。去你的吧，我遵令去听郭书记训话。"

走在过道上，突然一阵穿堂风劲吹过来灌进望平的鼻孔，呛得他打了一个喷嚏。此刻，郭同力正伏案书写，在工作笔记上列出要点，等抬头见进门的望平，当即站立起来，笑吟吟地说：

"望平同志，请坐。你这样快就赶回来了，没在县城陪伴你妈妈两天？"

"郭书记是客套话吧。我真是那样，你又会逢人便说：'一个端过青岩饭碗的人，人的菀菀还在，脚腿上粘的泥巴还在，就已经忘本了，世风日下呀！'我没夸张吧？"

"坐下吧，别站着唠叨，你嫌我郭同力看人没眼水吧？其实，你的肚子里有几根岔肠子，心肝是红是黑，我还是心头有数的，心照不宣吧。今天，我找你来不是说抛洒话，是说正经事。姜部长直接给我来个电话，准备调你回县委，具体安排是报到后再说。其中一个选项是到县委宣传部当理论教员，那是你和他那偶然闯进门的侄女斗嘴时，让他了解到你的理论素养。我们青岩公社待你不薄吧，你可以谦虚地说你滚过一身泥巴，实际上你不仅得到了一定的磨砺，也镀了一层金，已经从当初一个可用可不用的人，变成了别人轻易打压不下的人才。你生于忧患，起于底层，我们青岩公社可是为你日后的发展铺过底的，认账吧？你知道县委宣传部理论教员是个什么身份吗？留在机关，是培训干部的人，放出机关就一般都会安排个一官半职，落底能做青岩的副书记、副社长；安置好一点，可做一个乡区的副区长，县级机关的部门副职。你小子真还混出了一个名堂，我先祝贺你了。"

"郭书记，啥叫祝贺？墙壁上画了一个饼子，曹操马背上指的一片梅林，你是不是想唤起我腾云驾雾的想象力，产生迫不及待的雄心，或者野心？我不是孙猴子，也不在乎一个弼马温的头衔。我知道你肚皮头有个戏本，直接说吧，不要绕山绕水，绕得我头晕。"

"好！那我们就痛快说吧。你要快走，明天你就可以动身，今天我就为你安排一桌饯行酒，送神！如果你乐意助我郭同力一臂之力，那我就请求县委赏我一个脸面，调令照样下发，但允许我留用你一个月。青岩眼下正是用人之际，我不挖别人的墙脚，也不误你的前程，帮我一个忙，让我缓口气，行不行？"

"我答应，就算你挖了个坑，我也往下跳。我就一个光棍，混得体面不体面，都不要紧，无所谓乐，无所谓悲。前人说，知足常乐，能忍则安。听说佛教徒的眼中人的生命有三个境界，一曰忍界，这个忍界也是不忍之界，我今天就是对你不忍，不忍心听你说你求我什么；二曰持界，这个持界实际上是讲选择什么，放弃什么，我被你绑架一个月，算是一个愿打，一个愿受；三曰悟界，这个悟界不单纯指头脑想的，嘴巴谈的，也是能够付诸行动的，是一种做界。我欠你书记大人的人情，远不是一杯酒水就能够答谢得了的，所以，我明知你已编好了一个圈套，照样毫不皱眉地伸长颈子来钻！"

"望平，你太客气了。实质上我个人过去、现在、将来都不需要你还我什么人情，也不是我下套拴你。我个人对什么情、什么人都不想利用。很简单，是你，是我，都欠这里的老百姓的情，都该给他们做一些什么。来，我嗓子粗，平常我不唱歌，今天我为你唱一支部队里学会的歌曲吧！"

郭同力打开背后的文件柜，取出一个插在饭碗里的钢勺，坐下来敲着桌边，低声而有力地唱起来：

　　自由主义你这个坏东西，
　　说起话来自高自大，

自以为了不起。
发牢骚，说怪话，
处处不注意；
制度不遵守，
纪律当儿戏。
小广播，放空气，
有意见，背后提；
思想斗争不开展，
无原则背后闹意气。
害得我们不进步，
对革命对不起。
自由主义你这个坏东西，
从今以后不要你。

唱完歌，郭同力把饭勺放回文件柜，沉默了一会儿，才缓慢地开口：
"你今天的态度，让我很高兴，让我很放心，放心是指你能走好以后的路。至于我刚才唱这首歌，是觉得我们正处于一个飞速发展的新时代，我们在大踏步前进的时候，是不是同时又不知不觉地丢失了一些不该丢失的东西？所以，我突然想起唱一唱这一支老歌。"

"郭书记我懂，这首歌我也喜欢，它带有理想主义的色彩，只有那种志同道合的并肩奋斗的革命战友，才能写出唱出这样的歌曲。它无非提醒人，做事要讲规矩，做人要讲原则，要顾全大局。至于你的弦外之音，我就不说破了，心照不宣。"

"望平，你先过去忙吧，我要给姜部长摇个电话。对你，我无权代你当家，没先斩后奏，尊重了你的意见。你暂缓，不，推迟一个月到县委报到吧，误不了你的前途，我保证！具体工作，我换一个时间给你谈，与其说你是帮我的忙，不如说帮这一带的父老乡亲一个忙，你先去吧。"

望平见郭同力一脸坦诚表情,一点头,退出了他的办公室。

很快,郭同力主动上门。他两手撑在办公桌上,站立着对望平讲明了意图:

"我已经和姜部长通过电话了,你的正式调令,很快就会发下来,到县委报到的时间有一个月左右的弹性空间。我留得住人留不住心,你要早走,我就早放,你能帮我一阵子,当然更好。具体工作是这样,随着公社全面推行联产承包责任制,但很快暴露出一些严重问题,有社会转型期带来的连锁反应,有人性的弱点显现,有我们事先没预料到的工作上存在的漏洞,集体的架子散了,公共设施无人管了,干部素质滑坡了,贫困户、弱劳户没人去帮助了,这是农村基层政权建设面临的新挑战。你花两天时间,提出一个组织支农工作队的方案,划分三个小分队,每分队10人,组成人员从供销社、粮站、信用社、农机站、学校、医院几个单位抽调,还可以发动场镇居委会动员社会力量去支援。任务两个:一个是深入各大队帮助各生产队(生产组)的弱劳户、贫困户抢收庄稼;二是针对面上已经暴露出的或群众反映的严重问题,对已划分到户的但是出现争议的责任田土、承包山林,重新进行一次彻底核查,对仗势欺人、以权谋私的现象决不姑息,发现一个处理一个,对存在的问题有错必纠。要特别注意维护社会公平,给干部和与干部沾亲带故的人分近、分肥、分多和不善待群众,分远、分瘦、分少的不厚道的做法,按照公开、公平、公正的原则断一个公道,重新丈量田土、山林,进行再划分、再分配,坚决保护人民群众的一切合法权益,这就是我们的立场。一句话,不能放任宗派势力抬头,不能容忍以权谋私,以强欺弱,以众欺寡,哪个村组干部蜕化变质成了南霸天、北霸天,就坚决罢免他们,剥夺他们的权力,决不允许谁去给邪恶势力当保护伞。"

望平扒开藤椅,退后一步,站直身子激动地说:

"郭书记,我保证服从组织安排,抓好工作队的工作,贯彻好公社党委的工作意图。"

"你坐下！"郭同力向望平做一个手势，继续说："现在，我们摈弃了'以阶级斗争为纲'，实行'以经济建设为中心'，党已确定了的大政方针，我们坚决执行，不去陪一些人玩耍嘴皮子的花样儿。但是，具体到实际工作中，至少应该既讲经济，也讲政治吧。什么叫政治？我以为，就是一个政权的治理体系和手段，以及关系到我们每一个人的切身利害的生存环境。毛主席说过：'政策和策略是党的生命，各级领导同志务必充分注意，万万不可粗心大意。'等你拿出方案后，我召集相关单位负责人和各大队党支部书记，认真讨论，统一认识，迅速展开。我们党的宗旨是全心全意为人民服务，不维护父老乡亲的根本利益，还要维护什么？这个工作会，是个动员会，也是敲边鼓、敲警钟的会，让那些该收手的人知趣。谁要硬扛着，那好，就较一较劲儿吧，看一看究竟是谁失去人心，是谁得到民心。对于面上的干部，也要他们在内心深处受到触动，受到教育。我郭同力除了付出，不贪求什么，一根棉纱都不贪。至于你，这一次既是劳心者，也是劳力者，一个共产党员总不该为虚度年华而悔恨吧？就这些，抓紧做！另外，走之前，由你给全公社大队、生产队（组）干部，包括我和公社机关和直属单位的全体干部，讲一次课，就讲在改革开放的新形势下，要坚持什么，要改变什么？在坚持走社会主义道路的前提下，实行改革开放的必要性，弄清什么叫计划、商品、市场，怎样解放生产力，怎样增加社会财富，怎样允许一部分人先富起来，又带动大家走共同富裕的道路？我不给你定框框，你到时候放开讲。这件事，有空时注意脑壳儿转一下，做一点儿准备，这和支农工作队要开展的工作，二者存在逻辑关系，无非是务实和务虚的区别。要释放改革的能量，得先解放人的思想，你说是不是？"

"郭书记，我听清楚了，我就是一个过河卒，别无选择，只有往前冲。我紧接着拿出一个实施方案，妥不妥由你把关。至于其他，劳心者也好，劳力者也好，该尽本分就尽本分，不都是为老百姓谋利益？"

望平拧上钢笔套，合上工作笔记。他已把郭同力的指示仔细记录，并爽快地做了表态。

五天以后，青岩公社的支农工作队，像三支利箭射向了基层最需要的靶心。出发前，郭同力接连在公社广播站面对全公社群众表态，对划分责任田土和山林、池塘有意见的群众，可以直接给支农工作队面对面地反映，或者到公社大院来反映，也可以给公社党委和他本人写信，没有谁的巴掌可以遮住天，没有任何人有权力可以克扣、损害老百姓的利益和权益。工作队的任务，先帮弱劳户、贫困户抢种抢收，并听取群众的意见，然后根据群众反映的情况，尊重群众的意愿，处理好实施联产承包责任制后存在的实际问题。

郭同力这一招真的见效，群众欢呼支农工作队是降服土皇帝、地头蛇的天兵天将，纷纷上门反映情况，要求邀请工作队先到自己的村庄，吃住就在自己家里。而郭同力规定，住穷户不住富户，生活费由工作队员自己出，各抽人单位和公社适当考虑工作队员出勤误餐补贴，决不允许加重群众负担，更不允许收受群众的财物。公社还特地为三个小分队各制一面队旗。在某种意义上，工作队也成了伸张正义的宣传队，可以说，所到之处都看得到一张张群众的开心笑脸，局面一打就开。青岩公社这一举措，济贫扶弱大受欢迎，纠偏纠错大得人心，很快得到了县委、县政府通报肯定和表扬，并在全县各地普遍推广。一个边远公社成了一个全县的看点，其他公社纷纷上门取经，甚至还有县外来的远客。

郭同力专注于做事，他把公社接待的任务交给了秘书孙建义去打理，自己天天戴顶草帽骑着一辆自行车在各大队转来转去，帮助下属快刀斩乱麻地处理棘手事宜，他口边挂着一个时尚词语："现场办公"。

第十八章　九级浪

　　那天下午，望平带领从供销社和粮站抽调的小分队队员，根据群众要求召开了一个社员大会，充分听取了群众意见，对箭竹七队队长曹德福和他的几个亲属的承包田土进行了重新丈量，发现这些人家不仅划分的是良田肥土好地段，而且面积超标。除曹德福一家超标3亩多外，他的几个亲戚都分别超标一两亩。对此，望平征求了小分队队员的意见，准备回公社向郭同力汇报后，先对生产队长进行改选，再由新当选的队（组）干部、社员代表和小分队队员，组织若干个丈量小组，采用皮尺、绳索、竹竿等工具进行实地丈量，重新划分，根据这个队土质状况和田土分布情况，建议良田肥地1亩算1亩，劣田瘦地根据土质实际情况，分别执行1.2至1.5亩算1亩的弹性标准，结合23户农民的住家地点和人口多少，初步确定具体分配方案，经社员大会通过后予以实施。

　　当天，由于完成工作任务才下午4点过，箭竹七队离青岩场镇仅六七里路，望平让小分队队员统一回家去度周末。他独自捏着一柄皮尺走在末尾。半路上，望平远远看见一片山坡上的麦地里，有一个头发花白的老人坐在矮板凳上握着一把镰刀慢腾腾地割麦，等走近才看清老人一只腿截过肢，板凳旁边还扔着一支木撑拐杖，不觉内心一惊。

　　"老人家，你怎么不叫儿女来收割？"望平关切地问道。

　　"我没儿女。"

　　"那你爱人呢？"

　　"她生病了。"

　　"那你为什么不请生产队安排人来帮忙？"

"我说话管用吗？"

老人的脸孔布满皱纹，他曾经历过无数人世沧桑已不言而喻。

"把镰刀给我，我帮你割。"

"趁别人没看见，你走吧。"

"为什么？"

"我是被单位开除的右派分子，在这里是没有户口的黑人，别人不帮我家是站稳了阶级立场。我把话说明白，不连累你。"

"右派不是平反了吗？"

"这里山高皇帝远，我是垂暮之人，不指望了。"

"来，你就坐着，把镰刀给我。"

望平抓过他手里的镰刀，见刀口有些钝，忙先到山坡下水田泄水口搭的一块过路青石板上磨了一阵刀，才返回坡上替老人割麦。

望平把衬衣脱下，只穿一件背心，开镰唰唰地猛割，将近用去一个小时的时间，才把一片山地的麦子割完。他抓起一把麦秸分成两份结成捆套，捆好一捆，又照此方法捆第二捆，仔细一数，整整有12捆。他左右两手各抓一个麦捆，才对老人说：

"你带路，往你家走吧，我会替你运完的。"

老人一手撑木杖，一手拿板凳，一瘸一瘸地走在前面带路。望平瞅着瘦削佝偻的背影，不觉鼻子一酸，他家的日子该过得多艰难啊。

老人的家，是土墙茅顶的三间屋，屋外有一圈护院的矮泥墙，院里养着一只黄毛的看家犬。望平叫老人回家歇着，自己拿起一根靠墙放着的硬头黄竹杠，抽身又赶到山地。这一次他除却肩头挑，扶杠的那只手腾不出，空出的一只手又抓起一捆，往返来去，搬光了山坡上所有的麦捆，统统整齐地堆叠在老人家的屋檐下。末了，望平进屋向老人告辞。

"素芬，这个小伙子，是我们家的恩人，帮我们收割完了老鹰山的那一片地的麦子，帮了我们家的大忙。"

老人的爱人躺在床上，那是一张苍白的脸面，一对善良温和的眼睛，看上去她五十来岁，比老人年轻得多。她欲张口说话，一出气引发一串咳嗽，顿时脸面涨得血红。望平忙站过去，端起床边的木条桌上放着的水杯递给她，口中说道：

"大嫂，你躺着，没收完的庄稼，明天我会安排人来全部收割。"

她摆摆手，喘着气说：

"没有了，我家土地少，就那些了。"

望平回过头，对瘸腿老人说：

"你能把你家的难处告诉我吗？"

"一言难尽。"老人淌出的两行浊泪在沟壑密布的脸面上纵横浸漫，嘴唇直抖，哽咽着没说下去。突然，望平瞧见木条桌上方的泥墙上醒目地悬挂着一幅油画，它不是印刷品，是一幅装好框架的油彩画。他走近一看，顿时感觉到一种震撼心灵的艺术力量。那幅画，他听说过，也在画册上看过，可以肯定它不是画家的原件，而是一幅亚美尼亚裔俄国画家伊凡·康斯坦丁诺维奇·艾瓦佐夫斯基创作的世界海景名画《九级浪》的临摹品。不过，它真是临摹得远远超乎人的意料，神韵非凡，极富独树一帜的艺术魅力。

"它是我的作品，美术学院上临摹课的作业，授课教授给我打了满分，说它可以以假乱真。我一直把它保留着，心情不好时就看一看。"

"那你过去在哪里工作？"

"毕业后我是油画专业唯一留校任教的学生，犯错误前是讲师。后来我自己成了白专道路的典型，我的作品成了崇洋媚外的毒草。小伙子，你信不信，我一直爱我们的国家，从没说过反党的话，只有素芬相信我。挂这幅画的位置，过去挂的是我给她画的一幅肖像，她坚持要我换上这一幅画。为什么呢？因为看一眼这幅画，我们就会有生存下去的力量。我一直相信艺术作品是一种国际语言，画家创作或许带着某种倾向性，但艺术作品本身，应该有一个更超越的标准，它是属于全人类的标准。"

"老人家，我赞同你的观点。我知道这幅画艾瓦佐夫斯基创作于1890年，它是世界同类题材中最负盛名的海景名画，原作收藏在俄罗斯博物馆。他年轻时，很崇拜法国画家塔涅尔，这对他形成一生艺术风格和创作走向起到了决定性的作用。他去世后，被埋葬在亚美尼亚的一座教堂的院子里，墓碑上有一句题词：'人固有一死，但身后留下的却是世人的永生怀念。'他曾经谈过自己的创作体会：'画笔无法捕捉自然元素活的运动：闪电、风力、波浪的飞溅——这都是无法写生的……它们像是用一种交感性的墨水写在我的记忆中了，随着时间的推移或灵感的抚爱而鲜明地显示出来……'《九级浪》的魅力在于以瞬间构成永恒，它极具气势恢宏、惊心动魄的光影效果，展示出的场面惨烈又壮丽，淋漓尽致地诉说出乌云密布的年代人民群众的前途瞻望与心灵渴望。这幅《九级浪》，是他整个绘画生涯的巅峰之作。有航海经验的人，都知道'第九级浪头'是遭遇海上风暴的凶险之最，轻则帆裂桅断，重则船覆人亡，唯有最幸运的人，才闯得过这道鬼门关，创造一个'在劫能逃'的奇迹。艾瓦佐夫斯基笔下，没有直接描绘水手们在暴风雨夜与惊涛骇浪惨烈搏斗的过程，突出了黎明中已躲过劫难的几个附身在破船残骸上的倔强而困乏的幸存者，它以刺透云雾迸射出的灿烂阳光和绚丽云霞，预示一场灾难即将过去。欣赏这幅画前，不妨先朗诵一首普希金气势磅礴的名诗《致大海》，那就更能感受出激荡心弦的艺术效果。"

"宝刀赠侠客，美玉送君子，你这样喜欢这样懂这幅画，拿去吧！"老人慷慨地说出一句话。

"谢谢，老人家！如是君子，绝不夺人之爱，这画我不能收。我只想听一听你的故事，知道一点儿你的来历，我别无他意。我觉得你像一位《九级浪》中终归睁眼看见了一轮初升旭日的水手，大难幸存，一场惊心动魄的生死较量，不容易啊！"

老人淡淡地一笑：

"我有什么可说？一场运动中，不肯见风使舵，不肯昧良心去编造证据，去揭发、诬陷自己所尊敬的恩师，这是一个人的起码品质，于是就被安上'划不清阶级界限'的罪名，于是被扣上一顶让人唾弃的帽子，进而再被开除。流落到这里，全靠比我年轻十几岁的素芬收留。她为我丢掉了民小教师的饭碗，和我一起种庄稼。尽管我们谁也没有招惹，依然摆不脱厄运，这条腿是被嫉妒我们过幸福日子的恶人用扁担打断的。那个恶人是一个自拉队伍、自竖旗杆的所谓'群众组织'的山寨大王。他打断了我的腿还不肯罢休，又挥舞锄头挖掉它。是素芬把自己的外套脱下来扎紧我的伤腿，再把已经昏迷过去的我，一个血淋淋的我，送到公社医院抢救，把我从阎王殿前保了回来。真是不可想象，一个百多斤重的人，一段十几里长的山路，一个文弱的女人，素芬硬是豁出一切，背到公社医院抢救。我身上有她输的血，我们都是O型血。她是我的救命恩人，是替我赎罪的菩萨。这辈子，我谁都不欠，就欠她，别说今生今世，就是来生来世，我也还不完她比天大的德，比海深的情。与她在一起，就算吃糠皮，咽野菜，我都觉得过的是天堂上的日子。"

"国英，你别说那些不咸不淡的老话，扶我起来给客人做饭。"老人的妻子欲从床上撑起身子。

"嫂子，你躺下，使不得。要么，我回场镇去吃，要么我自己来做。"

"那你回场镇去吃吧。我唱读一首唐诗向你表达心意，行不行？"

"好啊！"

老人在条凳上正襟危坐，两眼发光，清一下嗓门，以流传久远的古老腔调，抑扬顿挫地唱读起李白的《赠汪伦》，那声音真是一种饱含真情的优雅艺术，把歌唱和朗诵合二为一，把尾韵和关键词用嗓音特写，用缓急节奏、高低音量、强弱声调，将内心情感释成涤荡心灵的表达艺术。望平第一次听人这样读唐诗，好像是作者借助时光隧道从唐朝赶来，亲自诵读自己的作品，过去单凭阅读无法领会的微妙意境居然云开雾散般渐次显现绝世奇丽。唱读完全诗，老人垂泪湿襟，望平亦视线一片模糊。

临行前，在望平一再恳求下，老人撕下旧报纸的一角，写下自己的姓名"李国英"，以及自己曾经供职的那所大学的名称，交给了他。望平接过来一看，那字体的俊逸潇洒岂止"十年磨一剑"的功力，尤其是他就读过供职过的那一所大学则堪称声名赫赫，而画家李国英际遇之时乖运蹇正与他的才情和昔日的地位形成云泥之别的强烈反差。望平知道，自己父亲那一辈人就是这样鬼使神差地走过一段不平坦的坎壈历程，如今已河清海晏，他一定要去为这一个老人，不，这一对夫妇，去拨开一团迷雾，给他争取一点儿原本就属于他们却至今还亏欠他们的补偿。人间既有不平路，便有不平事，他们要讨的一个公道，哪能了无止期的远在天边？过去，他一直认为父亲那一辈人亏欠了自己什么，现在他第一次强烈地意识到自己或许亏欠了那一辈人什么。在一个并不遥远的非常年代，头戴一顶被强行扣上的黑色高帽子的人，注定是一个只配逆来顺受的卑微者，他的身份比雨果小说《巴黎圣母院》中那个敲钟人更低贱，旁观者谁肯出头为他鸣不平？多少人会向他伸出仁慈之手，为他抛洒怜悯之泪？相反，一切带有烈红包装的肆意施暴，每每会赢得世俗不假思索的喝彩声，他们个个像饮下了整瓶深红色的兴奋剂，把一匹冲向挥舞红绸的顶角疯牛之狂躁，视作一种合情合理的审美至尊，对弱者的挣扎和呻吟却视而不见，充耳不闻。那年代，谁会对一只被马蹄踩碎的迷路蚂蚁动恻隐之心？望平向这对相依为命的夫妻作别时，已经下定一个他日定将践诺的决断，他认为是一个应该的必需的选择，那是一个人对自己的良心所下达的不容懈怠的命令。这事儿，一定要自己亲自去做，他觉得自己亏欠着一笔应该向父亲那一辈偿付的宿债，他是欠债人，不能不尽力尽责地了却，必须及早偿还。否则，何以心安，何以意平？

走出茅屋，他立即被苍茫暮色紧紧裹住，幸好天空闪烁着一些若明若暗的疏星，一条路痕隐约可辨。

一阵骤响的鞭炮声，把望平从梦惊醒。他一看时间已经9点，慌忙起床漱口，上街填肚皮。这会儿，他才看见离他住的宿舍不远处新开了一家卖豆浆、油条、油糍、包子、馒头、面条的小食店，店门前的街道覆满鞭炮炸开散落的一层纸屑，便跨进这家新开张的店面，要了两块油糍一碗豆浆作早餐。还好，油糍炸得不老不嫩，豆浆十分鲜美而且液汁很浓，丝毫没有欺客的做假。一顿早餐不到两毛钱，他暗叹店主待客实惠厚道，第一印象不错。

望平今天没有其他去处，索性沿着一条向上延伸的坡路慢悠悠地踱进了公社大院。他见秘书办公室的屋门敞开着，打算过去打声招呼。谁知，一眼瞧过去竟然是卓家文在屋里，此刻他正仰着头踮足站在孙建义那张办公桌上。望平十分意外：

"卓家文，你在人家的办公室里捣什么鬼？"

"捣鬼？我是损私肥公，自掏腰包买了一个灯泡，把钨丝烧断的灯泡换下来。再说，你以为我钻起脑壳要进这间屋？我中了郭同力的算计，到这里来当顶班。我顶个屎用，你说是不是？"

"好啊，郭同力还真提携你了。我看他有眼水，识人。"

卓家文从桌子上跳下来，用手指擦去桌上的脚印，拍两下巴掌，哭笑不得地回答：

"孙猴子鸿运当头，到马鞍公社去当副书记了。让我来接他的工作？酸溜溜的八股文，我见着就头痛，'文化大革命'读的中学，最多比小学水平强。这郭同力已经帮我报名读下一年的电视大学，说国家电网的高压线很快就要牵到青岩来，学费分文不由我出，公社报销。我怕这样玩命，书没读完，人先报销了。你说我捣鬼，我说我见鬼，见了郭同力这个鬼。这家伙，他要是早生二十来年，被蒋介石封个督战队队长，没准国军不会垮得那么快。他那狠劲儿，不就是用枪口对着一群人，逼人家去当炮灰，你说是不是？这是他的特长，盯着一件事就不松手，非要干成不可，硬逼牯牛下儿。"

望平听完，忍不住笑：

"卓家文，我听来你是在变着花样表扬郭同力。说实话，我佩服他的这一招，拉你来当他的副官，真是绝配，以后不知你们要演多少让别人肚皮笑爆的大戏。我举双手赞成，恭贺，恭贺！"

望平拱手作揖，一边说一边往自己的办公室走。

"哦，小伙子别慌着走，你到了一封信，我给你塞进门缝里，记住弯腰捡起来，以后不要扯横筋。另外，你这段时间无影无踪，提起筱筱儿上门给郭同力和你送鸡、鸭、鹅、兔的还真不少。我代你们背三大纪律八项注意，嘴巴都磨出茧疤了。不过，说良心话，冲这一点儿，真是一脚笼到鸡婆鞋，你们做对了事情。"

望平向卓家文摆摆手，纠正他的说法：

"你那个'你'字，只能属于郭同力；你那个'们'字，也不要把我框进去了。那份功劳属于郭同力，不属于我这听他差遣的虾兵蟹将，我不敢贪天功为己有。"

望平开门时，果真见地上有一封信，忙捡起来拍灰，还没看信，内心已有内疚。收到姜小白的这封信，他才意识到自己事情一忙竟忘了给她回信，这已经是她寄到这里的第三封信。

读完姜小白的来信，他从抽屉里掏出信笺，手撑着头沉思怎么给她回一封信。她告诉他，她读那所大学所在的城市的教育局到学校挑人，把她挑中了，她征求他的意见要他参谋去还是不去。他觉得今天的他，怎么能决定明天的她的归宿呢？蓦然，他想到昨天自己偶遇的李国英求过学、供过职的那一所大学，不也在她所在那一座城市吗？他屈指一算，无论她选择这座或那座城市，她离毕业离校的时间还有一二十天，干脆拜托她出一下面，她天生就是一个不畏任何挑战的冲锋队员。于是，望平提起笔来，他回避了姜小白征询意见那件事，把自己认识李国英的来龙去脉，以及李国英的个人遭遇和现状，以简要的笔墨叙述了一遍。末了，他告诉她，请她登门找那所大学的负责人汇报一次，帮忙了却一桩自己的心事。如果尚存一线希望，能不能为改变李国英的现状做

第十八章 九级浪

一些什么？他想起李国英的眼神和语气，那么的坦诚而无望，恳切而无求，似乎命中注定的一切不管多么糟糕都认了，都承受。望平从他那寒凉彻骨的心境中，读出了向死而生的从容，却没有一丝一毫指望他人怜悯的动机，可以说他讲述的故事字字句句猛戳人心，有毋庸置疑的真实性。李国英无求，不等于有关部门和学校无责，近二十载生死两茫茫，他依然拥有获得迟来的公道与补偿的资格和权利。

写完信，望平关好门，找到邮政代办点，寄了一封需要多贴邮票的快信。他想，要是姜小白没有认真对待这件事，那他隔一段时间亲自专程跑一趟。很简单，李国英是他父亲那一代人，在凡夫俗子无以主宰个人命运沉浮的动荡年代，那一批充满书生意气的理想主义者，经历的挫折真是惊心动魄，付出的代价真是无比昂贵。他认准的这件事，除去她，可向谁诉？千言万语说不清的陈年老账，千头万绪理不清的一团乱麻，非知音真是无可奉告。况且，面对一个存在多种可能性和不确定因素的预期，他不妨保持一份高贵的沉默。

支农工作队很快打开了局面，收效超过预料，也可以叫剧情反转。由于工作队的深入基层大得人心，赢得了农民的口碑，也给一些自觉理亏的大队、生产队干部造成了心理压力，有好几个生产队长，还有一个是大队干部，主动到公社找到书记郭同力痛哭流涕地交代了已铸成的以权谋私损害群众利益的个人问题，主动提出要在工作队和农民群众的监督下重新划分自己所在生产队个人承包的田土和山林。郭同力对他们能主动认识和暴露自己存在的问题与错误予以充分肯定，明确表态只要他们能够以实际行动纠正错误就可以既往不咎，并且建议他们到公社广播站演播室对着话筒讲一讲自己转变认识、交代问题、改正错误的现身说法，给那些还没有认识到自己问题的严重性和危害性、没有勇气承认错误或者抱着侥幸过关的幻想的基层干部敲一敲警钟，做一个示范。于是，连续3个晚上有6个基层干部在广播中公开给自己所在的生产队的全体群众痛心疾首地道歉，诚恳地表明了自己要以行动来痛改前非的态度。他们说，假使农民群众依然不原谅自己，自己就下台，让大家重新选择能够维护绝大多数农民切身利益的能人来接任。接下来，几乎所有工作队还没去的生产队，都先后召开了社员大会直接征求群众意见，问他们满意不满意，需要不需要重新分配。有几个生产队，没有向上级汇报，没有等群众提意见，队长先在会上主动检讨了自己的私心杂念和不妥之处，提出了纠错方案，等社员点头认可，或举手表决，散会就动手重新丈量、划分各家各户的责任田土，并组织一批强劳力去帮助贫困户、弱劳户收割和耕种。这样，工作队四两拨千斤，推动了面上工作的迅速进展，开创了一方风气。

　　这天，郭同力破例批准支农工作队接受金牛岭大队村民的邀请，到牛王坡杨梅林去做客采撷树上的杨梅果。那一大片杨梅林，原来是成片的野果林，生产队长牛俊华以"封山育林"为名把20多亩山林划到自己名分上"加强管理"，经过一年多的开发和培育，这片山林的果子结得比以往任何一年都更多更大。听了公社广播站的直播节目后，牛俊华连续几晚辗转难眠，意识到自己先前"公山私管"的做法颇有不妥，闹过一场"灵魂深处"的革命后，于是，他准备隆重举行一次"还林归队"的仪式，邀请全队所有农户和支农工作队全体队员分享杨梅果，由群众决定明年由谁承包打理这片山林。他主动提出他自己只要在位当队长一天，他本人和本人的亲友一律站到圈外，一个也不能出面承包。郭同力也想借题发挥一番，便由望平召集支农工作队全体队员，一起赶到牛王坡。从场镇出发，一条山路虽说只有六七华里路程，可它盘山绕岭，七上八下，九弯十拐，不时犹如游走刀锋，不时又恰似足踩锯齿，别说进进出出的农民免不了肩挑背驮，就是今天一行人都身强力壮，况且个个空手空脚，已经折腾得头晕目眩，喘气不匀，浑身热汗淋漓，这里老少妇孺平时行路之难可想而知。一路上，大家走走停停，不断叽咕牛队长的杨梅果挂得太高，又猜测郭书记这一次大发善心，安排支农工作队全体队员去爬山做客，并且又不会安排回程坐滑竿，必定有一副花花肠子，没准是另有文章。

到了牛王坡，郭同力与牛俊华握手时，笑着在他耳畔嘀咕：

"牛队长，百说不如一吃，你和我先什么都不用说，让队里的乡亲们和我带来的兄弟们，一齐钻进杨梅林，爬上山顶上，敞开肚子吃一顿再说。你瞧，树上的杨梅果多数已经由红变黑，熟透了，不犒劳大家，掉在地上腐烂了可惜不可惜？你做的是顺水人情啊，你的诚心要对半砍，打一个折扣，我的话虽丑，占道理。"

接下来，郭同力转向大家，高声说道：

"你们都不要客气，这一回是吃牛队长的大户，看得起哪株吃哪株，专挑又大又熟的大吃特吃。牛队长没用过农药，天然果，营养好，全免费，不吃白不吃，吃了还想吃。不过，大家还是给肚皮留一点儿余地，不要吃得拉肚子。这一回，牛队长是诚了心的，他耿直得很，真舍得，惦记着家里人的乡亲们，还可以给家里人带回去，腰包揣，帕子包，提筼提，都可以哈！"

郭同力话音刚落，众人已一阵哄笑钻进林子，眼快，腿快，手快，嘴巴也当仁不让。

这片坡上的杨梅树，虽经过一番打理，但是，毕竟是长年累月的野生树居多，疏密、高低、大小、老幼都存在布局上的随意和差异，高的果树有两个人竖起叠罗汉那么高，矮的果树仅及人的半腰。最有趣的是山巅的一个老苑大树的顶梢居然歇着一只红毛山鸡，等人声喧哗惊动了它，才悻悻不爽地拍翅几纵几跳逃入邻近的另一片山林。望平采撷了几枚杨梅果捏在手上，边走边嚼捷足先登山巅。站在石脊裸露的顶端，他惊讶山的另一面只须下行约半里路，再爬过一道不太深的沟壑，居然是一望无边的平川。这时，郭同力和牛俊华说笑着也登上了山顶。他见望平比自己先到，便发问：

"你站在这里会想什么，说什么？"

"郭书记，我想到了一首歌曲，老歌。"

"什么歌?"

"《山那边哟好地方》,左弦、普萨合作的那一首。"

"你唱几句。"

望平吐了一口气,屏息片刻,唱了起来。

> 山那边哟好地方,
> 一片稻田黄又黄,
> 大家唱歌来耕地哟,
> 万担谷子堆满仓。
> 大鲤鱼呀满池塘,
> 织青布呀做衣裳,
> 年年不会闹饥荒……

"好,唱得好。你小子快成了我肚子里的蛔虫了。你说说,我今天到这里,想打什么主意?"郭同力一蹬脚,抖去胶鞋底的泥屑,向望平发问。

望平向郭同力做个鬼脸,又转向牛俊华说道:

"你别认为郭书记对我们这些下力人是菩萨心肠。今天他带我们吃杨梅果犒劳我们,是无事不登三宝殿。你看,没准他要做的文章就在这山脚下。"

郭同力目光盯着望平:

"别忘了我打过招呼那件事,你溜之大吉之前,要讲的那一堂课,备了课了吗?"

"没备完。"

"我等着。"

"郭书记,我们这里有几句顺口溜:山后穷,山前富,山后住草房,山前住瓦屋,山后的男子打光棍,山后的姑娘留不住……"牛俊华抓住脑勺，瞅着郭同力，接上望平先前的话题。

郭同力点点头，开口说道：

"山前地平土肥交通好，山后山高土瘦行路难，漂亮的姑娘留不住，英俊的小伙无出路，一比有差距。但是，山后开发好了，会从草窝变成金窝银窝，我们占山为王，可以靠山吃山。山前土肥，人多，人均占有土地面积窄；山后土瘦，人稀，人均占有面积宽。你们说是山前后劲大，还是山后潜力大？我看是山后。现在，山后只要一个条件变，发展速度立刻加快，你们说是哪一个条件？"

望平隐约意识到，却不愿开口。牛俊华则睁大一对牛眼睛，瞪着郭同力。郭同力盯了望平一眼，吐出一个字：

"路。"

郭同力像指挥官视察前沿阵地一样，他四处指点着，兴致勃勃地说下去：

"你们换一种思路，看这山便大不一样，一切都会彻底改观，对不对？这里的人，要改变金牛岭地处江阳西极的传统意识，要看到这里与邻县的东极接壤，边远地区其实是前沿地区。这个观念一变，办事的路数一变，这里的劣势就成了优势。所以，我考虑再三，金牛的发展思路，从道路上讲，要变舍近求远，为舍远求近，策略是坐西向东。我们与邻县协商合作，在山脚修一座石桥，与他们的公路接上，我们再沿着这一侧的山脚，修一条公路到青岩场镇，以后金牛的村民多走大路，少走小路，等到有条件再通机动车、公交车。你们这里要不了多久，就会变成对外贸易的桥头堡，成青岩公社最富的村子，名副其实的金牛呀。你们的金是什么呢？土特产，山笋、山果、山鸡、山药等等，话说到这分上，你们谁不明白？"

牛俊华兴奋地说道：

"郭书记，你真是在做一篇大文章啊，做成了我们村里的村民把你当菩萨供，烧香作揖为你磕头。只是话是说得好，我们金牛人离开公社支持，哪有那么大的力量，那么大的本事！"

"你要有信心。假使你嫌一个大队力量小了，本事小了，那就动员全公社的力量支援你们，相关各大队都要上阵，人心齐，泰山移，这样的力量大不大，本事大不大？再说，这路修成了，也不光是金牛人才走，过境的各个大队的群众都要沾光，都与他们的利益相关。一句口号，要在金牛叫响，在青岩叫响：'要致富，先修路'。今天，我要望平带支农工作队的全体队员爬坡上坎走过来，就是要让他们体验一番乡亲们平时出行难的苦累，留下一个感同身受的深刻印象。以后，大家对这件事说话就不愁不能入题了，行动上就不会七拱八翘了。接下来，就是要全社上下齐心齐力，方方面面团结协作，共同来做好这一篇大文章。当然，我们还要争取获得本县、邻县的领导们和同志们的大力支持，也是做好这一篇大文章所必要的补充铺垫，或者叫求得他们的同情、理解和支援。你们明白了吗？望平，我们来个君子协定，这件事办成的那一天，请你为金牛人、青岩人创作一首长脸面、添光彩的歌词，就叫它《山这边哟好地方》。我们把它唱响，一言为定吧！"

"嗯。"望平一点头。

郭同力轻轻一拍望平的肩头，不再多说，很快又恢复平常那一副不显山水的矜持面相。

第十九章 到嘉陵江听涛

"望平,电报,起来收!"

望平揉揉惺忪的睡眼,打开屋门一看,卓家文捏着一份电报,站在门外的月光下。

"电报?"望平接过装电报的薄纸袋,向卓家文点头致意:"谢谢!"

"我不知道发电报的犯了哪股神经,公社没有电台接收设备,发到县城再把它做加急件处理,只算是比快件更快的快件。我下午收到,交不到你手上,又不敢塞进门缝误事,他妈的人都上了床,才突然想起这玩意儿,赶紧给你送过来。赶这一趟路,背心被汗水打湿了,回去又要洗澡,你说我背时不背时?"

"卓大哥,你对小弟的关照,我点点滴滴记在心头。我陪你到沱江里泡一阵吧?"

"去去去,回去点蜡烛看一看电报内容要紧,我不和你磨嘴皮了。"

卓家文话未落音,人已转身,街道上传来一阵木板鞋碰击青石板路的脆响声,场镇格外的阒寂。

望平关门点烛,借光一看,这电报是姜小白所发:

"托付事宜见效,勿离开,接贵客。白"

望平担心自己看错了,从头细读一遍,捏电报纸的双手颤抖不停,他明白是李国英的那事有指望了,小白真是一个不可小视的奇女子。吹灭蜡烛,他钻进蚊帐,把枕头垫高仰躺着,人却再也无法进入梦乡。一个惊喜,足以把他的睡意抛到天边。

等再次醒来,望平一看手表,早晨八点已过。他慌忙穿衣洗脸出门，胡乱在小吃店买了两个热馒头，边啃边向公社大院奔去。他怕今天真有事，卓家文不见他的人影，一急会去找广播员发大通知，上千个喇叭一齐叫，不闹得田埂上都议论纷纷？那家伙出损招，从来不会皱一下眉头。走进公社大院，没想到卓家文的办公室竟骄傲地上了锁，而郭同力那间办公室却敞开着门。望平寻思，这事也应该向组织汇报一下，便向郭同力的办公室走过去。

望平递上昨晚收到的那份电报，把事情的来龙去脉向郭同力做了详细汇报。

郭同力丢开正在阅读的报纸，有些吃惊地说道：

"这个人我从来没听说过。外面来的专案人员，我也接待了不少，落实过不少人的政策，这事儿还是头一次听说。它关系一个人、一个家庭的命运和名誉，甚至牵连得更宽。我们换位思考，该落实政策的，就坚决执行耀邦同志的指示精神，严格按有关政策办理，有错必纠，不留尾巴，谁不盼望着平反昭雪的那一天？如果学校来了专案组，就实事求是地协助人家处理吧。至于李国英的家庭，只要知道了，该帮也得帮，这事就交给你吧。我过一会儿还要下去转一转，有结果告诉我一声就是。"

望平汇报完毕，退回自己的办公室。快到中午时分，望平听见卓家文在走廊上高声呼叫自己，就赶忙一带门走了过去。

"望平，这是渝州美术学院的方书记和院办公室刘主任，他们有事情找你。"

方书记戴着一副无框边的眼镜，两鬓夹杂着花发，面型清癯，精神略显疲倦，一见望平便迎上来：

"望平同志，前天姜小白同学来到学校，向刘主任反映了李国英老师的情况。我知道了以后，昨天上午和刘主任一起赶来了。我们的车还停在场镇口，那个叫箭竹的地方通车不？"

"不通车。"

"那怎么办？"

第十九章 到嘉陵江听涛

263

方书记旁边那个拎着公文包的中年人开口发问，他体形微胖，显得有些着急。

"我们走路去。"方书记打断了刘主任的话，语气斩钉截铁。

刘主任有些犹豫地提醒方书记：

"阿姨出发时告诉我，说你近段时间身体不太好。"

"我的身体算得了什么？比起李国英老师二十余年来受的委屈受的罪，不值一提。这样吧，你去叫上肖师傅，先把住宿安排下来。我和望平同志走一趟。"

卓家文见状，眼珠转动了一下，插上话：

"方书记，你们这样远赶来，住宿由我负责安排。我想法通知郭书记赶紧回来，与你见一见面。至于李国英老师，由望平同志去把他接来。他走不动，我们叫上两个大汉抬滑竿，行不行？"

"找两个大汉抬滑竿可以，但我也要去，不然我心不安。我这一次带车来，就是想带他回渝州。我们学院永远是他的家，我盼望他归来。"

"家文就这样吧，你协助刘主任他们安排住宿吧。我也不是外人，这附近人熟情况熟。我采纳你的建议，带一乘滑竿去。你陪方书记在这里稍坐一会儿，我去附近找人，安排好了再出发。"

望平找青岩一队的杨队长约了一乘滑竿，顺便给方书记找到了一顶草帽遮太阳，再到场镇上买了几斤熟枇杷去河边清洗干净装进网兜，才回到公社叫上方书记上路。他们一边剥枇杷一边闲聊，到了李国英那个院落时，一行人都走得汗流浃背湿透了衣服。

望平上前敲开门，李国英拄着拐杖打开屋门，一时愣住了。

方书记不等望平介绍，快步朝前扶着李国英在板凳上坐稳，退后两步向他恭恭敬敬地深鞠一躬，才讲出上门的来由：

"您就是李老吧？我是渝州美术学院主持党委工作的方知远。黄丹教授在去世前，握着我的手嘱托我一件事情，说您当年是代他受过，是被一场政治风暴断送的画坛栋梁，要我一定要设法找到您的下落，贯彻好耀邦同志的指示，落实好党中央坚决纠正过去历次政治运动留下的冤假错案的政策。今天，我代表渝州美术学院党委和行政，代表郑念国院长，向您正式传达早已为您个人下达的平反文件，组织上对您的历史问题做出了明确结论，已经彻底否定了强加于您的不实之词。组织上认为您是一个好同志，好教师，是对学院的发展做出过贡献的人才。我和郑院长都对您这么多年所受的种种委屈和不公平待遇，表示同情和遗憾。这些年来，我们不知您的去向，通过多种渠道都没打听到您的下落，平反通知一直放在文件柜里。这一次，幸好青岩公社的望平同志凑巧遇到了您，而且他是一个有良知的热心人，他委托渝州大学的姜小白同学找上门来，把您目前所面临的艰难环境告诉了我们。我们很震惊，很难受，很关注。今天，我们是开着车来的，一是要分秒必争地抢时间，二是准备把您和嫂子接到渝州去，听说您在渝州工作时经常到嘉陵江边去听涛，所以，我们考虑把您的住宿地点就安排在嘉陵江边。"

一听到嘉陵江的名称，李国英就神情一怔，一双眸子发亮。方书记觉察到这一点儿，语气略有停顿，很快继续往下说：

"我代表组织向您正式宣布，我们早已摘掉那顶没有任何理由扣在您头上的右派帽子，为您断了一个公道，还了您一个清白的名誉，昭雪了您个人所蒙受的冤屈，正式恢复了您重上讲台的资格。学院准备上报主管部门根据您的特殊才能破格推荐您通过专业职称评定晋升为副教授，欠发您的工资按政策规定全部补发。至于您爱人，如果有子女包括子女，全部转为重庆市城市户籍，该安排工作的安排适当工作，该就学的安排到学院的附属学校就学。您一家的户籍指标已由郑院长出面找有关方面协调争取特别审批。您个人所经历的种种苦难，和我们国家命运紧密联系在一起，是在极'左'路线的干扰下导致我们所走过的弯路、所经历的挫折、所付出的代价的一个插曲。现在，我们国家已经在一场动乱制造的废墟上得以重建，改革开放的形势一片大好，越来越好。因此，希望您告别那段不堪回首的岁月，抹掉那些布满乌云的记忆，卸下压在精神上的包袱，像小平同志告诫我们那样，团结一致朝前看。真高兴啊，一个新的时代已经到来。现在，我们等您重回美院校园，您会为校园内生机勃发的新气象、龙腾虎跃的新面貌所振奋，所鼓舞，您一定会很开心，会觉得自己变年轻了。我今天终于幸运地找到了您，能够不辱没黄丹教授的临终嘱托，特别高兴，特别激动。李老，郑院长临行前对我千叮咛万嘱咐，这次一定要带您回渝州，到渝州最好的医院彻底检查身体，治疗疾病。这是我们的责任和义务，是应该做的工作。您的意见呢？您和嫂子乐意去吗？"

李国英直是点头，涕零湿襟却说不出一句话来，一只触地的好腿抖得厉害。他的妻子刘素芬站在一侧旁听，突然"哇"地一声痛哭失声：

"苍天开眼啊，谢谢方书记，谢谢学院领导，这才像共产党办的事情啊。我家老李亏啊，太亏啊！"

这时，郭同力突然跨进门。他闻讯后连草帽都没戴就冒着太阳急赶而来。他根据自己的判断认出方书记，上前直表歉意。郭同力和方书记握过手，转向李国英夫妇：

"李老师，嫂子，原谅我官当得比芝麻还小，却偏偏犯下一个官僚主义的大错误。我在青岩工作了这么多年，居然不知道你们的情况，在青岩留下一片灯下黑。要不是望平凑巧碰上李老师，不知道你们还要受多久的委屈。哎，算是老天不负苦心人吧。你们家中的情况我已知道，你们就随方书记去吧，其他手续由公社代办，今天能来得及办的今天办，今天来不及的我们补办。真没想到，青岩公社这块地盘不大，这些年流落到这里的蒙冤受屈的人才还真不少，真是一个藏龙卧虎的地方。我身为一个地方干部，为前些年你们一家没得到善待感到羞愧，感到内疚。多余的话不说了，我们帮助你们收拾一下上路吧。今晚公社请客，算是为方书记接风，向你们谢罪，也为你们饯行！"

"好好。"李国英这才说出话来。他碰了碰妻子的手背："你去收拾一下，乱七八糟的就不带了，车上装不下，就带些换洗衣服和被盖、席子吧！"

266

方知远一听，忙打招呼：

"带换洗衣服可以，其他被盖、席子、锅、瓢、碗、盏，桌椅板凳，统统都不用带，学院后勤会为你们新置，这是我们应尽的责任，是对你们起码的补偿，行不行？"

"组织考虑得太周到了，我做梦都没想到有这一天。不要太照顾我们，我担当不起。"

方书记没有马上回答，他的手和李国英的手紧紧握在一起，彼此相互交流的诚挚目光胜似千言万语。

郭同力用手指一戳望平的背脊，压低声音说：

"你小子不简单，不光有女人缘，还是一个吉祥物。当心我变卦，把你扣留在这里。"

望平对郭同力扮出一个鬼脸，一句话想说没说出口："我早就是你的人质了。"

郭同力读懂了望平的眼神，没多言，友爱地往他肩头轻轻一拍，钻进里屋去帮刘素芬收拾去了。他是老兵，打包裹是行家里手，正派得上用场。

李国英向望平递了个眼色，望平凑上前去。李国英在他耳畔咬一句：

"我床下油布裹着一捆画，这是我这些年悄悄创作的作品，都有拿得出手的保留价值。你把它拖出来打开，挑一幅你喜欢的送你，其余的我带走。"

望平断然拒绝地一摇头：

"李老师，使不得，万万不能。"

"那你把墙上挂的这幅画一定带去，千记不要转送任何人，算我委托你替我保管吧。就这样，照我说的办，你不能再推辞。去，帮我的忙，把那捆画扛出来，那是我这些年的全部心血，全部寄托。"

李国英露出一副不容协商的眼神。望平一点头，只好按他的盼咐去办理。

离开青岩的日子,已进入倒计时。这天,望平闭门备了两天课后,终于兑现了他对郭同力的承诺。可他万万没想到,这一回动静闹得太大,实际上是变相地召开了一次公社三干会,大礼堂内听课的人坐得密密麻麻,几乎没有空位。

郭同力做了一段简短的开场白,就把话筒移到望平面前。开头几句,望平由于不适应对着话筒讲话,扩音喇叭里传出的声音像是另一个人的谈吐,他产生了片刻的失衡晕眩,仿佛自己飘浮在上不沾天、下不着地的云雾中,进入了一种我非我的零度空间。很快,他恢复了状态,他意识到郭同力对自己的充分信任,以及他对自己的期许,那么多的人在选择个人的道路和命运的关键时刻,希望从自己的口中获得启迪、鼓励和信心,他们怀着的一颗颗纯朴的真心,丝毫容不得辜负和亵渎。想到这一层,望平额上渗出了冷汗,他明白了自己的责任和担当,按着自己草拟好的提纲,语调变得稳重缓慢,似乎每一个字都得掂一掂轻重,不敢草率地冲口而出。

望平以恳切的言辞,对坐在会场中的父老乡亲阐述:社会主义道路,已进入了一个前人没有经历过的崭新阶段。改革开放是一条陌生的新路,它不好走,又不得不走,只好"摸着石头过河",尽量走得踏实一些,少付一些代价。因为,它关系到一个国家的盛衰和每一个人的切身利益,万万不可掉以轻心。所以,第一需要认准:看清前进的方向,坚定全心全意为人民服务、为人民谋利的根本宗旨;第二需要认真:以求真的态度,把握经济规律和它涉及的常识概念,对任何事物都要用一把实践尺子去衡量,彻底打破已经过时的束缚生产力发展的陈规陋习和条条框框,切切实实地解放思想;第三需要看开:开眼看世界,借鉴别的发达国家已走过的发展道路,尤其是借鉴好东欧多个社会主义国家的经验教训,用"他山之石"精攻"良玉",找出一条有利于自身发展的正确途径。接下来,他按照郭同力给自己定下的基调,用农民听得懂的语言表达,大道理套小道理,老例子套新例子,结合青岩本地的实际,一一详尽阐述计划、市场、商品、价值、生产力、生产关系、生产要素、上层建筑等常识概念和相互间的辩证关系。他强调，我们已经迎来了一个改革开放的伟大时代，大潮浩荡，遍地机遇，决不可该作为却不作为，也不可以无视经济的客观规律和国家的政策法规乱作为，一定要珍惜当下，不负时机，加快探索前进的坚定步伐。最后，他动情地感慨："我们必须乘势而起，大有所为，大有所获，绝不能墨守成规，裹足不前，眼睁睁看着一个百年一遇的黄金时代不期而至，却辜负了它，坐失良机，任凭它无功而去！"望平一口气讲了两个半小时，结束时到会者给予他一阵热烈鼓掌，可他认为那仅仅是淳朴善良的父老乡亲们恩赐的一份礼遇，其实，他讲得很一般，没有达到预期的效果，没有讲好。

　　离开会场，望平忙钻进自己尚可最后使用一天的办公室，脱下被汗水浸透的背心一阵猛拧，然后，扣好一件裸穿的短袖衬衣，疲惫地一屁股坐在藤椅上，十指相扣顶着头额，养了一会儿神。

　　晚霞染红江波时分，望平谢绝了郭同力执意要安排的一桌饯别酒，退还了办公室和宿舍的钥匙，随身携带着个人户籍、粮油、副食品转移手续和工作介绍信，用一根扁担挑着，提前一天整理好的行装，一只腾出来的手捏着李国英托付他保管的那幅画，趁着各家各户忙着进晚餐的时机，绕路沿着一条静谧偏僻的路线，隐身于苍茫暮色，走向船码头。上行的客轮，船费极其便宜，航速却慢得可怕，稀稀拉拉的几个乘客，与大堆货物不分彼此地混装一舱，傍晚出发，黎明到达。因为，这是县域的西极，与邻县接壤的航线末端，加之是逆水行舟，暮发朝达，极少有女客上船，男客可以大大咧咧仰躺独占整根横木坐凳，谁也不怕谁，谁也不管谁。望平把李国英的油画靠舱壁放好，再将自己的行李铺垫作一个高枕头，行李护着画框，人护着行李，他喜欢这样慢悠悠地漂泊江面，自己不惊扰谁，谁也不惊扰自己。

　　机动船头轰鸣着马达，不辞辛劳地冲在前面，一条长长的钢缆牵引着后面人货混装的木质船舱，扭扭捏捏地在江中走走停停地磨蹭，涟漪

第十九章　到嘉陵江听涛

· 269 ·

扩散的江面有几颗星斗若隐若现，若沉若浮。船篷遮蔽了星空，身边放着一个不能离人的画框，他无法心安理得地观赏月景，不由得一声轻叹。最恼人的是有几只免票随船的蚊子，它们阴险地借助夜色掩护不断向人偷袭，并且厚颜无耻地嗡嗡叫嚷，似乎在咬人之前试图让人认同它们咬得有理，有得理不饶人的权力。望平后悔没带上一条锯末蚊烟，一把蒲扇也嫌累赘地扔在那宿舍的桌面。过了一会儿，一只长期藏身船舱的老鼠不知从哪儿钻出、从望平大腿上一蹿而过，惊得他一打挺坐了起来，浑身不自在地拍打着裤管，真怕留下了清洗不掉的污垢。此时，望平联想到古人说过"龙在浅滩被虾戏，虎落平阳被犬欺"。有了这番经历，他觉得可以修改为"人在江中被鼠爬，身卧船舱被蚊叮"。这夜航船啊，换上一个得志者，岂愿屈尊品尝此番滋味？可笑一介凡身，非得志，非失志，本想逍遥一回，不料自讨苦吃。哎，真像唐僧取经饱尝八十一难，躲不胜躲。过了一会儿，他又像阿Q那样自我宽慰，这世间谁没见过鼠辈横行，谁没挨过蚊子围攻？只要李老师那幅作品完好无损，便是不幸中的大幸，于是躺下，入睡。

  黎明时分，望平慢慢张开结了些许眼屎的双眼，矗立在江阳县城外围的大乘岩上的回澜塔已隐约可见。他立刻一挺身腰正襟危坐。晨曦中，一只雏鹰傍着塔身掠翅盘旋，塔下的江水竟一反常态地溯流回淌。他顿时想起关于这座建造于清朝道光年间的古塔的一段传说，当年的县令为它取名"回澜"，是指江水象征的财富不会白流他境，永远保持县域内的财源富足。此塔，另有一个名称叫"锁江"，据说日落西山时塔影可以斜映对岸，如同给江流加上了一把铁锁。那一个自以为是的县令，试图自圆其梦，或拥财自肥，或拥才自重，穷尽一切手段以巩固自己的权威，免不了找出一个自圆其说的理由。可在望平看来，他是那么不近情理、不合常识的迂腐可笑，如今渴望升帆远游的现代人，谁甘愿荒废意气风发的万里前程，谁甘愿大挫锐气于一"锁"？尚未进入城关，望平已为一片巴掌大的天地可能把自己所有的青春年华消磨殆尽，不寒而栗。

人生有太多悖论，适此误彼，适彼误此，左右为难，无以两全。几年间，他被不讲商量地由近调远，又不期而至地由远调近，此次归来偏偏又带着一幅李国英临摹的世界名画《九级浪》，其间包含着什么天机呢？是的，离而立之年还有一大段岁月，可他一颗火热的心早已无力烘暖过早降临的"头脑冷静"，一种沧桑感不知不觉已经饱蓄心间，流溢眼神。想着，想着，望平以低到只有他自己能听到的声音，轻轻地吟诵北岛的诗作《船票》：

> 海呵，海
> 退潮中上升的岛屿
> 和心一样孤单……

望平敲开家门，母亲欣喜又疼爱地看到一身尘垢的儿子担着捆扎着的行李归来，高兴得眼眶喜泪扑冒，却说不出一句话来。她退后一步，让儿子进门，转身直奔厨房去打出一盆洗脸水。母亲，站在一旁，伸出指头抚摸着儿子的蓬头乱发，这才开口问道：

"回来了？"

望平揩着脸，一点头。

"不走了？"

他再一点头。

母亲不再问什么，直奔厨房，乐颠颠地去为儿子煮荷包蛋。望平把洗脸帕扔在盆中，先把李国英那幅画移到书房中放好，再把行李捆往自己住的房间搬动。安顿好后，他才坐在饭桌前拿起了插入碗中的细瓷调羹，舀起一勺添了蜂蜜的荷包蛋一口吞下。解决了肚皮问题，他自己动手洗净碗筷，回到房间清理物件，让它们各得其所地归位。最后，他跨进书房中，把原来墙上悬着的画框取下来，换上刚带回的《九级浪》。末了，他大声招呼母亲，要她过来欣赏。

母亲戴上老花眼镜，靠近画框打量了一阵，像是自言自语：

"这幅画，挂在这里合适，像我们家的命运，让我想起了你爸爸和你经历过的许多事情。人这一生，怕就怕过了，忍就忍过了。就像电视里说过的一句话，活着不容易，活着要珍惜。你说是不是？"

母亲感慨了几句，突然，她问儿子一句：

"这幅画，恐怕有些来历，怎么到你手头来的？"

望平把母亲拉到竹椅上坐下来，站在背后为她揉着肩头，把事情的前前后后经过告诉她。母亲听完，不再问什么，也不再说什么，默默取出菜篮出门买菜。望平目送着头发花白的母亲隐没街市的身影，关好门，从匣中取出小提琴，用绒布擦拭一阵，抹好松香，调好弦轴，推开窗扇，面向那一幅劫后余生的《九级浪》，奏起一支意大利音乐家E.托赛里谱写的《悲叹的小夜曲》。直到心间的闷气消散，他收拾好琴匣，出门上街理发去。他一边走，一边吹着口哨，一度被岁月弄得凌乱不堪的心绪，终于因获得一次造物主恩赐带来的重归而和顺欢悦起来。

中午，母亲做了芹菜烧鲫鱼和蘸水茄子、虎皮辣椒等菜肴。望平吃起家常菜胃口大开，一连扒光了三碗饭，乐得母亲眉开眼笑。饭后，他要母亲去午休，自己揽下收拾碗盏的任务，并与母亲约定下午带上新买不久的日本制造的"傻瓜"相机，一起去迎江门那段江边转一转，今天由晴转阴的天气带来了夏日罕遇的清风习习的凉爽，多么不易。他觉得自己近10年时间来去如过客，陪伴母亲时段真是太少，至于到县委报到，等明天再去。母亲听罢儿子的建议，高兴得直拍座椅的靠背，哼起几句秧歌调去卧室小憩。

午眠后，母亲一丝不苟地梳过头，用几颗钢夹锁住齐整整的短发。她穿一件阴丹布的排襟短袖衫，一条蓝布裤，脚上一双自做的带袢的青布鞋，手里拿着一把伞。望平一见忍不住发问：

"妈妈，你这一身穿着，怎么像电影里看过的那类五四时期风格的学生装呢？"

母亲略带腼腆地一笑：

"儿子，你还真说对了，我就是想要你陪我到我读过书的北固山庄去转一转，几十年没去过，怪想的。"

"现在不出太阳，不下雨，你怎么带着一把伞？"

"是啊，晴带雨伞，饱带饥粮，养成习惯了。"

"那伞，你给我吧。"

望平接过母亲捏着的长柄黑布伞，挽着母亲的手臂，与她交谈着穿过街市走向迎江门。

迎江门是县城的北门。走到这里，母亲谢绝了望平推荐她去看那座修建于清初的酷似"关刀"的防洪石堤的建议，执意从龙岩沱乘船过江，到对岸的那座中学旁边的一个古院里转一转。望平见她是一副非去不可的神态，便顺从她的意愿向北门外坡下的渡口走去。

踏上对岸，走了百多米路，出现一个桉树林掩映着的亭子，母亲顿时精神振奋：

"儿子，这个亭子被当年我们读书时校长称为北固亭。他素爱辛词，又是抗战时期，大家爱国热情高涨，他这一叫，大家就跟着叫，无名亭就叫成了北固亭。我们读书那个大院，本来叫江家大院，也被校长叫成北固山庄。一个临时落址的校园，严格讲就是江阳临时女中，由此响亮地叫成了北固女中。其实，除了它在县城北面的对岸，与江苏镇江那座名副其实的北固山毫不相干。我们的校长是镇江人，他的故园之思影响到我们的校名。不过，我们大家都喜欢这个名字，甚至每个星期开朝会，我们就整整齐齐地排列在这片北固亭旁的草坪上，慷慨激昂地朗诵辛弃疾的《京口北固楼怀古》：'何处望神州，满眼风光北固楼……'各个同学都准备有一天成为从军的花木兰，去报效国家，去收复那些早已沦陷的国土。"

"妈妈，你站在北固亭前吧，向远方的江峡或者山岭眺望。我给你照张相，争取照好点，洗印时请照相馆加几个字，或者是辛弃疾那句

'满眼风光北固楼'，或者是毛主席那句'忆往昔峥嵘岁月稠'，或者一样题一张吧。好，妈妈，注意了，别眨眼睛，我要拍了！"

望平又叫母亲换了几个角度，试了一番镜头，最终又在北固亭周边拍照了几张，然后弯腰拿起靠一棵粗大的桉树斜放着的雨伞，随着她向北固山庄走去。

眼前的北固山庄，虽然还保留着昔日富绅巨资修造的豪宅的基本格局，却里里外外都是一幅衰败景象，已经无法觅到书院的踪迹，彻底成了一个农家大院。里面近百房间，尽数分配给了大约是一个成建制的生产队的几十个家庭居住，各家各户屋檐下堆放的柴草，晾晒院坝里的麦粒、苞谷粒，满地跑的鸡鸭、猫狗和它们东一堆、西一堆的粪便，以及警惕地拿着破竹竿赶开家禽和麻雀守卫自家晾晒的粮食的老人，眼前的场面着实让乘兴而来的母亲大失所望，她掩饰不住物是人非、或人是物非的一脸惊愕。她知道她寻找的那个校园仅保留在个人记忆中，当初的景象真是一去不复返了。她神情黯淡，扬手向儿子指点了一下当年自己上过课的那间教室的位置，说完，连大院的门槛都没迈进，索然无趣地招呼儿子与自己一起过江回家。

登上过渡船，母亲黯然神伤地低头看着荡漾着涟漪的清澈江波，不知不觉一颗泪花坠落在船板上。望平装作没看见，他转身过去，仰头看着天上飘浮的云朵，长吐一口冷气。

第二十章　大开大阖

第二天，望平并没有去县委报到。就在他与母亲去北固山庄归来不久，县委组织部姜部长派部办公室的工作人员赶到家中给他带了口信，蔡华老师病重卧床，她念叨着希望他去见一面。组织部的同志调出望平的个人档案，再到派出所查户籍，这才弄清了他的居家地点。组织部的同志找到望平后，又给县武装的有关同志去了电话，告诉了望平已经回城；定好明早上午八点，望平在离家约100米的街口等候着，搭乘县武装部安排到金江市去接已前去开区划调整后的交接会议的关政委回县的空车，送他到蔡华老师家中。组织部那个同志跑来跑去几个往复累得头额冒汗，他临走时告诉望平，蔡华希望看一看李国英那幅《九级浪》，可随车带去，随车带回。望平预感蔡华这一次病得不轻，没准是最后一面，他原本淡定平和的心态，骤然变得乱糟糟的了。

临睡前，望平回忆与蔡华在青岩公社认识以来的整个过程，她对自己的关心，以及自己与李国英的偶遇。他真没想到在一个偏僻的山乡居然会接连出现两个足以对自己人生产生重大影响的优秀人物，他们都在那里经历过磨难，又在那里迎来命运的转折，彼此或许还有些同病相怜的相惜，既像传奇又像梦境。他准备好了探望蔡华的礼品，一包青岩出产的清明茶和一盒南屏出产的麻辣牛肉，再取下那幅挂在墙头的《九级浪》，找来一块干净床单把画框包捆妥当，这才倒床睡觉。

见到蔡华时，这位老太太显得消瘦了许多，以往茂密的头发也掉落了不少，只是眼中的光芒一如以往闪亮如星。

"呵，望平，你来了，快坐。"望平走进行署大院围墙中的那套蔡华的宿舍时，靠着床头的垫枕躺着的蔡华一撑床边，坐立起来。

"蔡姐，你躺着，我坐过来。"望平搬来一条木椅，靠近蔡华坐下。

"望平，蔡姐来日不多了，患上了肺癌，已经扩散了。我的生命已经看到尽头。我不想为不可能的康复无谓地折腾，更不愿为延长十天半月的寿命，去耗费国家大量的医疗费用，这个问题，不仅是值得不值得，还要考虑应该不应该。世间上，总有一些人力不能抗衡的东西。为了国家，为了人民，我自己可以不计代价去付出所有。反过来，让国家，让人民，为我这微不足道的身躯耗费大笔昂贵得可怕的财力、物力，我苟延残喘又有何益？我告诉医院领导，我不能拒绝马克思给我发来的请帖，该去报到就准备去，他们没有理由强行阻拦着我。一个共产主义者要敬畏自然规律，遵守组织纪律，不能闹特殊。还好，地区医院采纳了我的意见，安排一个护士到这里照看我，吃不消时注射一支止痛剂，允许我见我想见的人。"

"蔡姐，"望平拿起蔡姐有些发凉苍白的手掌，贴着自己脸颊，想说的话堵在喉咙里，泪水如涌泉般直冒："你不是曾经给我背诵过杰克·伦敦的小说《热爱生命》的段落吗？你不该这样对待你自己……"

"望平，把泪水揩干，蔡姐不喜欢见你这样，去打开那幅画让我看看。你在青岩做的那一件事情，姜部长已经告诉我了。你做得好，是一种自发的与生俱来的良知，该表扬，去吧！"

听完蔡华的话，望平取来了那幅靠在进门的墙角的油画，解开麻绳，双手贴胸托起端到蔡华跟前。

"小谢，快把眼镜取出来，递给我。"

守在一旁的护士，按照蔡华的吩咐把眼镜给她递去。

蔡华戴好眼镜，仔细地端详了一阵，眸光闪亮地说道：

"这幅画，我早就听说过。艾伊瓦佐夫斯基原创，收藏在列宁格勒的俄罗斯博物馆，原画至少要大一半。你认识那位李老师，简直是艾伊瓦佐夫斯基的转世，他表现海水透明光感的技巧非常高明，人物也画得很生动，笔法大胆又娴熟，它不是一般的临摹，真实而完美地再现了原作的神韵。你收拾好吧，为别人保管好。光看这一幅画，就知道他天资不凡，是一个难得的艺术人才。"

等望平把画框重新捆扎完毕，蔡华才轻声呼唤他坐下来，把要他赶来的目的说出：

"望平，你知道我为什么叫你来吗？当然，不是单为看这幅画，尽管这幅画很难得，让我长了一次见识，我们国家土生土长的画家也这么有艺术潜力，中国出现名扬四海的旷世大作，只是一个时间早迟的问题，不管那个让人们眼珠一亮的大师究竟是姓张、姓王，还是姓李，我不怀疑，中国不缺人才。我主要想谈一谈你的将来，你的我可能只能想得到、看不到的将来。路遥的小说《人生》题记中引用了柳青的一段话，不知你记得不？我可记得：'没有一个人的生活道路是笔直的、没有岔道的。有些岔道口，譬如政治上的岔道口，事业上的岔道口，个人生活上的岔道口，你走错一步，可以影响人生的一个时期，也可以影响一生。'你知道我为什么喜欢你吗？也许你知道，也许你不知道。还是让我告诉你吧。喂，小谢，我想喝点水，倒一杯开水，好不好？"

蔡华瞟一眼，见小谢已应承着去倒水，又继续说下去：

"你身上有一种书生正义，我很喜欢。但是，你也因此有弱点，书生意气重，不太懂人情世故，不知不觉容易得罪人。你现在已经走上所谓的仕途，这条路对于你来说会不太平坦，你不善于掩饰自己，不擅长在人堆中玩虚虚实实的那一套，说俗点不够圆滑，说雅点不会应酬，说实点缺乏城府，能够力排众议支持你的人不会多。为什么？你大概永远学不会把上下级间的工作关系，转变为私人关系，因为，你骨子里有一种文化人常有的矜持，或者叫自尊，不愿去攀附谁，你便进入不了某些共荣共辱、共利共害、共进共退、共存共亡的小圈子，关键时刻伸手拉扯或者提携你的人不会多，拥戴你或者为你扎墙角的人也不会多，别人不把你视作'自己人'，你又不屑培植你的私人势力。这一点，你明白吗？

第二十章　大开大阖

刚刚过去那一场政治运动爆发时，你年龄还小，我却是看出了一些门道，我们国家的政治生活还深受封建残余势力的影响，有时甚至是被那种势力左右，别人以社会主义的名义搞骨子里是封建社会才会有那些东西，你有警觉吗？你能看透吗？你能游刃有余地应对吗？你没有这个能力。我最欣赏你的一点，也就是你身上所具有的书生正义，它是你精神世界的一个支撑点，也是你可事君子不可事弄臣的一个致命弱点。诚然，你已经自觉不自觉完成了一次与传统的封建意识的精神决裂，你思想上有意识地争取做现代人，自觉追求着人的素质的现代化，这本来是极其可贵的。但是，适合你鼓励你支持你所已经具有的这种个性的社会土壤，还要经过一个漫长的时间段才能够逐步形成，明不明白？"

蔡华的眼神有些暗淡，停顿了片刻，换了一口气，继续说下去：

"五四运动到现在只有半个多世纪，而封建意识却有几千年的惯性，人们的思维模式至今还带有浓厚的封建色彩。你从下乡当知青开始到现在，已经在农村生活了七八年了吧，还有那么多文盲，人们的家族观念离'天下为公'存在多大的差距？我不说你也清楚。最严重的是不仅在农村，在城市，在政界，在各个领域，你看如今社会上办事，是不是讲关系、讲背景、讲利益交换的阴影无处不在。与前些年相比，现在到处都出现某种有过之而无不及的苗头。在当下，你得当心，任何一个戴着封建社会留下的有色眼镜的人，很可能不问青红皂白给一个具有现代意识的人扣上一顶资产阶级思想的大帽子，旁观者大多由于认识水平和判别能力的局限性，往往人云亦云，不加分辨地附和。在这样的情势下，一个头脑冷静的现代人，只好选择少说为佳，少露锋芒为佳，承受'前不见古人，后不见来者'的孤独。你做好了这样的思想准备吗？处于这样的环境中，你的仕途前景将不容乐观，别人未必肯放心交重担给你，这不是你有无能力的问题，是你不可能做到与某些人一个鼻孔出气，与他们丧失原则地共进退。你的不得志，你的郁郁寡欢，不是因为你不干净，而是因为你干净，你大概永远不会为个人利益孤注一掷地干那种蝇营狗苟的勾当。所以，我想给你指条路，官当不大，功显不出，却绝不是碌碌无为，是真正地有益于社会，无愧于自己。"

望平把小谢放在床头柜上的水杯递给蔡华，等她喝水解渴时分，吐诉心曲：

"蔡姐，你说得太好了，真是太深刻了，你把我的弱点看得太透了。我听你的，努力不辜负你的期待。我宁肯去做一个终身发不了迹的平凡人，决不选择走歪道而飞黄腾达。是的，我要堂堂正正处世为人，做一个干净的人，不会去羡慕一条得志的狗！"

蔡华放下水杯，捏住望平的手，缓缓说出：

"你父亲读过西南联大，那是一所了不起的大学。但是，你知道吗？在南川的地面上，曾经也迁来过若干所类似的大学，还兴办过西南联大的分校，这是一段抗战岁月的光荣历史，留下一个个值得骄傲的文化遗址。我告诉你，一个国度的文化薪火能够传递下去，需要一双双懂它的眼睛，一颗颗疼它的心灵，你恰巧具备这一点。所以，我希望你调到金江市文教局工作，做一个文化的守望者，官当不大，责任大，需要花费一生一世的精力和心血，这算得上我的一桩未了心事，一个遗愿。你愿意吗？"

望平"哇"地痛哭失声，他哽咽着说不出话，只是向蔡华点头。她脸上露出了笑容。

"那好。手续还要拖一段时间，你要在江阳等一等，其他的事情交我办。我会找有关领导具体落实，请房管局在你工作地点附近解决一套公租房，你把你母亲也接来，你们相依为命，清贫乐道，当然肯定也是幸福安详的生活。现在，我对你说说我自己吧。我眼里和心中，生与死、人与神的界线已经模糊了，甚至抹去了。一个人，放下生死，放下烦恼，真是了无挂碍的一身轻啊。我已留下了遗嘱，向组织交代了后事，我死以后，不开追悼会，不举行任何悼念活动，不接受任何人的吊唁，以最快的速度火化，由我女儿把我的骨灰和花瓣拌在一起，撒入长江，

第二十章 大开大阖

· 279 ·

一点都不留。我死后不放一般的哀乐，放一放《国际歌》的曲调就行了。我选择的信仰是共产主义，我至死不渝。我可心安理得地去见马克思、恩格斯、毛主席、周总理、叶军长、陈军长、任老师，告诉他们我胸膛中依旧跳动着一颗丹心，热血从没有凉过。我坚信：'因特纳雄耐尔就一定要实现！'那是人类社会的共同理想，最终目标，不是海市蜃楼，不是一个虚幻的泡影。望平，我要说的就这些了。等一会儿，关政委的车子来了，你就回去，不要留在我这里，我不愿意看你难过的样子。最后时刻，我有女儿、女婿和外孙女陪着我，不用惊动其他人了。如果你听到我已经离开这个世界，就拿起小提琴，为我演奏两支送行的曲调，一支是《国际歌》，一支是《新四军军歌》，就像送一个战士去远征，好不好？"

　　望平坐上关政委的吉普车，肠胃翻得厉害，直欲呕吐，这与以往乘车的状态大不同。关政委见望平精神状态不佳，忙吩咐驾驶员开慢一些，停车要他换坐到副驾驶座位，并亲手把车窗玻璃往下摇，再叮咛他闭目养神，不说话，多换气。傍晚时分，他们回到江阳县城，关政委叫驾驶员开车把望平安全送到家，自己则挟着公文包在县委武装部门前先下车。

　　第二天是周末，望平一天没出门，把王蒙的《组织部来了个年轻人》、路遥的《人生》、张抗抗的《北极光》、叶蔚林的《在没有航标的河流上》、古华的《芙蓉镇》等作品，一口气通读了一遍。母亲问他为什么闷闷不乐，他回答一声"没事儿"，便闭口不应。母亲知道他有心事，干脆不再问他，独自出门去串门，只在吃饭的时候把他叫出书房。

　　第二天上午，望平蹬着自行车，揣着介绍信，到县委组织部去报到。他报到时，恰好碰上组织部刚刚开完部务会。姜部长开门握着茶杯走出会议室看见望平出现，打了个手势，要他过去。

　　"望平，你来报到吗？"

　　"是，谢谢姜部长关心。"

"定了，你去县委宣传部上班吧。"

"谢谢。"

姜部长端起桌上的茶杯呷口水，盯着望平：

"你恐怕还不知道，蔡华昨天下午三点一刻去世了，一个多好的同志啊，没想到走得这样快。听说，你是她最后见的客人，而且是她叫你去的。她对你说了些什么，能告诉我吗？"

望平着实大吃一惊。他没想到蔡华走得这么快，心中一怔，顿时脸色苍白：

"姜部长，她给我上了一堂以后应该怎样做人、做事的课，也可以说是一堂党课。我决不会忘却，决不会辜负她的希望。"

望平没有把蔡华说的具体内容告诉姜部长。他知道，一句话由蔡华说和由自己说，其分量与效果是大不一样的，尤其是现在，别人极容易以为他是拉大旗作虎皮，借蔡华的话来抬高自己，以达到个人目的，是真，是假，已没有旁人作证。况且，自己何须旁人作证。蔡姐的话，他字字句句记在心头，但不必挂在口头，他暗自画下一条红线。

姜部长正准备再问，这时桌上的电话铃响了，他抓起话筒，对望平使个眼色。望平会意起身出门去办相关手续。在宣传部报过到，郑部长带他进理论组的办公室，让他用肖组长座位对面的那张办公桌，又带他到各个办公室转一圈逐个介绍了一下各个同事，最后要望平抓紧去派出所上户籍和办粮油、副食品等手续，改天再来上班。

望平没有急着去办那些手续，赶回家中没有惊动母亲，抓起小提琴匣，又猛蹬自行车穿出城门，驶上一条机耕道，朝母校坡下的那片沙滩赶去。他把琴匣放在上锁停靠好的自行车货架上，脱下凉鞋，卷起裤管，拎起小提琴涉进江流，泪如雨下地演奏起蔡华嘱托过的那两支曲调。他似乎看见天边的七彩云端站立着一个身着灰布军装、腰扎皮带的气质高雅的女战士，她俨然是一个头顶悬罩一弧绚丽光环的女神，追上她无法借助脚步，唯有依靠两束远射的目光。他觉得从今以后一切属于

· 281 ·

个人的喜怒哀乐都变得微不足道,自己的生命似乎进入了一个超越荣辱得失和春秋轮回的新境界,在那里没有尘世和天国的界线,呈现出一个个自己所热切向往的美轮美奂的憧憬画面,那是一片彻悟了的净化了的生命才配得上享有的顿现、顿获的神圣境界。

望平赤足伫立于清波覆盖的流沙中,一记接一记的冲浪拍打着他的脚腿。他一边拉琴一边回味着蔡华临终倾诉的衷肠语,联想到云南遇到的戍边耕耘的寸草以及他那时正沉浸其中的那些事情,许多以往看到过却没深究过的东西刹那间像一扇洞开的天窗,雪亮光芒自上而下地照射进来,让他看到了一种需要仰视的炎黄子孙所薪火传承的崇高精神,一组组饱经坎壈长路百般磨砺的高洁魂魄所构成的历史长廊中光丽照人的精美雕像。同时,他相信仰仗那些百折不挠的仁人志士追逐梦想的可歌可泣的卓绝奋斗,那些自古以来就有的深深扎根于民间的伟大力量,世界上绝没有任何一种邪恶势力能够阻遏中华民族走向伟大复兴的必然进程。因为,我们的祖国有着无数置于全人类审视也属于最荣耀的中华儿女,哪怕他们生时饱经忧患,死时隐姓埋名,可是他们铸就的丰功伟绩堪称是经天纬地,像万里长城横亘岁月,像万丈昆仑直耸云霄。

望平的激越琴音如飞悬瀑布一泻千尺,他的泪水顺着共鸣箱往下淌。等他转身上岸时突然看见江边系着一只空空的小船,他不假思索地仰躺船中,任凭它像一只摇篮晃荡着他胸间不断跳动的那一颗赤子之心。他累了,倦了,茫然不知所措。他只想静一静,躺一躺,浑然忘去了时间概念。等他清醒过来,重回现实,他突发一种万语千言却无处可诉的孤独,跳出空船,拾起江水冲来的一截枯枝,在水波推平的湿沙滩上,勾沙带泥地写昔时校园歌曲《送别》中的断句:

  情千缕,酒一杯,
  声声离笛催;
  问君此去几时还,

来时莫徘徊……

写完，他颓然地丢下手里的枯枝，呆呆地立在沙滩上，呆呆望着一行行微微浸水的下凹字行，说不清是在呼唤蔡姐的魂魄归来，还是悲戚自己孑然立世，间或画地为牢的苟且度日。

"匡望平，你到这里干什么？"

望平脸上露出惊异，没想到初中时的化学老师郑秋鸿竟穿着一条短裤露出两条瘦腿，出现在自己面前，一时慌得手脚无措。

"郑老师，那条坡路那么陡，那条小路那么窄，那么滑，你眼睛又不好使，怎么下坡来了？"

"我在午饭前，站在树下看江上风景，远远看见有一个人站在江水中拉琴，背影有些像你。所以，就上了心。等到午眠过后，我再往坡下瞧，见空船上躺着一个人，就更留意了。于是，顺着这条草丛掩盖的坡路，朝这里走来。你写在沙滩上的这首短诗，我在学生时代就读过，但在这里读味道不同。我觉得你有心事纠结，无处倾诉，对不对？"

"郑老师，真还瞒不过你的眼睛。不过，一两句话说不清，叫我怎么说呢？"

"你先别说。你还没吃午饭，我慢慢爬上坡，你上车绕道到我家里来，喝一杯牛奶，嚼几个蛋糕，我们坐下来聊一聊。你把真实想法告诉我，我们共同商量着拿出个主意来。听我的，你千万别急，慢慢来。"

"好，你爬坡慢一些，我们都不急。"

望平扶着郑老师到坡前。郑老师拨开他的手，说要自己走，要他赶快去收拾物件，蹬车上路。

望平只好从命，回头仔细端详了一下留在沙滩上的几行字迹，重拾扔在沙滩上的枯枝，将它尽数划掉，才转身放好琴匣，蹬车穿过小路，冲上公路，朝母校的教师宿舍赶去。

郑老师已在自家后院的葡萄架下的石桌上，放置了一个盛有几个蛋糕的盘子，一个冲好奶粉的玻璃杯，自己坐在石凳上悠闲地摇着一把蒲扇，等候望平的到来。

望平脚步一跨进门，郑老师仿佛有特殊功能，在后院大声招呼：

"直接走进来，后院坐。"

望平端起杯子嚼着蛋糕，郑老师一言不发地用手拿起一个候补的蛋糕准备着，望平吃一个他递一个，直到盘光杯净。郑老师起身收拾好餐具，进屋取来一个茶瓶和一个事前预备好的茶盅，坐定后缓缓开口：

"喝吧，这是刚为你沏的峨眉山新出的竹叶青茶。你究竟遇到了什么事情，说来听听。"

望平简要地向郑老师介绍了他与蔡姐的认识过程，以及去世前与她见面的经过，原原本本说出了她对他书生弱点的分析，唯独只字未吐她希望他去金江市工作的念头。他痛楚地诉说：

"我与蔡姐是忘年交，亦师亦友，相识很偶然，相别太突然，人生真像一场梦，而好梦不长，好梦难留。她的去世，我不单少了一个大姐，更少了一个如师如母的尊者和知己体己的知音，这个打击堪称剜心断肠，痛彻肺腑。"

郑老师嘘一口气，摘下眼镜，掏出手帕擦擦眼窝，喝了一口茶水，才说：

"周总理说：'生离死别，最是难堪事。'可谁又躲得过，谁也躲不过。我们换个话题吧，你还在青岩公社工作吗？"

"郑老师，我已调回县委工作，刚刚才到宣传部报过到，明天正式接触工作。"

"好啊，将帅起于步卒，你经过基层的磨炼，好好干。"

"我听了蔡姐剖析我、把我当成书生的话，觉得她的话很中肯。但我这书生真还层次太低，一所不起眼的学校的专科毕业生。我想就算是书生，也应该是一个饱学书生。"

"对，继续学习啊，活到老，学到老。现在条件好了，电大、函大、夜大、刊大，上学的门路多。"

"我想读一个像样一些的学校，读一些一流的书籍，太想接触一些具有点石成金的本事的知识精英了。"

"好啊，准备考研吧。你的悟性很高，基础扎实，只要你肯下功夫，别人五年走的路，你三两年可以完成。你又回到了县城，不比乡区消息闭塞，学习条件更好。你需要哪方面的帮助，我给你牵线搭桥。我教过的学生，不少是大学、中学的教学骨干，有的已经带上研究生了。我支持你！同时，蔡老师指出你的弱点，并不是认为这些弱点都是你的'养老疾'，是鞭策你努力去提高自己，自我完善，走向成熟。一场人生，谁都是一边犯错误，一边纠正错误，没错误、没短板的人找不到，除非他是外星人，是全能的圣人。"

"郑老师，现在时间不早了，我还得赶回宣传部去露个面，刚上班，不能让别人以为我不修边幅，自由散漫。谢谢你的款待和点拨，有你这番鼓励，我会走出一条自己的路，你别担心我。"

郑老师站在门口，目送望平推着自行车走向公路，恳切地叮嘱他：

"望平，现在我们所处的80年代，是我一生见过的最好年代，要珍惜它，不要辜负它，去好好努力。记住，常到我这儿串门，不要忘了这个老师。"

望平向郑老师先点点头，再深鞠一躬，抬腿跨上自行车，向县城猛蹬而去。

赶到县委宣传部办公楼，望平推开虚掩的门，一时惊愕不已：傅旦坐在他坐的位置上，阅读着一张当天到的省报，见他进门，立刻放下报纸，立起身来，微笑着对着他。

"傅旦，你对我搞突然袭击？你又到这里来采访？"

"都不是，我到全省的几个地市，重庆、成都、乐山等地转了一圈，又到江州和金江走过，对抗日战争时期南迁巴蜀的各所大学、科研机构的分布情况和现状摸了一次底，都可以归类为抗战文化据点吧。对现存的旧址是任其自生自灭，还是有选择地加以保护，我采访了不少领导和专家、学者。到金江时，听说蔡老太太一直很重视这件事，我准备去听取她的意见，没想到去迟了。由她，我联想到你，你是她在青岩收下的弟子，名副其实的关门弟子。你说我该不该重视一下你？不过，说实话，我这次来是向你告别的，我父母都到北京定居了，我的工作单位也换到北京了。至少在江阳，你是第一个得到这个消息的人，你要替我保密。今晚我请你吃一次饭，以后再来这里，还真是不容易了。"

"第一祝贺，你真是到了宰相门前了，鱼跃龙门身价百倍，今非昔比。以后，我要是在人前吹嘘我认识你，别人没准会反问：'就你那熊样，巴结得上吗？'第二谢谢，这顿'最后的晚餐'，你居然赐我以口福，我真是三生有幸，想必是饭后七日犹口留余香。"

望平虽是调侃语气，但是，不乏无以掩饰的真诚感情。他有些感伤，一个若即若离、若远若近的朋友，很快就要消失在视线之外，从此，面对"无限江山"，免不了品尝"别时容易见时难"的离愁。

"走吧，我已告诉郑部长，由你出面协助我采访。你今天的时间，已经名正言顺地由我安排，委屈吗？"

"不，求之不得。"

"那好，我们出门。"

"你的工作包，交给我提吧。不管我是悲剧演员，还是喜剧演员，演戏应该像戏，当然，也可能属于戏中戏。"

"好，这工作非你莫属，我也痛痛快快当一回无冕之王，享受一次被侍候的待遇。"

"当然，应该，我十分荣幸。不过，请女皇准假10分钟，让我回家给老妈打个不回家吃饭的招呼，行不？"

"可以，随我先到招待所，把一路收到的土特产分点给你，让你回家尽孝心。以你的名义，不提我。"

"不必分土特产。"

"服从命令。"

傅旦抱起载货架上的琴匣，微微踮足，坐了上去。望平把她的工作包挂在车把上，蹬车向后街的招待所驶去。

晚饭，安排在沱江边的一座吊脚楼上的鱼餐馆，他们进入一个靠窗的单间，脚踩楼板嘎吱作响，楼板缝隙里依稀看得见底下流淌的波流，大开的窗户仿佛是一个阔大的江景画框，江面帆影穿行的场景清晰可见。他们吩咐老板上菜不急，先泡两盏好茶，添个续水茶壶，聊一阵才吃饭。

先前，傅旦要望平不慌着把琴匣带回家，她把它拎到了酒楼上，一坐下她便开口：

"你的琴技如何，该叫我刮目相看，还是洗耳恭听？"

望平没有推辞，默默拉起一支电影《怒潮》的插曲，傅旦伴随琴音轻声唱起：

　　送君送到大路旁，
　　君的恩情永不忘；
　　农友乡亲心里亮，
　　隔山隔水永相望……

刚唱两句，傅旦打住，低声念叨：

"不对，不对，你送我，还是我送你？"

望平听到傅旦叽咕，淡淡一笑，换奏一支美国歌曲《单程车票》，随着琴音倾吐，这一次是他轻声唱起：

　　再见再见，
　　再见再见！
　　一条铁路通向远方，

第二十章　大开大阖

287

一条铁路通向渺茫的远方。
列车就要开,
汽笛声声响,
告别我亲人,
永远离故乡。
呜!
单程车票呀送我去远方。

琴音哽咽,望平的声音也哽咽,他收弓卸琴对傅旦说:

"我们说说话吧。你这一去,简直像嫦娥奔月,青云直上。我辈仰望岂止是望得脖子酸,简直是人神之别,遥不可及,后会难期。你说是吗?"

"我们保持联系吧。你这几句话,把我们之间的距离,一拉就拉得比贫下中农和美帝国主义的距离还要大。幸好,我们之间不反感,至少不对立。但即使不反感、不对立,也好像隔着一堵肉眼看不到的高墙,它是存在的,又是无形的,坚硬的。而推倒这堵墙,或者翻过这堵墙,都不现实,都不容易。我们坐在这里距离好像很近,又好像咫尺天涯。这是十足的遗憾,人生的遗憾!"

"你找到了某种现实感,换成我的话来说,我们之间存在门户之见,不,应该说门户之隔,它不仅是你对我,或者是我对你,而是这个社会出于一种传统意识的惯性,如何有区别地对待你与我。遇到一道关口,你像行走在压力很小的月球上的美国宇航员阿姆斯特朗,轻轻一抬步,眼前的障碍便一跃而过。我面临的压力却大得多,使尽浑身解数,跨不过一条小阴沟。人们对你是巴结讨好,对我是冷漠排斥,不需要一一举例,世人的眼珠是往上泛的。对下,他们习惯狂掷轻蔑,口吐唾沫,手甩耳光,脚下狠踹,出口、出手、出脚,都毫不犹豫,毫无顾忌,毫不留情;对上,他们极尽媚态,卑躬屈膝,投其所好,亦步亦趋。人在上层，整日高谈人性之善；接触下层，尤其是当你以异类的身份出现，人性之恶，便是叫人吃不完的一大堆苦果。你现在的层级，是先天决定的，一路绿灯，心想事成。我的层级也是先天决定的，处于较低层次的人，要改变自己的命运，改善自己的处境，付出的代价是占据高层级的人的十倍，甚至百倍。我所经历过的人生，如果换成你，你未必有勇气直视它。"

"对不起，是我引出了这个话题，它不轻松，我们会有不同的解读，争执下去伤感情。换一个话题吧，你以后准备怎样？"

"我能怎样？"望平用茶盖拨去盏中泛渣，烫水中的一枚枚嫩芽慢慢舒展翠绿缓缓下沉。他端起茶盏轻轻摇晃了几下，呷口茶："走一步，看一步吧，毕竟现在的条件又比过去好点儿。"

"没有具体想法？"

"有，三五年内，拿下一个摆得上桌面的正规大学的硕士学位，让自己的学业，从半成品变为成品，借用胡适被批判过的话来说，或者易卜生的话来说，使自己变为一个'有用的材料'。我不想说大话，用自己的实际行动，花自己的业余时间，一点一滴、一步一步地从头做起，争取某年某月回头一看，对自己还比较满意。我相信，有一天世人终将以公平的目光，不褒不贬地看待我，好和坏的修饰都不要，只须大家尊重我是一个人，就足够了。而我要达到的目的，不为追求世俗眼中的显赫身价，而是像蔡姐希望我那样，做一个不负此生、有益社会的人。但愿我这番想法，不会被你看作所谓的好高骛远，它是耻于落伍于时代，不甘平庸一世，对吗？"

"你的想法很好，我支持，需要我帮助什么，我也会尽力。点菜吧，我有点饿了。"

"好。傅旦，这次是为你饯行，你就不要买单了，让我尽地主之谊，表朋友之心。"

"我听你的，菜不要多。我提包里有一瓶红酒，我们酒量都不大，喝一点儿助兴吧。"

望平招呼跑堂倌过来，翻了翻菜单，要了几道特色菜。过了一会儿，点菜上桌，他们便映着窗外射进的斜晖，絮絮叨叨地边吃边聊，直到暮霭笼罩江面，才走出吊脚楼。他们在江滨徘徊了一阵，然后，望平踏着月色把她送回招待所，握手作别。

这一次，是她目送他的背影。

第二十一章 时 代

周末，望平先去新华书店把二十几个书柜、书架的售书通看了一遍，然后到县图书馆从头到尾清理了一番藏书目录，光买书就花去了半个月的工资。他是那类一旦认定目标不会轻易动摇的人，颇有几分不怕孤注一掷的狠劲儿，把长路奔劳播下的汗滴，视作收获快乐的种子。

今天，他寻觅着儿时的足迹，往位处玛瑙山麓的千佛岩奔去。唐代咸通年间，政治开明的朝廷对宗教相对包容，县里的乡绅发起集资在一匹长30余米、高约10米的悬岩石壁上，雕凿摩崖造像数十龛，其中主龛为高约7米、宽6米、深1.8米的长方形平顶龛，正中是一座千手观音趺坐莲台的精美浮雕，形态雍容丰盈，造型瑰丽妩媚。千手观音身旁，左右两壁布满重重叠叠的微型雕刻，那些神采飞扬的佛像尊尊都栩栩如生。可惜，这里岩穴幽居的出尘尊者们，尽管安然度过了屈指难数的朝代发生的一场场天灾人祸，却在10余年前被一批自我标榜是"无神论者"的年轻人，他们不谙世事又行事鲁莽，脱下衣服赤膊上阵，一哄而上地搭起木梯，使用铁锤、钢钻，把降世千载的镇山诸神半数弄得身首异处，以致荒草蔓生，吓退了远近香客，被毁损的神龛蛛网密结，举目一望满壁凄凉。不知是为千手观音的雍容大度的法相震慑，还是爱美之心人皆有之，唯独她的法身丝毫未损，而身边的陪伴真个是知交云散，七零八落。从此，游客造访无不痛惜，瞬间即与神祇心心相印，平添一味孤独无傍、落落寡欢的悲怆。

离千手观音法身10米左右的山腰，有一个只须弯腰进、尽可直立行的阔大凿岩洞穴。望平与儿时的玩伴们都叫它穿山洞，经常拿着木枪、竹棍到这里乐此不疲地玩抓特务、捉迷藏的游戏。据说，这山洞开凿于抗日战争时期，地方军政要人借助神的护佑，山的威严，为了方便居民躲避敌机扫机枪、扔炸弹的防身需要，主持兴建了这个全靠人工在岩石上一锤一钻敲打凿通的重点工程。数十年过去了，异族的战火并没有烧到这里，只是泱泱大国的后方腹地，百姓如此惊慌失措，其时的国势之弱，官员御敌的信心不足，一个偌大山洞足以佐证。穿山洞，自然是实指，洞的这头可通山的那头。望平孩提时代经常一个人黑暗中摸索行进，一步一步，沿阶上攀，走向光线敞亮的后山，去纵目远眺百丈沟壑连接的苍茫远山。这一会儿，他什么都不想，什么都不顾，既像寻觅什么，又像期待什么，亦像感受什么。他有些痛惜，而今自己的脚步幅度大了，身材高了，阅历多了，多少金光灿烂的青春年华和无忧无虑的欢声笑语，却神鬼莫测地远遁了。人到此地，说不清是来造访，还是告别，总之，旧地重游使他既有几分韶华易逝的惋惜，也有些许一事无成的怅惘。

望平站立山洞的彼端，俯瞰云缠雾绕的深邃沟壑，眼底景致变得迷茫而飘忽，他多么渴望在生活中迎来一次等待已久的转机啊，还有多少蹉跎岁月的账目赤字，亟待负债者尽快一笔勾销。是的，在这座佛运与人运都沉浮起落的故园之山，他感受到了成长过程中留下的无尽遗憾，也唤醒了成就事业时不我待的紧迫感。如梦如幻，这一刻他的眼际交替浮现出傅旦和姜小白的美丽面庞和婀娜身姿，耳畔鬼使神差地响起英国政治家、哲学家、作家培根的那段名言："人的舞台较之人的生活可说更多地得益于爱。原因是舞台上爱总是重要题材，对于喜剧，经常如此，对于悲剧，也不断如此；但在生活中，爱则往往危害极大，有时其害有如海中女妖，有时其害有如复仇女神。人们不难看到，历来一切伟大卓越的人物（亦不论其为古为今，这点均有史可稽），当中很少有人因此事而陷入癫狂迷途，这事表明伟大心智与伟大事业往往能将这种脆弱感情摒斥在外。"

对脑海突然冒出的风马牛不相及的变幻图像和哲人话音，望平的嘴角露出一抹鄙夷自我的讽刺与讥笑。真个滑稽呀，他从来认定自己毫不具备去创造伟大精神和非凡事业的基准条件，甚至到生命的最后一刻，也不能成为一个传奇人物。他十分清楚，自己不过是一座耸入云霄的高山下的一抔黄土，对社会而言，价值无足重轻；对他人而言，身份不屑一顾。他之所以对原本挺出色的女性，比如傅旦、姜小白，远远谈不上已翻卷起情难自已、唯恐失去的澎湃情潮，这与爱与不爱无关，而是他始终未曾摆脱自己究竟需不需要、够不够条件的心理困惑。若用一把情感和理性兼而有之的尺度去衡量，他觉得自己与她们至少现今还存在谈不上两相般配的相对落差，这种落差已成为一堵足以让自己畏而却步的隔墙。他不愿为一次欠缺自知之明的鲁莽碰撞而弄得头破血流，狼狈不堪。那种拜在石榴裙下俯首称臣的依附关系，于他是有失尊严的，不是令他心境坦然、安然的人生选项，尽可付之一笑。当然，他珍惜她们对自己的好感，并且绝不敢亵渎和辜负。但是，冷静下来退步思量，很快剪除了他人会视作"奢望"的每个闪念。他懂得矜持自怜，懂得奋发图强，他等待着时机成熟的某天，去收获一份放在天平架上不会倾斜的瓜熟蒂落的真诚情感。那时，他才有勇气朗声说出一个"爱"字，或大胆接受一份爱意。现在，他所拟制的经营人生的战略，只能是"难得糊涂"地抱朴守拙，保持头脑清醒的淡定与糊涂，安适于劣势、守势，大幅度地收缩情感空间。长途漫漫，他须得做好迎接最严峻的人生挑战，以及准备承受最难熬的孑然独行的精神准备，保持了无挂碍的一身轻，是他迎向未来的上策。很简单，他已经不太年轻，虚掷现在就意味着断送未来，她们都不会乐意一生陪伴一个注定平庸一世的异性，她们都有条件有权利去选择远远胜过自己的如意伴侣。他会为她们祝福，这才是被无情和愚蠢的表象所隐蔽的真情和智慧。

一阵山风劲吹，撩起沟壑的云团和雾霭缠绕腰身，飘过头顶。望平蓦然意识到他眼下占据了一个高度，它远离尘嚣，它清澄高远，因此增添了聊以自慰的庆幸感。他可以回去了，他已经心智明澈，生命是由时间构成的，前程是需要一寸一寸地去追寻的，就算别人是扬蹄疾奔的白马，自己是只一刻也不敢停止爬行的蜗牛，然而，前路目标还在，自强不息的依据就成立。

从此，除了完成本职工作，望平就蜗居家中的书屋。他所需的备考科目英语和高等数学，自学不易，他干脆报考了电大和函大两门课程。别人为拿文凭哪门轻松报哪门，他为了补短板哪样艰难学哪样，走路也带着放录音的随身听，说是"为伊消得人憔悴"实不为过。这时节，领导鼓励下属学习，社会支持青年上进，学杂费一律报销，并且只要经组织推荐或批准，可以占用上班时间，可以脱产半脱产专注于求学求知。每逢周末，他都带着自学消化不了的问题骑车到母校向学识渊博的老教师请教。而这些老教师，还正为不少跟不上进度的在校学生和社会上的有志青年应接不暇地补课。望平入乡随俗，要收补课费的交补课费，不收补课费的则不忘带见面礼，尊师重教的道理和社会习俗的礼仪，皆曹随萧规地遵从。

望平的本职工作是为机关进修干部讲课的理论教员，政治不找他，他也要找政治，读书、看报、听广播掌握时事政策是日常需要，更是工作需要，每天他都像上足了发条的钟表，按滴滴答答的时间节奏周而复始地轮回作业，而自己的能力，也伴随一个转圈圈的过程，有序渐进地获得增益。

姜小白来信告知，她被分配到新疆乌鲁木齐市教育局办公室工作了，当然，那也是她主动选择的结果。人一报到，她便天天处于一种亢奋状况，因为，这时局里正缺人手，无论她有多大的热情，都有足够的工作等待她去投入战斗。她给他的来信从一周两封到一周一封，再到半月一封；他的回复是二比一、三比一到四比一。他尽管对她相待以诚，却有意给她创造某天封笔谢客的得体条件。他有些羡慕她，又有些自惭形秽，觉得自己不配去过多分散她的精力，他能够接受她对他的感情从夏日的火热过渡到秋日的凉爽，最终进入冬日的冷冻，何况距离本身就是一个天然存在的隔离带。他现在的主要任务是提升自己，而不是取宠于她，更不是纠缠着她，那对一个男子汉绝不是一种荣耀，甚至是一枚羞耻符号。他渴望着的一切，无论属于将来，还是将不来，他有勇气直面一场宿命的结局，不管是好是坏，是喜是悲，不妨把她的情感视作一副剃头匠的挑子，这头变冷了，那头就逐渐变热了。那么，她的幸福就有一个理想的新开端，这也是他祈盼着的一个完美结果。

走自己的路，从来不能由他人的脚步代劳，深深浅浅的足迹是付出的见证，也是一串向前程致意的奋斗音符。

转眼国庆节要到了，县委宣传部准备举办一次系统内所属单位文教局、卫生局、体育局等联合的庆祝晚会，分管部长任明聪把望平叫到她的办公室打招呼：

"国庆联欢晚会，我们不能只叫下属单位出节目。我看你也准备一个节目吧，唱歌也行，拉琴也行，演讲也行。我看你是理论教员，干脆来个演讲吧，五分钟，不超过十分钟，你自己选题，撰写文字，连同现场演说，你好好做下准备。内容我不审，我只要效果，让大家认为宣传部的干部还是有素质，有实力。好吗？"

"任部长，你给我出个题目吧。你站得高，看得远，能为我指一个方向就好了。"

"那好，现在人人都说国家进入了一个新时代，你就围绕时代动脑筋、做准备。不过，你的演讲既要在大家想象之中，又要在大家想象之外，不要像那些老生常谈的政治报告。就我个人而言，我希望听到的演讲要有新意，多多少少应该想人之未想，言人之未言，催人奋进，鼓舞斗志。我只能说这些，任务交给你，全看你了。"

周末，望平依照县电大课程安排去上数学课，没想到进校门的时候碰到了江海鸥。他身着熨烫平整舒展、有棱有角的白衬衣和藏青色长裤，打过油的头发梳理得一丝不苟。他远远看见望平就却步等候在校门口，笑呵呵地握着望平的手发问：

"听说你调回来了，祝贺！"

"呵，没想到我们又成同学了。一两年不见，你人发迹，身体也发了，一看相貌就知道你过得春风得意，该我祝贺你。"

江海鸥已被提拔为县文教局副局长，他的父亲早已坐到县人大主任的位置上，此刻，见到望平依然像昔日一样流露出不加掩饰的优越感。江海鸥丢开望平的手，护着贴着肚腹的书包也就是公文包，对望平说：

"你看郭志远和李永红也来了。郭志远是商业局的办公室副主任；李永红和我是同行，已提拔为城南小学的副校长了，我是说了些垫底话的。我们几个都是汉语言文学专业的。听说你学的是难啃的硬骨头，佩服，极其佩服。"

"江局长啊，听不出你是在鼓励我，还是在讽刺我，或者暗示我有些不识时务。人各有志，想学些啥，就学些啥吧。"

"宣传部的领导，口才就是好。我们改日聊吧。"江海鸥刚转身，又回头补话，眼光里有说不尽的委屈和羡慕："望平，我忘了告诉你，赵反修现在生意做大了，当起几个工程的包工头，还开张了几个商贸店面。这家伙了得，没准再隔几年，我们住的、吃的、用的，都要从他手上过。你没看见他找的那个婆娘，穿金戴银吊项链，一比我们真寒碜啊。人比人，气死人。如今不读书的才是厉害角色，干大事，挣大钱。"

"那什么时候，你召集我们去开个眼界，长点儿见识。"

望平向正上楼梯的江海鸥淡淡一笑，亮出一个再会的手势。

下午，望平丢开了所有的书本，穿过县委大院内的一片树林出了后门。那里人迹罕至，树木成林。望平将两张报纸铺在堆满落叶的地面上，然后，仰躺在地，漫不经意地盯着几乎遮蔽了整个天空的密密麻麻的茂枝绿叶。他飞快地转动着脑筋，静静地思考着如今这一个时代，究竟是一个什么样的时代。英国作家狄更斯在《双城记》的开篇写下："这是一个最好的时代，也是一个最坏的时代。"他琢磨一番，只保留第一句，毫不犹豫地删去了第二句。他觉得狄更斯所处那个异国的旧时代与自己祖国进入的新时代，根本不可以相提并论，不值一评。而自己的祖国已经迎来的这一个新时代。是自己的生命史中亲身经历过的最好的时代，近代史以来，自己的祖国遭遇了那么多的屈辱和灾难，长期处于弱肉强食的任人宰割的悲惨地位。孙中山带领仁人志士推翻了沿袭上千年的封建帝制，为中国改变被奴役被欺凌的命运创造了一种可能。当毛泽东在天安门城楼上向世界宣布："中国人民从此站立起来了！"从此，建设一个东方强国的征程，才进入一个实质性的阶段。可想而知，一段段探索着前进的道路难免会多曲折，多迷茫，多起落，在此期间既有高歌猛进的豪迈，也因判断失误付出过昂贵代价。真正意义的中兴年代，是正呈现于眼际的四个现代化建设的改革开放时代，它以赶超世界最前沿的科技和最强盛的国家为百年使命，它注定将彪炳于中华民族的伟大史册，留下无数令后世景仰和赞叹的丰功伟业。当然，这是一种高旷恢宏的大视角，具体观察当下的社会现象，变革与守旧、开放与封闭、肯定与否定、前瞻与后顾、空谈与作为、理性与任性等等，诸多社会现象和矛盾出现了前所未见的大冲击，大冲撞，新与旧犬牙交错，是与非凌厉交锋，停与行两难焦虑，这种确立新秩序前的格局调整必然出现的过渡期的混乱状况，放在无限的历史进程的大时空中去考量，它不过是一个不算太长的具体过程，可是一个凡人的生命周期又是那么的有限，那么的短暂。这样，一个赶上了伟大时代的小人物，其人生际遇的成败兴衰，或许光彩夺目，或许黯然失色，无论可歌可泣与可叹可惜，存在着太多不确定性和偶然性，唯一可靠的是努力把握好可以把握的一切，宁可时机负我，绝不我负时机。望平想出一个大概轮廓，那个几分钟的演讲词也打成了腹稿，登台演讲的言辞与自我期许、独白的言辞讲究有显有隐，有的可对人言，有的不可对人言。但是，自己的路靠自己去走，却是一个无须质疑的严峻现实。想到这里，他一个鲤鱼打挺站了起来，走出树林，回头走向办公室。

第二十一章 时代

"小白，你怎么来了？"

望平推开办公室门，见姜小白捏着一张《南屏日报》专注地读着。她穿一条花布连衣裙，戴一顶金色的小帽，十足的维吾尔族风格的衣饰打扮。

"一个不受欢迎的人？"

姜小白把报纸放到桌上，一脸笑容，两眼挑战。

"不是，我欢迎你。我是说，你怎么不事前告知一声？"

"组织照顾我，出差到成都，可绕回家一趟。领导考虑周到，求之不得，却之不恭。"姜小白解释了几句，反过来向他提问："今天才到的《南屏日报》文艺副刊上，刊载了你一首诗歌《心声——献给我的祖国》，栏目头条。很明显，是为了迎接国庆节造气氛吧。但是，这首诗好像不是你最近才写的作品，是存货。你能把当初的创作背景告诉我吗？这有利于我理解这首诗。"

望平有些惊喜，兴冲冲地对她说：

"对，是存货，维吾尔族姑娘，你眼尖。好了，先让我看一看报纸，再告诉你。"

从头到尾扫读了一遍，他对她解释：

"我原稿末尾有一行字：'写于1975年秋'，编辑删了。不过诗的内容，没有删。"

"哦，已快十年了。你说说，当初是怎样写成的？"

"等一等。"

望平下楼到机关食堂锅炉房去打回一瓶开水，淌了淌茶盅，为姜小白沏上茶水，才坐在她对面的藤椅上，继续中断的话题：

"那时，我还是一个下乡两三年的知青。补充一点，我在家是独子，按政策可以留城不下乡。但升高中时，规定按年龄一刀切，我大了几个月，就没能上高中。当时，我少不更事，身上又带有比较强烈的理想主义色彩，一时心血来潮，挤进了上山下乡的队伍，成了一名插队知青。

几年日晒雨淋，肩挑背磨，等头脑开窍时，属于自己的只有'去时容易回时难'的苦涩。那滋味真难受，就像俗话说的'风都吹得下去，牛都拖不回来'，看不到前途，也没有回头路可走。因此，我的生活足迹深陷在泥泞路上，进入了有生以来最苦闷的时期。那年10月，我到乡镇赶集，散场时独自站在沱江边的一个护岸堤坎上，望着滔滔江水，想到前途迷茫，归期如梦，心中真是百感交集。这时，绑在一棵岸畔生长的黄葛树树杈上的高音喇叭，突然播出了刚刚解禁的《黄河大合唱》，我就像触电一般激动不已，迎着江风，面对着峡间奔腾不息的波涛和对岸重重叠叠的远山，屏息凝神地听完了全部歌曲。然后，我激动地拔出随身带着的钢笔，扯下一片江边生长的野芦苇叶做'稿笺'，一气呵成写出这首诗。它是我知青年代的个人私藏，虽然艺术上很肤浅，但是，它是真诚无伪的，是向亲爱祖国倾吐的心声！"

"那好，你把报纸给我，我朗诵一遍，你默写一遍。你默写的留给我作纪念，好吗？"

"可以，我写给你。朗诵就免了吧，别人在上班，吵吵闹闹的会成笑话。"

"那我到外面转一圈，等你下班再找你。"

"你先回家换一身衣服吧，入乡随俗，是不是要满城的人都议论你？你是不是信奉'人不出门身不贵，火不烧山地不肥'那一套，要别人夸你，说那姑娘有出息，混成了乌鲁木齐的机关干部了？"

望平拉开抽屉，拿出一本稿纸，工工整整地默写着。姜小白抿嘴一笑，手捧报纸压低音量断断续续地朗诵着：

> 我还没见过奔腾咆哮的黄河，
> 我还没见过白雪晶莹的昆仑，
> 我还没到过烽火熏燎的长城，
> 我还没到过一望无涯的海滨。

我还是一个幼者，

不懂世故，不懂人生；

我对您纯真深沉的爱，

都是直接来自内心……

姜小白接过望平默写出的诗歌，小心地对折后收好，又拿起那张报纸，对望平说：

"你手写的我要，报纸我也要拿去复印一份，等一会儿再还你的原件，我想两全其美。同意吗？我特别喜欢这几句：'即使人生只是极短的一瞬，也应像划破天幕的流星，闪烁光华，辉煌而烬！'我真的很喜欢你这首诗，虽然保留着一些幼稚的痕迹，但是，更有一种难能可贵的高旷意境，不染杂质的青春纯真，充满渴望的向上情怀，它呈现出的是质朴无华的生命原色！"

"这是单位订的报纸，月底还要装订归档。你要复印，就多复印一份吧！对于你的夸奖，我不仅受之有愧，而且是无比惭愧。其实，它出自于一个生不逢时的知青之手，从艺术上来看很肤浅，甚至有很多无法补救的遗憾。那个年代，我很难找到一本喜欢读的书，不，可读的书，更找不到一个可以指导自己进行文学创作的好老师。'香花'和'毒草'是那时对待文学作品的流行看法，'香花'存活率为万分之一，基本上都是有名无实的空洞概念；'毒草'则是大概率，它属于被铲除的对象，谁愿意去冒那个风险？我只好无师自通地写，偷偷摸摸地写，写了还怕别人看到。到了今天，它终于有见天日的机会，而且在党报上刊登，我真的很兴奋。尽管眼光高的读者会嘲笑它十分幼稚，但与我一样经过了一个迷茫年代的人，则能读懂它，理解它，宽容地对待它。"

姜小白推开一扇窗户，注视着一片黄桷兰树林，对望平说：

"你打住，已经是迥然不同的年代，我是真喜欢它。那些无病呻吟的押韵文算什么，那些无懈可击的造句算什么，你的作品是跌跌撞撞的青春追求，是像泉水一样喷冒而出的内心激情，有一股强劲的叩击心弦的打动力，它是不带杂质的真情真意，就像它的标题点明那样是心声，是献给自己的祖国的心声，有这一条就足够了，对吗？"

"真的吗？那么，我参加宣传文卫口的国庆联欢会，我就拿它去朗诵。小白，为我拿一下主意，你觉得适不适合？"

"让我也参加，我和你一起朗诵，肯定更出效果！"

"好吧，那我请示一下任部长。她同意，我们就一起登台。不过，你要掂量一番，我是青春已不再的老知青，你是正当红的80年代的新一辈，我们一起去朗诵，真不怕丢了你一张光鲜的脸面？丑话，我可说在前头了。"

"你一派胡言乱语，我不理你了。"

望平见她真有些动气了，赶忙自找台阶，低声赔小心：

"小白，你大人不记小人过，我向你道个歉，收回我的废话，裁决它无效。哎呀，这是办公室，个个都有事情要忙，过一会儿就来人了，你到街上去转转吧。等事情忙过了，我再来找你。"

下午下班时，望平出楼走向自行车停靠处，远远看见姜小白扶着一辆飞鸽牌女式车等候在那里。她的着装又换成很潮的玫瑰色T恤和鹅黄色的长裤，车龙头上挂着装有两个不锈钢饭盒和几个苹果的网兜。她笑着向走近的望平招呼：

"我们到钟秀山顶去看夕阳吧，我连驱蚊的盘香都带上了，一阵奔波苦累，还是得放松一下。"

望平一点头，他提出由他蹬车，小白笑着一摇头。他只好一踮脚，扭身坐上载货架，一起向大约有一华里距离的钟秀山奔去。

等在山脚的一幢民房边停车下锁后，望平提着网兜与姜小白交谈着缓缓行进。他们穿过樟树林间一条湿润的野草丛生的小路，沿着一条向上蜿蜒的斜坡攀到山顶。这座山，山脚和山腰长满茂密的树木，山顶却是一块几乎不见树影的平阔庄稼地，成片种植着叶秆已经开始枯黄的苞谷、果实火红的朝天辣椒。这里观景的条件无疑是十分优良，无论从哪个方位放射视线，都具有一览无遗的辽阔，城郭纵横的街市和穿插的巷陌，虎啸山高耸云霄的革命烈士纪念塔，神龟山卓尔不群的钟鼓楼，千佛岩壁赐福一方的千手观音，沱江峡谷一闪而过的帆影，及其若有车辆驶过则泥尘滚滚的出城碎石公路，一一收入眼底。

"你吃点东西不？我带了豌豆凉粉，姜蒜作料已经添好，不知合不合你的口味？"

"不忙，聊一会儿，等夕阳下山后再吃也不迟。"

"那好，"姜小白靠近望平在一块干燥干净的岩石上坐下来，目光向西射去，"望平，我想问你，你是不是还收藏着不少未曾示人的诗歌？其实，你的文学功底还是挺深厚的，尽管你没受过专门的训练。"

"小白，我坦率地告诉你，我的确还有不少未曾示人的分行体文字，有的我以后可能给别人看，有的就只好让它永远地隐没了。说实话，至今我没有想成作家、成诗人的念头，我的写作类似刘天华谱写的二胡独奏曲，比如《病中吟》《良宵》《苦闷之讴》《空山鸟语》等，那是有堵在心中的话需要说出来，不吐不快。这些年来，祖国大地通过冲破思想牢笼和实施改革开放，城乡经济发展和文学艺术创作都出现多年不见的井喷现象，这真是令人兴奋，令人自豪。但是，我们与世界发达国家和地区相比，差距依然是很明显的。小白，你认为是这样吗？"

"是的，前些年的瞎折腾，别人在飞速发展，我们却白白辜负了大好时机，自己耽误了自己。望平，教授们在课堂上，讲得比你尖锐得多。"

"我生活在南川洼地，是一只井底之蛙啊。"

小白睁大眼睛盯着望平，专注地盯着。她默默沉思了一会儿，问道：

"对了，望平，你的文学功底真的还不俗，加上你大专学的是政治专业，又有基层磨炼的经历垫底，你的适用面很宽，你和我一样到乌鲁木齐去吧。工作调动由我负责，到机关，到学校，到报社，由你自己拿主意。"

"如果你对我抱有期待，请给我三年左右的时间。许多该念的书都还没有念，等我到正规一点的大学去至少完成硕士研究生的课程，那时再说吧！真的，文凭对我不太重要，我要学力，力量的力。我现在的能力只能对付眼前，迎接未来我存在着太多的短板。我已经有危机感，紧迫感，这或许也包含着蔡华老师在冥冥之中对我所寄予的期待。我不敢懈怠，不敢！当然，你可以不期待我，不等待我，但我的路必须去走，靠我去走，无论其他人，哪怕是你，都无法代劳。我的青春蹉跎太多，现在是追补，已经太迟的追补，算不上宏远，甚至算不上追求。"

"我永远期待你，等待你，尽我所能为你助威，助阵。不过，你的文学才华，会不会因此闲置了，浪费了。"

望平站起身子，目不转睛不无悲凉地眺望着西城的天际线上那一轮摇摇欲坠的夕阳，话音带着头脑清醒者的遗憾：

"小白，我们那一代人，对文学，乃至对任何一项堪称庄严而伟大的事业，都不可抱过高的奢望。我们那一代人，在成长时期缺乏应有的阅读条件和文化氛围，中断了原本应该也是合理的多种可能性。我们的知识涉猎那么狭窄，认知那么肤浅，表达那么笨拙，我们已被一波又一波时代大潮抛得那么远，那么狼狈。近些年，我们欢呼科技的春天、文化的春天到来时，是不是忽略了我们为灼灼春华而唱歌的时候，别人已经端起了庆贺收获累累秋实的美酒？你想没想到过，当人们在新华书店门口天不见亮就去排队购书时，《重放的鲜花》《天安门诗抄》《王洛宾歌曲》实际上是一种对过去文化灾难的蒙难者的精神凭吊，我们为什么会口中振振有词、行动理直气壮地亲手毁灭了那么多美好的事物和美好的人，毁灭了一笔笔无可再现的极其宝贵的精神财富？我们为再次拥有惊喜，同时也为过往的出于非理性的迷失无比的心痛、惭愧和遗憾！小白，不管你信不信，我认为我们这一代人，甚至下溯一两代人，注定极难出像李白、杜甫、苏轼、曹雪芹那样流芳百代的大师、巨匠，我们的宿命注定是一个与文学史无涉的过客、边缘人，最多算得上合格的文学爱好者。我们还用得着在这方面太在乎自己，太在乎所谓的'文学'吗？虽然，我们依旧有权利去追梦，不过，万万不能太痴，太投入，算一算性价比吧，真不值得。小白，你现在明白我了吗？哎，我已饿了，好想一饱口福呀！"

她没有说话，把饭盒和竹筷递到他手上。

下山时，头上不时坠下一片枯叶，天空已闪亮几颗若隐若现的寒星。泥路太窄，太陡，太滑，视线变得模糊，望平怕穿着高跟凉鞋的姜小白摔倒，搀扶着她的胳膊，慢慢地移动着寸步，彼此都感觉得到对方的鼻息和心跳，这种行路难反而成了一枚耐人寻味的开心果。

晚风，像一支柔和的小夜曲，在耳畔吟唱……

第二十二章　再下基层

"望平，郑部长要你到他办公室去一趟，其他的事情先丢开吧。"

刚进办公室，谢组长站了起来，他说话夹杂咯痰，语音略带嘶哑声，头顶残剩无几的黑发大有望白而逃的颓势。

"谢老师，你保重身体，坐着吧，我这就去。"

郑部长挂完一通电话，见望平进门，做个手势，示意望平坐在条形沙发上，然后，他离开座位绕出办公桌，转到望平身边坐下来，谈及工作任务：

"昨天，县委开了一个常委会，黄河清书记和新上任的尹东升县长，都主张推广青岩公社的支农工作队的经验，不过，取名与青岩不同，这次叫促进改革工作队，简称促改队，做法与你们过去的做法大同小异。县委宣传部也要抽人，这一次抽谁都不如抽你恰当，你说说，推广你们过去创造的经验，你不去谁去？舍你其谁?！部长办公会已定了，任部长舍不得放你，但是，大局要顾，现在已经是敲在板上的钉了。你是党员，人又年轻，要愉快接受组织的决定。这一次，你到万年区，全区有7个公社，你是副队长。队长是谁？区委一把手刘向前。你今天就回家准备吧，明天去报到。这里到万年镇45华里，每天有三班客车，每周可回部报一次往返的车费，一月报一次，你大约能报三次吧。另外，你带一个调研课题去，呵，不是硬性任务，只是希望你有空时琢磨一下，动一动脑筋，私人企业雇工不能超八人，是不是一条警戒线？我们的政策是该收，该守，还是该更宽松？这不是一篇要笔杆子的文章，是一篇社会思辩文章。当前，这个现实已不能再回避，不得不去思考它。接受这项任务，你个人还有什么具体问题？告诉我，组织尽量帮你解决，相信我。"

"没有。就是周末我要到电大上课，时间我自己安排。交通费我不报，我骑自行车下去，不是不领组织的情，是自己图方便。乡区班车不准点，等车也要耗费时间，挪时间去将就，不如靠自己的脚腿蹬自行车更省事。"

"那好，读电大的学费按规定可以报销，你去报销了吗？"

"还没有，等拿到毕业文凭那一天再说吧。没学出个名堂，铺摊子的是我，收摊子的也该是我。"

"这件事不商量，是组织的规矩。你不要书生意气，回家去把单据拿到部里报了再走。孙部长分管办公室，他今天在，我给他打招呼。你抓紧，去吧。"

望平回到自己的办公室，简单地把情况告诉谢组长。谢组长出乎意料，一脸愕然神色：

"你才从基层上来，又要下去？你一走，事情又全压到我头上，让我喘不过气。你这样，我还真是不乐意。"

"有什么办法？下级服从上级，我在部里是最下面的那一级。谢老师，对不起，我是最没资格替自己做主的那一个人。很抱歉，我得回家去。"

说完，望平背上装笔记本、钢笔、书籍、水杯等的随身挎包，脚步平实地往楼下走去。他一边走，一边想：这个县城原本是他生命的原点，却不断地成为走向事前自己很难预测的远方的起点。这个原点，似乎不属于他安身立命的据点，倒成了一个不可思议的盲点，让他感到越熟悉越陌生，并且每每有事与愿违的被动，它又像一个始料不及、猝不及防的拐点。想到这里，望平心里滋生一抹感伤。他掏出钥匙打开车锁，抬腿跨上自行车，有些笨拙地蹬着车。对将来的一切，望平谈不上是拒绝还是欢迎。在命运的棋盘上，他常常，是一枚棋子，不是一个棋手。

望平第二天就上路，看的书、换洗衣服和日常用品都放在载货架上，车龙头上悬挂着一个人造革的公文包，那是应付场面、走形式的礼仪道具。他把衬衣脱下来系在腰肢上，只穿一条白背心，一路风尘，一路坑洼不平的碎石路制造的摩擦和颠簸，成了既折腾自己也娱乐自己的陪伴。遇到坡度过于陡峭的上行路，他便跳下车来，慢慢地推车步行；遇上一条倾斜的长坡，他乘兴借助车轮滚动的惯性疾速飞奔，任凭路旁的树木像电影镜头一样一晃而过。上坡，省神不省力；下坡，省力不省神。这个道理，只有经历过长途奔波，才能刻骨铭心地悟透。他抵达万年区委，已经上午10点过。区委秘书何小平把他带到区供销社招待所，住宿在一个二楼通风条件好的单间，往左走十来米就是锅炉房、盥洗台和澡堂。望平暗自好笑，自己被遣来遣去都与这供销社有瓜葛，从公社供销社职工宿舍借住到区供销社招待所开房，这种经历也成了一个轮回。从支农工作队和促改工作队，事还是大同小异的事，人已是饱经沧桑的人，组织的手、社会的手、有形的手、无形的手，把自己支配得团团转。何小平手脚利索地把望平的行李带进招待所客房，立即去打了一盆热水来，要望平先抹一下脸，再去澡堂痛快洗个热水澡。末了，他告诉望平一日三餐都在区公所食堂吃饭，饭、菜票由他代领了，吃饭时他会陪望平一起去食堂。望平连声称谢，并声明自己带了钱和粮票，过一会儿去找何小平结账。

区委书记刘向前50岁左右，他是"大跃进"速成农中的毕业生，是从基层一级级地爬上来的实干型干部。实行农村联产承包责任制他开始是反对派，慢慢才接近促进派。他对人民公社大集体、大生产"一大二公"的经济模式的感情很深。如今看到水库、道路没人兴修、没人管理，农田基本建设成了一句悬在半天云上的空话，家家都是顾了今年不顾明年的种植方法，他感到既恼火又无能为力。青岩公社郭同力的做法使他精神振奋。听说县里这次派的是郭同力的开路先锋望平到万年区，

第二十二章 再下基层

· 307 ·

他高兴得连叫几声："好，好，好！"望平一来，他根本没把望平视作下属，而是把他当成了一个专家。望平呢，当然头脑是清醒的，始终把自己视作下级和学生，甚至当众调侃自己："我没有可以翘起来的尾巴，我根本没长尾巴，没有什么工作经验，只是一个跟着领导脚跟走的虾兵蟹将，一个需要边学边干的普通人。"

万年区辖7个社镇，万年镇和白龙、黑潭、和平、跃进、柏溪、虎坳6个公社，总人口近10万。望平接手的工作与青岩略有不同，他是掌实权坐镇指挥的日常提督，除去每个社、镇的动员会和实施方案敲定他要亲自参加、以及各公社试点大队的活动他也亲临现场外，其他工作更多是听取汇报和请示，然后，由他根据实际情况拍板决断是与否和取与舍。加之，刘向前注意力集中在一炮打得响的"新东西"和叫人眼睛发亮的"大东西"上，多数精力都耗在发展社队企业的事务中，照他的话说："我讲的是实干，西瓜要抱，芝麻也要捡。"对促改工作队的工作进展，刘向前仅仅是十天半月听望平做一次不超过20分钟的汇报。在这件事情上，他们好像颠倒了主次关系，不是刘向前怎么说、望平就怎么做，而是望平怎么说、刘向前就同意怎么做。刘向前明白，望平是来为他松担子、减压力的消灾"罗汉"，绝不会为他添麻烦，更不会捅破天顶让他补。不过，望平一直处事稳重，他毕竟处于区促改工作队的中枢位置，对工作动态了如指掌，却对发号施令没有享受感，只有责任感。同时，他担忧自己因应付日常杂事而忽视了照应全局，便在工作队抽了一个区税务所派来的姓方的年轻人稳坐办公室，专门处理往来信函、接听记录电话和应付日常杂事，自己用四分之三的时间骑上自行车巡视和抽查公社的工作进展情况，权衡和解决棘手问题。望平坚持做到了八小时以内的时间全副精力投入工作，剩余的时间则在灯下啃书本、做功课。他有自己的奋斗目标，不管顺境逆境都要为哪怕只有百分之一的成功概率的希望，去付诸百分之百的个人努力。他在心中，暗暗制定了一个约束和善待自己的个人守则：不负社会，不误自己。

这天快到中午时，赵反修腋下夹一个胀鼓鼓的皮革钱包，眼睛一笑眯成一条线，鼻孔喘着粗气，进门就高声叫嚷：

"望队长，我赵高峰来了，看你认不认我这老同学？"

望平一听，吃惊地反问：

"赵高峰？你不是赵反修吗？又适应新形势改名字了？"

没等望平招呼，赵反修自己顺手挪一把藤椅坐下来：

"反修，不是'文革'时期的说法吗？现在改革开放，不时兴那一套了。我姓赵，老家是城郊共和公社高峰大队，所以就改名赵高峰。如果取名赵改革，你们不拿我围攻，不嘲笑我是一个追赶时髦的最前卫的风派吗？我以家乡地名为人名，这叫不忘本。从此我决不重新改名字，呵呵，我这次硬是堂堂正正上了户口簿哈。"

"我没查你的户口，只知道你不管叫赵反修，还是赵高峰，都是一个人，一个如今已发迹了的'冒尖户'，又被社会捧作'成功人士'，差点儿让我认不出啦！"

"不成功，不成功，远远不成功。"

赵反修说着掏出一包红塔山香烟，在屋里的人见人递一支。他无论递烟给谁时都偏头盯住望平，似乎害怕望平在自己视线中消失。

"我知道你的一双脚金贵，无事不会来。说吧，你开门见山。"

"没事，没事，就想见你。我们出去慢慢说，这个面子你要给。"

望平只好向小方交代几句，随着赵反修往外走。出了区公所大门，赵反修指着一辆手扶拖拉机，抱歉地解释：

"到我老丈人家去。出场镇还有几里，机耕道，路上有点抖。这交通工具是我老丈人和小舅子在用，路上要委屈你了。"

"喂，你坐你的蚱蜢车，我骑我的自行车，我跟着走。不去你要怄气，要去给我方便。"

"那好，那好。"

望平蹬车中速前进，与前面的手扶拖拉机保持了一段距离，因为，那柴油发动机吐出的黑烟实在需要人礼让三分。他不知赵反修唱的哪出戏，去与不去都是两难。

到了张家湾赵反修岳父家，走进一个土墙环围的大院，望平吃惊地看到院坝里摆着三张已经上了菜的桌子，正中那张的主座上坐着区委书记刘向前，他的旁边还坐着一个老者，大约就是赵反修的岳父了。

刘区书一见望平进门，远远就召唤：

"望队长，过来坐。"

等望平坐到紧挨刘区书的右侧席位上，刘区书给望平介绍：

"这是鲁大贵鲁大爷，你的同学赵高峰的岳父，也是与我同村住的堂表哥。这是不是遇缘了？"

"伯父好，我是高峰的同学，叫望平。"

刘区书截断望平的话，向鲁大爷介绍：

"望平是队长，不是生产队那种虾米官，是促进改革工作队的副队长。我遇到大堆大堆的麻烦事情，全是他为我顶下了。他人年轻，又上过大学，以后的前途是我这个土包子望尘莫及的了，以后扶持高峰主要靠他了。他才是日后高峰可以背靠着去乘凉的大树。"

刘区书话音刚落，鲁大爷欠了一下身子，乐呵呵地接话：

"你们两个都是大树，我们一家都要借你们两棵比伞还荫蔽得宽的大树来乘凉。这回万年镇十字口要开张的餐馆，高峰会安排人经营，店老板还要挂上我的名字，以后刘区书、望队长要多关照，有三朋四友要应酬，一律免费，最多收成本费。高峰，你记住没有？"

"老汉儿，酒桌上不谈生意。我和大红多敬刘区书、望平两杯酒，千言万语就免了。"

鲁大爷听了女婿的一番话，立刻意会到什么，忙拿起筷子分别往刘区书和望平碗中各夹一片撒了辣椒末的卤猪肝，眼光环扫在座各位宾客，绕开了话题：

"大家拿起筷子，吃菜，喝酒，不要客气。掌灶的厨师是高峰、大红有涉及任何一个具体的企业，通篇是对事不对人的理性思考和概括，没有掺杂丝毫个人好恶的情绪。下午，他再修改了一遍，随即取出随身带的县委宣传部专印的文稿纸工整地誊写完毕，装进信封，投进街边矗立的邮筒，直接寄给了郑部长。转回办公室，他又去抓紧处理堆积未了的日常公务，以及伴随电话铃声出现的新情况、新问题。他工作忙碌，导致了些许肢体欠爽的疲惫，内心却时时有俯仰无愧怍的慰藉。不知不觉溜过的时日，他都过得紧张而有节奏和效率，纷繁而有可循的轨迹和秩序。他知道，实现人生的理想，需要以一个个小目标去串接它，去逐一铺砌拾级而上的台阶，而一切埋怨、懈怠和虚度都是不智与失算，是有损长远的羁绊与自误。一个人所怀抱的梦想，如果不付诸加倍努力去渐次实现，就终将化作一片子虚乌有的过眼烟云。

这天，快到下班的时候，一个不速之客突然来临。望平一见他，立即放下手上的工作，迎上去和他握手：

"老领导，你怎么不先打个电话，好让我到车站接你，真是失敬！"

来人是望平的老领导、柳桥中学的关校长。他肩上背着一个洗得泛白的帆布包。他屁股刚落上藤椅又旋即站起来：

"我等你下班，出去吃一顿饭。我带了一瓶酒来，本地土酒。一个甑子头舀过饭的老同事，我惦记你，放心不下，找你叙叙话。"

望平扫一眼手表，已到下班时间，拨了一个电话要供销社招待所预留一个铺位，才接上关校长的话头：

"好，关校长，我们就走。区公所食堂人多，说话不方便。我们随便找家馆子，点几个菜。"

望平把关校长带到一个僻静的饭店，选了一个靠近屋外池塘的单间，点了几样特色小炒和下酒卤菜，他们坐下来边吃边聊。

关校长摸出挎包里的酒瓶，木塞瓶口，里面有大半瓶自制药酒。他为自己和望平在酒杯倒上酒，说明了来意：

"望平，听说你刚调回县委又被下派到农村了，安逸都是别人优先，吃苦都是你优先，有背景无背景大不一样啊。哎，当初我推举你离开柳桥中学，简直说不清是干了一件好事还是坏事。现在我退休了，才后悔没把你留在学校接我的班，不仅误了你，还可能误了千家万户的子弟……"

望平端起酒杯，敬过关校长，慢慢开口：

"关校长，你别担忧我。你保重身体，不到一年时间，见你白发又多了一大片。现在，你退下来了，就什么都不必去忧愁，也别总是牵挂我。看书、养花、钓鱼、搓麻将、聊天，哪样让你高兴，就要哪样。我这次到万年区，的确是工作需要，是撞到运头上了，不是谁要作难我。"

望平抓起酒瓶为关校长杯中添上酒，再给他夹上一片炒鹅肝，简洁地把青岩支农工作队折腾的那摊事情告诉他，以期他释怀。

"望平，古书上有'太平本是将军建，不许将军见太平'的说法，老百姓也说'栽树子的是你，吃桃子的是别人'。你没得背景，干一大堆苦累活，结果是猫搬甑子给狗干事，取得的成绩，最终成了别人飞黄腾达的跳板。这样的事情我听得多，也见得多。我说话，想啥子说啥子，你别介意。"

望平借着酒兴，挑拣几件蔡华和郭同力等如何关心自己的往事讲给关校长听，他动情地说出心里话：

"关校长，我不认为我被安排到青岩是受了委屈，相反，我认为它是我的福气。不然，我就不会遇上一些终生难忘、终身受益的人和事情。我借一句老话说：'感谢生活，感谢命运'。"

关校长咀嚼了一会儿，吞食下腹，放下筷子，表情肃然地回答：

"说得对，那个蔡老师和郭同力，真是人品和才能都过了坳的人。他们对你的帮助，连我听了都感动。"

望平话到嘴边又咽回肚里，他没有把自己正暗地准备考研的事情告诉关校长，他担心它成为老领导口中的一个话题，某天、某时、某刻有心无心地扩散开来，弄得自己事情没成，反而招惹闲话一堆。一瓶酒还剩二三两，关校长已不胜酒力。望平只好结账，把他扶到招待所送进房间躺下来，再端了一盆洗脸水放在凳子上，等他醒来时擦拭。第二天早晨，望平先到集市为关校长买了一点儿土产干果和一只土鸡婆，带关校长到区公所食堂吃过早餐后，把他送上了返城的客车，这才回身去忙自己的工作。

望平骑上自行车，奔向柏溪公社的火炬大队参加了农户"富帮穷一对一"结伴活动启动仪式，又到几个院落了解社员发展家禽家畜和水库、池塘、囤水田水产养殖的情况。最后一家农户挽留他和柏溪公社秘书王和才吃午饭，提起鱼网从池塘里捞起七八条巴掌大的鲫鱼，又从菜地里拔回一把香葱，做了一锅味道鲜美的烧鲫鱼招待他们饱餐一顿。望平回区公所时，已是下午三点过。一进办公室，小方急忙递给他一张纸条：

"上午北京来了个长途电话。她姓傅，要你回办公室后，立即给她去个电话。"

望平看了一下电话号码，他知道是傅旦打的，忙转身朝外走。小方追上来说：

"望队长，她说过，有急事告诉你。你在办公室打了电话再出去，怕误事。"

望平停步，微笑着面向小方：

"我就是到邮电所打电话。这是私人电话，又是长途电话，公私应该分明，不能用区里的办公电话去打。"

望平脚步刚跨出办公室，抬头一看，天空乌云压顶，又退回去抓起放在办公桌后的雨伞。望平跨出门刚上路，一阵不通商量的急促雨点已噼噼啪啪地猛砸刚撑上头的伞顶，加之从场口长驱直入的狂风乘虚而入，任性而为的弯脚杆飘雨横打直抽地猛袭人身，他从头到脚除背心一块不剩半寸干布。他顾不得所谓的绅士体面，索性收伞朝邮电所疾奔飞扑。他在屋檐下用手捋去头上脸上的雨渍水珠，等喘气平定后，神情自

第二十二章 再下基层

若地迈进邮电所，径直往营业柜台去登记。而后，他站在通话室耐心等候了二十多分钟，直到线路通畅。他呼叫的声音略带焦灼。对方接电话的恰好是傅旦，她以埋怨的口吻说：

"我守着电话机几个小时了，你怎么才打来？"

望平打了个喷嚏，解释了几句。傅旦消了气，把情况告诉了他。原来，傅旦前几天到长江沿线几个省去出了趟差，顺便去看了她的一位朋友的表哥。她提起自己的朋友时口气特别柔和，望平立即意识她与他大概已存在的特殊关系。她的朋友的表哥叫谭锋，是汉江大学哲学系教授。她向他介绍过望平的情况。他已表态欢迎望平报考哲学系今年划归他指导的研究生，假使望平不喜欢这个专业，还可报考经济系，他答应为望平推荐一个适合的导师。望平听罢，心头一热，连忙向傅旦表示谢意，并坦诚地说出了自己的担忧，不是不愿报考，只怕自己现有的水平考不上。傅旦鼓励望平去试一试，同时，她告诉望平，如果他准备去报考，她朋友的表哥已替望平开出了一批参考书目。望平凝神思考了片刻，明确地回答她：

"傅旦，我谢谢你对我的牵挂和关心，我愿意去试一试，去闯一闯，尽管哲学现在是一个冷门专业，社会上的人都看重理科，轻视文科，尤其是对于哲学，不少人把它和'空头政治'混为一谈，认为学不学都没多大用场。但是，我明白它的存在价值，懂得它的无用之用，我有兴趣，也想深入地系统地研究一番。"

"好，那我到王府井书店去找一找谭教授开出的书目上的书籍，连同谭教授的通讯地址和电话号码给你寄来。你耐心等着我寄来的赠书，我寄快件。"

"衷心感谢你，傅旦，你为我所做的一切，我没齿不忘，但该付的钱我还得照付。另外，谭教授现在我不想过多惊动他。我要是考上了线，进入了可接受他挑择的视线范围，我才有资格期待他赐教，还有无数道难关需要我自己去跨越。"

"望平，我记得四川有句话，说起钱就不亲热，我也是一片心意。我希望你有一个有志者事竟成的好结局，也希望你迎接一次挑战，做个考场上横扫千军的拿破仑，奏响一支具有你个人风格的《命运交响曲》！"

"我记住了。"

"那好，再见！"

傅旦挂断了电话。望平走出通话间，到柜台上结算了话费，走出了邮电所。此刻，他浑身已冷起了鸡皮疙瘩，手脚颤抖，牙齿乱碰，直打喷嚏。他忙到附近的药店买了几片医治感冒的药，一仰脖干吞下喉。这会儿，他才注意到天空已放晴，而他的伞还丢在邮电所，不得已又转身返回。取回雨伞，他长长地吐了一口气，觉得浑身已经放松，头脑特别清醒。他庆幸自己意外地获得了傅旦的帮助，又暗自盘算一所门槛不算低的大学，虽说是冷门专业，但也有一大堆硬骨头要啃，他未必有一副钢牙铁齿。他免不了去掂量，必考课程数学、英语自己以破釜沉舟的决心去猛攻猛打，时间已"此去经年"，现在又添了一个新的侧重点，自己能否承受这一份生命之重？上级的眼中只有工作，他的功能只是一枚为满足整台机器运转而且绝不允许生锈的螺丝钉，自己在满足上级需要的同时，能否不负此生，能否顺利地实现自己的奋斗目标？他给自己提的问，现在还交不出答案，必须等待着未来的某一天。至于傅旦为他热心引荐的哲学专业，所幸自己过去多少有些专业基础，同时，他人感不感兴趣无所谓，不管以后派得上派不上用场，到底是一个对自己有益无害的专业，做一个智慧的人，一个目光清澈、头脑清醒的人，总比稀里糊涂地混日子强。他认为，接受一番高层次的思维训练，终究是毕生受益的好事情。

他漫不经心地徘徊在场镇边沿，直到附近的村落传来几声犬吠，他才惊觉暮色已经降临，悄然袭来的饥饿感促使他的脚步走向不远处的餐馆。低头一看手中捏着的雨伞，再看一身皱巴巴的半干半湿衣衫，他被自己的狼狈相逗乐了，人生何妨丑几回，要丑就丑出一点儿趣味来，又何必强装斯文？他急匆匆地找到一家小食店，买到两个又冷又硬的馒头，张口就啃，边啃边走。他趁暮色掩护扒光了一身衣服，跳进一口池塘，在已经有些寒凉的清水中，搓洗着汗腻、雨渍和尘垢。

他离开时，有几颗星辰照路，一串蛙鸣欢送。

第二十三章　偶　然

要望平提前回部工作，是郑部长亲自在电话上通知望平的。他告诉望平县促进改革工作队已在事前不通知地方的情况下，抽查了万年区三个公社，工作状况均属良好，或者叫比较满意吧，参与抽查的同志认为，万年区基本实现了工作目标，可列入免检先进区。郑部长认为剩下的扫尾工作，由区委书记刘向前直接负责，从即日起望平回县城工作，代表宣传部参与县委、县政府召开的农村工作会议，也可叫促进改革工作会议的筹备，尤其是对发展个体企业和社队企业的情况，县委书记黄河清一直特别重视。目前，黄书记正在苏南考察社队企业的发展。望平寄给郑部长的那份调研报告，郑部长签发作为内参材料送县里四大班子领导阅读。黄书记临行前给郑部长打过招呼，下周他从苏南考察回来要与望平面对面地谈一次，委托郑部长先给望平打声招呼。郑部长告诉望平，刘区书那儿他已传达了黄书记的意见，叮嘱望平今天做好工作交接，从次日起给他三天假期，下周一开始回部工作。

望平放下电话，正准备去找刘区书汇报，谁知刘区书已走进了区促改队的办公室，他主动找上门了。

"望队长，你要走，我还真舍不得。你为万年区梳了一个光光头，为万年区挣了个脸面。剩下也没有多少事，我已叫何秘书通知下去，以后区里各社镇促改队的工作汇报，就直接打到他那儿；工作就叫何秘书与你交接，交给他就是交给我。中午，我叫张区书安排一顿晚餐喝一台酒，由他代表区委为你饯行。这不，我说走就得走，县临时通知开个会，10点整，搭车去还要开快点！"

刘区书与望平握手时，两眼湿润，语调恳切，动了真情。他用衣袖扫了一下眼角，朝门外大呼一声：

"何秘书，你进来，代我和望队长交接工作。"

这何秘书皮肤黑乎乎的，身材肉敦敦的，与一般人想象中的秘书的斯文相不一样，但给人留下的第一印象则是实在，可靠。此刻，他憨厚地对刘向前说了一句：

"刘区书，你快走吧。我会把工作交接好，要望队长把他的绝招告诉我。他不会留一手，我也不会拉稀摆带。"

刘区书在何秘书的肩头一拍，再对望平亮了个作别的手势，转过身去，大步流星地向停在区委大门口的一辆货车走去。

清早，望平在挎包里塞了两本新收到的傅旦寄来的考研参考书，再拎上小提琴匣，直奔长途车站。昨晚，望平已对母亲讲好，他今天准备去金沙市祭奠蔡姐，以表示自己的感激和怀念。车到金沙市区，已是十一点过五分，望平在街头买了一个面包捏在手上脚步不停地啃着。好不容易寻觅到一个鲜花店，他花去3元钱买了20朵白菊花用白丝带扎好，随即向翠屏峰赶去。

攀登陡峭的山径，望平浑身热汗涔涔，眉毛上、鼻尖上也挂上了汗珠，清脆的鸟啼和松脂的清香令他神情一振，终于气喘吁吁地抵达了丛林深处的公墓地带。望平逐一观察着一块块墓碑，在一匹斜坡的居中位置找到了蔡华的墓址，他情难自已地跪下来搂住墓碑痛哭失声。先前的汗珠在松风吹拂下消退，两眼漫出的泪珠却一串一串地坠落。人生难得一伯乐，人神之间已分仙凡两界，他没有云梯，没长羽翼，天地苍茫何处能寻觅自己的蔡姐？一直哭到声音嘶哑，他才站起来把带来的花束虔诚地供奉在碑前，再围着墓冢绕行一周，拔去了泥土中蔓生野长的杂草和缠藤。这会儿，他才打开放在地上的琴匣，取出琴来一支接一支奏起《国际歌》《新四军军歌》《渔光曲》《圣母颂》《如歌的行板》等蔡华喜欢的曲目。末了，他跪在蔡华的墓冢前，有些伤感地告诉她，他没能按照她设想那样到金沙工作，而正在抓紧攻读，争取考进一所现在还不知是哪座城市、还叫不出校名的好大学去深造几年，努力争取成为一个能与"第三次浪潮"共舞的现代人。当然，他只是一个能力有限、机遇受限的凡人，不敢轻许无力去兑现的宏愿，唯有一小步、一小步地向前迈去，尽力而为地挑战自我，完善自我。

下山后，望平依旧觉得心里堵得发慌，索性买了一瓶普通的高粱酒，坐在长江边的一块裸石上，目光追逐着一堆又一堆翻卷不停地奔赴远方的波涛。岷江、金沙江在这里汇合，好长一段江面一半浊黄，一半清澈，构成一道难寻难觅的殊胜景色。兀然，他的心瓣仿佛被虫口一啃，顿生一种莫名的痛楚，那些挽留不住的逝波亡水，如同自己渐行渐远的金色韶华，欲追回，欲挽留，皆是徒有心愿而无可奈何。他用牙咬开瓶盖猛喝几口，人生难得几回搏，亦难得几回醉，他想借酒浇去许多的久积胸膛的块垒，他为自己生命中被造物主白白抽走的十年乃至更长的时间万分悲戚，也万分迷惘。他觉得自己坠入了前人痛心疾首的那一种灰暗宿命，根本没有资格吟诵岳飞《满江红》中的警句。他身陷等闲"白了少年头"的尴尬，除却一场追悔莫及的"空悲切"，无法洗雪虚度年华的羞耻，一切已于事无补。他很遗憾，已经二十七八了，依旧是该念的书都还没有念，何处能买一剂后悔药呢？有什么脸面去乞求超自然力量赏赐一条回头路呢？昨日复昨日，昨日何其多，那是一片永远错失的流金岁月啊。他晕乎乎地歪倒在地，眼皮重得无法睁开，任凭江风吹拂，断肠人已飘入梦乡。等望平再次醒来时，一看手表，下午四点已过一分，他这才猛然恢复了神智，提起琴匣撒腿向长途车站疾奔而去。他要赶上晚班车，争取回到江阳去。他的时间已不允许被自己再蹉跎，必须抓紧去做的要事、急事摆着一大堆。他忐忑不安地把一张钞票塞入售票窗口，苍天开眼，还剩最后一张车票。等客车开动时，他掏出了挎包中的书卷，在摇摇晃晃的颠簸中，背诵着一个个的英语单词。他真切地明白，必须抓紧组装一台改变命运、追求未来的发动机，它们是一枚枚不可或缺的零部件。

"望平，我知道你会准点到办公室，不会拖三拉四，这好。现在，你跟我走，到黄书记办公室，他约你去谈一谈。"

郑部长一手拿茶杯，一手拿工作笔记，出现在理论组办公室的门口。

"约我？谈什么？"

"带上钢笔和笔记本，去了你就知道，总是你熟悉的话题吧。"

他们到时，黄书记已坐在门外植有几棵黄葛兰的小会议，正读着一份当天到的报纸。见他们进门，黄书记放下报纸，招招手：

"小伙子，不要怕生，你和郑部长都坐过来，就三个人，坐拢点。"

望平和郑部长一左一右，面对面地坐在黄书记两侧的沙发上。郑部长把展开的笔记本往茶几一搁，向黄书记汇报：

"已经把望平抽回来了，集中精力投入会务。"

黄书记和颜悦色地对望平说：

"郑部长带你到这里来，你别紧张。三人行必有我师，我们今天恰恰是三个人。你的名字，我听人提过好多回了，今天才对上号。我看了宣传部的内参材料中你写的那篇文章，就想听听你对发展个体经济和社队企业的看法，想到啥说啥，就像你写的调研文章，不讲套话，亮出自己的真实观点，这多好！人人都是你这样的文风，决策者的头脑会清醒得多，对不对？"

眼前的黄书记比起前次在青岩公社见到他时憔悴了不少，额头布满皱纹，两鬓已显斑白，唯有语音清朗依旧。望平对这位操劳过度的父母官顿生几分知遇感：

"黄书记，你对我的鼓励我很感动，也很惭愧。我才疏学浅，对个体企业和社队企业的情况掌握不多，我的那篇文章很肤浅，生怕扰乱了领导的思路。"

黄书记掏出香烟点上火，吸了一口，喷出一串缭绕的烟圈，把燃着的香烟靠在烟缸边，又端起茶杯喝了一口，才回答望平：

"别客气，把你的想法说出来，你以为江阳县发展私人企业和社队企业的前景如何，存在什么问题，你以为该怎么办，说真实想法。我听得惯不同声音，不会留下不良印象，更不会抓你的辫子，记你一笔账。"

望平被僵住了，只好硬着头皮说出印象、判断和预测：

"黄书记，郑部长，我就是一头不知天高地厚的初生牛犊，说错了你们要多多包涵。我本来不应该不懂装懂，就算是完成一份你们考我的答卷吧。"

郑部长鼓励一句：

"望平，你说，按照你的视角来说。黄书记要问计于民，倾听不同的声音，哪怕是外行的声音，至少它代表一种观点，一种民意。"

望平端起服务员放在他面前的茶杯，喝了一口茶，终于说出了口：

"现在农村富余劳动力要谋求出路，不少人试图来城市找机会。在农村，单一的靠种粮食只能解决农民的温饱问题，无法改变他们腰包空空的尴尬现象。现在，对无农不稳的说法有了一个新的补充，那就是无工不富。这就是说，在农村本身就存在着发展私人企业和社队企业的巨大需求，反之，又会转化为巨大动力。同时，城镇人口的就业压力也很大，尤其是一些文化程度偏低的下乡知青返城后，他们的就业问题单靠国家一时半刻也解决不了，这就决定了党委和政府需要开辟新的就业渠道，为他们生存和发展创造自力谋生的有利条件，而发展个体企业正是一个极具潜力的巨大空间和必要选项。虽然，它并不是唯一选择，却是一个为国分忧、为民谋利的重要渠道。现在，人们由于传统观念的影响，存在很多认识误区，比如：重农轻商、无商不奸、怕割资本主义的尾巴等等。发展农村的社队企业，存在人才、技术、资金、设备的瓶颈，县里可能在必要的时候，要建立专门的机构、配备专司其职的人员来抓这项工作，解决他们发展中遇到的具体问题。对这一件事情，留给我们迟疑和犹豫的时间和余地都不多了，总之，越迟越被动。"

黄书记拈起香烟，含在嘴里，抽了一口：

"好，你眼光很敏锐嘛，能看到这一点儿，不错。继续说，放开说。"

望平看了一眼正在做笔记的郑部长，接着说下去：

"不是我眼光敏锐，是郑部长给我下达了任务，我才去思考。关于雇工人数该不该限制的问题，我以为，这个框框要适当突破，不要划硬杠子，也不要一提雇工就把它和剥削与被剥削联系起来。实际上，私人企业和国有、集体企业的区别，就是正规军和游击队的区别，只要有利于社会主义建设和改善人民群众的生活，它的大方向就应该是正确的。当然，私人企业发展，需要引导，需要规范，这一点，党和国家早就预见到了。我以为，现在的重点，是要造成一种自谋职业、勤劳致富光荣的社会氛围，要以新观念去营造新风尚，不能歧视个体企业，不能对主动和被动走上这一条道路的创业者束缚太多，他们需要尊重、理解和扶持。我们必须警惕人为地设置不该设置的障碍，迫使他们大路不走走小路，明路不走走暗路，正路不走走邪路，那才会导致与党和政府的初衷适得其反的不良后果。我认为，需要两个警惕，一要警惕私人企业走歪路，有关方面要加强对他们的教育和规范；二要警惕有关部门用错权，既要防止以权限私，又要防止以权谋私。黄书记、郑部长，我认识水平有限，今天只能说出这些不成熟的想法，不妥当的，甚至错误的，希望你们批评指正，我会引以为戒，及时纠正。"

黄书记的脸颊已经被他吐出的烟雾遮住，他的话音仿佛是从烟圈中钻出来的：

"望平同志，我认为你今天谈出的想法，很好，对我，对郑部长都很有启发。你写的那篇调研文章，郑部长之所以签发，那就是他对你的文章的基本观点持肯定态度，你不要产生个人顾虑，没必要。我对你的基本观点同样是肯定的，不存在对你的否定。这样，我已经对郑部长说过，你离开县委宣传部，到县委办公室政策研究室，挂一个副职，集中精力研究政策，研究县情，为领导决策提供参考，行不行？"

"望平，这是县委领导对你的信任。我是顾全大局，忍痛割爱。现在，征求你个人意见，愿意不愿意？"

望平有些畏怯正视两个领导射来的目光，低下头说：

"下级服从上级，这一条我懂。我只有一个顾虑，我个人素质有许多短板，现在正抓紧学习。我保证努力争取八小时以内干好本职工作，认真完成上级交给我的工作任务。八小时之外和节假日，可不可以允许我自主安排时间，不加班，至少不经常加班。"

黄书记发出一阵爽朗的笑声：

"望平同志，我欣赏有奉献精神的干部，但从不欣赏无工作效率的劳动模范，成天泡在办公室消耗时间不值得提倡。我答应你的要求，不过，如果出现特殊情况，你也得以大局为重，工作为重。你不能把我今天对你的表态当成一把尚方宝剑，把一些急需办理的当然是属于例外的工作都挡开。你是共产党员，要牢记党的宗旨，当个人利益和党的利益、人民的利益冲突时，要牺牲的是个人利益。我的这一番话，不是说你刚才所提的要求是不合理的要求，我以为它相当程度是合理的，但不是绝对合理的。好吧，今天就这样。"

在回宣传部办公室的路上，郑部长诙谐地感慨：

"望平，我若是知道发了文章你要走人，当时签发时就不会落笔，让它躺在文件夹里闲置着。我大意失人才，这可是一个教训。"

"郑部长，你是县委常委，我照旧是你的部下，只不过是到你办公室汇报工作，以后要多走几步。我保证，你以后有吩咐，跑步前来，自觉缩短路途上的时间。"

"跟你开玩笑的。就是推荐人才，我也会推荐你。干部是党组织的，不是个人的。"

这会儿，县委办公区的电铃响了，各部门、各单位工作的干部闻声而动，陆续来到室外做工间操，大院内回荡起一片笑语和歌声。

望平以双重身份投入县委、县政府召开的农村工作会的会务工作，他既算宣传部的人，又算政策研究室的人，负责收集会议动态、讨论发

· 325 ·

言情况、起草和分发会议简报等具体工作。他家住县城，会务人员却按规定吃住都得在县政府招待所，根本不存在上下班时间的界限。他瞄准会务组没人的空当，悄悄给县电大、函大两副担子一肩挑的校长郭春富打了一个电话，了解了一下自己期末考试究竟成绩如何。郭校长搁下电话去查了一番，再给他回拨过来，告诉他期末考试的成绩，数学全班第一，英语全班第二。他终于松了一口气。其实，他的数学成绩从上学念书以来，一直居于班上领先地位，若不是那些年出现的那场社会动荡导致书桌摇晃，学业凋零，他兴许会选择报考某个重点大学攻读理科专业。如今时迁事异，自己反而需要投身一场修补知识短板的自我救赎。一个生在平民家庭的人，自古改变命运就不容易，就像"华山一条道"那样，唯有取道科举的途径，点点滴滴地积累"知识资本"，用一句时髦话说"知识改变命运"，可它是一条成功概率何其小、付出代价何其大的崎岖道路啊。幸好，自己还是一个单身汉，还可以毫无顾忌和拖累地放手一搏，新都宝光寺的那副对联"自知性癖难谐俗，且喜身闲不属人"，就像是为自己定制的。越想保证时间，岂料时间却越不成张片①，并非被谁有意挤占，世间上不少的人和事物，往往在无法预测的环境和时刻突然冒出，并且来者去者似乎都属天意，彼此想躲也躲不开。很显然，你本来就置身世事的汪洋大海，不需要理由，不需要商量，即使波涛赏你一个灭顶之灾，也是顺理成章。至于你能否再次浮起来，爬上岸，全仗运气，比如：有寄身的岛屿、船舶、漂木吗？你会游泳吗？有一条拉你上岸的绳索吗？要望平回答自己，只能回答："无可依傍"。置身汪洋大海，他只有靠自己去苦泅，苦熬，苦撑。

进晚餐之前，望平在招待所远远看见了郭同力的身影，立即加快脚步跟上去：

"郭书记，你到会了。这两天我昏天黑地地泡在会务组，没来拜望你，失敬了。"

---

①张片：方言，指时间不完整。

郭同力见到望平有些意外，举起拳头轻轻砸在他肩头。

"我也忙，没来得及感谢你给黄书记出点子。他给我安排了一个光啃骨头不吃肉的活路。"

"我出了什么点子？"望平不解地反问。

"县里要筹建一个社队企业管理办公室，等省上同意再建社队企业管理局。黄书记说，是你启发他产生了这个念头。"

"郭书记，我有那么大的本事吗？是你支瞎子跳岩，让我去跑支农工作队的龙套。黄书记在全县推广你玩的花样儿，他是现在才注意到你？哄鬼！你早就进入了他的视线，承不承认？我到县委宣传部板凳还没坐热，郑部长又再用你使过的招数，把我下派到万年区。上路那一天，我就明白你是一只迟早要飞上屋顶打鸣的叫鸡。再说，黄书记到苏南去考察过，别说回来时，可能出发时，他已经拿定了主意，早就胸有成竹了。你这张膏药贴不到我脸上，我不买账，我是三岁小孩？"

"望平，等我去把文件袋搁了，一起吃饭。你算是磨炼出来了，观察和分析能力不弱，我高兴。"

"郭书记，我是小巫见大巫，离你那百炼成精的程度和擅长迷惑群众的本领，差距还大得很。就是想见贤思齐，也是望尘莫及。"

"不要嘴皮了，等我从房间里出来。"

望平看着郭同力急匆匆的背影，心里涌冒出一股交织着钦佩和慰藉的热流。他这样的干部受重视，正标志着一个想成事而能成事的优良环境已经逐步形成，这与江阳父老乡亲的福祉有关，是多年难逢的大好时机。他就是一个时势造就的英雄，一个来自田间的优秀人才，是一个善于审时度势和乘势而上的厉害角色。可惜，他这样的人还屈指可数，要是数不胜数，那该开创出什么样的局面啊！他头脑还在走神，不知不觉郭同力放好了文件袋，已阔步走来。

晚上，到会的区、社干部按照两天会议的娱乐安排，一天看电影《月亮湾的笑声》，一天看川剧折子戏，没去看的八成在房间里打麻将、戳牌、扑克，或者买些卤菜、炒花生、炒胡豆聚在一起吹牛喝酒。会务组的十来个人则延续着白天的紧张节奏，忙着收集资料、草拟简报、审签文稿、打字油印、分发文件，有时走路都是小跑，直到晚上10点钟吃过加班面条，经批准允许回家的人，才得以抽身。而望平和县委办公室副主任李俊华按规定必须留在招待所。望平明白，李俊华驻扎这里是为了掌控后勤组和调兵遣将，自己则像是四川扩容版麻将牌张中那个每每与"财神"结伴的"听用"，随时处于待命状态，抓急处理"屎胀了挖茅厕"之类的棘手事情和收摊子、揩屁股的窝囊事情，这些都是自己的本分。自古以来，大凡没人管和人没管的事情，皆是费力不见功、不讨好的事情，大家都装作没看见，间或绕道走，只有傻瓜才乐呵呵地把它当真，当正事。此刻，望平就扮演着这样的傻瓜，成天这人喊，那人呼，东边跑，西边撵，一摊子事情从早忙到晚。他原本想为自己抢时间，却尴尬地被时间抢了，这种滑稽戏似的百般调侃，他还得满脸挂着满不在乎的笑容，恐怕世间上唯有他知道自己是带着笑脸，淌下辣泪。

夜深了，望平一看表是凌晨三点，自己毫无睡意，便随手把手中的书卷抛在床头，穿鞋披衣溜出房间。他抬头见一轮明月悬空，有所触动，便走出招待所大门向坐落在附近沱江边的关刀堤走去。

一堆堆的波澜，从上游顺流而下扑来，有节奏也有间歇地猛拍石堤的"刀刃"，发出一阵阵沉闷的轰鸣。望平触景生情，联想到元人萨都剌在金陵城外感慨皇朝兴亡的词句"听夜深、寂寞打孤城，春潮急"；不，一样夜深，一样寂寞，不过扑堤而来的不是春潮是秋波，只是那激溅浪沫唤起了激越心情，引发对前程的担忧和对未来的渴望。身沐月辉，放眼浩浩荡荡的江流，他又想起清人黄仲则《绮怀》中的诗句"似此星辰非昨夜，为谁风露立中宵"，它犹如是对眼前的自己发问，他乐意用三毛《橄榄树》中的歌句回答，是"为了梦中的橄榄树"，不，那棵树尚在未圆的梦中，在他正穷追不舍的梦中。想到这里，处于无人之境的望平，大声地背诵起一个个不太熟练的英语单词，他以此和千古江山对话，和滚滚波涛对话，和自己的命运对话。他要在夜深人静之时，告诉世界，尽管平生败绩累累，乏善可陈，但自己依然没有放弃憧憬，没有半途而废，处于一种追求梦想的进行式中……

多美的夜色啊，如此温柔地接纳一个孤独寂寥的人，一个为自身平庸十分懊恼的人，一个充满期待而又未必拥有被期待的人。他低头一看手表，差五分到五点，不禁暗自一惊。归去的时候，他用手抹了抹头顶，湿漉漉的头顶沾满了霜露，再抹了抹脸颊，说不出挂在眶边的是泪珠，还是露珠……

踏着月色归去，他推门进屋，和衣倒床就睡，很快响起一串鼾声。

"望平，快开门！"

急促的叩门声惊醒了望平，他翻身从床上立起，揉揉沉重得很难张开的眼皮，去开门。来人是郭同力，他把一个装满又红又大的柿子的圆形竹篮塞给望平：

"给你，刘向前昨晚送来的。你带回去吃。"

"他送你，就送你，怎么我代你收呢？"

郭同力把竹篮往地上一放，解释几句：

"我当时就揶揄他心不诚，我从乡坝头来，不是吃不到柿子。这么远让我带回青岩去，长途车上不碰烂，回去也要被人笑掉牙。这不是豆腐盘成肉价钱？索性给你，你才有运气吃一篮完好的鲜柿子。"

"你不是要筹建社队企业管理办公室吗？你的家不搬来，还想回去当还乡团？"

"要等接班人到位才能动，还有几个月。领导提前打过招呼，一是先在我脑壳头转一转，二是先在青岩公社试一试，现在不是提倡摸着石头过河吗，我就是江阳那个先去摸石头过河的大笨人。"

"那我送一送你吧。"

郭同力肩上挂着一个洗得泛白的军用帆布包，腰板笔挺，走起路来脚下生风，步幅很大，速度很快。望平跟着他，脚步迈得比平时快多了。

第二十三章 偶然

"望平，你要去考研吗？"

"你听电大的同学说的吧。他们瞎猜，别当真。"

"你没说老实话，是黄书记告诉我的。你在秘密行动，是不是？"

"他怎么知道我有这个打算，是掐指一算？"

"你有个老师，叫郑秋鸿。他向黄书记举报了你，你经常鬼鬼祟祟地到江阳二中从事地下活动，联络的对象主要有数学权威凌霄、英语权威卓尔凡，人证物证俱在，你就供认了吧！"

望平本想辩解几句，但是，他话到嘴边却意识到三言两语说不明白，弄不好越描越黑，干脆哑口无言。

"回去吧，那条路是好路，只是不好走。能不能考上，就看自己有没有过硬功夫，没有谁打算为难你，阻止你。"

"谢谢！"

望平朝着郭同力的背影说一句，目送郭同力跨上一辆有些破旧的长途车。这一会儿，他第一次如此集中地看清楚长途车站发向县内各地的车辆，都顶着一个硕大无朋的或胀鼓鼓或瘪塌塌的橡皮气囊，那是贮存天然气燃料的装置；当年铁人王进喜在天安门广场看到了它们的弟兄们，痛感国家落后，发出了"宁可少活二十年前，也要拿下大油田"的铿锵誓言，这就是"有条件要上，没条件创造条件也要上"的大庆精神。

望平为送郭同力来到这里，无意之间补上了一堂励志课。他真切感到，退步容易，进步不容易，做一个拒绝平庸的人，注定不容易。

第二十四章　跨过一道坎

望平并没有到政策研究室去任职。

农村工作会议过后，黄书记给郑部长打了招呼，说他细想了一下，让望平依然留在宣传部原岗位，暂时不动他。原因很简单，这小子虽然工作表现很不错，遗憾的是他没吃定心丸，又不能任意否定和扼杀他的个人志趣，尤其是国家政策还鼓励个人选择，任随他去凑热闹吧。不过，黄书记提醒郑部长，宰相肚里能撑船，工作上要一如既往地对他予以正常使用，大胆使用，千万不要给他穿夹脚鞋，不轻易挤占他的休息时间。

这些天，郑部长要随黄书记跨省考察，恰好省委宣传部要在乐山召开一个市、县宣传干部座谈会，会期四天，他去不了，两个副部长手上的工作也丢不开。想来想去，他叫望平去代开会，把精神带回来汇报、传达即可。

于是，望平带上几本书，兴高采烈地去乐山市嘉州宾馆报到，去当一个名副其实的"代表"。这个会议，由省委宣传部统一支付会务开支，吃住都不用参会者付费。会上的领导讲话和代表发言全部打印了书面材料，让他省去了做会议记录的精力。4天会议，实际上只召开了两天，后两天由乐山市委、市政府安排了几辆日本进口的面包车，去参观乐山大佛、乌尤寺和峨眉山。与望平同房间住的是重庆市委宣传部一个叫卓开明的处长，他中等身材，体体微胖，皮肤白净，过去是嘉陵师范学院的教师，谈吐儒雅，喜欢闲聊，性情冲淡平和，使与之交往者毫不拘束。望平很快被他开朗的个性和渊博的学识所折服，与他同进同出，同食同栖，寸步不离。

会议住宿嘉州宾馆只有两天，第三天上午参观了乐山大佛和乌尤寺，下午就兵分两路：年纪大、身体差的安排住峨眉山下的红珠山宾馆；年纪轻、身体好且又有登山欲望的乘车直奔接引殿，步行攀山到金顶上住宿。望平选择了后者，卓开明虽年近五十却不肯服老，也选择了后者。乐山市委宣传部的同志，要上山的同志把多余的物件放在报国寺旁一个顺路地点寄存，并为登山者每人准备了一袋由蛋糕、饼干、鸡蛋、香肠、广柑等组合成的干粮，还人手一根地分发了竹拐杖和一件塑料雨披，由他们充当向导和解说，带队向这个"天下名山"的峰巅进发。一路上，大家谈笑风生地一个接一个参观了沿途伏虎寺、报国寺、清音阁、万年寺等景点，最后在雷洞坪停车场下车，步行一段路到接引殿。在这里，又兵分两路，愿意坐缆车的坐缆车，有过剩精力的则由向导带路步行上金顶。此刻，卓处长选择了乘缆车。他对望平说，上山还同住一个房间，他先上山去等候着望平等步行者。

望平沿着导游指点的路径，一马当先地冲到了最前面。他只顾争分夺秒地奔走，似乎眼前这一段坡路就是一道挑战命运的关隘，不能后退，不能落伍，必须靠自己的双脚去征服它。登上山顶，他看见一大群游客正聚在一块巨大的岩石上观看云海，他立即飞奔过去。凑巧，卓处长也举着照相机挤在人堆中观景拍照。

"望平，你快过来，有佛光，看见的人有福气。"

望平的目光顺着卓处长打出的手势往山下远眺，只见雾霭中闪烁着一弧若隐若现的光晕，那光晕中的菩萨只有用想象力去描述，到场的人无不狂热地雀跃欢呼，如同那神祇不仅会呼之即现，而且召之即来。不管有神也好，无神也好，那异彩缤纷的霞光已足以令人陶醉。过了一会儿，霞光在暮霭中隐没，沟壑间汹涌升起的洁白云雾迅速地弥漫开来，并且势头不可阻挡，遮住了远山的峥嵘轮廓和眼前的万丈深渊，演绎出一片无穷无尽、无边无涯的缱绻和缥缈。望平兴奋不已，暗自庆幸不虚此行。

一般人看来，居住在海拔3000多米的云山顶端，不失为一种风雅。可一旦亲身体验，却颇感事与愿违。首先，由于交通不便，运输蔬菜食品受到限制，再加上商业利润驱动，饭菜只可充饥不堪品味，不仅短斤少两见惯不惊，而且在价格上，顾客有被人"宰一刀"的感觉。对此，当地政府鞭长莫及，谁打的招呼都没用，除了加价买优待，别无选择。同时，加价也不等于能保证买到美味佳肴，那些技艺超卓的名厨谁肯到这山高皇帝远的地方？况且，菩萨大概要管的事情还真不少，反正人和神都顾不上这眼皮下发生的事情。其次，植物稀疏，纵有几棵树木也发育不良，带三分病态。空气虽然污染少，可氧供应量不足，人到此，绅士风度顿失，一呼一吸变得粗鲁。

天暗了，风凉了，昏黄的灯光中，金顶仿佛一位卸妆的交际花露出了慵倦的俗态，与随处可见的荒山野岭不相上下。游客都披上一件租来的脏兮兮的棉大衣，挤进窄小的旅馆屋门，地上口痰垃圾惨不忍睹，面盆椅凳最好敬而远之，污黑油腻的被盖也叫人畏于亲近。开水是冷的，拖鞋是破的，门窗是透风的，难眠长夜见人熟的虱子、跳蚤不请自来。联想到晚餐饭夹生，菜味太重，心火骤升，不时有人找服务员论子曰。服务员笑容可掬，口若悬河抛一大套客观，假使对方依旧见好不收，便摆出一副不逢二回的架势。顾客自认晦气，又撤回房间，偏好梦难圆，顺手掏一本《旅游指南》翻开，可室内光线欠佳，灯光最多能保证旅客半夜上厕所不撞墙，至于读书写字不算服务范围。

与望平同房间的卓处长嫌被盖肮脏不愿搭在身上，不盖又怕冷，干脆不脱穿在身的棉大衣，仰躺在床头。

"哎，乐山宣传部的同志没把情况说细，早知这样我们就住红珠山宾馆，或者看了云海、佛光就下山。"

"卓处长将就吧，山下住的人虽然可以泡温泉，这会儿可能还在羡慕我们有体力登山，有眼福可饱。我们江阳有句土话：'屙尿擤鼻子，想两头逮着？'我们上山，不就是图看到云海、佛光，还有明天早晨看日出吗？为获得最好的东西，去经历最不好的东西，也是老天爷兼高扯矮的搭配。不经过今晚，哪会有自己所期待的明天！"

"明天，要是下雨，要是雾不散，这一晚的罪就白遭了。"

"卓处长，你是嘉陵师范学院出来的，学院今年招不招研究生？"望平有意转移话题，也是有心无心地旁敲侧击。

"招得很少，一些专业想设，想招，教育部现在控制很严，报上去还没批下来，只有慢慢来。喂，你感兴趣，想去考研？"

"随便问问，我哪有资格。苏东坡说'人生如梦'，我快成一个连梦都不敢有的人了。"

"你别说，现在的事情怪；在校的学生，只关心毕业分配，急于参加工作。现在读研的报考者，在职的比例占得相当大，你可以去试试。"

"我不想去试，"望平想到彼此初逢乍识，不敢全抛一片心，不愿实话交底，再次转移他的注意力："卓处长，你听，外面有人吹箫。"

屋外传来一阵呜咽的箫声，好像一个挺难受的人在丛林间抽泣，然而，似乎是海拔高度致使演奏者中气不足，箫声先是断断续续，渐次杳然无声。这世间万事，几人能回回都轻轻松松逍逍遥遥地随心所欲？追求美的极致又要不付代价，怕便宜不好讨！望平裹在被窝里，想着自己的心事，不知不觉坠入了梦乡。

大约凌晨四五点钟，卓处长摇醒了望平：

"快起来，外面吵闹起来了，看日出的时间到了，受了一夜的罪，不就为这一刻？"

望平揉揉眼睛，钻出已经睡热的被窝，手忙脚乱地穿好衣服，跟随卓处长往外走。

这会儿，夜幕还紧捂着山岭，旅客已迫不及待地相继走出难以培养出感情的房间，打着电筒走向利于观景的山岩凸顶。星光很冷，像贵妇人对乞丐居高临下的蔑笑。在自家门口以为用一根竹竿就探得到的天星，爬到了峨眉山的极高处，才知道世界是有些玄乎，纵身一跳，伸手一抓，仍然高不可攀，乃不实在的虚空。

终于，听到有人惊呼，初透的霞光在天际显出一片红艳，太阳慢慢地露脸接见彻夜盼望它的人们！于是，大家一齐向东方投目，屏息凝神参与伟大会见，霞辉沐浴着期待的人身，上千笑脸晃动着，把生命的美好与宇宙的壮丽融合，心弦激荡着神圣的礼赞。

离开了峨眉山，大家很快把经历过的不愉快忘得精光，在高朋满座的沙龙尽说些旖旎风光和稀世艳遇，一切难言的忍耐俱在得意时省略，或许它是一种带有流行色彩的世风。可是，望平却叮嘱自己切莫忘记暗夜等待的全程，他懂得下一段路途难免会逢上不好过的关口，在无限风光的博雅大美展现之前，要紧的是不泄气，不颓唐，要有超越艰难困苦不为崎岖路径所畏怯的目光与信心。这一点，每一个年轻人都最好尽早领悟：当一个雷电欲把你轰击得粉碎，你却要借它烧锻一块百炼精钢，同时，要留意行在险要处得步步当心。

下山后，与会人员一起在红珠山宾馆共进午餐，算是东道主送客的礼仪。望平却被乐山市委宣传部负责订购返程车票的同志叫住，不无遗憾地告诉他，他的车票只能买到次日从峨眉车站出发的客车，所以，他得比其他的参会人员多住一天，房费由会议主办方负责结账，晚餐和早餐也可到宾馆餐厅吃单份免费餐。望平见对方一脸非常抱歉的表情，索性爽快地说：

"我非常感谢你们给予我的关照，也非常乐意接受山神要我多住一夜的邀请，公交车的路线我也清楚，你们尽管放心走吧。于我而言，在峨眉山多留半天，真是求之不得！"

"那就好！"那位同志露出释怀的笑容。

饭后，望平目送卓处长和其他到会的领导、代表乘车离去，才返回到自己的房间稍事午休，起床后沿着路边的路线标识，径直往报国寺走去。在寺里，他由外到里地观摩过各个大殿，着实为庙宇金碧辉煌的恢宏气势和诸神面目仁慈的脱俗仪表所震撼。他向佛国星宿们一个不漏地行遍了虔诚恭敬的注目礼，祈愿他们真的能永远护佑人间享有安宁和吉祥。转回时，他好奇地插进一侧的别院，只见一个身着黄袍的僧人正提着一个木桶用水瓢浇灌着花木。他见僧人年事已高，于心不忍，捷步近前打招呼：

"师父，让我来浇吧！"

"你是客人，不能代劳。出家人修行全仗自己。"

那僧人用完一桶水，又在水井里打来一桶，继续浇灌着花木。他从桶中取水，每瓢水都舀得均匀，端得平稳，准确地浇灌花木根旁，地面几近滴水不洒。望平在一边看呆了，禁不住惊叹：

"师父，你浇灌花木简直是一门艺术，不像我们毛手毛脚，做事一路抛洒。"

"熟能生巧，我不比你们高明。浇灌花木不单是为培植风景，花木也有生命魂魄，浇灌它们就是护生。如果用心去护，自然心到、手到，就不会冒失。你懂吗？"

"我懂，你浇灌花木，能启发我明白更多更深的道理。我这一次来峨眉，真没白来。"

"你第一次来？"

"第一次。"

"多耍几天吧，这是一座宝山，来一次都是福气。"

"师父，你在这里住了多久？"

"前后二十几年，这一次才两三年。"

"两三年？"

"已过去的那十年，我出了庙，还了俗，到山里开荒种庄稼，一间茅草屋，三块石头垒个灶。现在，托菩萨保佑的福，托政府政策的福，我又回了寺庙。天下太平，真是我这一生难逢难遇的好光景。"

"师父，你说得好。"

黄袍老僧不再搭理望平，放下水桶，又从一棵大树背后取出一把权头扫帚，挥舞着去清除散落庭院地面的坠叶。他旁若无人，一边劳作，一边吟诵，身上黄袍被清风不停地翻卷摆动。

峰顶屋三间，
松边石一片。
早晚云飞来，
只有樵夫见。

听出老僧有吟诗送客之意，望平即刻向他投以微笑，见他正低头清扫旁坠落叶，才倒退着走了几步，继而转身离去。走出报国寺，望平透过叶隙仰视白云飘浮的瓦蓝晴空，觉得身心格外轻松。剩下的时间，他兀然有一种紧迫感，疾步走回宾馆，准备在晚餐前再读片刻书。

回到江阳，望平付诸一个具体行动，其实，它是一个腹中酝酿多时的决定，他带上家中的户口簿和中学的毕业证，到派出所找到户籍管理员，提出把自己名字冠上了先前钻空子故意去掉的父姓。那位值班的警察，把更正后的户口簿递给他，流露出毫不掩饰的揶揄：

"你这人真是马大哈，怎么连自己的名字姓都弄掉了？还隔了这么久才来纠正。"

"谢谢！"

望平避开了话锋，以点头致意代替了搭话。他的确无言以答，也三言两语解释不清，稍不留神还会弄巧成拙，含混其辞最恰当，尽快溜之大吉是上策。

归来时，他推着自行车徒步行走，从懂事以来的生活历程像一个个电影镜头般在脑海里晃过，说不清自己的行为究竟是重拾旧路的回归，还是完成了一次自我的否定之否定。显然，他过去使用这个姓名曾经感到卑微和委屈，现在却有如获重释的轻松，甚至带几许愉悦。从此，他将完整地使用自己的姓名匡望平，与生命同在地眷顾它，珍重它。它的归来，不单局限于个人的行为，也象征着社会生活恢复了理性，标志着一个前所未有的伟大年代已光芒闪耀地来临了，这种变化使那些曾经在逆境中焦灼地期盼过的人们为之热泪盈眶，让无数颗伤痕累累的心灵得到安抚，得到振奋，他就是其间一个极寻常的毫不显眼的在场者。

天上下着细雨，湿润的道路上没有平时所烦恼的浮尘飞扬，路面显得格外的洁净坦荡。昨晚，望平就赶到南屏市党校内住宿，它是分片区考点的所在地，今年报考硕士研究生的笔试考场就设在校园内。今天，已经举行过考试，入场参考人员总共才13人，相对于当年参加刚刚恢复高考时人山人海的考试场面，他为考场的意外冷清颇感惊诧，以至他与其余考生一样，多少流露了一点孤芳自赏的得意。考场上，他征服考卷远远谈不上势如破竹，也没有完美实现所谓的毫无遗憾的快意斩获，但是，好歹是一题不漏地做完了。尽管，天意高难测，他不知道满纸答题究竟有多少未曾察觉的错误和遗漏，此轮拼搏的结局到底是赢还是输。总之，哪怕最终结果自己无法无力去掌控它，该努力的都努力了，该经历的都经历了，完整地走过一个过程，足以聊以自慰。

现在，望平正直奔距离约3华里的南屏火车站，他要赶到金沙市去。蔡华的女儿丛笑梅来了个电话，希望他去金沙市委宣传部去见她一次，有一件非常重要的事情需要当面征求他本人的意见。这趟火车是路经金沙去昆明的慢车，晚上10点上车，半夜两点左右到。望平打定主意，出车站又到候车室打盹，等天亮了再乘公交车去见她，听一听她说什么。

望平裹紧衣服，躺在金沙火车站候车室半眠半醒地睡了三个多小时。接近早晨6点他彻底苏醒，先往卫生间放松了一阵，再到盥洗台漱口擦脸，然后站立在候车厅的玻璃门前注视闪亮着灯火的街面。他见玻璃门上蒙上一层雾露，不由得想起童年的往事，于是用指头在玻璃上画出一轮太阳，再写下普希金的一句诗："相信吧，快乐的日子将会来临！"他淡淡一笑，用手掌擦掉玻璃上的图画和字迹，出门缓慢地走向公交车的标识牌，等待着黎明中抵达的第一辆客车，很乐意扮演一个早行人的角色。

进入城区，望平按照故乡养成的习惯，在一家街边店要了一蒸格热气腾腾的饺子和一碗漂着葱花的汤水。等坐下来，他夹起一只饺子往醋碟蘸一下塞进口中，美滋滋地细细咀嚼，仿佛吃的是稀世佳肴，饮的是玉液琼浆。其实，他的用意仅仅是让自己多享受一点片刻的舒适，坐着比站着好，借此堂而皇之地消磨时辰，以减少街头溜达的无聊与疲惫。

太阳冲出了云层，一团团黯淡的云雾被烘托成一片片明丽的彩霞，挂满露珠却尴尬地举着秃枝的梧桐树无精打采地伫立街边，偶尔有一只麻雀拍扑翅膀从街的这头仓皇地飞向街的那头，骑自行车或步行的上班族忙碌地上路，悠闲地挎着菜篮的老太太和老爷爷陆续向菜市场凑拢，整座城市展现出了活跃生机。这时，踯躅街头的望平才振作起精神，疾步向金沙市委大门走去。他在门岗前出示了江阳县委的工作证，并打听了宣传部办公地点的方位，经门岗允许他跨进入了这个陌生的机关大门。

市委宣传部占据了办公大楼的整个二层。经打听，他来到与上楼左侧尽头的部长办公室间隔一个小会议室的副部长办公室，一进门可以看到靠窗摆放的木漆办公桌上搁着一架铝制的飞机模型，迎面的墙上挂着一个内置一幅约两尺长、一尺半宽的八达岭万里长城的黑白照片的玻璃镜框。他暗自惊愕，丛笑梅的外貌虽与她母亲一样都漂亮，都像从电影画报里走出来的人，但直观形象明显存在差异，母亲名中无"梅"字气质却带几分梅花的孤傲和清雅，女儿名中有"梅"字长相则使人联想到花姿丰盈的牡丹花。她生就一张团脸，两眼大而亮，性格沉稳，举止大方，给人可信可靠的印象。

"丛部长，我叫匡望平。你有时间吗？"

望平见丛笑梅打量自己的眼神有些疑惑，便主动作自我介绍。

"有时间，你坐。"

第二十四章 跨过一道坎

· 339 ·

丛笑梅从文件柜里取出一袋速溶咖啡，冲水泡好，插上小勺，把茶杯端到望平面前的茶几上，回身把门虚掩上，在靠近望平的转角沙发上坐下来：

"望平，我虽然没见过你，但我心中已把你当成我的一个弟弟。你小我十多岁吧，肯认我这个姐姐吗？"

"你是蔡老师的女儿，我当然要认……"他想到蔡华要自己叫他蔡姐，一时怕叫"丛姐"，于是没有继续说下去。

丛笑梅端庄地坐着，双手十指相扣放在腿上。她语调和蔼地说道：

"我妈妈去世前，我在地区教育局任一把手，有一大堆缠人的事情。我爱人在军分区供职，也很难脱身。小孩呢，才八岁，连自己都照顾不好。我委托护士小谢多操心照顾我妈妈，交了几盒录音带给她。我妈妈最后一次旅行是你陪伴她，这一次她和你谈的话，又是她的最后一次录音谈话，最近我抽出时间来听了一遍，并委托一个年轻人替我整理成了文字材料，我才知道我妈妈生前十分关心你。她的内心打算，还没来得及给我说，她就走了。"

说着，丛笑梅掏出手帕揩了揩充满泪水的眼眶，叹了口气，声音变得更低：

"虽说是我母亲的心愿，但我也要公事公办。我整理了一番我母亲与你的谈话记录，把它交给市委常委、宣传部长许大年同志。他因为我母亲是三八式老干部，我爱人又在军分区的领导岗位上任职，便郑重其事地把它递交给市委书记钟克难同志。钟书记有个批示，我背给你听：'建议把此件复印给市委各位常委传阅，对新四军老战士蔡华同志的最后谈话所涉及的相应问题要予以高度重视，她的高尚品质和革命气节值得每一个领导干部学习。对于蔡华同志出于爱护青年干部而特别关心的望平同志，可否通过组织渠道与南屏市江阳县尽快取得联系，对其进行一次干部考察，如符合干部任用标准，可以考虑调进，关心好，使用好。'你看，这皮球又踢到我这里，因为，它涉及我分管的工作范围。现在，你乐意到金沙市来工作吗？乐意不乐意，你尽可坦率告诉我。愿意，我就启动程序；不愿意，就到此为止。至少我对我母亲的遗愿，要有一个明明白白的回应。我这次找你就为这事情。还有，市委组织部常务副部长姜德华同志告诉我，他听说你是我妈妈生前见的最后一个人，所以他曾经问过你，想了解我妈妈对你说过些什么，你偏偏对这件事只字未提。哎，你真不该。不过我理解你。"

"我当时，一怕空口无凭，二怕姜部长怀疑我扯大旗作虎皮，总之，怕给人留下个人动机不纯的不良印象。"

"现在呢？"

"我可以把我的想法如实汇报，对不对请你批评帮助。蔡华老师的最后一次谈话，引起我震撼性的触动，是对我一记当时痛、过后清醒和终身受益的鞭策。它促使我冷静下来反思自己，拿起手术刀解剖自己，考虑如何找到一剂医治自己的病根、弥补自己的短板的对症药方。说实话，我不仅进行过激烈的思想斗争，简直是对自己进行过冷静的审视，尖锐的批判。所以，我没有一误再误，没有自暴自弃，终于避免了陷入一场精神世界的个人危机，还算得上战胜了自己。"

"有那么严重？你喝咖啡，不习惯吗？"

"我习惯，谢谢丛姐！"望平端起茶杯，用小勺舀起尝了几口。"蔡老师的语重心长的谈话，让我明白自己的个人素质不仅是有待提高，而是必须提高。由此，让我想到了一个投身现代化建设的年轻人，他能否实现个人素质的现代化，是他今生有无作为、作为大小的先决条件。"

丛笑梅用指头在茶几上弹了弹，赞许地一点头：

"我赞成你的这种观点，说下去！"

"蔡老师指出我的书生意气或书生正义，触及了我心灵深处的隐忧，让我背心冒汗。因为，有句古话说得很透彻'十有九人堪白眼，百无一用是书生'，在人们的眼中，书生斤两很轻，就是一个'四体不勤，五谷不分'的书呆子，这让我十分惭愧。如何补救它呢，那就是我要彻底丢开虚荣心，自觉主动地投入社会实践，经受风吹雨打，经受社会锻炼，做好承受一场场猝不及防又不堪承受的逆境磨难的思想准备。是啊，现实往往冷酷无情，谁叫你是书生，谁叫你太顾面子，谁叫你太认死理，谁叫你优柔寡断，谁叫你一副软心肠，谁叫你没有披上一件护身的盔甲，谁叫你不堪一击？"

"我认为，你对书生的看法，还存在片面性，我妈妈说你有书生正义，那是带有几分欣赏的口气的。况且，邓拓不是写过一首景仰明末那一批集聚于东林书院的热血书生的诗吗？我能背：'东林讲学继龟山，事事关心天下间；莫谓书生空议论，头颅掷处血斑斑'。"

"邓拓的结局，也是一场悲剧。最重要的是，我们有理由拒绝扮演悲剧人物，当然，更要防止出现社会的大悲剧。我是一个爱好哲学思维的不太年轻的年轻人。我想过，五四运动以来志士仁人所致力于推进的新文化浪潮，屡次遗憾地戛然而止，现在已过去了接近70个年头，但是，它所承载的历史使命仍然属于进行式，或未完成式，令人扼腕长叹！今天，封建文化和封建习俗或将借几千年的惯性，成为我们追求现代文明的干扰者和破坏者，我们应考虑在这浊浪滔天的狂澜中，据守一个精神的岛屿，不仅要拒绝沉沦和同化，而且要摆脱其束缚，敢于一往无前地追求未来，力争成为一个实现人的现代化的先行者，这是一种时代发出的期许，我似乎听到了一声声催人争分夺秒的急切召唤，它使我热血沸腾，鼓励我'从我做起，从现在做起'，从提升自我的素质起步，先把自己锻炼成一块有用的材料，准备他日去担负异常沉重的振兴中华的个人责任。当然，我也不是不理解蔡老师对我的那份期许，她希望我成为的那种书生，不是传统书生，是现代书生，是勇于追求真理和担当道义，懂得珍爱、创造、守护父母之邦的文明和包容、借鉴属于整个人类的不同文明，能够运用自己拥有的知识去报效祖国，去服务社会。丛姐，我打算对文、史、哲领域的知识进行三位一体的精耕细作，努力争取像蔡老师寄期待于我的那样，尽最大力量去最大限度地实现自我素质的提升和完善，绝不让她老人家失望。我这么想，也会这么付诸具体的行动。"

丛笑梅身子一仰，靠在沙发上，略加沉吟，发问：

"望平，你的意思是你已经做出一个重要的选择，而这个选择与调到金沙来无关，是吗？"

望平端起咖啡杯搅了几圈，饮过两勺，才回应：

"未必无关，这个问题，不妨让未来回答。现在，我不急于回答你，可以吗？因为，我长期在基层工作，较早地嗅到了一种危险的气味，这就是封建文化和习俗的抬头，它像汪洋大海样包围着你，让你防不胜防。很显然，它的危险不是外来的，是内生的，是以很有人情味的方式登场的。比如一些干部选人用人拉关系、走后门、结帮派；私人企业办事请人喝酒吃饭，送烟酒，派红包，色情诱惑，用各种无孔不钻的方式去达到个人目的，而受其拉拢腐蚀的干部逐渐有意凭借权力寻租，钱权交易的市场越来越大，这都是封建文化的衍生产物和它所导致的畸形现象。要解决这些问题，远非一日之功，因为，它得以存活的土壤还在，还会不断滋生出毒草、毒蕈，你今天除了，明天又出现，它有很强的再生力、繁殖力，远远超乎你的想象力，凶顽地挑战你的防御力，它无视任何一条边际线，上下乱窜，疯狂蔓延。它又像一枚品相、口感都好的毒苹果，人们诅咒它，鄙夷它，偏偏经不住它的诱惑，无法拒绝去品尝它，啃咬它。所以，建设现代化的最大制约因素，乃至忧患，在于国民素质的整体水平尚待提高，以及整个社会环境朝向现代文明的良性进步尚待加快。丛姐，我只是一个已经意识到又开始了行动的补课者，不在乎文凭，不在乎名利，而在乎自己的素质能不能做到可以勉强跟得上这个时代，这个给一介曾为报国无门深深苦恼的书生提供了饱和机遇和多种可能性的时代。这是一个伟大的时代，辜负它就是一个时代的罪人，我万分感激它给予了我这么多的恩惠！"

望平说到这里，一只右手攥成了拳头，脸颊因为激动而涨红。

"你说得真好，比预期的好。我觉得你真正理解了我妈妈对你的一份良苦用心，难怪我妈妈那么器重你，甚至想竭尽最后的力量帮助你。刚才，你谈出的一些想法，不仅值得我深思和警惕，也值得位置比我还高的领导干部深思和警惕。现在发展经济是第一要务，但随着这个进程不少问题会冒出来了，对它们不仅来不及解决，甚至来不及研究，这是一个很大的遗憾。喂，我们不说远的，说眼前的，你现在究竟有什么具体打算，能不能告诉我？"

丛笑梅眼光和语调都格外恳切，她欠身坐直，依然双手十指相扣平放腿上。

"丛姐，我到这里来之前，就在昨天，已经参加了在职人员报考硕士研究生的统一考试。我有一种渴求知识的紧迫感，付诸了全力以赴的努力。如果，这次名落孙山，我会明年再考。"

丛笑梅站了起来，点头认可：

"一个好的选择，希望你成功。那你现在是不是先到街上逛一逛，记住中午之前回来，我们一起吃午饭，再到我家里去坐坐。"

"不了，丛姐，你去忙工作。我永远感激蔡老师和你对我的关心和帮助。有一点儿请你放心，我这一辈子不会丢蔡老师和你的脸面，我不会丢祖宗和祖国的脸面，不会辜负这个允许我追求的伟大时代！我准备回江阳去。你刚才说到的商调函，就不必让组织劳神了，我没有那么重要，我不配！"

"望平，你等一等，路程太远，我找小车班安排一个车送你去车站，原谅我不能亲自送你。"

"丛姐，我出门乘公交车很方便，我清楚乘车线路，你去忙工作吧！"

丛笑梅只好放下手中的电话。

望平感激地向丛笑梅深鞠一躬，然后，挺直脊梁拉开一扇虚掩的门，向下楼的梯口健步走去。他感受到了背后目送他的真诚眼神，它化作了一股鼓舞他勇往直前的力量！

第二十五章　来日方长

接到汉江大学的面试通知，望平去向郑部长请假。郑部长把手里捧着的《邓小平文选》往桌上一放，高兴地夸他为县委宣传部长了脸，不仅准假，而且表示往返车票和住宿费用都可以报销。出发前，望平特地到县城档次最高的大华理发店排队理过发，带上自己最合身的压箱衣服和几本临阵磨枪派得上用场的备用书，以及一份送给谭锋教授的还情礼物，乘长途客车到重庆又转乘最快的一班火车奔向目的地。一路上，他虽谈不上心花怒放，但心情分外愉快和轻松，可以说充满了信心。

面试那天，谭锋教授、哲学系的正副主任和另外两个教授一排坐在导师席上。而率先提问的是坐在正中的那个姓汪的系主任，以后其余的四个导师轮流提了一个问，谭锋教授是第三个提问的。望平从容地加以回答，整个过程大约一个小时。最后，坐在面试席对面的五个导师低声交头接耳一阵，坐在正中的汪主任站了起来，对望平说道：

"不错，你基础扎实，回去等待通知吧！最后，我想提两个问题，你认为我值得信任吗？万一由于各种原因，假使你失去了到汉江大学读研的机会，你乐意接受组织调剂吗？你能不能在这里回答。"

"我信任您！"望平看了看他的脸面富有书卷气，眼睛充满诚恳，立起身朗声回答，"我知道，我知道我在这里是接受挑选，并不是必选。我接受调剂，并且我做好了接受最坏结果的思想准备，也有决心从零开始，重新出发。因为，即使是一次失败的考试，在这个努力的过程中，我自身已经有所获益。在此，我真诚地对您和在座的各位导师表示由衷感激！"

说着，望平向面试他的导师们深鞠一躬。

临行之前，望平打听到了谭锋教授的住家，提上从家里带来的两瓶五粮液曲酒和两筒本县特产石佛烘肘，向谭锋教授略表谢意。已经谢顶的谭锋教授，戴着一副一条腿上裹了胶布的近视眼镜，举止慢条斯理，谈话有些口讷。他给望平上茶时添水冲歪，弄得水泼了一地。望平见状，忙找来拖布把楼板上的淌水擦拭干净。望平见谭锋不擅言谈，待客有些拘谨，便说了几句客套话，及早告退。临出门时，谭锋追过来告诉他：

"今天面试是两个，只能录取一个。讲成绩你排在前面，但不等于必然录取你。你回去还要'一颗红心，两手准备'，等结果出来吧。"

一个哲学教授所打的招呼，居然使用出了前些年流行的政治术语，望平听着觉得有几分滑稽。他稳住了没笑，礼貌地回答：

"谭教授，谢谢你的关心和提携，我能够正确对待。今年没考上，明年再考，你放心好了，我经得起挫折。"

"填了服从组织调剂吗？"

"填了。"

"按你的实力，应该有希望……"

望平见他欲言又止，没有多问，告辞离去。归去时，望平乘上来时那辆对开重庆的返程车。在车上，他拿定了主意，费用自理，无功不受禄，无论结果如何都甘苦自尝，绝不拿短话给别人说。不管实没实现预期目标，只要光阴没有虚度，努力过，追寻过，足以自慰。

回到县城，已是上午十点过。望平把随身物品放好，对母亲说：

"今天，我做饭，你休息，中午吃我买的菜。"

望平没向集市跑，却直奔经年集结打鱼船的龙岩沱渡口，正巧碰上一个渔民手抠着一条约两斤重的鲇鱼腮帮跳出船舱。他连忙赶过去问好价钱，过秤成交。接着，他才往集市去买了几根大葱和蒜瓣，返回家中收拾。母亲瞟了儿子手中的鲇鱼，嫌它大了一些。儿子却说他一路省吃俭用，肠子里的油花儿早就精光了，所以，需要大吃一顿。母亲抿嘴一笑，见儿子在砧板上按不住溜滑的鱼身，忙提示他塞根筷子进鱼嘴。儿子闻言，依计采纳，很快剖开了鱼肚，掏腹，抠鳃，再快刀将它化整为零。饭菜上桌，母亲为儿子先夹一块鱼肚肉，再夹一块鱼尾送进自己的口中。她满意地点头：

"儿子，妈妈老得走不动了，你也饿不死，厨艺快超过妈妈了。"

儿子心里有些过意不去，为妈妈夹上一块鱼肚肉：

"妈妈，你辛苦了，多吃点菜。这些年，我东奔西走不顾家，没照顾过你，全是你为我操心，操劳。一想起这些事情我就羞愧极了。等我过了这两三年的艰苦奋斗时期，不管是我回头陪伴你，还是我接你到其他城市，那时，我会天天陪伴你，好好孝敬你。"

"吃饭。自己的儿子，妈妈不知道？用不着你油嘴滑舌，也不指望你天天进厨房转圈圈，只希望自己身体硬朗些，能多帮你几年。我希望你有出息，我就天天都吃一个开心果，好不好？"

"好。妈妈，你等着看吧，我会拿出实际行动，信不信？我啊，恨不得从天上把星星摘下来，送到你手头作耍法儿，让你看个够。"

"嗨，我听着，我等着，我信着。"

母子俩在桌前愉快地交谈，一顿饭吃得格外香甜。

迎着初升的太阳，望平骑着自行车绕着西湖转了一圈，才在准点的时候驶进县委大院。他在楼梯口迎面碰到正下楼往外走的郑部长。郑部长夹着公文包，行色匆匆，脚步不停地对他丢一句：

"你准备一下，后天上午九点，就由你去机械一厂，做一个形势报告，抓紧时间备个课。"

"好。"望平面向郑部长的背影，用最简洁的语言爽快回答。

望平跨进办公室先抹桌椅，再拖楼板，刚刚洗完手沏上茶，电话铃骤然响了。他伸手抓起话筒，听声音，是傅旦。

"望平，我气愤极了，你考试、面试都是第一，总分领先二十几分，但是，你被人拉下了。对方有背景，除了成绩你任何一样都无法去和别人比，老子的秘书打一个电话，儿子的面试加分就上不封顶。理由从来就是人找的，说他小你两岁，当老子的打江山有功，当儿子的比你更有培养前途。通知已发了。你就是闹翻天，说穿了也是胳膊肘扭不过大腿，人家根子深，愿出力助阵的人多。再说，这种现象当今也不是独一无二，先例、现例找得出一大串，况且摊开说，人家的儿子到底还是肚皮头有些货，还是有些真本事，不算开小灶，不算搞特殊。"

望平早有预感，他保持着平和的语音：

"傅旦，你想到了，尽心了，尽力了，我谢谢你，永远谢谢你。这事情就算过去了，我早有思想准备，并不吃惊。记得有篇文章上写着这样一段话，不要指望靠任何人的恩赐过日子，那一双施舍之手不属于你支配，他给你的一切，随时可以收回去。当然，不仅指望恩赐靠不住，也时连自己也靠不住。因为，人是凡胎肉骨，人的能力是有极限的，人是免不了出差错的。退一步说，就算人努力够了，差错也没出现，但这个无常世界的偶然性因素出现时，哪来事先预告，谁有先见之明？哪怕是如今的得志者，谁又能够断言他会永久享受造物主的恩宠？再说，我的路并没有断绝，只是得靠我自己去走，今年不行明年再来，即令明年还是不行，也无所谓。傅旦，说实话，我早就习惯被社会的江湖恶浪劈脸痛打，迎头猛呛，真不要紧，这就是宿命，该认就认。"

望平在电话里听到她的抽泣声，令他揪心。他感动地说道：

"傅旦，你别难过！对我而言，你称得上全心全意，已经倾心而为，倾力而为，我感激不尽，没齿不忘！"

"……"

对方没有再说，电话挂断了。

望平伏在桌面，深呼了几口气，拉开抽屉拿出一本学习资料和笔记本，挺身站立往会议室走去。那儿放着夹着中央、省、市几级报刊的报夹，他要通览一遍近段时间的时事要闻，以及体现中央精神的重要言论，打算准备拟写郑部长安排那个形势报告的发言提纲。他明白汉江不相信眼泪，自己顿足捶胸又有何益？坚强些，不要让坏消息扰乱了心绪，当务之急，是要把领导交办的任务完成，要在最糟糕的心境下做出最漂亮的活路，那才能体现一个人的卓尔不凡。如果是一个孬种，尽可以放肆哭得泪水淌成一条河，可除了招来辛辣的嘲笑和廉价的怜悯，给饶舌者留下一个飞短流长的把柄，那还能得到什么呢？沉默，以高贵的沉默，去默默治愈那道裂在心灵的伤口，去揭下那个贴在脸庞的羞辱，最好让这一座城市没有任何一双眼睛能察觉到自己遭遇过的不公平。他决定，这件事暂时不告诉任何人，包括自己最亲爱的母亲，独自默默去承受他人或许不可承受的生命之轻，去化解一场不邀而至的狂躁咆哮的完美风暴。

三天后，望平刚到县委食堂的锅炉房提着暖水瓶返回，在楼下就看见谢组长从二楼的窗口伸出头来，用沙哑的声音咳嗽着呼叫自己去接电话。他小跑着奔进办公室接过话筒，对方问：

"你是匡望平同志吗？"

"我是，请问你？"

"我是黄河大学招生办工作人员，姓李。我正式通知你，虽然你考研没有选择我们学校，但是有知名学者直接出面推荐了你，你报考过的那个大学也及时地把相关材料转给了我们，并以组织的名义推荐了你。我们已经了解了你的情况。经过研究，如果你本人愿意，我们学校政治经济系同意把你纳入面试名单。国家需要人才，我们也思贤若渴，请你相信这儿有治学尊严。如果你同意，我们今天以加急件发出书面通知，时间就在下周。"

"我同意，我感谢，感动……"

望平哽咽着，说不出话来，泪水早已夺眶而出，顺着面颊流淌下来，嗒嗒地坠落桌面溅开。等他放下电话，谢组长才发问：

"望平同志，什么事情？"

望平拭去脸上的泪水，再擦去桌面的泪渍，停顿了片刻，回答：

"通知我考研面试，是黄河大学招生办，我没填志愿的学校。我已经绝望，这简直是绝路逢生。这出乎我的意料，所以有些激动，你别笑话我。"

"我不笑话你，我祝贺你。听到这个消息的人，都应该祝贺你。"

望平破涕而笑，恳求他：

"谢组长，书面通知未到，希望你暂时为我保密，我怕节外生枝，落下个笑柄。我这样家庭出身的人，走路更不容易，需要像老话所说的那样，穿钉鞋拄拐棍，一步一步把稳行事。"

"放心好了，你也别过多担忧。我相信你前途光明，这一次一定会顺利的。"

"那谢组长，我出去挂两个私人电话，长途电话，过一会儿回来，向你请个假。"

见谢组长一点头，望平抽身出门冲下楼，骑上自行车向县邮局疾驶。他先到邮局的投递组问了问外埠邮件开包时间，以便自己若有可能便主动取件。然后，他到服务台办过手续，走进了通话间。他先通的第一个电话是打给新认识的姐姐丛笑梅的，他告诉她自己拥有了一个绝路逢生的机会，对汉江大学那个不愉快的插曲则轻描淡写地一句带过。丛笑梅听了很高兴，她说他能考上在她预料之中，对他表示祝贺。第二个电话是打给人在乌鲁木齐的姜小白的，他似乎感觉到她高兴得从座椅上腾跳了起来，她与他约好届时在那座城市见面。她把一大堆加班的时间兑换成补休假，她谈她的上峰非常善解人意，不会打回她的请求。对姜小白他省略了汉江大学的那篇书，这事没有必要告诉她。对傅旦他采取暂不告知的办法，等到真的能跨进那所大学的大门，再告诉她也不迟，过早告诉她，他怕刺伤她的自尊，怕多此一举，反而会弄巧成拙，莫名其妙地给她添一场烦恼。

那天，望平是黄昏时分自己直接赶到邮局投递组取到的面试通知。

他拿到远道而来的快寄件，激动得双手发抖，弄得邮件掉到地上，弯腰重拾起来。他走出邮局，手掌重叠地把邮件紧捂胸前，仰面闭眼向苍天致谢和祈愿，高兴得原地几次蹦跳，才箭步疾行地赶回家。一推开家门，他急切地呼叫母亲。报过喜讯，他用剪刀小心翼翼地挑开邮件，与母亲一起共同阅读刚到的面试通知。他兴奋而平静地对母亲说道：

"妈妈，我有些迷信了吧，总相信这一次冥冥之中有神灵护佑。我觉得自己不会再次遭遇惨不忍睹的失败，不会被那个未曾露面的神秘面孔玩弄于股掌之间，不会碰上冷墙壁触一鼻子的脏灰，虽说我不敢断言这个机会就一定属于我，但我已感受到让我口服心服的社会公平。你说，我会不会是错觉，是幻觉。"

"儿子，妈妈和你的感觉一样。你已经尽了努力，不，努力得很出色，我心里有数。你高高兴兴地去吧，这一回，有观音菩萨、如来佛保佑你去西天取经，你能取到真经。等你有一天学成归来，你遭受的磨难也许就会改变了。哎，不改变也没有什么，至少不会比过去走的路还艰难，我们不是挺过来了吗？哟，我去烧炷香，告诉你爸爸，让他也高兴，让他也保佑你。"

"妈妈，你别去瞎闹。你头上长出了一根白发，它是你替我操心才长白的，我帮你拔下。"

母亲坐着不动，让儿子拔下一茎白发。她嘴唇微微翕动却没出声，似乎想说"我老了"。

第二天，望平拿着才到的面试通知去向郑部长汇报，提起汉江大学落榜的内情，他不添枝蔓地一句带过，对自己再次请假有些忐忑不安，眼光流露出掩饰不住的内疚。

"匡望平同志，我代表宣传部，哦，也代表县委吧，对你现有素质予以高度肯定。不管你走也好，留也好，你已经凭自强不息的努力，不仅提高，而且证实了你的个人素质。我说你是县里的人才，国家的人才，都毫不为过。"

望平不无担忧地问道：

"那这次……"

"组织批准你去，支持你去。金沙市委组织部的姜部长已经在电话上把蔡华老师与你的最后谈话的经过告诉了我，他把你没有向他、向我说过的内容告诉了我，也把钟克难书记的亲笔批示，以及丛部长约你谈话的结果都统统告诉了我。你的人品和能力，组织都放心。对了，我问了任部长，你读电大的学杂费、到南屏考试和到汉江大学面试的交通费、住宿费都没报销过。你是要等组织开一个专题会议来研究决定发补助给你吗？组织的关怀，你当领的情一定要领，这算是蔡华老师给你指出过的那种书生意气吧。今天组织花在你身上的钱，是培养干部应该花的，舍得花的，当然不允许白花，它需要你以后用工作、用贡献百倍、千倍、万倍地加倍偿还。共产党人懂得为历史算大账，舍得为国家的未来投资，它是最必要最值得的付出。小平同志前几年就说过，要挑选一批优秀的在校大学生到欧美发达国家去留学，去掌握世界最前沿的科技知识。他的战略远见令人钦佩。你属于被过去的历史耽误过的一代人，你能走到今天的地步，已经非常难得，我满意，组织也满意。听我的话，照我的办，做好去面试的准备吧！"

望平到成都火车北站，买到了一张到那座西北城市的硬卧票，当晚九点半上车睡着觉出发了。这次，他身穿一件毛领短棉大衣出发，母亲在背包里为他塞进了御寒的毛线衣、厚绒裤以及粗线袜、手套、耳套等。他随身带了几本参考书，另带一台照相机。除却迎接一场珍贵的面试，他还盼望见到姜小白。她那张开朗活泼的笑脸，像一团严冬季节熊熊燃烧的火焰，焕发出永不枯竭的热情和活力，能鼓舞他不畏艰难地为实现自己的美好憧憬而坚韧奋斗。她是一个可以肝胆相照、甘苦与共的忠诚伴侣，或者说她符合自己的审美理想，可以寄予期许，可以托付一世。

列车穿越秦岭，驶出宝鸡、天水，一派荒凉而粗犷的西部原野风光画卷般地呈现在眼际，那些稍高的坡岭、土堆和远山上隐约可见的积雪或雪线，使他异常兴奋。仰望冻空，有时一轮太阳闪烁，有时一场大雪纷飞，极目无涯的旷野是那么原始、粗犷、辽阔和壮丽，那些潜伏在他的血脉中的求生本能和不认命、不服输的血气与野性，由于置身环境的诱导竟然悄然苏活，他似乎变成一个不顾危险不听劝阻、不肯示弱的斗牛士，跃跃欲试地要与犄角系着一块红绸的疯牛一决雌雄。他暗地嘲笑自己的情绪转换，心中感慨不已，始知饱览千古江山与饱读万卷诗书有等值的收效。

尽管关闭着玻璃窗户，车厢里依然冷得人直打哆嗦，乘客有的紫脸青唇缩成一团，有的躺在铺位蒙头大睡，有的裹着毯子坐着看窗外的风景。望平要准备迎战即将到来的那一场面试，他把毯子搭在两腿上临窗坐立，翻开书本逐章扫描知识点，思索一个个尚待深究的疑问，以及预演如何应对导师防不胜防的刁钻提问，精力一集中，他对身边乘客的叽叽咕咕谈笑已置若罔闻。

上午10点左右，火车抵达了目的地，望平是提着旅行包在车门前等候下车的第一个乘客。当乘务员打开车门的瞬间，一阵寒风卷着雪花扑过来，他不胜其寒地倒退一步，不小心踩着了后面乘客的脚掌，他慌忙跳下车驻足连声表达歉意。等验票走出车站大门，他看见姜小白戴着一个口罩，头套一顶红绒帽，身着一件棕色的皮夹克，墨绿裤管塞进了一双黑色的长皮靴，颈项上围着一条羊绒红围巾，她跳跃起来向他招手。望平如见亲人，心中一热，疾步向她走过去。姜小白先把他引进附近的一家拉面店，要了一碗加足了辣椒的牛肉拉面，解下口罩坐在一边笑吟吟地看着他狼吞虎咽。她的鼻梁被捂红了，说话时鼻孔喷出热气：

"你是不是也去买一件皮夹克？"

望平喝着面汤，摇一摇头。

"不买也行，我给你织了一件厚毛线衣，到学校招待所再给你。住宿我已经联系好了。我们今晚做邻居，我昨晚就住进去了。"

"你考虑得真周到。你熟悉这里？"

"我找了这里的市教育局办公室的朋友。住宿地点也是她帮落实的，还免收费，别人还真给我的面子。在家靠父母，出门靠朋友帮忙啊，人帮人，万事成。"

"不一定，要是她帮的是你的对手，那不是万事败？我就是败过的人了。"望平把想起的事情吞下去，没有延伸话题，"人情社会就这样，它缺失契约精神，你不是因关系获利，就是因关系失利，这是一把双刃剑。我倒渴望社会有一种更合理更公正的游戏规则。"

"走吧，先到学校招待所把行李放了，再带上面试通知书到招生办去报到，了解一下注意事项，熟悉一下面试场地，到时别成了一个迷路的孩子。"

"对，我也是这么想的。"

姜小白带领他找到乘车地点，一环紧扣一环地直奔校园。他有些佩服她办事的精明干练，不无欣赏地夸她：

"小白，你只比我早到一天，居然成了本地通。你有当间谍的潜在素质，让你到教育局工作有些专业不对口，浪费了一个特殊人才。"

"那你得当心，以后你和我玩什么小把戏，我可是福尔摩斯、波罗那样的大侦探，判断能力超人，情报准得很。"说着，她挽着他的手臂，把头往他肩上靠。

"你早就把我侦察好了，不断打我的伏击战。"

"胡说，我不理你了。"

到了招待所，姜小白没领望平去登记，直接从身上掏出一把带号牌的钥匙，打开了他住的房间门，等放下行李，又把钥匙交给了他。

他们几乎是同时看表。她先开口：

"还有40分钟下班，你快去洗个脸，我陪你去招生办报到，别误了正事。"

招生办的工作人员，接过望平的面试通知，交一份表格让他当场填写，然后把一份面试须知递给了他。姜小白就像一个处事细致的东道主，引着望平走向政治经济系所在的教学楼。他们望楼止步，留下一个神秘感和神圣感，一切等待着明天。因为，那一份刚到手的面试须知，已逐条逐款地讲明了注意事项。重回招待所，姜小白把望平叫进她住的房间，从提包里拿出一件银灰色的毛线衣，要他试穿。望平一试，毛衣刚好合身。

"小白，你手真巧，眼睛也真狠，居然这么合身，这么暖和。"

"暖和当然暖和，这屋里也有暖气，你的大衣暂时不穿吧，出门再说。"她温柔地看了一眼他，又在包里掏出一台微型收录音机和一个装录音带的小盒，一并交给他：

"送你，日本索尼的品牌货，学外语，听音乐，音效出奇的好。对了，这里面装着一盒西部歌王王洛宾现场表演的歌曲录音带，顶级的棒！"

"小白，你花费太大，我过意不去。"他突然醒悟了什么，问一句："小白，你见过王洛宾了吗？"

"当然，听过他的歌。当面听过他本人演唱的歌，你便会明白他是一个水晶般纯净的人，他是带着音乐使命来到这个世界的。他的天才，热情，坚忍，都演绎出一个个美丽的传奇。他叫我小丫头，我叫他王爷爷。嫉妒我了吧？对了，你对我有助缘之功，上次在江阳你唱起《青春舞曲》时，我就想起了大西北、新疆和王洛宾。等我一高兴，去请王爷爷接见你一下。若是他慧眼相中你，你就在他门外下跪，拜他为师爷。呵呵，你该放得下臭架子，不耻下跪吧？"

望平听得很兴奋，也有几分难为情：

"你别把玩笑开大了，我头脑没发高烧，你的王爷爷属于乐神等级，能见他一面，我恐怕半夜睡熟也会笑醒，哪有资格当他的弟子。若对外行人，我可以瞎吹，学音乐得七窍，我通了六窍。但遇到内行，别人一句话就直点我的穴位，一窍不通。再说，如今恐怕围绕你的王爷爷转的人，已是里三层外三层，我这平平凡凡的角色，面子太小，是注定挤不进去，根本不配做神门学艺的白日梦。你饶了我吧，我的脸皮还没厚到经得起你唇枪舌剑招招相逼。我此刻没有喝醉酒，还清楚简单道理，懂得人贵有怕跪之明。喂，你别怪我扫你的面子，掏一句心窝子的真话，我很感激你，你为我考虑得那么周到，为我付出那么多，我或许是前世烧了一炷心愿飘到天宫的高香，有幸盼来一个小白仙姑下凡，搭救我这潦倒落魄之身。"

"废话，油嘴滑舌，分什么你和我！为你，我舍得。"姜小白眨眼一想，补一句："我们就到招待所食堂，要一份饭菜，我们各吃一半。饭后，你打个盹。下午你要看书就看书，不看书我们就一起到黄河岸边走一走，遇上风雪也不怕，它是母亲河。"

"好主意，我们吃过午饭就走。小白，你真是钻进我心窝的人，我想啥，你就给啥，比我待自己都好。"

说完，他紧紧地把她拥在怀里，舍不得松开手臂。他见她目光闪亮，脸颊泛红，感觉到她胸脯起伏，彼此都加快了心跳。此刻，他与她两颗心一对撞，火花四射，融成了一颗你中有我、我中有你、互有感应的通灵心。

尽管岸畔皆是枯树衰草，与四川冬季不改葱茏景色迥异，望平一到黄河畔，即刻被眼前的景色所震撼。这一条大河，早已取道小说中、歌曲中、电影中进入了他的魂魄，尤其是冼星海谱曲的《黄河大合唱》《黄河之恋》，以及陕北民歌《天下黄河九十九道弯》，传神地把一种山河岁月的壮美印象镌刻他的心扉。每当他困惑、沮丧、迷茫的时候，他一想到黄河便耳畔如闻一阵从弦歌中奔放的雄壮涛声，即刻激发出一股无所畏惧的豪气。他还记得，少年时在校读书，音乐教师满怀激情演唱和讲解过冼星海谱曲的《黄河船夫曲》，他辅之以摇橹姿态的激情吟唱："我们看见了河岸，我们登上了河岸，心哪安一安，气哪喘一喘……"，使在场学生强烈地感受到了经过一番殊死搏斗，彼岸已近在咫尺时，船夫那肢体松弛和兴奋不已的神态。而今，他第一次看到了黄河，水没有想象那么浑，浪没有想象那么高，河面没有想象那么宽，但是，它毕竟是哺育了一个伟大民族的精神摇篮，就像生身养身的母亲，哪怕她的外貌并非艳若天仙，却在一个游子心目中占据着无以摇撼的最高位置，是一尊与个人生命共存的不容污损与亵渎和无可替代的圣洁偶像。

姜小白见望平正停步发呆，便独自沿着河岸一阵狂野奔跑。她担忧离他远了，高举手臂挥舞着羊绒红围巾，在原地轮流地向东南西北不停地腾跳着。他见她一副得意忘形的任性情状，打开相机，小跑上前，几次转换角度，迅疾地对准镜头，现场抓拍了几张照片。等她跳停，他对她追加一份赞赏，竖起一枚拇指。

"小白，过去读毛主席诗词《沁园春·雪》留下了深刻印象，我以为这里会因'千里冰封，万里雪飘'而'顿失滔滔'，没想到冬季的黄河并没有大面积地结冰，只有岸边的水洼或石堆中有少量的薄冰，真是出乎想象。"

"你说的是外行话。这里可不是一般景色，要么是人定胜天的证据，要么是改造自然的功绩。我详细打听过，六十年代以前的黄河，真是毛主席诗词中描绘那种景象。自从陆续修了刘家峡、盐锅峡、龙羊峡等大型水电站，这一带水温开始升高，导致冬季黄河不再结冰。听说，上游没修大型发电站以前，这一段黄河冬天不仅步行可以直来直去，连汽车、马车、自行车都可以任意行驶。再过几十年，不知这里还会怎么变，可能多出几座大桥吧。"

"希望它越变越好，越变越美。看，那儿漂着几只羊皮筏。喂，那儿飞着一群水鸟，还有一只帆船。"

望平随着姜小白的惊叫声，一会儿看上游，一会儿看下游，一会儿看此岸，一会儿看彼岸。走了一阵，他们在一个有护栏的河堤边的石磴上坐下来。望平不无惆怅地感慨：

"我有些怕，怕有一天社会上不好的东西，变多，变得难以收拾。"

·357·

"你太悲观了吧，有那么可怕吗？"

"小白，我不否定，今天我们所处的社会环境属于无可否定的最好的年代，人们心中有希望，眼里有道路，身上有干劲儿。日常中遇到的人和事，也随处可以感受到很宝贵的人格魅力和人性温馨。比如，逢年过节我们单位关心职工发年货、慰问品，经办人员具体分配计划供应的鲜鱼、腊肉、水果、曲酒等犒劳物资时，水果、鲜鱼大小不一，好歹不一，化整为零很难，不能保证绝对公平，那就采取扒堆、抓阄的办法，领导干部和普通职工一视同仁，让我联想到当年红军'官兵一致同甘苦，革命理想高于天'的长征精神。但是，随着这个社会的不断变化，假使有一天，这种大家庭般的温暖居然失去了呢？"

"你多虑了吧？"

"请你相信我，不是从个人得失去考虑，也并非多虑。这些年，这么多的人崇尚知识，热衷追求，尊重人，关心人，乐于对他人，甚至是素不相识的人，不求回报地释放善意，伸出援手。这一切会不会是昙花一现？因为，如今商品经济的潮水已经汹涌扑来，人们会不会抗拒不住物质利益的巨大诱惑，一些美好的人和事物会不会被物欲横流的浊水所遮蔽，所淹没，至少我有一些担忧。这几天，我特别想念当年我去云南边陲古镇时认识的一个普通农民，他叫寸草，是隐姓埋名的抗日军人，默默无声地为国家为社会做过很多有益的事情。他付出不求回报，是一个不平凡的平凡人。不知他现在身体如何？过得如何？心境如何？要是有时间，我真该再去看望他。另外，我也很喜欢王洛宾的歌曲，当然我与其他人有些差异，最喜欢的不是《在那遥远的地方》，而是《青春舞曲》。我们那一代当过知青的人，比任何人都更敏感更能察觉，那瞬间易逝又无可挽留却心痛不已的美好光阴，它终将像一只远远飞去的美丽小鸟。人生就是这样，用一个又一个的可能实现又可能落空的梦想，诱惑自己不放弃前路，鼓舞自己不中断努力。"

"你想念那个寸草，你就给他写封信，告诉他，你会抽时间去看望他。若机会投缘，我也愿意陪你去走一趟。对于王洛宾，等你到这里读书后，我尽可能为你创造一次机会。不过，他名声越来越大，社会活动就越来越多，时间就越来越紧，见他就越来越不容易。或许，正因为这样，你不易求而求之，我不易为而为之，更刺激你产生不可遏止的渴望，也刺激我跃跃欲试的念头。至于你刚才的一番杞人忧天的感慨，那是多余的担忧。明天的话明天再说。我们人还在今天，只有蠢人才急于透支明天的忧愁。喂，时间不早了，我们回去食堂怕已关门了吧，路上吃点东西。明天你要面试，要休息好。"

"小白，再过几分钟，你看天边，你看夕阳，晚霞，多么美丽啊!"

"你说你看夕阳，是对我采取象征手法，比喻或者影射某些你以为留不住的东西。"

"不是。我眼里，心里，此时此刻，只有这醉人的风景，没有其他。"

"我可要走了。"

"别急，我今晚不会摸书，没有急来抱佛脚的习惯，我不喜欢打炮火功夫。"

"你是胸有成竹?"

"不，从容应对。"他明白一个常识：怕，不解决问题；一厢情愿，不等于结果。抓住机遇，一靠努力，二靠运气。

望平不便久留，只得忍痛割爱，跟随她的脚步离去。可他的心呢？依旧牵念背后那一轮夕阳。他情不自禁地再度回头，无限依恋地多看了一眼。仅一眼，他不忍再看，眼眶已莫名其妙地变得模糊。他抬手一拭眼角，疾步追上她，携手同行。这时，不远处的河面出现了几只结群的戏水小鸟，时聚，时散，断续啼叫，归隐林间。

很快，夕阳沉没，暮霭笼罩。他们身旁，那一条大河翻卷起滚滚波涛，不舍昼夜地奔向远方。

尾 声

望平和姜小白同一天抵达敦煌。他们会合后的第一件要事，便是他在她的带领下，顶着漫天飞舞的雪花，前往常书鸿留下无数足印的莫高窟。

事前，姜小白已调兵遣将去打通了关节，好不容易才获准特许入门。但是，管理人员也有所保留，仅同意他们参观对外开放时一般游客都可以看到的石窟，不少尊神安居的神秘石窟依旧被"谢绝参观"，充其量能够远远地站在栅栏外或偷偷地透过门缝窥视。对此，他俩充分理解而毫无怨言，自己既非什么高高在上的头面人物，亦非腰缠万贯的金主，更非像尼克松总统、西哈努克亲王那样的贵宾，没有被别人拒之于大门外，堪称给足了面子，算得万幸，又何必得寸进尺。

次日，风雪消停，晴空高朗。

他们花了10元钱雇了一匹碰巧遇上的商用骆驼，姜小白乘上了主人手牵的庞然大物，向敦煌城近郊的月牙泉走去。望平没有乘坐骆驼，他带着照相机尾随着出发，在路途中以沙漠、酸枣丛和太阳为背景，替神气活现地骑在驼峰上的姜小白拍下了几张堪称是珍贵纪实的精彩照片。他俩对此十分惬意。

到了月牙泉，湖面并没有似他俩事前的想象那样彻底封冻，只是水表罩着一层已被掠风吹得支离破碎的薄冰，并且远远谈不上全覆盖。泉边的树木上，不时可见一些冻冰和残雪积压树枝，周遭的沙丘却基本不见大雪肆虐过的痕迹，或许它平日太干燥，或许它被地心的火焰烘干，表层沙粒仍似昔日松散闪亮与空旷寂寥。

他俩环绕月牙泉转了一圈，相互为对方拍了几张照片。他略带诧异地对她发问：

"小白，你说怪不怪，旁边明明耸立一座大沙丘，这月牙泉却没有被流沙埋没？"

她拨开额上一绺散发，满面容光焕发，不无得意：

"你功课没做够吧？我查过资料，这座沙丘叫鸣沙山。它所处的地理环境很奇特，刮风时沙粒非但不会下滑，相反是上行，并且还会发出音乐般的声响，所以月牙泉能够全身而存。这是一道沙漠奇观。"

望平没有答话，默默地随着她往沙丘顶上攀登。他们下脚一步一个坑，不少流沙溜进了鞋内，但彼此贪玩观景的兴致正高，顾不了那么多。

沙丘上，冷酷的野风挟着逼人的寒气，放肆地嘲弄着天空太阳射出的有光无热的金芒，它时不时任性地卷起一片黄沙，以显示自己所向披靡的剽悍。

眼前横亘的无数个沙丘，或孤凸，或重叠，或疏离，或抱团，时隐时现，连绵到天边。那些沙丘，裸露着野风缠绕过的痕纹，行人踩踏过的足迹，穿插着一群游客放纵的歌声与叫喊，晃动着几只骆驼沉默寡言的笨重身影和脚步。

"我们坐着的这座鸣沙山，名与实吻合吧？"

"这个名字好听，既惟妙惟肖，又有音乐感。山下月牙泉的名字也好听，既形象逼真，又有诗意。"

"对沙漠，你是第一次身临其境吧？"

望平胸前挂着一台照相机，抓起一把流沙随手一抛，沙粒在风中散开：

"我是第一次到敦煌，第一次参观莫高窟，第一次看月牙泉，第一次登鸣沙山。"

姜小白一牵衣襟紧了紧防寒服，往他肩上一靠，带着娇嗔：

尾声

"你究竟还要说多少个第一？是不是还要再添一个，第一次考进黄河大学读研？"

大漠，裸露一片粗犷的真容，荒凉，空旷，保留着一幅可追溯万年以远的原始风貌。望平不禁触景生情，语调兴奋，几许惆怅：

"小白，这儿大概是上万年前的海底，那时我们要是想到这里，恐怕只有像鱼一样游来游去了。作为时逾万年的来者，我对这次到大西北读研，真还有些百感交集。我们都经历过一段迷惘的青春，确切地说，我的学生时代曾经戛然而止，让我心痛得要命，却又抓不牢它。假使有来生，我真希望自己的学业是像你那样一气呵成，不是像我这样时断时续，那就好比是一个自己最在乎的精神世界，如同一位妙龄少女，穿上了一件缀满补丁的衣裳，或者她那件衣裳裁缝量尺有误，制作短了，后来又接上一截，穿起来好像合身了，但在旁人眼中是多么不合时宜、不得体啊。我有时在想，自己是少壮徒伤悲，老大来努力，等念完成硕士学业已是而立之身了，与前些年那种叫'工农兵学员'的特殊学生相比真没多大的区别。要讲区别就一点儿，那些人是借势读书，是靠别人抬举、推拉着跨进校门，是一种机遇的赐予，是对有特殊身份的人的犒赏。我呢？是自己造势，靠自己苦斗才好不容易进了校门，它是我这类人走向自我完善的唯一途径。与其说我现在很努力，在卖力地追赶，不如说这是一种手忙脚乱的补救，是一种拒绝沉沦也不甘心平庸的自我救赎。好在仁慈的造物主没有掐断仅存的一线希望，我赢得了一次稍纵即逝的机会，我珍惜它，就像一只迟飞的笨鸟，更不敢懈怠！"

姜小白听他说完，感慨良多：

"我好像比你幸运一些，学业从没有中断，没有走过什么弯路，更没有误入断头路。看来我的人生经历还比较平顺。但是，你意识到没有，你们那些饱尝忧患的人，要么被命运之锤打得一蹶不振，要么被锻造成了特殊材料。不过，我相信你是后者。你也应该相信我，绝不甘愿选择一个窝囊的男子做终身伴侣,我不会。那样的人生该是多么乏味,多么愚蠢!"

望平狡黠地一笑,伸出指头,一触姜小白冻得发红的鼻尖,自我嘲弄地说下去:

"你现在不认为我窝囊,并不代表以后你不认为我窝囊。坦诚地说吧,我实质上是告别了一个已过去的时代遗留的废墟,刚开始重新出发,从零出发,未来还飘浮在天边。这种追求有几分激昂,几分迷漫,几分悲怆。很明显,路那么长,而以往已经失去那么多。我们的生命被无端删刈了十年。十年啊,回望那一段岁月满眼皆是漫无边际的虚度和了无休止的彷徨,令人平添流年似水的惶恐……"

姜小白打断他的话,插一句:

"你呀,患了忧郁症吗?你追忆往事不是激励一股'峥嵘岁月稠'的豪气,叫人提不起神来,这不扫兴?"

望平听罢,抱歉地淡淡一笑,眼光向沙漠的远处投去:

"我到这里,仿佛进入一个时光隧道,壮美江山,千古风流,在眼前晃来晃去,在脑海里飘来飘去。再说,你刚刚还为月牙泉担忧过,现在又乐观了?其实,我这个'悲'大概还要加个'壮'。翻开《二十四史》看吧,当年壮怀激烈的岳飞本欲'驾长车,踏破贺兰山缺'到这地广人稀的大西北来收拾'旧山河',却被皇家十二道'金牌'召回,最终在风波亭去参悟'莫须有'。有出将入相之才的辛弃疾怀抱'气吞万里如虎'的报国雄心,却在精力充沛的壮年被谗言绑架去摺边歇凉,去咀嚼一味'栏杆拍遍,无人会,登临意'的孤寂。自古英雄身不由己的故事太多,就像大漠的流沙,沉与浮,去与留,荣与辱,漂与定,全不能由自己决定。在我眼里,那些壮士殒命后的空鞍战马仰天嘶叫,一路仓惶地飞奔,飞奔,飞奔,直至进入一个幽深藏匿的历史角落。不是吗?胸填忠愤的林则徐因虎门销烟,却饱尝一次哑巴吃黄连的冷幽默,体验了视功为罪的荒谬,被贬谪远放到荒芜无人的戈壁滩头，他的足迹伴随着国运的衰败、了无归期的飘零。是的，荒漠冷月的萤火，风中翻滚的流沙，印证着一座座只剩残垣断壁的荒城中曾经响彻过一曲曲久已失传的热血壮歌，那一堆堆白骨说不完的故事太多，太多，太多。"

"你何必想那么远，那么多，那么苍凉？"她捧一捧沙往坡下一撒，以灼灼目光凝视他片刻，一偏头再次靠着他的肩头。

他伸出指头拨一拨她额上飘散的一绺乌发，无意识地以脚尖把积沙踢出一个浅坑，继续感叹：

"小白，面对无人之境，面对远方那一片片伸延到天边的浩瀚黄沙，难道你不觉得置身此境，人的命运如同飘摇于十二级风暴下的怒海狂潮的一叶扁舟吗？置身惊涛骇浪之中，巅峰状态犹心惊，低落直下更胆战，一条必经之路交付给死神把关。佛家曾有忠告：'苦海无边，回头是岸。'一头是平安，当然也注定平庸；一头是风险，当然也残留一线希望。况且，我们的先辈屡屡遭遇宿命的无常，经历过多少回头无岸的危急存亡之秋啊。须知，陷入满目绝望之境时的决断，才是洞见肝胆的选择，非常之举只属于非常之人。翻阅尘埃满纸的流年往事，总有一些轶闻令人刻骨铭心地感动，张骞换上便衣冒死闯关去侦察异邦形势，苏武持节冰天雪地牧羊一忍十九年，王昭君走出故人的视线以柔弱肩头去承担一个国家的特殊使命，玄奘不顾死神的最后通牒去穿越亘古蛮荒远道取经，真是一篇篇气贯长虹的生命华章。一次次翻阅这样的史章，宇宙间一场沙粒般渺小的人生，顿时呈现出需要仰视的瑰丽奇崛！当诗仙李白眺望塞外荒漠高唱一曲《关山月》：'汉下白登道，胡窥青海湾。由来征战地，不见有人还……'，其心境是一派热泪湿襟的悲怆。"

"你不是为古人担忧吗？这不是操八竿子挨不到边际的闲心吗？"

她长吁一口气，把一枚指头立竖唇边，示意他把话头打住。他露出柔和眼神，像是对她说，又像是对自己说：

"在流沙中蹚出的道路,当然极容易被流沙掩埋,但是,在流沙面前不抛弃的希望,却有令魔鬼胆寒的精神力量。追问生命的意义,大漠是一间无屋顶的世纪大课堂,这里可以读到无字真经。尽管,一批批匆匆过客都已经离去,或者来了又去,那些缄口无言的真理,依旧保留着激荡心灵的神圣魂魄,难道不是吗?"

"我彻底服你了,你当真是来这里攻读哲学课程的研究生。我们是不是不要再去关心遥远,关心古人;是不是该关心一下眼前,关心一下你,关心一下我。太阳都快下山了,还有好几里路,没骆驼可乘,靠我们步行。"

他有些负疚地瞅着她,伸出手把她拉起来:

"走吧,我们来唱一支台湾校园歌曲吧,就唱叶佳修的《踏着夕阳归去》,行不?"

"换一首吧,你刚才不是一阵嘀咕吗?这一大片土地,可是上万年、上亿前的海底啊,不如唱一首瓦尔拉莫夫谱曲的《雾海孤帆》,莱蒙托夫的歌词,有一种逼真模拟的身临其境的感觉。"她一边提议,一边用眼睛盯住他。

他有些害臊,不无遗憾:

"这首歌我不会。你独唱,我当听众,真想听哈。"

她清了清嗓子,视线射向前方:

看,一叶孤帆闪着白光,
在雾蒙蒙的海面上。
它寻找什么在那远方?
它抛下什么在故乡?

看,浪花翻滚,风儿呼啸,
那桅杆躬着腰嘎嘎响。

尾声

它不是寻找幸福乐土，
也不是逃离幸福港。

下面的水波比蓝天清亮，
上面有太阳金色的光。
不安分的帆儿祈求风暴，
仿佛在风暴里有安详。

她那歌声欣喜中夹杂忧郁，仿佛在期待什么，又在担忧什么。

"小白，你唱得真好，给我感动，给我鼓励，也给我启迪。我们也挺像那片不躲避宿命的雾海孤帆，懂得去渴望，去行动，去寻觅什么，去追逐什么。当然，我们也和它一样，猜不透将遭逢什么，将付出什么，将获得什么。其实，这种并非一览无遗的未来前景，一种充满不确定因素的未知和未达，才是真正值得期待和尝试的人生运程。因为，迎向光明美好的未来，从来都会带有几分挑战色彩，懦弱者选择万无一失，但他们很可能因此得个万无一得的收局。小白，属于我们的一切，如今还是莫测的一切，我们紧紧地手拉手去经历。这种经历的是非成败，我们无妨任人评说，我们的道路无论是一直平顺，还是动荡不安，这都不要紧，都不是允许犹豫不决和裹足不前的理由。是啊，只要拥有过进入陌生的新异风景，而且我们自身也属于风景中不可分割的一个组成部分，我们就检验过，甚至实现过我们的人生价值。我们憧憬过，努力过，无论结局如何，我们都无可置疑地否决过虚度光阴，摆渡过征服平庸的黄昏和黎明。"

"你嗓子冒烟了吧？声音都快沙哑了，别再喋喋不休。扶着我，让我依偎着你，我们慢慢走。喂，你相机里，我骑骆驼的照片，再丑我都喜欢，一张不漏地冲洗出来，我要保留底片。你洗印时，选出顶好的一张，把它放大一点儿，最好是一尺，我装一个玻璃镜框挂在寝室里，每天看几遍。哎哟，那份心情，啊，挺美！你的手艺，我的形象，它带给我某种成就感，仿佛你就在身边陪伴着我。"

"我们之间的'双城记'，还得演几年。真是不到西北不知中国大，近两千公里的距离，周末的一天时间哪来得及往返。好在我以后还有寒暑假，可是，一头是母亲，一头是你，一颗心还要掰成两瓣，相见时'一寸光阴一寸金'，别离时'一天好比一年'。"

"好啊，那你就在读书的日子，夜夜在梦中两头牵挂，两边奔跑，看你累不累？"

"小白，我在想一个问题，人的一生，正如俗话所说，'一根田坎三截烂，不知烂在哪一截'。我不是悲观主义者，但是，我觉得一个人和一个国家一样都存在机遇期，没有到机遇期，苦等苦盼和瞎折腾全都无济于事。而到了机遇期，不懂得珍惜，不懂得奋发有为，则是最大的不智。我这一生，早就经历过漫长的逆境，所以，我明白，心想事成的时期不是会天天都有，不会没有尽头。若要不负此生，必须审时度势，当为则为，抢在下一轮逆境出现之前，争分夺秒地多做些什么。同时，即便是顺境，也切不可得意忘形，既要抬头望天观风云，也要低头走路察地形，不然难免会有失策之过，失落之憾，失足之悲。"

"你呀，当真是'晴带雨伞，饱带饥粮'，想得细，看得远。"

"小白，你别讽刺我，好不好？我知道，人的一生，一路平坦、一直顺利的概率很小，我有足够的思想准备，去迎接防不胜防的纷扰，躲不胜躲的忧患。革命前辈不是唱过一支励志歌吗？跌倒算什么，我们骨头硬，爬起来再前进！"

"你只要不丢失信心，你就输不了，不会败给命运；只要有我在，我就会与你一起共克时艰，共享成功。"

"小白，你真好，比我预想的还好。你再听我说几句吧。今生今世，有的目标我来得及追逐它，有的目标注定会来不及追逐它。在道路的前方，我多么希望有一颗指引方向、预卜凶吉的星斗啊，希望它永远闪

尾声

亮，不会熄灭。我希望你就是可以投射于我眼际的那一颗星斗，可以随时出现在我身边，闪烁在我梦中！"

　　说完，他伸出有力的手臂挎住她胳膊，踏上了浪漫又绮丽的归途。刹那间，晚霞映红了他们，裹住了他们。

2019年1月初稿
2021年4月修订

后　记

　　《荒墟与虹》是一壁背景幽远、意境高旷的浮雕，它是一锤一凿地精雕细琢的劳作成果，是献给一个除旧布新、继往开来的伟大年代的至诚礼物。

　　我开笔之前，对几个素心文友提及准备写一部关于二十世纪八十年代的长篇小说，他们颇有兴致地抱以期待，鼓励我说它虽是个冷门，也是个好选题。就我而言，别人说什么都无关紧要，关键是我对这个年代结下了特殊感情，留有难忘印象，不写不快。

　　这部小说描写了怎样的境象？荒墟，暗喻历经十年动乱后城郭和村落百废待兴的窘境；虹，象征着未来的希望，象征着党的十一届三中全会以后人们眼中可遥望亦可抵达的光明前景。二者之间，或许还显现出一条雪白刺目的零度线，也就是崭新的起跑线，昭示着极富前景的追求征程，它正处于具有必然性和激励性的进行时。与此相关，八十年代留下了什么珍贵记忆呢？那时，人们驱散了心灵上的阴影，整个社会欣欣向荣，理想主义、集体主义、浪漫主义俱是异彩绮丽的流行色，艰苦奋斗、勤俭建国的优良传统和作风占据主流，民风古朴纯良，人们的精神面貌蓬勃向上，谁都相信祖国有美好未来，个人有光明前程。但是，在人们的眼里和心上，一条作为代际标识的时间线需要前移，它以顺应民心的社会大变革的发轫点为零度线，已经习惯把八十年代的起点延伸至1976年10月粉碎"四人帮"、1977年恢复高考、1978年末召开党的十一届三中会，而后相继出现实践是检验真理的唯一标准的大讨论以及平反历史上积压的大批冤假错案等具有标志性的重大事件。

在那段难忘的岁月里，中国共产党以极大的政治勇气、战略胆魄、宏阔胸襟和卓越远见，敢于正视现实、坚持真理、纠正错误，带领全国人民踏上了一条改革开放的人间正道。回眸那个伟大年代，一幕幕场景依旧令人心弦激荡：那时人们会天不亮就起床赶到新华书店门前去排队买新书，那时放映过一场电影它的主题曲会迅速流传开来，那时学雷锋做好事是大家的自觉行动，那时人们对损公肥私、以权谋私嫉恶如仇，那时人们对新生事物不仅宽容而且憧憬，那时大家就一些热点问题热烈讨论，弄得面红耳赤却不怕抓辫子、扣帽子、打棍子，那时尊重知识、爱惜人才的英明政策推动了全民努力学习奔向现代化的求知热潮。坦诚而言，那时组织上选人用人坚持德才兼备，重素质，讲原则，无数没有任何背景的基层人才，每每本人毫不知情却被伯乐相中，不用耍手段、搞运作、抬后台；那时罕见领导干部敢犯众怒搞个人特殊，这在如今看来，简直不可思议！

那一个伟大年代，正如一场风雨过后的晴朗天空升起的美丽彩虹，她不是悬在天边，而是永远闪亮在每一个热血澎湃的人们的心灵中和脑海里。

2017年秋，四川省散文学会在泸州市举办专题会议期间，我与已故的知名作家伍松乔、其时任自贡市作协主席的李华结伴到长江岸畔散步，伍松乔恳切地点拨我："你观察能力那么敏锐，阅历又那么丰富，不写小说可惜了！"我告诉他，一批喜欢我文字的朋友建议我写长篇小说《穿云鸟》的续集，我则想写姊妹篇，写八十年代，七十年代已写过了，算不是续集的续集。至于这部小说写得好不好，能不能出版，我都不在乎，想写而已。他建议我借鉴一下阎真《沧浪之水》的书写特点，并鼓励我："你没有名利负担，带着这种心态写，恰恰容易写好。"经伍松乔添一把火，返回自贡我便在一年多时间内把主要精力放在创作小说上。在此提及这段插曲，旨在表达自己对这位人品高洁、作品高端的优秀作家的感激之情。